KB253443

너는
달의 기억

서준환 소설집
너는 달의 기억

펴낸날_2004년 10월 11일

지은이_서준환
펴낸이_채호기
펴낸곳_㈜**문학과지성사**
등록번호_제10-918호(1993. 12. 16)

주소_서울 마포구 서교동 395-2호 (121-840)
편집_338)7224~5   FAX 323)4180
영업_338)7222~3   FAX 338)7221
홈페이지_www.moonji.com

ⓒ 서준환, 2004. Printed in Seoul, Korea

ISBN 89-320-1543-0

문학과지성사
2004

너는
달의 기억

서준환 소설집

너는 **달의 기억** 차례

수족관

뉴스에서는 이모양의 시신이 비록 자기가 신고 있던 스타킹에 목이 졸린 채 하반신이 벗겨져 있는 모습으로 현장에서 발견되긴 했지만, 부검 결과 살해당하기 전후로 강간당한 흔적은 전혀 찾아볼 수 없었다고 했다.

내가 쓰던 티브이와 오디오 세트를 실은 봉고 트럭이 떠났다. 내 방은 이제 썰렁해졌다. 붙박이장과 소형 냉장고를 제외하면 내 원룸의 실내를 차지하고 있는 세간은 회벽에 붙어 있는 반원형 탁자와 그 위의 트랜지스터라디오, 창턱 밑의 쇠침대 등이 전부였다. 티브이와 오디오 세트가 놓여 있던 자리가 다소 허전해 보였다. 블라인드를 걷지 않은 탓에 방 안은 어둠침침했다. 나는 트랜지스터라디오를 틀었다. 황학동 중고 시장에서 산 그 라디오는 비록 턱없이 낡은 것이었지만 소리만큼은 여전히 잘 나와서 틀어놓고 있을 만했다. 라디오에서는 이런저런 노래들이 끊이지 않고 흘러나왔다. 덕분에 내 방은 진공상태 같은 침묵의 방음벽에 갇히지 않을 수 있는 것 같았다. 나는 침대 모서리에 걸터앉았다. 거기 걸터앉아 있으려니까 목조 탁자 위에 얇게 덮여 있는 먼지의 막이 보였다. 일어나서 나는 물걸레질을 했다. 블라인드의 날들을 안쪽으로 비스듬히 조절해둔 까닭인지 그 틈으로 쏟아져 들어오고 있는 햇살이 연녹색 리놀륨 바닥에 양탄자처럼 깔리는 듯했다. 나는 블라인드를 걷지 않고 탁자에 부착되어 있는 스탠드를 켰다. 순간 어디선가 계집아이들이 뛰어놀며 재잘거리는 소리가 들려왔다. 나는 라디오를 껐다.

오후에 나는 바깥으로 나가 현금 인출기에서 얼마간의 돈을 찾았다. 티브이와 오디오 세트를 중고시장에 내다팔고 받은 금액에 그 돈을 합했다. 제법 상당한 액수였다. 은행에서 나와 택시를 잡아탔다. 얼마 못 가서 한 여자가 합승을 했다. 베이지색 블라우스 차림의 그 여자는 커피색 스타킹의 이음선이 아슬아슬하게 드러날 정도로 짧은 가죽 스커트를 입고 있었다. 앞좌석에 앉은 그녀의 머릿결은 열어둔 차창으로 새어들어오는 바람결에 흩날리며 끊임없이 향긋한 샴푸 냄새를 풍겨왔다. 택시는 계속 달렸다. 그녀는 긴 다리를 몇 번씩이나 번갈아가면서 꼬았다. 얼마 있다 그 여자가 내렸다. 나는 잠시 망설이다 막 다시 출발하려는 기사에게 나도 여기서 내려달라고 했다. 그 여자는 몇 발자국 앞에서 또각또각 걸어가고 있었다.

내 방에 들어온 수족관은 아크릴로 제작된 직육면체의 수조였다. 수족관을 설치해준 전문점 직원은 관리방법에 대하여 이것저것을 상세히 일러주고 갔다. 밑바닥에는 모래, 자갈, 조개껍질 등이 몇 겹의 지층을 이루고 있었다. 수조 속의 화분들처럼 보이는 수초들 사이로 뿔나비돔을 비롯한 몇 종의 열대어들이 유유히 헤엄쳐 다녔다. 투명한 아크릴 너머로 비친 수중 공간은 수조 위에 켜진 형광등이 무척 밝아서인지 수정처럼 맑아 보였다. 그 공간 한 귀퉁이에서 산소공급기가 작동하며 동글동글한 기포를 뿜어올렸다. 나는 유리 뚜껑 사이로 배합사료를 조금 뿌려넣었다. 아직 물고기들이 몇 마리밖에 되지 않아 아크릴 너머의 공간은 조금 호젓해 보이기도 했다. 나는 탁자 앞에 놓인 의자 하나를 끌어당겨 수족관 바로 앞에 앉았다. 지나칠 정도로 투명하고 밝은 아크릴 너머의 물속을 오래도록 바라보고 있자니 눈이 가물가물해져왔다. 그래도 나는 수족관 속에서 열대어들이 유영하는 모습에 내내 넋을 빼두고 있었다. 뿔나비돔 한 마리가 소드 테일 한 마리를 뒤쫓았다. 나는 불현듯 그들 사이에 비슷한 생김새의 가짜 물고기 한 마리를 집어넣고는 어떤 일이 생길지를 관찰하고 싶어졌다. 하지만 지금 내게는 가짜 물고기가 없었다. 물고기들이 지나쳐가자 물속에서도 바람이 이는 듯 수초들이 일렁였다. 내 가짜 물고기로 그 바람결이 진짜인지도 확인하고 싶어졌다. 수족관 속은 지나칠 정도로 밝았고 속속들이 투명해서 나는 내 눈을 거둘 수 없었다. 나는 의자에 앉아 멍하니 수족관 속을 바라보고 있었다. 블라인드는 여전히 그대로였다. 내 주위는 진공상태 같은 침묵의 방음벽에 갇혀 있었다. 나는 라디오를 켰다. 라디오는 지지직거리면서도 그럭저럭 들을 만한 소리를 내보냈다. 열대어들이 수면 가까이 떠올라 주둥이를 벙긋거리고 있는 게 보였다.

라디오에서는 곡목과 장르를 알 수 없는 여러 음악들이 흘러나왔다. 날이 저물었지만 나는 불을 켜지 않았다. 대신 내내 켜두고 있는 수족관의 소형 형광등만이 어두컴컴해진 실내의 한 귀퉁이에 은은한 간접조명으로 밝혀져 있었을 뿐이다. 나는 여전히 가만히 앉아 어둠 속에서 빛의 입방체로 떠올라 있는 수족관의 아크릴 수조를 바라보았다. 수족관은 투명하고 윤기 나는 빛의 입방체였다. 그 안에 알록달록한 몇 마리의 열대어들이 담겨 있었다.

디스커스 한 마리가 수초덤불을 헤치고 수면의 높이까지 치솟아 올라왔다. 이 수족관을 설치해준 전문점 직원의 말로는, 숯덩이처럼 생긴 유목의 등걸을 물속에 넣으면 수조의 빛깔을 보기 좋은 연갈색으로 조절할 수도 있다고 했다. 내 앞에 있는 수조의 빛깔은 너무 밝고 무색투명하기만 해서 약간 맨송맨송해 보이기도 하는 것 같았다.

물고기들이 휘젓고 다니는 물살의 흐름을 따라 수초들이 실바람에 휘감기듯 가볍게 일렁였다. 저 안에서도 바람이 일까? 산소공급기는 계속해서 뽀글뽀글한 기포를 뿜어냈다.

이제 라디오에서는 곡목과 장르를 알 수 없는 이런저런 음악들에 이어 좌담 중인 듯한 두 남자의 목소리가 들려왔다. 그들은 최근 범죄가 날로 흉폭해져가는 추세이며, 급기야는 그 동기가 애매모호한 유희성 살인행각까지 속출하고 있다는 내용의 대담을 나누고 있었다. 한 주 전쯤에는 스물아홉 살 한모씨가 택시에 합승한 여승객을 미행한 끝에 교살하여 인근의 야산에 암매장한 사건이 일어난 데 이어 그제는 두 청년이 놀이터에서 뛰어놀던 한 여자아이를 살해하여 바로 그 놀이터에 암매장한 사건이 발생했다고 했다. 그들은 흔히 여성을 대상으로 벌어지는 엽기적 살인행각에 따르게 마련인 강간상해 등의 흔적이 피해자의 몸에서 전혀 발견되지 않았다는 경찰의 부검 결과와 범인들의 자백 내용 등에 근거하여 체포된 이들이 유희성 흉악범임을 확신한다고 덧붙였다. 또 아직 국립과학수사연구소의 심층 조사와 범인들의 정신감정 등이 남아 있기는 하지만, 이들이 정신이상자라는 징후 또한 지금껏 전혀 눈에 뜨이지 않고 있다는 말도 했다. 그들은 서로 수고하셨다고 인사한 후 그 프로를 마쳤다. 이제 라디오에서는 다시 곡목과 장르를 알 수 없는 이런저런 음악들이 흘러나왔다. 나는 라디오를 껐다. 그리고는 밤거리를 걷기 위해 방에서 나왔다. 밤거리를 걷는 것은 낮 시간의 폐허나 무덤 속으로 들어가는 일일 수 있었다. 그뿐 아니라 수조 안에 집어넣을 유목 한 토막도 구하고 완구점에서 실제의 모양과 유사한 가짜 물고기도 사야 했다. 밤거리로 통하는 문은 도굴당한 관 뚜껑처럼 맥없이 열렸고 나는 그 관 속에 들어가는 기분으로 문을 닫고 나왔다.

복도 끝의 계단을 내려가다 내 또래의 한 남자와 마주쳤다. 그는 뜻밖에도 내게 안녕하시냐고 인사를 했다. 나도 안녕하시냐며 엉겁결에 그의 인사를 받았다. 내가 무덤 속으로 외출하는 것을 알아본 목격자가 한 사람 생긴 셈이었다. 나는 내가 살고 있는 다세대 주택의 건물을 허둥지둥 빠져나왔다.

다음 날도 나는 수족관 앞에 의자를 놓고 앉았다. 유목 한 토막이 들어간 수조의 빛깔은 그사이 조금 짙어진 것 같았다. 나는 완구점에서 사온 플라스틱 가짜 물고기를 철사 줄에 매달아 수조 안으로 들여보냈다. 한 무리의 소드 테일들이 산소공급기의 공기방울 주위를 맴돌다 가짜 물고기 곁을 지나쳤지만 별다른 반응은 보이지 않았다.

라디오를 켜려는 순간 바깥에서 계집아이들이 뛰놀며 재잘거리는 소리가 들려왔다. 그러고 보니 이 건물 발치에는 어린아이들이 모여 뛰어놀 만한 동네 놀이터가 하나 있었다. 몇 명의 여자아이들이 그 놀이터에 모여 즐겁게 뛰어놀고 있는 모양이었다. 나는 잠시 망설이다 블라인드를 걷었다.

창 밖으로 눈부신 햇살 아래 서너 명의 여자아이들이 놀이터에서 미끄럼틀과 그네 사이를 오가며 뛰어놀고 있는 모습이 내려다보였다. 나는 침대에 올라 무릎을 꿇고 그 아이들을 물끄러미 바라보았다. 아이들은 뜀박질로 미끄럼틀의 계단을 오르기도 하고 팔랑팔랑 고무줄 넘는 다리 동작을 해가며 다가오는 술래를 피해 달아나기도 했다.

놀이터에 그 여자아이들 말고는 아무도 없었다. 아이들은 멈추지 않고 이리저리 뛰어다니며 깔깔거렸다. 그러다 누군가 지금 하고 있는 놀이는 이제 재미없어졌으니 딴 놀이를 하자고 했는지 아이들은 뛰어다니기를 그만두고 놀이터의 한쪽에 모여 고무줄놀이를 하려고 했다. 그녀들의 울긋불긋한 책가방은 주위에 아무렇게나 내팽개쳐져 있었다. 자유의 길로…… 무찌르자 공산당 몇천만이냐…… 아이들이 고무줄을 넘느라 발을 구르는 사이 가벼운 흙먼지가 일었다. 한 아이가 일찍 죽고 한 아이만 남았다. 그 아이는 노란색 원피스를 입고 있었다. 그 원피스의 뒷춤에는 팔랑거리는 움직임에 따라 하늘거리는 레이스천의 리본이 달려 있는 게 보였다. 한 단계씩 성공할 때마다 고무줄의 높이는 자꾸 올라갔다. 고무줄이 높아질수록 덩달아 커지는 율동의 폭에, 펄럭이는 치맛자락이 몹시 거추장스러워 보였다. 벅차고 숨가빠 보이는 다리 놀림의 와중에서도 그녀는 일찍 죽은 탓에 가두리로 밀려나 시무룩하게 노래나 따라부르고 있는 같은 편

아이에게 싱긋 미소를 지어보이기도 했다. 거추장스러운 치맛자락을 사타구니에 끼고 어찌해보려다 그녀는 결국 자기의 키보다 훨씬 높이 올라간 고무줄에 제대로 발을 엇걸지 못했다.

고무줄놀이는 고무줄을 넘는 편과 고무줄을 잡아주는 편이 교대한 후 다시 시작되었다. 자유의 길로…… 무찌르자 공산당 몇천만이냐…… 이제 노란 원피스를 입은 아이는 고무줄을 발목에 건 채 내 시선을 등진 쪽에 서야 했다. 아이들의 맞은편에 서 있는 버즘나무의 그림자가 그녀의 자리를 비스듬히 가로질러 길게 드리워졌다. 나는 그대로 그녀에게 내 시선을 고정해두고 있었다. 바람에 부풀어오르려는 엉덩이 쪽의 치마폭을 가지런히 쓸어모으려고 고개를 뒤로 돌린 순간 그녀는 물끄러미 내려다보고 있던 나와 시선이 마주쳤다. 그녀는 얼른 고개를 돌렸지만 나는 거기에 개의치 않고 계속 그녀를 바라보았다. 그녀는 다른 아이들보다 키가 한 뼘쯤은 더 커 보였는데 내가 여전히 자기에게서 시선을 거두지 않자 결국 짬나는 대로 확인하듯 뒤쪽을 힐끔거리기 시작했다. 이따금 과장해서 까르르 웃음을 터뜨리기도 했고 공연히 앞머리를 쓸어넘기기도 했다.

그 후로도 한 시간 남짓 아이들은 고무줄놀이를 계속하다 슬슬 어스름이 질 무렵 제각기 가방을 챙겨들고 놀이터에 나와 뿔뿔이 흩어졌다. 그녀는 내게 쌩끗 웃어보이고는 종종걸음을 쳐서 내 시야에서 멀어져갔다. 이제 희미해진 버즘나무의 그림자는 놀이터의 흙바닥 위에 그녀가 서 있다 옮겨간 자국을 굵은 사선으로 표시해두고 있는 것처럼 드리워졌다. 놀이터 가두리를 두르고 있던 그늘의 면적이 훨씬 더 넓어졌다. 풍성한 밤거리의 소요를 예비하듯 창으로 길게 내려다 보이는 동네 놀이터와 주택가의 골목길과 상가 주변에서는 그 모든 것들이 숨죽이고 있는 것 같았다. 잡다한 소음들이 멸균되는 잠깐 동안의 시간일 수도 있었다. 그렇게 하루는 밤으로 이울었다.

나는 라디오를 켰다. 광고 방송이 끝나고 곡목과 장르를 알 수 없는 이런저런 음악들이 이어졌다. 불을 켜지 않은 방 안은 점점 더 어두워져갔다. 나는 블라인드를 내렸다. 하지만 내 방은 칠흑 같은 어둠에 밀봉(密封)되지는 않았다. 형광등으로 밝혀진 수족관이 투명한 빛의 입방체로 떠올라 어둠의 한 모서리를 잠식하고 있었기 때문이다. 나는 의자를 끌어다놓고 수족관 앞에 앉았다.

밤거리에서 돌아와 건물 입구로 들어서려는 순간 나는 내게 안녕하시냐고 인사해왔던 사내와 다시 마주쳤다. 그는 이번에도 어김없이 안녕하시냐고 인사했다. 나는 고개를 갸우뚱거리며 날 아느냐고 물었다. 그는 실은 잘 모르지만 복도에서 마주쳤는데 같은 건물에 살고 있는 걸 뻔히 알면서 모르는 체 할 수 없으니까 그냥 인사하는 거라고 했다. 그러면서 어딜 다녀오는 길이냐고 물었다. 내가 대답을 얼버무리려 하자 그는 씨익 웃으며 혹시 이 근방의 야산에 있다 오는 길이 아니냐고 물었다. 나는 이 근방에 야산이 있었는지조차도 몰랐다고 했다. 그는 며칠 전 나와 비슷해 보이는 사람이 이슥한 시각에 그 야산에서 서성거리고 있는 걸 본 기억이 나서 물어봤을 뿐이라고 했다. 나는 그러냐면서 그 이슥한 시각에 댁이야말로 무슨 일 때문에 거기에 가 있었느냐고 되물었다.

그는 다시 사람 좋은 미소를 지어보이더니 나의 되물음에는 대답하지 않고, 언제 시간 나면 자기 방에서 맥주라도 한잔 하자고 했다. 나는 무심한 말투로 그러자고 답했다. 그는 만나서 반갑다며 새삼스럽게 악수를 청했다. 나는 내민 손을 맞잡았다. 손이 어쩐지 까칠했다. 그는 자기를 그냥 구엔 또는 빈으로 불러달라고 했다. 그 이름에 내가 다소 어리둥절해하자 그는 소리내어 웃더니, 이름에 관해서는 나중에 설명할 기회가 있을 거라며 자기는 302호에 사니 언제든 놀러오라고 한 후 슬슬 걸음을 옮기면서 이제 나가봐야 할 것 같다고 했다. 나는 시간 나면 한번 들르겠다고 했다. 그는 꼭 들르라면서, 어쩌면 자기가 먼저 내 방을 찾을 수도 있을 거라고 했다. 나는 202호에 산다고 했다. 그는 알았다며 가볍게 고갯짓을 해보이고는 건물에서 나갔다. 내가 외출하고 돌아온 걸 알아본 목격자가 한 사람 생긴 셈이었다. 나는 내 방으로 돌아왔다.

문이 관 뚜껑처럼 열리자 그 안에서 어슴푸레한 빛이 새어나왔다. 나는 탁자의 스탠드도 천장의 형광등도 켜지 않고 수족관 앞에 앉았다. 이제 수조는 완연히 연갈색으로 코팅해놓은 수정 렌즈의 빛깔을 띠고 있었다. 그러나 그 드넓은 수조 속에서 살고 있는 것이라고는 불과 몇 마리 되지 않는 열대어들이 고작이었다. 나는 철사 줄 달린 가짜 물고기를 수조 안에 집어넣고 흔들어보았다. 때마침 그 근처를 지나가던 몇 마리가 화들짝 놀란 몸짓으로 방향을 바꿔서 되돌아갔다. 투명한 연갈색을 띠게 되어서인지 수조 안의 공기는 일조량이 줄어들기라도 한 듯 한결 서늘하고도 맑아진 것처럼 보였다.

나는 계속 가짜 물고기를 담가두고 있었지만 수초덤불을 일렁이게 하는 물결의 바람이 실제로 이는지를 알아내지는 못했다. 잠시 후 가짜 물고기를 빼냈다. 하품이 나왔다. 라디오를 켰다.

라디오에서는 한 남자가 열띤 목소리로, 이모양의 시신이 비록 자기가 신고 있던 스타킹에 목이 졸린 채 하반신이 벗겨져 있는 모습으

로 현장에서 발견되긴 했지만, 부검 결과 살해되기 전후로 강간당한
흔적은 전혀 찾아볼 수 없었다고 했다. 그런 살인행각의 특징은 범인
이 왜 그 여성들을 무참히 살해해야 했는지 전혀 알 수 없다는 점이
며, 경찰이 아무리 이미 체포된 범인들을 추궁해도 그들의 자백 내용
은 오리무중이라고 했다. 그들은 최근 범죄의 양상이 날로 흉폭해져
가는 추세인 바, 주목해야 할 것은 우리 사회에 이른바 무동기 범죄
의 전면적인 등장이라고 입을 모으고는 서로 수고했다며 그 프로를
마감했다.

이어서 라디오에서는 곡목과 장르를 알 수 없는 이런저런 음악들
이 흘러나왔다. 수조 안의 산소공급기는 뽀글뽀글한 공기방울들을
수중으로 뿜어올리고 있었다. 나는 라디오를 켜둔 채 잠자리에 들었
다. 라디오의 말소리들이 잠결에 들려왔다. 나는 그 말소리들을 누군
가가 내게 건네는 귀엣말로 착각했다.

블라인드를 걷자 놀이터에서 명랑하게 고무줄놀이에 열중하고 있
는 그녀의 모습이 나타났다. 개나리 노란 꽃 그늘 아래 가지런히 놓
여 있는 꼬까신 하나, 아기는 살짝 신 벗어놓고 맨발로 한들한
들……

까만 스타킹을 신고 있는 그녀의 긴 다리는 팔랑거리는 스텝을 밟
으면서 자유자재로 외가닥의 고무줄을 희롱했다. 고무줄을 잡고 있
는 친구들이 애, 너 너무 잘 한다, 이제 고만 좀 죽어라, 어휴 해가며
부러워하는 동안에도 그녀는 나비 같은 몸짓으로 사뿐사뿐한 다리
놀림을 그만두지 않았다.

급기야 고무줄을 잡고 있던 한 아이가 삐친 얼굴로 고무줄을 내팽

개치고는 홱 하고 돌아섰다. 그녀와 삐친 아이는 잠시 말다툼을 벌이고 나머지 두 아이는 싸우는 두 아이의 어깨를 잡아끌며 말리려고 했다. 그런데 그 순간 노란 원피스의 그녀는 눈길을 내 쪽으로 들어올렸다. 아마도 내가 여기서 여전히 자기를 지켜보는지 확인하려는 것 같았다. 그녀의 눈길은 강렬했지만 나도 그녀에게 쏠려 있는 눈길을 거두지 않았다. 내 심장이 몹시 두근거리고 있었다.

다투던 아이들이 결국 화해하고 고무줄놀이를 다시 시작한 것은 한참이 지나서였다. 이번엔 그녀가 술래였다. 그녀는 나와 마주볼 수 있는 위치에서 고무줄을 발목에 걸고 서 있었다. 개나리 노란 꽃 그늘 아래 가지런히 놓여 있는 꼬까신 하나……

짙은 버즘나무의 그림자가 고무줄놀이에 열중하고 있는 아이들 사이로 비스듬히 드리워져 있었다. 그녀는 딴청을 피우는 척하면서 내 시선이 자기에게 향해 있는지 틈나는 대로 확인했다. 그녀의 키는 또래 아이들보다 훨씬 컸다.

해가 기울어 방이 어둑해졌다. 막 나가려는 순간 누군가 초인종을 눌렀다. 구엔 또는 빈이라는 친구였다. 문간에 서서 나는 지금 나가려는 참이었다고 했다. 그는 어딜 가려는 거냐고 물었다. 나는 방에 수족관이 하나 있는데 열대어 전문점에 가서 마음에 드는 물고기를 몇 마리 더 사오려 한다고 답했다. 그리고는 잠시 후 좀더 정확하게는 야광 물고기 같은 걸 원한다고 덧붙였다. 그는 오히려 잘 됐다며 저녁도 먹을 겸 자기와 같이 나가자고 했다.

나는 우선 현금 인출기에서 약간의 돈을 찾고는 그 친구와 함께 택시를 잡아탔다. 그는 여기서 거리가 머냐고 물었다. 나는 좀 가야 한다고만 답했다. 얼마 후 한 젊은 여자가 우리가 탄 택시에 합승했다. 택시 기사는 우리의 양해도 구하지 않고 길가에서 손짓하고 있던 그 여자를 멋대로 합승시켰다.

앞좌석에 앉은 그 여자는 베이지색 블라우스를 입고 있었으며 짧은 가죽 스커트 밑으로 커피색 스타킹의 이음선이 아슬아슬하게 드러나 있는 허벅지를 포개놓고 있었다. 살짝 열어둔 차창 틈으로 습진 저녁 바람이 불어와 앞에 앉은 여자의 머릿결에서 향긋한 샴푸 냄새를 퍼뜨렸다. 하지만 얼마 가지 않아 여자가 내렸다.

기사는 만일 뒷좌석에 손님들이 없었다면 저 여자는 분명 자기와 여관에 들자고 했을 거라고, 기사 생활 십 년째라 저런 여자는 이제 척 보면 안다고 웅얼거렸다. 그 말에 우리가 별다른 반응을 보이지 않자 기사는 뜻밖이라는 듯 후면경을 힐끗 보더니 지금까지처럼 묵묵히 운전만 계속했다. 택시는 막히지 않고 달렸다. 우리는 곧 목적지에 도착했다.

수족관 전문점에서 나는 네온 테트라와 카디날 테트라라는 두 종의 야광 물고기를 두세 마리 구입했다. 종업원은 운반해 가는데 어려움이 없도록 그 열대어들을 담수가 든 플라스틱 용기에 포장해주었는데 수족관에 대해서 내게 계속 뭔가를 더 알려주고 싶어하는 눈치였다.

별 말 없이 가게 안에서 이것저것을 구경하던 빈은 이제 저녁이나 먹자며 자기가 살 테니 요 근처의 베트남 레스토랑에 가자고 했다. 나는 그를 따라서 베트남 레스토랑에 들어가서는 그가 시키는 대로 포호아라는 쌀국수를 따라 주문했다. 잠시 후 음식이 테이블에 놓였다. 한국식으로 국수류에 반찬으로 놓고 먹음직한 단무지나 김치 같은 건 딸려나오지 않았다. 대신 종업원은 국수에 얹어 먹는다는 숙주나물을 한 접시 가져왔다. 나는 평소 그가 베트남 음식을 즐겨 먹느냐고 물었다. 면발을 한입 가득 넣고 우물거리던 그는 자기가 실은 베트남계라고 답했다. 아버지가 한국 사람이고 엄마가 베트남 여잔데, '빈'이라는 건 베트남에서 아이 때 불리던 이름이라고 했다. 그러더니 그는 국수를 먹다 말고 한참동안 뭔가를 골똘히 생각하더니 뜬금없이, 자기는 아가씨라 불릴 만한 성인 여자들이 무조건 싫다고 잘라 말했다. 성인 여자들은 모두 흘레붙고 싶어서 밑구멍으로 점액을 질질 흘려대고 남자만 보면 암내나 잔뜩 피우려 드는 색마로밖에 보이지 않는다고도 했다. 그의 목소리가 생각보다 컸는지 주위에서 식사하던 여자 손님들이 그를 한 번씩 돌아봤다.

그러거나 말거나 그는 계속해서 흥분한 목소리로 남자와 달리 여자는 정신적으로나 육체적으로나 아가씨란 이름의 성인으로 자라나지 않아야 옳았을 것이라고 했다. 종업원이 좀 목소리를 낮춰달라고 주의를 주고 갔는데도, 그는 여전히 큰 목소리로 여자의 몸에서는 사춘기를 전후로 하여 에스트로겐이라는 여성 호르몬이 분비되어 나오는데 이게 바로 비극의 씨앗이라며 그 전까지는 그렇게 맑고 고운 동화 속의 요정들이 그 여성 호르몬이 분비되면서 파리 떼가 들러붙기 좋아하는 흉물들로 전락하게 되는 거라고 지껄여댔다.

우리는 결국 국수를 다 먹지 못하고 그 식당에서 나와야 했다. 빈은 식사하다 말고 흥분해서 미안하다고 겸연쩍어했다. 나는 내 목격자의 의심을 푸는 데 성공했다고 확신할 수 있었다. 우리가 사는 다세대 주택의 건물에 돌아온 후 맥주 한잔이 아쉽다는 그 친구를 뒤로하고 나는 플라스틱 용기를 소중히 챙겨 곧장 내 방으로 돌아왔다.

그러고 보니 구엔 또는 빈, 그 친구는 여느 한국 사람들보다 눈이 더 동그랗고 더러 한국말 발음이 어색해질 때가 있는 것 같기도 했다.

새로이 수조 안에 투입된 서너 마리의 네온 테트라와 카디날 테트라로 내 수족관은 한결 번화해진 것 같았다. 실내의 전등을 끄면 직육면체의 아크릴 수조가 방 안의 농도 짙은 어둠을 그 부피만큼 절도 있게 허문 것처럼 보였고 다시 수조 위에 달린 소형 형광등마저 끄면 이번엔 야광 열대어들이 암흑 속의 반딧불 같은 빛점으로 밤하늘을 유영하고 다니는 듯했다.

블라인드는 내려져 있었지만 촘촘한 날들의 틈 사이로 오후의 햇살이 스며들어와서 방 안을 뒤덮고 있는 어둠의 농도가 한결 묽어지는 것 같았다. 나는 우두커니 수족관 앞에 앉아 있었다. 초인종이 울렸다. 빈이었다. 빈은 내가 방에 있을 줄 알았다며 맥주 한잔 하러 들렀다고 했다. 그러면서 캔 맥주가 든 비닐봉지를 들어보였다.

내 방에 들어서면서 그는, 왜 이렇게 방을 어둡게 해두고 있느냐, 블라인드는 왜 내려놓고 있었느냐고 물었다. 나는 잠시 머뭇거리다, 수족관을 바라보고 있던 중이어서 그랬다고 답했다. 그의 눈길이 수족관 쪽으로 향했다. 그는 수족관이 아름답다며, 이렇게 아름다운 수족관을 방 안에 들여놓을 정도면 내가 틀림없는 알부자일 거라고 했다. 나는 은행계좌에 몇 년간 직장 생활하며 예금한 봉급의 일부와 얼마 되지 않는 퇴직금이 남아 있을 뿐이라고 했다. 그는 그러냐며, 자기도 얼마 전까지 택시 운전을 하다 요즘엔 쉬는 중이라고 했다.

빈과 나는 벽에 붙어 있는 반원형 탁자를 사이에 두고 비스듬히 마주앉아 말없이 맥주를 홀짝거리기 시작했다. 잠시 후 빈은 블라인드를 걷는 게 어떠냐고 했다. 나는 그러자며 순순히 블라인드를 걷어올렸다. 눈부신 햇살이 방 안 가득 쏟아졌다. 어디선가 여자아이들의 재잘거림이 들려왔다. 빈은 이럴 게 아니라 자기 방에는 재미있는 게 많은데 같이 한번 가보지 않겠느냐고 했다. 이 방에는 티브이나 비디오 같은 것조차도 없어서 퍽 내가 무료하겠다고도 했다. 나는 재미있는 거라면 무얼 말하는 거냐고 물었다. 그는 이를테면 닌텐도 게임 같은 전자 오락이라고 했다. 그때 여자아이들의 재잘거림이 좀더 또렷해졌다. 나는 빈의 양해를 구하고는 창가로 갔다.

놀이터에는 여느 때처럼 늘 보던 여자아이들이 나와서 고무줄놀이를 하고 있었다. 노란 원피스를 입은 그녀는 전과는 달리 붉은 구슬이 각기 두 개씩 달려 있는 머리끈으로 양쪽 머리를 땋은 모습이었다. 그녀뿐만 아니라 아이들은 모두 경쾌하게 다리를 놀리고 있었다. 월 화 수 목 금 토 일, 공주마마 납신다 상감마마 납신다…… 빈은 묵묵히 혼자서 맥주를 들이켜다 뭘 그렇게 열심히 보느냐며 창가로 다가왔다. 이번에 아이들이 하고 있는 건 두 가닥 고무줄놀이였다. 그녀는 평소와 다름없는 솜씨로 팔랑팔랑 고무줄을 넘었지만 고무줄이 높이 올라가기도 전에 일찍 탈락한 것으로 보아 두 가닥에는 약한 모양이었다. 그녀는 머리카락 한 올을 손가락으로 말아 귀 뒤로 넘기며 쑥스러워하면서도 내게 반짝거리는 시선을 할끗 그어보이고는 가두리로 물러나 앉았다.

잠자코 창 밖을 바라보고 있던 빈은 저 노란 원피스를 입은 여자아이가 내 애인이냐고 물었다. 나는 아무 대답도 하지 않았다. 여자아이들은 깔깔거리면서 더욱 고무줄놀이를 신나 하는 것 같았다. 월 화

수 목 금 토 일, 공주마마 납신다 상감마마 납신다…… 빈은 나가자
고 했다. 나는 잠시 주저하다 그의 말을 따르기로 했다. 그는 목격자
이기는커녕 어쩌면 정반대로 내 알리바이의 증인이 될 수도 있는 일
이었다.

　우리 셋은 버즘나무 그늘이 진 놀이터의 나무 벤치에 나란히 앉았
다. 그녀와 놀던 다른 아이들은 먼저 가고 아무도 남아 있지 않았다.
그녀는 자기 이름이 유로, 이유로이며 현재 초등학교 5학년이라고
했다. 그리고는 내가 저 위에서 자기를 쳐다보기만 해서 무척 답답했
다고, 쳐다보고만 있을 게 아니라 일단 말을 걸어와야 할 게 아니냐
고 볼멘소리로 따져 물었다. 왜 말을 걸어야 하는 거라고 생각했느냐
고 묻자, 유로는 살짝 쌍꺼풀 진 두 눈을 지그시 내리깔며, 내가 자기
한테 첫눈에 반한 걸 이미 눈치 채고 있었다고 했다. 잠자코 있던 빈
이, 아마도 그랬던 것 같다고 빙그레 웃으며 나 대신 대답했다. 유로
는 몸을 살짝 꼬면서 까르르 웃었다. 나는 따라 웃는 대신 고무줄놀
이를 참 잘 하더라고 진지한 말투로 칭찬했다. 유로는 초롱초롱 빛나
는 눈으로 나를 말끄러미 올려다보면서, 혹시 자기의 고무줄 솜씨에
반한 거 아니냐고, 웃음기 머금은 목소리로 물어왔다. 이번에도 빈이
나 대신 아마 그랬던 것 같다고 대답했다. 그러자 유로는 말똥말똥해
진 눈을 몇 번 깜빡거리더니 빈에게, 그러는 아저씨는 누구냐고 물었
다. 빈은 내 친구라고만 대답하고는 잠시 후 괜찮다면 자기도 유로와
친구가 되고 싶다고 했다. 유로는 잠시 생각에 잠긴 표정을 짓더니,
아저씨는 도대체 몇 살인데 자기처럼 어린 꼬마와 친구가 되고 싶다
는 거냐고 면박 주듯 말했다. 이 말에 빈은 당혹스러워하는 표정을

지었다. 유로는 다시 까르르 웃음을 터뜨리고는 장난이었다며 즐거
워했다. 빈은 한결 진지해져서, 자기는 진심으로 유로와 친구가 되고
싶은 거라고 했다. 그러더니 잠시 후 다 같이 친해지자는 뜻에서, 내
일이 마침 휴일이고 하니 어디 좋은 데로 셋이서 소풍이나 다녀오자
고 제의했다. 나는 유로의 눈치를 살피며 망설였다. 그런데 뜻밖에도
유로는 선선히 그러자며 빈의 제의에 응했다. 우리는 금세 친해진 것
같았다. 나는 유로의 머리를 쓰다듬다 머리끈에 달려 있는 구슬이 꼭
산수유 열매처럼 생겼다고 했다. 유로는 산수유 열매를 한 번도 본
적은 없지만 지나가다 예뻐서 샀다고 했다. 그러면서 내게 자기 머리
모양이 어떤지 물었다. 나는 예쁘다면서 부드러운 손길로 유로의 머
릿결을 어루만졌다. 유로는 이제 그만 가봐야겠다며 일어섰다. 빈과
나도 따라 일어섰다. 유로는 내일 보자 하면서 잘 가라고 손짓해보인
후 잰 걸음으로 사라졌다.

어찌된 셈인지 빈은 그 사이에 멍한 표정으로 넋을 놓고 있었다.
나는 왜 그러냐고 물었다. 그때 주위에서 수군거리고 있는 사람들의
목소리가 들려왔다. 우리는 그제야 주위를 둘러보았다. 놀이터와 가
까이 있는 주택과 건물들의 창가에서 많은 사람들이 한결같이 핼쑥
한 안색에 눈을 치뜨고 있는 얼굴로 우리를 지켜보며 자기들끼리 귓
속말을 나누는 게 보였다. 우리와 눈길이 마주친 사람들은 입을 가리
고 얼른 피하기도 했다. 이웃의 많은 주민들이 무표정하고 핏기 없는
안색으로 우리를 집요하게 관찰하며 뭔가를 자기들끼리 속닥대고 있
는 줄도 모르고 빈과 나는 유로와 얘기를 나누는 데만 몰입해 있었던
것이다. 어디선가 향불 피우는 냄새와 매캐한 연기가 느껴지기도 했
다. 빈과 나는 도망치듯 놀이터를 빠져나왔다.

수족관 앞에 앉았다. 라디오를 켰다. 여러 마리의 열대어들이 무성한 수초 덤불 사이로 드나들었다. 곡목과 장르를 알 수 없는 이런저런 음악들이 흘러나왔다. 그리고 잠시 후 음악이 그치고 많은 사람들의 수군거림과 까닭 모를 곡성이 들려왔다.

회양목으로 둘러쳐져 있는 놀이터의 산울타리 바로 바깥에 붉은 경광등을 번쩍이고 있는 경찰차와 파란 경광등을 번쩍이고 있는 구급차가 도착했다. 얼마 지나지 않아 근방의 모든 건물에서 많은 사람들이 일제히 놀이터로 몰려들기 시작했다. 그들은 한결같이 무표정하고 핼쑥한 안색에 충혈된 눈을 치뜨고 있었으며 굼뜨고 불안한 걸음걸이로 한 발짝 한 발짝을 내디뎠다. 놀이터에서는 향불 피우는 냄새와 매캐한 연기가 진동하고 있었다. 그렇게 몰려든 사람들은 담벼락 가까이에 있는 버즘나무 한 그루를 반원 모양으로 둥그렇게 에워쌌다.

입에 마스크를 하고 하얀 가운을 입은 남자들이 버즘나무 앞에서 흙구덩이를 깊이 파헤치고 있었고, 그 옆에서 하얀 상복을 입은 여인이 아이고, 아이고, 이를 어쩌나 하면서 목쉰 음성으로 통곡하고 있었다. 이윽고 파헤친 흙구덩이에서 하얀 가운의 남자들은 새빨갛게 벌거벗겨진 채로 축 늘어져 있는 여자아이의 시신 한 구를 건져올렸다. 방역원인 듯한 사내들이 우르르 나와서 그 일대에 소독약 연기를 뿜어댔다. 상복을 입은 여인은 손을 휘휘 내저으며 여자아이의 시신에게로 다가가려다 사람들이 제지하자 그만 흙더미 위에 거품을 토하고는 혼절했다. 그러자 앞에 둘러서서 무표정하고 핼쑥한 안색에 충혈된 눈을 치뜨고 서 있던 사람들이 한 목소리로 아이고, 아이고 하는 곡성을 대신 했다.

얼마 후 구급차에서 의사가 걸어나왔다. 그는 여자아이의 시신을 이리저리 살피더니 들고 온 가방에서 꺼내든 메스들로 그 자리에서 부검을 실시했다. 의사의 집도 아래 여자아이의 살집이 고기토막처럼 헤쳐졌다. 그러더니 잠시 후 이를 앞에서 지켜보고 있던 가죽 잠바 차림의 한 남자에게 아니라는 듯 고개를 가로저어보이고는 부검을 끝냈다. 사내는 고개를 가볍게 끄덕이며 담배를 피워 물었다. 흐린 하늘에서 굵은 빗줄기가 내리치기 시작했다. 그런데도 버즘나무 앞에 몰려든 사람들은 그 급작스런 소나기에 아랑곳하지 않고 한 목소리로, 아이고, 아이고 하는 곡성을 그치지 않고 있었다.

빈과 나는 아침 일찍부터 놀이터에 나와 기다리고 있던 유로를 렌터카의 뒷좌석에 태우고 예정대로 소풍을 떠났다. 유로는 차에 오르며 자기를 혹시 유괴하거나 납치하려는 건 아니냐며 깔깔거렸다. 묵묵히 차를 몰고 가던 빈은 웃는 얼굴로 혹시 그런지도 모른다고 했다. 유로는 여느 때처럼 노란 원피스에 까만색 스타킹을 신고 산수유 열매처럼 붉은 구슬이 달려 있는 머리끈으로 양쪽 머리를 정갈하게 땋은 모습이었다. 후면경에 비친 유로의 다리는 매우 길었다. 우리 차는 교통 체증이 심한 시내에서 앞길이 탁 트인 고속도로로 빠져나왔다.

국도로 접어든 직후 우리는 어이없게도 길을 잃고 말았다. 빈은 어디가 어딘지 알 수 없는 길로 계속 차를 몰았다. 우리는 어느 야산 기슭에서 전혀 벗어나지 못한 채 같은 지점만 계속 맴돌고 있는 것 같았다. 출발할 때부터 차가 달려온 사이 후면경에 비친 유로의 다리는 계속 길어지고 있었다. 나는 잠시 졸다 깨어나, 피곤하지 않느냐며 유로에게 말을 붙였다. 차가 달리는 사이, 길어진 다리만큼이나 유로의 몸도 육감적인 아가씨처럼 자라나 있었다. 유로는 아가씨 같은 말씨로 언제 내려서 소풍을 즐기려는 거냐고 투덜거렸다. 빈은 운전을 오래 했더니 피로가 몰려온다고 했다. 이럴 줄 알았으면 따라나서지 않는 거였다며 유로는 길어진 다리를 바꿔서 꼬았다. 유로의 짧은 원피스 자락 밑으로 까만색 스타킹의 이음선이 아슬아슬하게 드러났다.

그런데 우리 차가 아무리 돌아나와도 다른 곳으로 통하는 길을 찾지 못해 차라리 국도변의 벌판을 가로지르려 할 때였다. 길섶에서 어쩐지 낯익은 듯한 버즘나무 한 그루가 눈에 띄었다. 나는 그 밑에서 잠시 쉬었다 가자고 했다. 이제 성숙한 여인으로 변한 유로는 내 목에 팔을 휘감으며 그러자고 했다. 빈은 차를 세웠다. 유로는 내리자마자 나무 둥치에 몸을 기대고 섰다. 얇고 매끄러운 원피스 옷감의 재질 아래 풍만한 양감으로 봉긋 솟아 있는 유로의 젖가슴이 몹시 흐벅져 보였다. 빈은 침을 꿀꺽거리며 유로의 그 젖가슴에서 눈길을 떼지 않고 있었다. 유로가 머리끈을 풀자 기다란 생머리가 쏟아져내렸다. 때마침 불어온 산바람이 그 머릿결에서 향긋한 샴푸 냄새를 휘감아올려 풀 냄새로 싱그러운 공기 중에 퍼뜨려놓았다.

유로는 자기의 머릿결을 매만지면서 묘한 몸짓과 표정으로 빈과 내게 다가오더니 돌연 맨가슴을 열어보였다. 빈은 내 눈치를 살피며 한동안 뭔가 망설이는 듯했지만 이내 거친 숨을 몰아쉬며 유로에게 달려들었다. 빈의 하반신 아래 깔린 유로는 금세라도 숨이 넘어갈 것처럼 깔깔거렸다. 그리고는 자기를 마음대로 주무르라며 치맛자락 밑으로 신고 있던 스타킹을 끌어내렸다. 빈이 알아들을 수 없는 외국말을 흥분한 목소리로 급히 주절거린 후 바지를 까내리려는 순간 나는 손에 잡히는 대로 돌조각을 주위들고 그의 뒷덜미를 내리찍었다. 어깨를 들썩이고 있었던 탓에 정통으로 맞지는 않았지만 그 타격으로 인해 빈은 중심을 잃고 맥없이 꼬꾸라졌다.

유로는 이미 축축해져 있을 거웃을 손바닥으로 살짝 가리며 내게 환한 미소를 지어보였다. 아저씰 사랑해요. 진심이에요…… 나는 뱀 허물처럼 버려져 있는 스타킹을 집어 들고 그녀에게로 달려들었다. 그녀는 기다렸다는 듯 가랑이 사이를 활짝 열었다. 나는 그녀의 몸을 깔고 앉아 목둘레에 스타킹을 칭칭 감았다. 잠시 놀란 듯하던 유로는 씽끗 웃으며, 내가 변태냐고 묻더니 자기는 변태들이 참 좋더라고 했다. 나는 변태들이 왜 좋으냐고 물었다. 목에 죄어오는 스타킹에 캑 캑 하고 기침을 내뱉은 유로는 변태들이 하나같이 자극적이라서 그렇다고 했다. 나는 자극을 실컷 즐겨보라며 단호한 태도로 그녀의 목에 감긴 스타킹을 있는 힘껏 잡아당겼다. 유로는 얼굴이 새파래져서 팔다리를 버둥거렸지만 얼마 가지 않아 점점 싸늘해져오는 체온 속에서 온몸이 축 늘어졌다. 그때 빈이 머리를 뒤흔들며 깨어났다. 나는 빈에게로 성큼성큼 다가갔다. 빈은 허둥지둥 달아났다. 해는 뉘엿뉘엿 기울고 있었다. 내가 서 있는 국도변의 어디에서도 인가는 눈에 뜨이지 않았다. 달아난 빈 말고 목격자는 아무도 없었음에 틀림없었다. 그렇다고 빈이 나를 함부로 경찰에 신고할 수는 없는 일일 듯싶었다.

혹시 단서가 될 만한 것을 흘렸을지 몰라 주위를 두리번거리자 붉은 구슬이 달려 있는 유로의 머리끈이 버즘나무 발치에 떨어져 있는 게 보였다. 나는 그걸 얼른 주워 호주머니에 집어넣었다. 멀리서 산모롱이를 돌아 전조등을 밝힌 트럭 한 대가 이쪽으로 달려오고 있었다. 나는 서둘러 유로의 시신을 렌터카의 트렁크에 실었다.

돌아가는 길은 생각보다 훨씬 일찍 깊은 어둠 속에 파묻혀 있었다. 그래서인지 내가 모는 차는 엉뚱한 지점으로 빠져들었다. 아무리 헤매고 다녀도 내가 원하는 방향의 이정표는 보이지 않았다. 그때 후면경을 통하여 여러 대의 경찰차가 내 쪽으로 달려오고 있는 게 보였다. 나는 전속력에 이르도록 가속기를 밟았다. 길을 잃은 줄 알았는데 어느새 내 차가 와 있는 곳은 우리 동네의 골목 어귀였다. 경찰차들은 더 이상 나를 뒤쫓고 있는 것 같지 않았다.

잠결에 들려온 라디오의 말소리는 잡다하게 뒤얽힌 음성들로 내 귀를 어지럽혔다. 그 말소리가 전한 내용 중에는 유로와 빈에 대한 이야기도 끼어 있는 것 같았다. 나는 라디오를 끄고 자리에서 일어났다.

건물 입구로 들어서려는 순간 언젠가 복도에서 한 번 마주친 적이 있는 사내가 전번처럼 내게 안녕하시냐고 인사해왔다. 나는 고개를 갸우뚱거리며 날 아느냐고 물었다. 그는 실은 잘 모르지만, 복도에서 마주쳤는데 같은 건물에 살고 있는 걸 뻔히 알면서 모르는 체 할 수 없으니까 그냥 인사하는 거라고 했다. 그러면서 어딜 다녀오는 길이냐고 물었다. 내가 대답을 얼버무리려 하자 그는 씨익 웃으며 혹시 이 근방의 야산에 다녀오는 길이 아니냐고 물었다. 나는 이 근방에 야산이 있었는지조차도 모르고 있었다고 했다. 그는 얼마 전 나와 비숫해 보이는 사람이 이슥한 시각에 그 야산에서 서성거리고 있는 걸 본 기억이 나서 물어봤을 뿐이라고 했다. 나는 그 이슥한 시각에 댁 이야말로 무슨 일 때문에 거기에 가 있었느냐고 되물었다.

나는 의자를 끌어다놓고 수족관 앞에 앉았다. 여전히 뽀글뽀글한 공기방울들을 내뿜으며 산소공급기는 여느 때처럼 원활히 작동하고 있었다. 블라인드는 내려져 있었지만, 촘촘한 날들의 틈 사이로 오후의 햇살이 스며들어와서 방 안을 뒤덮고 있는 어둠의 농도가 한결 묽어지는 것 같았다. 나는 트랜지스터라디오를 틀었다. 누가누가 잘 하나 시간이었는지 라디오에서는 곡목이 가물가물한 동요들이 연속해서 흘러나오고 있었다. 개나리 노란 꽃 그늘 아래 가지런히 놓여 있는 꼬까신 하나, 아기는 살짝 신 벗어놓고 맨발로 한들한들 나들이 갔나……

황학동 중고 시장에서 구입한 그 라디오는 비록 턱없이 낡은 것이었지만 소리만큼은 여전히 잘 나와서 그런대로 켜두고 있을 만했다. 덕분에 내 방은 진공상태 같은 침묵의 방음벽에 갇히지 않을 수 있었다. 자리를 바꿔서 침대 모서리에 걸터앉았다. 거기 앉아 있으니까 목조 탁자 위에 얇게 쌓여 있는 먼지의 막이 보였다. 물걸레질을 했다. 하품이 나왔다. 철사 줄에 매달린 가짜 물고기를 수조 안에 들여보냈다. 나는 물고기들이 지나칠 때마다 그 접근에 감응하듯 수초들이 일렁이는 걸 보면서 거기에서도 바람이 이는지 궁금했다. 나는 오래도록 가짜 물고기를 담가두고 있었지만 수초 덤불을 일렁이게 할 물결의 바람이 수조 안에서도 실제로 이는지를 알아내지는 못했다.

가짜 물고기를 건져올렸다. 나는 가짜 물고기와 놀 수 있을 열대어들이 몇 마리 더 있어야겠다고 생각했다.

오후에 바깥으로 나가 현금 인출기에서 돈을 뽑았다. 은행 앞에서 택시를 잡아탔다. 얼마 못 가서 초등학생으로 보이는 한 여자아이가 합승을 했다. 요즘엔 꼬마 아이들도 혼자서 택시를 잡아타고 다닌다며 기사는 꽤 재미있다는 투로 웅얼거렸다.

그런 말에는 아무런 반응도 보이지 않던 여자아이는 잠시 후 뒤를 돌아보더니 내게 자기와 어딜 좀 같이 가지 않겠느냐는 말을 불쑥 건네왔다. 그제야 나는 그 여자아이를 찬찬히 뜯어보았다. 키가 크고 얼굴이 창백했다. 처음 보는 여자아이였다. 그럼에도 나는 혹시 유로를 아느냐고 물어보았다. 아이는 묻는 말에 아무 대답도 하지 않고 말끄러미 나를 올려다보기만 했다. 눈동자가 유난히 말똥말똥했다. 기사는 허허거리며 요즘 꼬마들은 당돌하다고 했다. 그러나 곧이어 당돌하다기보다는 조숙하다는 말이 더 맞을지도 모른다고 고쳐 말했다. 나는 그게 무슨 말이냐고 물었다. 그러자 기사는 뜬금없이, 자기는 아버지가 한국 사람이고 어머니가 베트남 여자인 베트남계 혼혈 아인데 한국의 꼬마들은 어릴 때 벌써 아가씨들처럼 성숙해지는 것 같더라고 했다. 그러고 보니 기사는 여느 한국 사람들보다 눈이 더 동그랗고, 더러 우리말 발음이 어색해질 때가 있는 것 같기도 했다.

그렇게 기사와 몇 마디를 주고받는 사이에도 아이는 말똥말똥한 눈으로 계속 나를 올려다보고 있었다. 나는 아이에게 이름이 뭐냐고 물어보았다. 아이는 가연이라고 대답했다. 나는 어딜 가려는 거냐고 다시 한 번 물어보았다. 아이는 가보면 안다고만 대답했다. 그 말에 기사는 숨죽여 킥킥거렸다.

아이가 원하는 곳에서 택시는 멈춰 섰다. 나는 요금을 내고 결국 가연이와 함께 차에서 내렸다. 낯선 동네였다. 주택단지나 상가도 전혀 보이지 않았다. 이제 막 개발되고 있는 신시가지처럼 우리가 내린 곳 일대는 찻길을 사이에 둔 블록 양쪽으로 포크레인이나 기중기만이 분주히 움직이고 있는 공사장의 벌판이었다. 가연이가 내 손을 잡고 앞으로 이끌자 기사는 내게 잘해보라며 까닭모를 미소를 지어보이고는 차를 출발시켰다. 불가피한 일이었지만 기사는 내가 가연이와 함께 내린 걸 기억하는 목격자가 될 것임에 틀림없었다.

나는 뜬금없이 가연이에게 , 혹시 고무줄놀이를 할 줄 아느냐고 물어보았다. 가연이는 아무 대답도 하지 않았다. 여전히 내 손을 꼭 잡고 바쁜 걸음을 내딛기만 했다. 나도 입을 다물었다. 우리는 버즘나무가 가로수로 늘어서 있는 큰길가를 한참 동안이나 직선으로 따라가다 우측으로 돌아 콘크리트 기둥 같은 석재들이 잔뜩 쌓여 있는 공터를 가로질렀다. 그러자 오밀조밀한 주택가가 나왔다. 한바탕 소나기라도 내리치려는지 하늘이 점점 더 흐려졌다. 크기가 고만고만한 단독주택의 담장들이 고른 높이로 잇닿아 있었고 그처럼 곧게 나 있는 골목길의 끝에 전신주 하나를 기점으로 해서 좌측으로 완만하게 휘어진 오르막길이 이어졌다.

나는 가연이에게 어디까지 가야 하느냐고 물었다. 가연이는 이제 거의 다 왔다고 했다. 이럴 거면 주택가의 골목 어귀까지 택시를 타고 들어올 일이지 무엇 때문에 거기에 한참 못 미쳐 내렸느냐고 내가 따져 묻자 가연이는 아무도 우리가 어느 곳으로 향해 가는지 그 구체적인 장소를 알아서는 안 된다며, 나이답지 않게 똑 부러지는 말씨로 답했다.

붉은 벽돌로 단정하게 지어진 몇 채의 다세대 주택 건물을 지나 완만하게 경사진 콘크리트 계단의 내리막길에 가 닿았을 때 저만치서 아이고, 아이고 하는 곡성이 또렷하게 들려오기 시작했다. 나는 의아한 눈초리로 가연이를 굽어보았다. 가연이는 빨리 가자며 내 팔목을 잡아끌었다. 나는 다시 발길을 옮길 수밖에 없었다.

가연이가 나를 끌고 간 곳은 많은 사람들이 모여 있는 어느 놀이터였다. 회양목으로 둘러쳐져 있는 놀이터의 산울타리 바깥에는 경광등을 번쩍이고 있는 경찰차와 구급차가 각기 한 대씩 대기하고 있었다. 놀이터에 들어서자 진한 향불 냄새가 풍겨와서 코끝이 매캐해졌다. 모여 있는 사람들은 놀이터 한 귀퉁이의 버즘나무를 반원 모양으로 에워싼 채 아이고, 아이고 하며 음울한 곡성을 냈다.

가연이는 말없이 손가락으로 그쪽을 가리키더니 다른 버즘나무가 있는 데로 달려갔다. 나는 가연이가 그 나무 둥치에서부터 외가닥 세로줄을 길게 긋고는 고무줄에서 노는 다리 놀림으로 팔랑팔랑 뛰어노는 것을 보았다. 그때 찌푸린 하늘에서 거센 빗줄기가 쏟아지기 시작했다. 그런데도 거기 모여 있는 사람들은 전혀 아랑곳하지 않고 곡성을 계속했다.

잠시 후 내가 지나온 어느 벽돌 건물에서 한 사내가 수갑을 찬 모습으로 두 명의 정복 경찰들에게 끌려나오는 게 보였다. 나는 그 건물과 그 사내를 알아보았다. 건물은 내가 살고 있는 다세대 주택이었고, 사내는 내가 얼마 전 건물 입구와 계단에서 우연히 마주친 적이 있는 이웃 청년이었다.

경찰들은 그 사내를 거칠게 차에 태웠다. 내가 그걸 바라보며 한동안 멀거니 서 있었을 때 가죽 잠바 차림의 한 사내가 내게 다가왔다. 신분증을 제시하며 북부경찰서 강력반 김 주임이라고 밝힌 그는 방금 긴급 체포된 범인과 이 놀이터에서 자주 어울리는 걸 봤다는 주민들의 제보가 있었다면서 내게 자기와 같이 가줄 것을 요구했다.

어느새 놀이터에 모여 있던 사람들은 해산한 상태였지만 멀리 가지는 않고 바로 그 놀이터의 주변에 삼삼오오 흩어져서 나를 미심쩍어하는 눈길로 쏘아보며 자기들끼리 귓속말을 나누고 있었다. 나는 방금 체포된 사람이 범인임에 틀림없느냐고 물었다. 김 주임은 내 코앞에 빨간 구슬이 달린 머리끈을 들이대며, 이게 저 사람의 수족관 속에서 발견된 결정적 물증이라고 차가운 어조로 단언했다. 사람들은 여전히 입을 가린 채 고집스러운 모습으로 수군거렸다.

김 주임은 같이 갈 건지 안 갈 건지를 빨리 알아서 결정하라고 다그치는 목소리로 말했다. 그러더니 대뜸 자기는 민주 경찰이라고 주장했다. 나는 눈으로 가연이를 찾았다. 버즘나무 아래서 놀고 있던 가연이는 그 사이 어디로 갔는지 보이지 않았다. 이윽고 김 주임이 턱짓을 해보이자 그 수하로 보이는 사내들은 나를 떠밀다시피 하여 붉은 경광등이 번쩍이고 있는 승합차에 태웠다. 잠시 후 사이렌이 울렸다.

나는 내 방으로 돌아왔다. 블라인드는 쏟아져 들어오려는 바깥의 빛살을 굳게 차단하고 있었다.

티브이를 켰다. 티브이에서는 한 베트남계 청년이 이유로라는 초등학교 5학년 여자아이를 유괴, 납치한 후 목 졸라 살해하여 인근의 야산에 암매장하였음을 시인하였으나 최근 잇따라 발생한 유사 범죄와의 연관성은 부인했다는 뉴스를 매 시간마다 반복하여 전하고 있었다. 두 팔을 휘휘 내저으며 상복 입은 모습으로 오열하고 있는 피해자의 어머니가 오래도록 티브이 화면에 비쳤다. 바깥에서 여자아이들의 재잘거림이 들려왔다. 나는 티브이를 껐다.

블라인드를 걷었다. 아직까지는 환하지만 이미 어스름이 스며든 듯한 오후의 햇살 아래 여자아이들이 놀이터에 모여 고무줄놀이를 하고 있는 모습이 내려다보였다. 나는 바깥으로 나왔다. 완만하게 경사진 집 앞의 콘크리트 계단을 내려오자 바로 놀이터였다.

나는 고무줄놀이를 하고 있는 여자아이 중에서 가장 키가 크고 얼굴이 새하얀 여자아이에게 다가가서는 이름을 기억하고 있다는 듯 어떤 이름 하나를 더듬거리며 입에 올렸다. 아이는 놀란 눈을 하고는 자기는 나를 처음 본다고 했다. 다른 아이들이 그 아이의 곁으로 다가서며 비록 웃음 띤 얼굴이긴 했지만 잔뜩 경계하는 목소리로 혹시 유괴범일지 모르니 조심해야 한다고 소곤거렸다. 나는 굳은 얼굴로 유괴범이 아니라고 했다. 아이들은 시시덕거리며 장난이었다고 했다. 나는 다시 한 번 그 여자아이에게 이름이 뭐냐고 물어봤다. 아이는 가연이라고 대답했다.

내가 그러냐며 뒤돌아서자 아이들은 이번엔 정말 수상쩍어하는 목소리로 이상한 아저씨라며 수군거렸다. 그때 사이렌을 울리며 경광등이 번쩍이는 승합차 한 대가 놀이터 쪽으로 다가왔다. 아이들의 시선이 일제히 그쪽으로 쏠렸다. 사이렌 소리는 더욱 요란하게 울려퍼졌다. 아이들은 고개를 돌려 나를 의심스러워하는 눈초리로 쏘아봤다. 나는 승합차가 다가오고 있는 반대 방향으로 회양목의 산울타리를 뛰어넘어 무작정 도망치기 시작했다.

내 방에서 블라인드를 걷으면 그늘 넓은 버즘나무 한 그루가 가장 먼저 눈에 들어왔다. 놀이터에는 늘 아무도 없었다. 그 그늘 밑에서 팔베개를 하고 누워 있다보면 이따금 불어오는 바람결이 쾌적한 온기로 길고 긴 단잠을 불러올 것만 같았다. 나는 그런 바람 속에 누워 잠들고 싶었다. 침대에 누워 멍하니 벽을 올려다보았다. 하얀 회벽에는 수면 밑의 햇살이 피륙 무늬처럼 자수(刺繡)되어 일렁이는 물결의 그림자와 무성한 수초덤불의 실루엣이 어른거렸다. 나는 옆으로 돌아누웠다.

밤거리는 낮의 폐허이자 무덤일 수 있었다. 봉인되지 않은 관 뚜껑처럼 문이 열렸고 나는 그 관 속으로 들어가는 듯한 기분을 느끼며 밤거리로 나왔다. 아무 데나 발 닿는 대로 배회하던 중 유난히 투명한 유리벽의 쇼윈도가 눈길을 끄는 어느 수족관 전문점 앞에 멈춰 섰다. 종업원인 듯한 청년이 내게, 들어와서 구경해도 된다고 친절한 목소리로 말했다. 나는 안으로 들어갔다.

가게 안에는 온통 각양각색의 물고기들이 담겨 있는, 역시 각양각색의 수족관들이, 층층이 쌓여 있었다. 그런데 수조의 빛깔이 제각기 달라 보였다. 내가 종업원에게 수조의 유리색이 각기 다르다고 하자, 종업원은 어떤 나무토막을 들어보이며, 이렇게 숯덩이처럼 생긴 유목의 등걸을 물속에 넣으면 수조의 빛깔을 보기 좋은 연갈색으로 조절할 수도 있다고 했다. 그렇지만 유목을 넣지 않으면 다소 맨송맨송하기는 해도 수조 안이 훨씬 밝고 무색투명할 거라고도 했다.

그 후로도 종업원은 수족관에 대하여 내게 뭔가를 더 상세히 알려주고 싶어하는 눈치였지만 나는 다른 쪽으로 몸을 돌리고는 여자아이들이 고무줄놀이하듯 수초 덤불을 희롱하고 있는 열대어들의 팔랑거림만 넋 나간 듯 바라보았다.

너는 달의 기억

지금도 그 자리에

퇴원 수속은 간단했다. 병원에서 나와 나는 한길가로 나갔다. 거리에는 꽃가루들이 보풀처럼 날리고 간간이 포근한 봄바람이 불어왔다. 큰길가를 따라가자 많은 사람들이 북적거리는 네거리로 통했다. 네거리에는 편의점, 식당, 커피숍, 술집 같은 점포들이 연이어져 있었다. 그 점포들 가운데서 나는 일단 가장 먼저 눈에 뜨인 꽃가게 앞으로 가서 기웃거렸다. 알싸한 향내가 풍겨오는 꽃가게 앞에는 플라스틱 바구니에 풍성하게 담겨 있는 꽃들이 알록달록하게 만발해 있었다. 나는 그 다양한 꽃 이름을 다 알지는 못했다. 프리지어, 칼라, 장미, 팬지, 튤립, 안개꽃, 히아신스, 데이지, 철쭉, 저 주황색 꽃 이름은 뭐였더라…… 맞아, 금잔화.

꽃가게로 들어가기 전 나는 손수건을 꺼내 구두에 묻어 있는 먼지부터 닦았다. 인자하게 생긴 꽃가게의 주인아줌마가 탁자에 앉아 가

위로 꽃대들을 다듬다 말고 그 모습을 보고는 흐뭇하다는 듯 미소지었다.

"아저씨가 꽃을 엄청 사랑하시는가보네?"

나는 싱글거리며 가게 안을 두리번거렸다.

"꽃이 참 많네요."

주인아줌마는 무슨 꽃을 어디에 쓸 거냐고 물었지만 나는 아무 말 없이 싱글거리며 가게 안의 꽃들을 둘러보기만 했다. 자줏빛 리본이 달려 있는 망사 포장 속의 장미를 만지작거리자 주인아줌마는 여자친구에게 줄 거라면 이보다 훨씬 더 예쁘게 여러 송이를 꾸며줄 수도 있다고 했다.

"아직까지는 너무 화려한 게 조심스런 사이라면 은은한 칼라를 골라보세요. 상대방이 부담스러워하지 않을 만큼만 예쁘게 포장해줄 수도 있죠."

주인아줌마는 내게 칼라 한 송이를 내밀었다. 나는 고맙다고 인사한 후 꽃을 받아들고는 이 꽃에서 저 꽃 사이를 계속 서성거렸다. 주인아줌마는 마음에 드실 때까지 골라보라며 다시 탁자로 돌아가려 했다. 나는 불현듯 입을 열어, 이 가게에 있는 모든 종류의 꽃들을 꼭 한 송이씩만 뽑아 다발로 포장해달라고 주문했다.

"그건 좀 어색해 보일 텐데요……"

내 주문에 주인아줌마는 다소 어리둥절해진 것 같았다. 나는 괜찮다며 그게 좋다고 답했다. 주인아줌마는 고개를 갸웃거리면서도 내 주문에 따라 여러 가지 꽃들로 한 다발의 부케를 엮었다. 나는 그 부케를 들고 가게에서 나왔다. 가게를 나서면서 뒤돌아보았을 때 꽃집 주인은 가게 앞으로 나와 이상해하는 눈초리로 나를 계속해서 지켜보고 있었다. 나는 부케를 싸안고 그 눈길에서 도망치듯 거리를 달렸다. 자꾸만 까닭 모를 웃음이 터져나오려고 했다. 지나가는 사람들이 이상하게 쳐다볼까 봐 나는 가까스로 웃고 싶은 욕구를 억제할 수밖에 없었다. 하늘에는 구름 한 점 떠 있지 않았지만 하늘은 누런 먼지에 가려 그다지 쾌청해 보이지 않았고 마스크를 쓴 행인들도 많았다. 아마 황사가 일고 있는 모양이었다. 나는 잠시 멈춰 서서 하늘을 올려다보며 가까스로 참고 있던 너털웃음을 한바탕 터뜨리고는 약국에서 마스크를 하나 샀다. 마스크를 쓰는 동안 젊은 여자 약사는 내 손에 들려 있는 꽃다발을 흥미로워하는 표정으로 자꾸 힐끔거렸다. 나는 하마터면 내 꽃다발을 그녀에게 주고 나올 뻔했다.

약국에서 마스크를 사 쓰고 나와 내가 걸음을 멈춘 곳은 어느 육교 부근의 고층건물 앞이었다. 그곳에 서서 나는 두 손으로 내 꽃다발의 밑동을 받쳐 들고는 거리의 동상처럼 굳어버린 자세로 머물러 있고자 했다. 맨 처음엔 부지런히 걸어오느라 숨이 가빴지만 이내 점점 더 평온해져가는 호흡 속에서 일체의 움직임이 잦아드는 게 느껴졌다. 그 순간에 내가 살아 있는 사람임을 입증하는 건 이따금 깜빡거리지 않을 수 없는 눈꺼풀과 들숨 날숨으로 오르내리는 아랫배밖에 없었을 것이다. 엄마와·같이 가던 어린아이가 신기한 구경거리와 마주쳐 즐겁다는 눈망울로 그런 내 모습을 한참 동안 올려다보았다. 아이 엄마는 공중전화를 거는 중이었다.

"엄마, 저거 뭐야?"

이윽고 아이가 공중전화 부스에서 나온 엄마에게 물었다. 엄마는 아무 대답도 하지 않고 얼른 가자며 아이의 팔을 억지로 잡아끌었다. 아이는 몹시 바삐 걷는 엄마의 손에 이끌려 가면서도 내게서 눈길을 떼지 못했다. 어떤 외국인들은 내 발치에 동전 몇 푼을 떨어뜨리고는 코앞에 대고 엄지손가락을 치켜보인 후 자기들끼리 시시덕거리며 지나가기도 했다. 고층건물에서 쏟아져나온 정장 차림의 사내들은 나를 흘낏 쳐다보더니, 요즘엔 시위 문화도 참 다양해졌다며 1인 시위를 벌이면서 피켓 대신 꽃다발을 든 것은 아마도 처음 보는 거 같지 않느냐는 얘기를 서로 주고받았다. 그런가 하면 블랙 앤 블랙의 가죽 재킷을 입고 등에는 전자기타를 맨 한 떼거리의 쑥대머리 청년들은 내게 다가와, 혹시 거리 퍼포먼스를 하는 중이라면 자기들과 함께 '머리에 꽃을!'이라는 타이틀을 붙여 다시 시작해보지 않겠느냐고 물었다. 나는 아무 대답도 하지 않았다. 쑥대머리 청년들은 내가 몇 분이 지나도록 아무 변화도 보이지 않자 아쉽다는 표정으로 결국 발길을 돌렸다.

나는 행인들의 반응에 아랑곳하지 않고 눈꺼풀의 깜빡임과 호흡을 절제하는 데만 집중했다. 간혹 경찰들이 곤봉으로 내 어깨를 툭툭 쳐보고 지나가기도 했지만, 나는 여전히 꽃다발을 정성스레 받쳐 든 자세로 발뒤축 한 번 들썩거리지 않았다. 나는 호흡마저도 극도로 아껴서 하고 싶었다.

시간이 흘러 거리가 어두워졌다. 얇은 실구름 사이로 손톱 같은 그믐달이 나타났다. 그때 건널목도 없는 찻길을 건너 한 여자아이가 내게로 달려오는 게 보였다. 나는 그녀를 알아볼 수 있었다.

"넌…… 세실이구나."

마스크를 턱 밑으로 끌어내리면서 내가 겨우 말했다. 내 앞으로 다가온 세실이의 큰 눈에는 속 깊은 반가움과 슬픔이 그렁그렁하게 고여 있는 것 같았다. 세실이의 원피스는 마치 잠옷처럼 하얗고 치렁치렁했다. 거리는 한산해졌다. 카키빛 밤하늘로 보풀처럼 일어난 꽃가루들이 흩날리고 있었고 마스크를 쓴 행인들은 길가에 흩어져서 오지 않는 택시와 심야 좌석버스를 기다렸다. 세실이는 내가 안고 있는 꽃다발에서 금잔화 한 송이를 뽑아 내 머리에 꽂아주면서 웅얼거렸다.

"시들어버린 꽃처럼 죽음을 통해서 다시 살아요……"

나는 다시 마스크를 끌어올렸다. 깊은 침묵으로 이 밤을 정화하여 세실이와 함께 다른 우주에 가닿고 싶었다. 잠시 후 구름이 달을 가렸다.

죽음의 꽃을 위한 카프리치오소

1

"반갑다. 난 달에서 온 사람이야."

이층 베란다에 나와 있는 나를 보자 완기 삼촌이 대뜸 그렇게 말했다. 나는 거기서 스케치북에 새로 이사 온 동네의 이웃집들과 골목들을 4B연필로 그려보는 중이었다.

"넌 그림 그리는 걸 좋아하는가 보구나."

"우리 삼촌은 누굴 만나도 똑같이 말해."

완기 삼촌과 함께 마당에 나와 있던 세실이가 말했다. 나는 스케치북을 덮어두고는 아래층으로 내려갔다.

"그림 그리기가 취미야?"

세실이가 내게 물었다.

나는 그렇다고 했다. 그러자 세실이는 호기심 어린 얼굴로 무슨 그림을 그리는 게 좋으냐고 물었다.

"뭐, 만화도 그리고 수채화도 그려."

내가 선선히 대답했다.

세실이는 그러냐면서 잠시 후 새로 이사 온 동네와 집이 마음에 드느냐고 물었다. 나는 그런 편이라고 답했다.

우리 집은 이틀 전 세실이네 집 이층으로 이사를 왔다. 세실이네 집은 그다지 넓지는 않지만 정갈한 화단과 잔디가 있는 이층집이었다. 집 바깥에서 보면 담장 위로 높다랗게 솟아난 은행나무 한 그루가 이 집을 고만고만한 이웃의 다른 양옥들과 구별지어주고 있는 것 같았다. 말하자면 키 큰 은행나무는 이 집이 세실이네임을 알리는 하나의 표지판인 셈이었다.

"세실아, 근식이는 국민학교 6학년이니까 오빠라구 불러야지, 친구처럼 맞먹으면 안 된다."

그때 완기 삼촌이 우리들의 대화 사이로 끼어들었다.

"피, 겨우 한 학년 차이인데 뭘."

세실이가 말했다.

세실이는 잠옷처럼 하얗고 치렁치렁한 원피스를 걸치고 있었다. 그래서 얇고 투명한 옷 표면 너머로 알몸의 윤곽이 고스란히 드러났다. 나는 그걸 침 흘리며 훔쳐보느라 세실이가 나를 뭐라고 부르는지에 관해서는 전혀 개의치 않았다. 사실 세실이는 키가 나보다 컸다. 그래서 오히려 누나로 여겨질 정도였다. 세실이를 차라리 누나라고 부르는 게 낫겠다는 생각이 들기도 했다. 왜냐하면 몸이 성숙해 보이는 세실이는 내게 이사 온 첫날부터 자꾸만 음탕한 상상을 불러일으키는 상대였기 때문이었다. 나는 이미 누나 같은 여자들을 꿈꾸고 그리면서, 혼자 있을 때면 습관처럼 수음의 쾌락에 빠져들었고 간밤의 잠결엔 짜릿한 몽정도 경험한 적이 있었다.

하지만 나는 세실이한테 누나로 부르길 원한다는 내 속마음을 차마 입 밖에 꺼내놓지는 못했다. 그랬다가는 얼굴이 화끈 달아오를 정도로 부끄러워질 것 같아서였다. 말하자면 '누나'란 말은 내 성욕의 별칭이었던 셈이다.

그때 완기 삼촌이 뜬금없이 자기 방에 놀러가보지 않겠느냐고 했다. 내가 자기에게 어떤 생각을 품었는지 전혀 알지 못하는 세실이도 그러자면서 내 손을 잡아끌었다. 나는 흔쾌히 그러겠다고 했다. 우리 셋은 곧 완기 삼촌의 방으로 몰려갔다. 그런데 방에 들어서는 순간 나는 깜짝 놀라지 않을 수 없었다. 완기 삼촌의 방은 온통 수많은 꽃송이들로 뒤덮여 있다시피 했던 것이다. 알록달록한 화분들이 방 한 면에 설치된 선반 위를 빼곡히 차지하고 있음은 물론 벽에도 망사로 포장되어 있는 꽃다발들이 담쟁이 덩굴처럼 치렁치렁하게 매달려 있었다.

"야, 이거 삼촌 방은 완전히 꽃밭이네요!"

나는 탄성을 내질렀다.

"정말 그렇지?"

내가 감탄하자 완기 삼촌은 환하게 웃음 띤 얼굴로 더부룩한 곱슬머리를 쓸어넘기며 아랫목에 깔린 캐시밀론 이불 위에 자리했다. 나와 세실이도 그 이불 언저리를 깔고 앉았다.

"꽃을 그렇게 좋아하세요?"

내가 물었다.

그러자 완기 삼촌이 정색을 하고 내 물음에 답했다.

"근식아, 이건 단순한 꽃이 아니라 내 제의에 쓰는 헌화(獻花)들이야."

"네? 그게 무슨 뜻예요?" 나는 멀뚱거리며 완기 삼촌을 바라보았다.

"아까 내가 달에서 왔다고 했지?"

완기 삼촌의 목소리는 범상치 않은 열기로 달아오르기 시작했다.

"네. 하지만 그 말 장난이시죠?"

내 물음에 완기 삼촌은 엄숙하게 고개를 모로 저었다. 나는 세실이에게 곤혹스러워하는 눈길을 던졌다. 그러자 세실이는 삼촌의 눈치를 살피며 나중에 바깥에서 설명해주겠다는 손짓을 보내왔다. 완기 삼촌은 이 순간부터 자기 말이 장난일 거라는 의심은 결단코 떨쳐버리라고 한 후 방금 전의 이야기를 이어갔다.

"달나라의 영혼들이 나를 잊지 않게끔 이 꽃들로 알리는 거야. 그리고 언젠가는 나도 달나라로 돌아가게 될 거야."

내가 잠시 생각해보고는 어떻게 알릴 거냐고 묻자 완기 삼촌은 다시 씨익 하고 웃었다.

"이제 곧 알게 된다."

완기 삼촌의 목소리에는 자신감이 넘치는 것 같았다.

"아참, 근식이 오빠. 나 『어깨동무』 이번 호 새로 샀는데 그거 잠깐 볼래?"

그때 세실이가 그런 말로 나를 삼촌의 방에서 끌어냈다. 우리는 마루로 나와서 소파에 나란히 앉았다.

"근식이 오빠, 있지 우리 삼촌은 있잖아…… 우리 삼촌 말 다 그대로 믿지 마……"

세실이는 테이블 밑에 있던 『어깨동무』를 펼쳐보이며 내게 진지한 얼굴로 속삭였다. 세실이가 하고자 하는 이야기와 상관없이 나는 그 속삭임에서 묘한 흥분을 느꼈다. 마루에는 아무도 없었다.

"왜 완기 삼촌 말을 믿지 말라는 거니?"

나는 침을 꿀꺽 삼키며 세실이 옆으로 바짝 다가앉았다.

"그건…… 왜냐면 그건…… 우리 삼촌이 좀……"

세실이가 말을 끝내지 못하고 주저하는 사이 나는 열심히 『어깨동무』를 들여다보는 척하면서 더욱 가까이 세실이 옆에 내 엉덩이를 밀착시켰다. 세실이는 입술을 지그시 깨물고는 말할까 말까 고민하는 표정을 짓고 있었다. 쌔근쌔근 내 숨결이 가빠지는 것 같았다. 이윽고 세실이가 어렵게 입을 열려고 했다.

"세실아."

나는 세실이의 말을 끊었다. 세실이가 나를 마주 바라보았다.

"이야기하기 힘들면 나중에 해줘."

내 말에 세실이는 아무래도 그래야겠다며 자리에서 일어나려고 했다. 그때 나는 잠깐 있어보라며 세실이의 손을 잡고는 충동적으로 한쪽 뺨에 입을 맞추었다. 세실이는 잠깐 어리둥절한 표정을 짓더니 이게 뭐냐고 물었다.

"네가 너무 예뻐서 그래. 정말이야."

그 말에 세실이의 눈이 반짝였다.

"앞으로 짬 나면 내가 네 얼굴 그려서 선물해줄게."

나는 가슴이 두근거렸다. 다행히도 잠시 어리둥절해져 있는 듯하던 세실이의 입가에 미소가 번졌다.

"정말이지? 오빠, 내 얼굴 그려줄 거지?"

"그럼, 네 얼굴은 정말 너무 예뻐."

나는 세실이의 뺨에 다시 뽀뽀했다. 세실이는 순순히 자기 뺨을 내 입술에 내맡겼다. 내 가랑이 사이로 뭔가가 후끈거리며 치솟는 것 같았다.

그때 삼촌이 방문을 열며 우리를 찾았다.

"근식아, 뭐 하고 있어? 하던 얘기 마저 해야지."

세실이와 나는 다시 완기 삼촌에게로 갔다.

"근식아, 우리는 달나라의 영혼을 위한 결사조직을 만들어야 해." 완기 삼촌이 진지한 목소리로 말했다.

"달나라의 영혼이란 게 뭔데요? 난 그런 말 몰라요."

그 순간의 내 귀에 그토록 어려운 말이 들어올 리 없었다.

"웅, 달나라는 죽은 사람들의 넋이 머무르는 땅인데, 한 가지 조건이 있다면 이 지구에서 더럽혀진 육신은 반드시 바람으로 장사지내야 한다는 거야. 그걸 어려운 말로 풍장(風葬)이라 한다지. 나는 달나라 주민이었기 때문에 잘 안다구. 내가 여기 지구에 와 있는 건 그 메시지를 전하기 위해서이고."

완기 삼촌은 잠시 말을 끊고 책상에 놓인 녹음기의 플레이 버튼을 눌렀다. 녹음기에서는 지금까지 한번도 들어보지 못한 이상한 음악이 흘러나왔는데, 가만히 귀 기울여 들어보니 한없이 굵고 낮은 사람들의 목소리가 웅성대고 있는 것 같았다. 세실이는 저거 또 듣는다고 하더니 졸리다며 결국 바깥으로 나갔다. 나도 세실이를 따라 일어나려 하자 완기 삼촌은 완강하게 내 팔목을 잡아 제자리에 눌러앉히고는 그 소리에 계속 귀 기울여보도록 강요했다.

"이게 무슨 소린데 그래요?"

나는 약간 짜증난 목소리로 완기 삼촌에게 물었다.

"티벳 불교에서 예불 드릴 때 부르는 합창이야. '옴마니 반메훔, 옴마니 반메훔' 하면서 말야."

완기 삼촌이 녹음기의 볼륨을 약간 줄였다.

"아, 그래요?"

나는 건성으로 대답했다.

"티벳에서는 수도에 정진해서 아주 높은 경지에 오른 사람들이 죽었을 때는 그 시체를 독수리 밥이 되게끔 산마루에 그냥 내버려둔다는구나. 그래야 뜯어먹힌 주검의 살점이 독수리가 하늘로, 하늘로 날아오를 때 이 세계의 가장 높은 곳에서 가장 신성한 넋을 입을 수 있다고 믿기 때문이래."

"아, 네……"

그때 느닷없이 방문이 벌컥 열리더니 굳은 표정을 짓고 있는 한 아줌마가 나타났다.

"혀, 형수……" 순간 완기 삼촌의 표정이 굳었다.

"삼촌, 내가 몇 번이나 부탁했어요? 그딴 음악 좀 틀지 말라고. 그런 소리 틀어놓고 있으면 집구석에 남아 있던 복도 제 발로 달아나요. 도대체 왜 그래요?"

아줌마는 몹시 성마르고 신경질적인 말투로 완기 삼촌을 윽박질렀다. 완기 삼촌은 아줌마의 시선을 외면하며 작은 소리로 투덜거렸다.

"그것 좀 못 끄겠어요! 세상에 어떤 빌어먹을 집구석에서 그 따위 곡소리를 틀어놓고 있어요?"

아줌마의 언성이 한결 높아졌다.

"에이, 내 더러워서……"

완기 삼촌은 마지못해 녹음기를 껐다.

"그리고 넌…… 이층에 새로 이사 온 아이지?"

아줌마는 어찌할 바를 몰라 머뭇거리고 있는 내게 사나운 눈길을 돌리며 물었다. 나는 발딱 일어나면서 그렇다고 대답했다.

"애가 어른하고 놀면 못쓰는 법이야. 어서 네 집으로 올라가렴. 부모님이 어디 갔나 찾으실라."

내가 '네' 하고 고분고분 방에서 물러나려 하자 완기 삼촌은 더 이상 못 참겠다는 듯 버럭 소리를 질렀다.

"형수, 씨팔, 이거 너무하는 거 아니에요? 앤 내 손님이에요. 왜 형수가 가라마라 참견해요?"

완기 삼촌의 얼굴은 시뻘겋게 상기되어 있었다.

"세실이하고나 놀 만한 꼬마 아이가 삼촌 손님이라구요? 어이구, 그래 잘 놀아보시지……"

아줌마는 피식 코웃음을 치더니 방문을 세차게 닫고 사라졌다. 그리고는 잠시 후 건넌방에서 아줌마가 누구와 심하게 다투는 소리가 들려왔다. 그 상대는 아마도 세실이네 아버지인 듯했다.

"내가 어디까지 얘기했더라?"

완기 삼촌은 굳은 표정을 풀면서 지금까지 이어온 이야기의 줄기를 더듬었다.

"달나라 영혼의 결사조직……"

나는 삼촌의 어려운 말들 중에서 아무렇게나 떠오르는 것을 하나 골랐다.

"아, 맞아…… 그게 필요해. 왜냐하면 그런 메시지를 전하려면 내 힘만으로는 부족하니까 말야."

그리고는 완기 삼촌은 벽에 매달려 시들거나 이미 말라가고 있는 꽃다발들을 가리켰다.

"저 죽음의 꽃들 좀 보렴. 꽃은 꽃병에 있을 때보다 오히려 저렇게 말라죽어가면서 더 아름다워지는 것 같더라. 저렇게 시들고 수척해져가면서도 장식용으로서 제 몫을 다 하잖니? 바로 자기의 죽음으로 말야."

완기 삼촌은 못내 아쉽다는 듯 녹음기의 플레이 버튼을 손가락으로 쓰다듬으며 말을 이었다.

"언젠가 저렇게 바싹 마른 꽃잎들을 바스러뜨려서 바람에 날려보내본 적이 있었는데 말야, 꼭 그 꽃의 넋이 내 마음에 휘감겨오는 것 같더구나…… 내 말 무슨 말인지 이해하겠니?"

"글쎄요…… 조금은요……"

완기 삼촌의 말은 지루했다. 못 알아들었다고 하면 처음부터 다시 시작할까봐 나는 대충 그렇다고 대답할 수밖에 없었다.

"저, 이만 가볼게요. 이제 가서 숙제해야 하거든요."

"그래, 무슨 계획을 새로 세우거나 수신 받은 거 있으면 그때그때 알려주도록 하마."

완기 삼촌은 내게 악수를 청하며 말했다. 나는 완기 삼촌의 손을 맞잡으며 되물었다.

"수신이요?"

완기 삼촌은 달나라에서 이런저런 지령들이나 메시지들을 수시로 접수하며 교신하곤 한다고 답했다. 건넌방에서는 다투는 소리가 휠씬 더 시끄러워졌다. 완기 삼촌은 눈을 좀 붙여야겠다며 이불 위에 그대로 까라졌다. 나는 완기 삼촌의 방에서 나왔다. 마루에는 한 할머니가 소파에 앉아 훌쩍이면서 옷고름으로 눈물을 훔치고 있었다. 나는 그 할머니가 세실이네 친할머니라는 걸 알아보았다.

2

그 후로 세실이와 나는 숙제도 같이 하고 공기놀이도 하고 내가 세실이에게 그림도 그려주면서 학교가 파하기만 하면 늘 붙어지내다시피 했다. 방과 후에 세실이가 집에 없는 건 피아노 학원에 갈 때뿐이었다. 학년이 달라서 학교에서는 만나지 못했지만 집에 오면 언제든 볼 수 있으니까 자연스레 어울려 놀 수밖에 없었다. 세실이와 나는 우리 집이 세실이네로 이사 온 날부터 서로 생각이 잘 통했다. 아니 그랬다기보다 처음 보았을 때부터 세실이를 좋아하게 된 내가 그녀의 비위를 잘 맞춰주었다는 게 좀더 정확한 얘기였을지도 모른다.

"너, 체육시간에 요즘 그거 하니?"

어느 날 둘이서 전과를 베끼는 것으로 산수 숙제를 마치고는 내가 불쑥 세실이에게 물었다.

"그게 뭔데?" 세실이가 되물었다.

"둘이서 등지고 서서 팔을 건 다음 한 번씩 교대로 들어올리기."

세실이는 자기네도 요즘 체육 시간만 되면 그 운동을 한다고 했다. 나는 숙제도 다 했고 심심한데 그거나 한 번씩 서로 해주면서 놀자고 했다. 세실이가 먼저 웃으며 일어섰다. 우리는 등지고 서서 서로의 팔을 걸고는 한 번씩 번갈아가며 자기의 상체를 숙이는 운동으로 상대의 상체를 떠받쳤다. 세실이는 까르르 웃으며 즐거워했지만 나는 허리를 한껏 구부려야만 나보다 키가 훨씬 큰 세실이의 몸을 지탱할 수 있었던 탓에 다리가 몹시 후들거렸다.

"네가 너무 커서 나 힘들어. 잠깐 이대로 있었으면 좋겠어."

세실이가 나를 등지는 차례일 때 내가 말했다. 세실이는 그럼 그렇게 하라고 했다. 나는 몸을 돌려 세실이의 등에 업히듯 내 상체를 살짝 얹어보았다. 그러자 이상한 충동이 일었다. 나는 세실이의 등 뒤로 내 몸을 밀착시켜서 내 아랫도리를 세실이의 엉덩이에 슬그머니 비벼대기 시작했다. 처음에 그 운동을 해보자고 했을 때부터 실은 세실이의 몸을 안아보고 싶은 욕구가 있었던 것이다.

"오빠, 지금 뭐 해?"

세실이가 이상한 기미에 멀찍이 몸을 떼어내며 물었다. 나는 당혹스러웠다.

"아니 뭐, 그냥……"

나는 달아오른 얼굴로 할 말을 찾지 못해 잠시 더듬거렸다.

"이그 이그 이그……"

세실이가 씨익 웃으며 한 손가락을 흔들어보였다.

"뭐가 이그야?"

마른 침을 꼴깍거리며 내가 물었다. 세실이는 대놓고 아는 체는 하지 않았지만 뭔가를 다 안다는 표정이었다.

"나, 오늘은 그만 내려갈래…… 좀 있으면 할머니가 찾으러 다니실 거 같으니까."

세실이는 자기 전과와 공책을 챙겼다.

나는 머쓱한 표정을 지으며 내일 또 보자고 인사했다. 세실이는 여전히 웃음을 감추는 얼굴로 나를 한 번 흘겨보고는 옥내의 마루에서 마루로 연결되어 있는 목조계단을 통해 아래층으로 내려갔다. 혹시 재, 엄마한테 내가 이상한 짓 했다고 이르는 건 아니겠지? 나는 세실이가 그 무서운 자기 엄마한테 오늘 내가 한 짓을 고자질할까봐 걱정했다. 나중에 둘러댈 변명거리나 찾아둬야겠다. 일단은 공범자 같던 세실이의 그 눈빛을 믿기로 하자.

내가 여자와의 성적인 접촉을 처음으로 체험해본 것은 국민학교 4학년 때 같은 반 친구네 집에서였다. 그날 나는 방과 후 다른 아이들과 어울려 현석이란 친구네 집으로 놀러간 적이 있었다. 친구네 집은 마당이 너른 이층 양옥이었고, 우리는 6학년이라는 현석이네 누나하고도 어울려 '무궁화 꽃이 피었습니다'도 하고 '다방구'도 하면서 재미나게 뛰어놀았다.

누나가 끓여준 라면까지 먹고 방에 둘러앉아 쉬고 있는데, 현석이가 어른들도 없는데 재미난 걸 한번 해보자고 했다. 옆에 있던 누나가 배시시 웃더니 어디선가 '빨간책'을 꺼내왔다. 그 책은 온통 시뻘건 알몸들이 겹겹으로 엉겨붙어서 박고, 빨고, 핥는 집단난교의 사진첩이었다. 우리는 그 책을 낱장으로 찢어서 열심히 돌려보기 시작했다. 그러더니 현석이는 박기까지 하면 어쩐지 안 될 것 같아서 누나랑 그 짓은 차마 못 하고 있지만, 어른들만 나가면 둘이서 그 '빨간책' 속의 사진들을 실컷 흉내내보며 재미나게 논다고 했다. 나는 왜 박는 건 안 해봤냐고 물었다. 그러자 누나가 박으면 임신하게 되니까 그건 안 된다고 설명하고는 잠시 후 우리에게 '좆물'이 어떻고, '발기'가 어떻고, '구멍'이 어떻고 하는 말들을 떠들어댔다. 현석이는 시시덕거리며 자기 누나는 걸레라고 했다. 기분이 이상해진 우리는 알

만큼은 다 안다고 했다. 나는 누나한테 놀 땐 어떻게 하고 노냐고 물어봤다. 그러자 현석이는 직접 보여주겠다며 누나의 치마 속으로 머리를 들이밀고는 한참이나 쪽쪽거리는 소리를 냈다. 아마도 누나의 아래를 입으로 빨아먹는 것 같았다.

그런데 현석이네 누나는 어쩐지 고통스러워하는 표정을 짓고 있었다. 같이 온 친구 중에 땅꼬마 한 명이 침을 꿀꺽 삼킨 다음 왜 누나가 저렇게 아픈 얼굴이냐고 물었다. 나는 원래 저런 거 할 때 여자들은 저렇게 되는 모양이라고 아는 체했지만, 솔직히 왜 그러는지는 잘 모르고 있었다. 잠시 후 현석이가 누나의 가랑이에서 머리를 빼들었다.

"나 지금 뭐 했게?"

현석이는 혀를 날름거렸다. 한 친구가 누나의 가랑이 사이를 입으로 빤 게 아니냐고 했다. 현석이는 웃음 띤 얼굴로 맞다면서 우리도 한번 해보겠느냐고 물었다. 친구들의 호기심과 성욕을 부쩍 자극하려는 속셈에서인지 현석이는 입으로 한참 빨다보면 누나의 거기가 점점 달콤해진다는 말도 덧붙였다. 그 말을 들으며 현석이네 누나는 계속 빙긋거렸다.

"너희들도 한번 해봐. 이거 할 때 난 기분이 참 좋아."

누나의 눈길이 은근히 내게로 향해 있는 것 같았다. 그래서 내가 먼저 하겠다고 하고는 잔뜩 벌린 누나의 가랑이 사이로 얼굴을 파묻었다. 한참 빠는 시늉을 하고 있었는데 문밖에서 어른들의 인기척이 들려왔다. 나는 황급히 누나의 치마 속에서 얼굴을 뺐다. 고추만 빳빳해진 다른 아이들은 꿀꺽꿀꺽 군침만 삼키며 언제가 될지 모를 다음을 기약할 수밖에 없었다. 누나는 내게 눈웃음을 쳐보이면서 아무렇게나 펼쳐진 치마폭을 가지런히 쓸어모았다. 현석이는 자기 전에 누나가 자기 고추를 한번씩은 꼭 만져줘야 기분이 즐거워진다고 했다. 그런 누나와 같이 사는 현석이가 너무나도 부러웠다. 그러나 나는 외아들이었다.

나는 두고두고 그때 일을 떠올리며 여자의 홀랑 벗은 가랑이 사이와 거웃을 세밀히 그려보곤 했다. 현석이네 누나와 옷을 홀딱 벗고 한몸으로 뒹구는 공상에 얼을 빼두고 있을 때도 많았다. 그러나 학년이 올라가면서 현석이와 나는 각기 학급이 갈렸고, 다시는 현석이네 집엘 놀러갈 수 없었다. 어쩌다 현석이와 마주치는 일이 있어도 손짓으로 인사만 나눌 뿐 너희 집에 언제 또 한번 놀러가면 안 되냐고 묻기는커녕 그토록 은밀한 체험을 나누고 있어서인지 말 붙일 엄두조차 나지 않았다.

그러나 이제 내게는 그 누나보다 더 예쁘고 키도 큰 세실이가 생겼다. 세실이는 티브이 드라마 속의 어느 여주인공을 닮았다고 할 만큼 눈도 시원하게 크고 입술도 도톰한 데다 무엇보다 피부가 맑고 깨끗했다. 나는 세실이가 이미 내 거라고 여기면서 마음 뿌듯해하고 있었다. 티브이에서 세실이와 닮은 듯한 여주인공만 나와도 가슴이 두근거리면서 괜히 기분이 좋아졌다. 그렇게 노골적으로 등 뒤에서 몸을 비벼댔는데도 세실이는 나를 여전히 아무렇지도 않게 대하고 따랐다. 걱정과는 달리 엄마한테 내가 이상한 짓을 했다고 고자질하기는커녕 오히려 둘이서 예전처럼 숙제를 할 때면 전에 없이 내 쪽으로 좀더 가까이 자기 몸을 붙여왔다. 그러자 나는 점점 더 대담해졌다. 어른들이 바깥에 계셨지만 숙제에 열중한답시고 문을 꼭 닫아두고 있던 우리는 서로를 자주 껴안아보곤 했는데 나중에는 급기야 혀를 주고받는 딥 키스에도 익숙해졌다. 우리는 기회 되는 대로 어른들의 성희(性戱)를 모조리 흉내내보려 들었다. 그럴 만큼 나도 세실이를 무척 좋아했지만 세실이도 그런 것 같았다. 결혼을 하겠다고 하기에는 아직 너무 어렸지만 적어도 몸을 합칠 수는 있을 나이였다. 세실이와 나는 그렇게 생각하면서 충동대로 움직였다.

위아랫층에 어른들이 집을 비운 어느 날 저녁 세실이와 나는 동네 조무래기들을 우리 집으로 불러들여 한바탕 신나게 놀기로 했다. 우리 엄마와 아버지는 친척집에 가서 늦게 돌아올 거라고 했다. 공교롭게도 세실이네 식구들 역시 완기 삼촌을 데리고 어딜 좀 다녀와야 하는 모양이었다. 완기 삼촌은 싱글벙글거리고 있었다. 그런데 묘하게도 같이 나가는 식구들 가운데 완기 삼촌을 제외하고는 그 누구의 표정도 전혀 밝아보이지 않았다. 나는 세실이한테 그 까닭을 물어보았다. 세실이는 어깨를 으쓱하며 알 게 뭐냐고 했다. 어쨌든 세실이네 식구들 또한 우리네와 마찬가지로 저녁 늦게까지 돌아오지 못할 거라고 했다.

나와 아이들은 처음엔 '무궁화 꽃이 피었습니다'를 하다가 나중엔 숨바꼭질을 했다. 술래가 서른까지 셀 동안 우리는 뿔뿔이 흩어져 담장 안이라면 어디든 숨어야 했는데, 나는 세실이의 팔목을 잡고 으슥한 이층의 뒤란으로 돌아들어갔다. 아이들이 여기저기서 뛰어나와 까르르거리는 사이 우리는 거기서 결국 바지만 까내린 채 한몸으로 뒤엉키고 말았다. 세실이가 생각보다 한껏 가랑이를 벌려준 덕분에 나는 수음에 몰두하면서 실행하고 싶어했던 일을 어렵지 않게 실제로 치를 수 있었다. 세실이는 그 하얀 몸을 내게 내주면서, 이 일은 아무도 모를 거라고 했고 나는 어디선가 본 대로 세실이의 가랑이 사이에 대고 내 하체를 열심히 놀려대며, 이 일을 아무한테도 말해서는 절대로 안 된다고 했다.

그런데 내가 보고 들은 것과는 달리 한 가지 이상한 점이 있었다.

"너는 가만히 있네…… 몹시 괴롭거나 그렇지 않니?"

내가 위아래로 하체를 움직여대면서 세실이에게 물었다. 세실이는 고개를 갸웃거렸다. 나는 티브이 드라마나 영화 같은 데서 보면 여자들은 이런 거 할 때 몹시 괴로워하고 아파하던데 세실이는 전혀 그런 거 같지 않아 이상하다고 했다.

"아니, 난 오빠랑 이러고 있는 게 그냥 좋기만 한데?"

세실이는 아파하기는커녕 씽긋 웃음까지 지어보였다.

잠시 후 나는 세실이의 몸에서 떨어져나와 내일 영화나 같이 보게 화성극장에 다녀오자고 했다. 화성극장은 동네에 있는 동시상영관이었다. 동네 아이들은 「소년의적 마두협」이나 「화성대모험」 또는 사마룡의 중국무협영화들을 본다는 핑계로 화성극장에 가서는 그 영화가 끝나면 곧이어 상영되는 「꿀물 좀더 드실래요?」나 「호스테스는 숲에서도 눕지 않는다」 같은 성인 에로물들에 더 열광하곤 했다. 물론 부모들은 전혀 모르는 사실이었다. 하지만 부모들이 모르는 사이에 아이들은 그런 방면에 이미 놀라울 정도로 조숙해져 있었다. 못 찾겠다 꾀꼬리를 목이 쉬도록 외치고 나서 한참이 지나서야 세실이와 내가 손을 잡고 나타나자 아이들은 둘이 무슨 짓을 하다 이제야 기어나오는지 다 알 만하다는 얼굴을 하고 있을 정도였으니까. 실제로 동네 사내아이들은 축구나 야구를 끝내고 둘러앉아서 노닥거릴 무렵이면 전파상집 딸 유란이와 자기가 그렇고 그렇다는 둥 진천상회 선숙이와 걔네 집 다락방에서 어쨌다는 둥 하는 체험담들을 슬슬 풀어놓기 일쑤였다.

다음 날 나는 세실이와 화성극장에서 유명한 탤런트 오나연이 술집 여자로 등장하여 여러 남자들과 툭하면 다 벗고 뒹구는 성인영화 「장대 잡은 그녀」를 같이 보았지만, 왜 여자들이 남자랑 붙어서 그짓을 할 때면 짐승처럼 끙끙거리며 괴롭고 고통스런 표정을 짓는지는 끝내 알아낼 수 없었다. 그것은 당시의 나로서는 도저히 풀어낼 수 없는 미스테리의 하나였다. 그날 이후로도 나는 어른들이 집을 비우기만 하면 세실이와 옥상에 올라가서 아랫도리만 까내리고는 한 몸으로 포개지곤 했지만, 세실이는 티브이 드라마나 영화 속의 여자들처럼 끙끙거린다거나 얼굴을 찡그리지 않았기 때문에 내 궁금증과 의아함은 더욱 불어날 수밖에 없었다. 세실이와 몸을 합하기 시작한 후로 나는 더 이상 수음이나 몽정을 하지 않았다. 그 대신 현석이네 누나가 한 말대로 만약 세실이가 임신이라도 한다면 그땐 진짜 큰일이라는 걱정이 서서히 나를 압박해오고 있었다.

3

세실이와 옥상에서의 밀회를 즐기는 탓인지 학교생활이 점점 시들해져갔다. 수업시간에도 선생님이 칠판에 무엇을 쓰든 나는 창밖만 바라보며 세실이 생각에 빠져 있거나 공책 뒷장에 만화를 그리는 데만 열중했다.

그 무렵 나는 완기 삼촌의 영향에서인지 달나라의 안드로이드 헌병대가 우주 해적들에 맞서 지구별의 귀신들을 수호한다는 내용의 만화 한 편을 연습장에 습작해보는 중이었다. 만화를 그리다가도 불쑥불쑥 떠오르는 세실이 생각에 내 머리는 사뭇 어지러워졌다. 처음엔 그저 세실이와 우리의 놀이를 떠올리며 즐거워하기만 했는데, 요즘엔 이러다 세실이가 덜컥 임신이라도 하면 어쩌나 하는 데 신경이 많이 쓰여서 나는 도무지 수업시간에 집중할 수가 없었다. 게다가 아이를 배서 배가 부른 담임을 볼 때마다 내 기분은 더욱 어두워지기만 했다.

"이근식, 뭐 해, 수업시간에 정신을 딴 데 팔고 있어! 이리 나와 주먹 쥐고 엎드려 있어."

담임은 앙칼진 목소리로 나를 불러냈다. 나는 담임이 점점 싫어졌다. 내가 담임이 임신한 여교사라고 하자 아버지도 임신한 여자가 도대체 뭘 가르치겠다는 거냐며 불만스러워했다.

게다가 나는 같은 반 몇몇 아이들과 관계가 원만치 못했다. 준범이를 비롯한 그 아이들도 나처럼 5학년 때까지 내내 학급임원을 도맡아오던 축이었는데, 처음 같은 교실에서 만났을 때부터 노골적으로 내게 적대감정을 드러내왔다. 아직 학급임원이 정해지지 않은 학기 초의 환경미화작업 때도 준범이네 패거리들은 자기들이 이미 학급의 우두머리라도 되는 양 아이들한테 이래라저래라 하며 거들먹거리고 다녔다.

"야, 이근식! 다른 애들은 열심히 하는데 넌 왜 아무것도 안 하고 가만 있니? 넌 용가리 통뼈야? 빨리 여기 색종이 오려서 글씨 만들고 풀칠 해!"

준범이가 내게 소리쳤다. 나는 그런 준범이네 패거리가 아니꼬워서 일부러 딴전을 피우고 있었다. 그럴 때마다 배가 불룩한 담임이 더 싫어졌다. 왜냐하면 담임의 절대적인 총애가 없었다면 아무리 건

방진 준범이 녀석이라 할지라도 저렇게까지 아이들한테 막 굴 수는 없는 일이었을 테니까 말이다. 준범이네 패거리는 대부분 부잣집 아이들인 것 같았는데 학기 초에 부모들이 학부형 회의니 교학간담회니 따위를 이유로 학교를 뻔질나게 드나들더니 아마도 그 사이에 배불뚝이 담임한테 돈봉투 같은 걸 많이 가져다 바친 모양이었다. 그래서 나는 걔네들이 그럴수록 담임이 더 가증스러워졌다.

"너희들은 왜 다른 애들한테 시키기만 하니? 너희들이야말로 무슨 용가리 통뼈냐?"

내 반격에 준범이는 허를 찔렸다는 듯 가만히 있더니, "개새끼, 나중에 두고 보자" 하며 눈길을 돌렸다. 여기서 나중이란 자기네가 정식으로 학급임원이 되는 날을 가리키는 것 같았다. 하지만 학급임원의 선출은 반 아이들의 투표를 거쳐야 하는 직선제였다. 많은 아이들이 준범이네 패거리의 이런 작태에 반감을 느끼고 있는 듯한 판세라 준범이의 그 자신감은 터무니없는 착각에 불과해 보였다.

그런데 뜻밖에도 학급임원을 선출할 학급회의 시간에 담임은 이번 학년도부터는 아이들의 투표에 부치는 대신 담임이 그냥 임명하는 것으로 학급임원 선출 방식이 변경되었다면서, 준범이네 패거리를 남학생 둘에 여학생 둘로 구성되는 학급임원단에 임명하고 말았다.

나는 어안이 벙벙해졌다. 아이들도 나처럼 엄청난 충격을 받았는지 그런 담임의 발표와 결정에 두런거리기 시작했다. 담임은 아이들이 동요하자 교탁을 내리치며 조용히 하라고 고함을 질렀다. 준범이는 그럴 줄 알았다는 표정으로 앞에 나와 학급임원이 된 소감과 앞으로의 포부를 발표했다. 준범이가 그러고 있는 동안 나는 아무것도 쳐다보고 싶지 않아 눈을 내리깔고만 있었다. 그때 뒤에서 동훈이가 만일 투표로 했다면 나를 찍었을 거라면서 힘내라고 소곤거렸다.

동훈이는 얼굴과 입술이 마치 흑인처럼 까무잡잡하고 두툼한 친구였다. 그래서 아이들 사이에서는 동훈이가 흑인 혼혈아라는 소문까지 나돌고 있을 정도였지만 반에서 명랑하게 아이들과 잘 어울려 노는데 비해 집에는 아무도 데려가지 않아 소문은 소문으로만 머물러 있었다. 나는 동훈이한테 고맙다며 쟤네들의 통솔에 따르지 않을 거라고 했다. 동훈이는 내 말에 자기도 그러겠다며 결의하듯 주먹을 불끈 들어올렸다.

"이근식, 너 이 자식, 또 떠들래! 너 요즘 왜 그러냐? 수업태도도 갈수록 불량해지고 말이야…… 앞으로 나와서 주먹 쥐고 엎드려!"

담임이 동훈이와 속닥거리던 나를 또 불러냈다. 준범이네 패거리는 고소해하는 얼굴이었다. 그렇게 학급임원단의 포부가 이어지는 동안 내내 나는 한 구석에서 치욕스럽게도 주먹 쥐고 엎드려 있는 벌을 견뎌야 했다. 벌을 받으며 나는 귀여운 아기가 아니라 끔찍스런 몰골의 기형아가 담임의 뱃속에 웅크리고 있는 상상을 했다.

학급임원이 된 소감과 앞으로의 포부를 밝힌 새 학급임원들은 내가 엎드려 있는 자리 바로 앞을 저벅저벅 지나갔다. 준범이와 함께 학급임원이 된 친구 정석이는 둘 다 날카로운 쇠징이 박힌 야구선수용 스파이크를 신고 있었다. 날카로운 쇠징이, 내 몸을 지탱하느라 부들부들 떨리고 있는 주먹 앞을 스치고 지나가자 무척 위협적이었다. 나도 쟤네들에 뒤지지 않으려면 저런 스파이크를 사 신어야겠다고 생각했다.

한참 지나서도 담임은 나를 들여보내지 않았다. 이제 겨우 3월이었는데도 땀이 비 오듯 쏟아지며 온몸이 부들부들 떨렸다. 담임은 돈

을 먹고 저렇게 배불뚝이가 된 걸까? 그렇다면 담임의 뱃속에 들어
있는 건 새 아기가 아니라 돈더미일 게 틀림없었다.

나는 동훈이와 함께 준범이네 패거리의 학급임원단에 맞서기로
했다.

"쟤네들은 담임한테 돈 먹여서 학급임원이 된 거니까 우린 걔네들
통솔에 따를 필요가 없는 거야."

내 말에 학급의 많은 아이들이 동조했다. 그렇지 않아도 반 아이들
은 준범이네 패거리한테 반감이 있던 터였다.

"그러다 걔네들이 담임한테 일러서 세게 나오면 어쩌지?"

한 아이가 말했다.

"그땐 과감하게 데모를 해야지. 모두 들고 일어나는 거야."

내가 '데모'라는 말을 꺼내자 아이들이 수군거렸다. 나는 '데모'라
는 말이 무슨 뜻인지 모르냐고 물었다. 아이들은 주저주저하면서 그
말뜻을 안다고 했다.

"그럼 됐어. 모두 들고 일어나서 한번 부딪쳐보는 거야. 데모라도
해서 저 새끼들 야코를 한번 콱 죽여놓는 거야."

데모를 하자는 말에 아이들은 어쩐지 걱정스러워하는 표정을 지으
며 마지못한 듯 고개를 끄덕거렸다.

그렇게 나와 동훈이를 비롯한 몇몇 아이들은 의도적으로 준범이네
학급임원단의 통솔에 전혀 따르지 않았다. 담임이 없는 자습시간에
준범이가 앞에 나와 떠드는 아이의 이름을 적어놓으면 다른 아이들
이 나가서 지워버리는 식으로 학급임원단에 저항했다.

어떤 아이의 이름이 새로이 적힌 걸 보고 내가 나가서 지우려 할
때였다.

"너, 죽고 싶어? 누구 맘대로 그거 지우래? 반장이 호구로 보이니?"

잔뜩 열이 오른 얼굴로 준범이가 내게 눈을 부라렸다.

"병신아, 내가 왜 너한테 죽니? 누가 떠든다고 이름을 적으려면 우선 너부터 똑바로 해야 할 거 아니야!"

"뭐, 병신? 이 새끼가 죽을려구 환장을 했나! 그리고 내가 똑바로 못 한 게 뭐 있냐?"

준범이가 주먹으로 교탁을 내리쳤다.

내친 김이었다. 나는 침을 꿀꺽 삼키고 계속했다.

"흥, 그렇게 시치미 떼도 애들이 다 알아, 너네 엄마가 담임한테 돈 먹여서 너 학급임원된 거…… 부끄럽지도 않니? 평생 그렇게 살래?"

"뭐야? 너 그 말 책임질 수 있어?"

"책임이나마나 담임한테 돈 먹여서 그 자리에 올라놓고 그렇게 거들먹대는 거 보기 싫어서 담임하고 너희 패거리한테 데모하기로 했다, 왜!"

준범이는 기가 막히다는 표정을 짓더니 그 말을 취소하라며 나한테 주먹을 날리고는 스파이크발로 내 배를 걷어찼다. 아이들이 말리러 우르르 몰려왔다. 그렇지 않아도 분에 차 있던 나는 더 이상 참을 수가 없었다. 교실 뒤에 놓인 양은주전자를 들고 달려가서 준범이의 뒤통수를 냅다 후려갈겼다. 준범이는 그 자리에 맥없이 꼬꾸라졌다. 하지만 더 이상 별일은 없었다. 나는 내 일격에 준범이 녀석이 잔뜩 겁을 집어먹고 물러난 게 아주 만족스러워서 그날 저녁 그 장면을 4B연필의 스케치로 재생해보기까지 했다. 문제는 그 이튿날 아침이었다.

아침부터 화가 잔뜩 난 표정으로 담임이 교실에 들어왔다.

"이근식, 이 새끼, 너 앞으로 나와!"

담임의 목소리는 매서웠다. 나는 힘없이 앞으로 나갔다. 격노한 담임은 내가 앞으로 나가자마자 교탁 밑에 있던 몽둥이를 꺼내 사정없이 휘두르기 시작했다.

"아무리 어린 새끼라도 그렇지, 그 따위 말을 함부로 지껄여! 내 오늘 네 버릇이 고쳐지나, 내 버릇이 고쳐지나 어디 한번 해보자. 뭐, 누가 누구 돈을 먹어? 너희 아버지가 학교 가서 선생님한테 그 따위로 말하라고 가르치대?"

이건 체벌이 아니었다. 왜냐하면 나는 평소처럼 체벌을 받는 자세로 한 자리에 멈춰 서 있었던 것도 아니었으니까. 담임의 매질은 무차별적이었다. 나는 속수무책으로 몽둥이찜질을 당하며 교단 위의 구석으로 내몰렸다.

"그리고 지금 때가 어느 땐데 데모 운운하고 지랄이야, 머리통에 피도 안 마른 새끼가. 너 데모가 무슨 말인지 알고나 하는 거니? 그건 간첩이나 쓰는 말이야, 이 병신 새끼야! 너 그딴 말 밖에 나가서 한번만 해봐. 요즘 길바닥에 군인들이 쫙 깔렸는데, 그 아저씨들이 어린 새끼가 철없이 군다고 봐줄 줄 알어? 너 같은 새낀 쥐도 새도 모르게 총살이야, 그딴 말 함부로 지껄이고 다니면. 똑똑한 체하면서 함부로 까부는데, 아무래도 안 되겠다, 네 버르장머릴, 확 뜯어고쳐 놔야지, 이대로 놔뒀다가는 정말 큰일 나겠다."

구석에 몰린 내게 담임은 막무가내로 몽둥이를 휘둘렀다.

"선생님, 잘못했어요. 다신 안 그럴게요."

나도 자존심이 있는지라 그 말만큼은 하고 싶지 않았지만 가혹한 몽둥이찜질에는 더 이상 견딜 수가 없었다.

"이리 와, 이 새끼야."

새끼를 밴 어미가 저토록 포악스럽다니, 나는 다시 한 번 경악했다. 아이들, 특히 나와 데모를 함께 하기로 했던 동훈이와 몇몇은 새파랗게 겁에 질려 있었다. 몽둥이찜질을 견딜 수 없었던 나는 나도 모르게 담임의 몽둥이를 움켜잡았다.

"어라, 이 새끼 봐라, 어린 새끼가 벌써 선생한테 개기네."

담임은 몽둥이를 내팽개치고 손바닥으로 내 머리와 얼굴을 사정없이 후려치기 시작했다. 나는 담임한테 그만 때리라고 소리라도 지르고 싶었지만 꾹 참았다. 흐르는 눈물에 코와 입술이 터져서 내 얼굴은 피범벅으로 변하고 말았다.

"가서 세수하고 들어와서 준범이한테 잘못했다고 사과해."

담임은 매질을 그치며 내게 냉엄한 목소리로 명했다. 나는 더 맞을까봐 담임이 시키는 대로 하는 수밖에 없었다. 수돗가로 가서 얼굴의 핏기를 닦아내고 들어와서는 담임이 시킨 대로 준범이에게 다가가서 내가 잘못했다고 사과하며 먼저 손을 내밀었다.

"그래, 사과 받을게. 앞으로 잘 해보자."

준범이는 차가운 표정으로 내 손을 맞잡았다. 담임은 둘이 진심으로 화해했다며 아이들에게 이 우정이 변치 않도록 축복하는 의미에서 다같이 박수를 보내자고 했다. 아이들은 새파랗게 질려 있으면서도 담임이 시킨 대로 손뼉을 쳤다.

나는 당장이라도 교실 바깥으로 뛰쳐나가서 울부짖고 싶었지만 가까스로 참았다. 흥분을 가라앉힌 담임이 차분해진 목소리로 국어책을 펴라고 했다. 나는 국어책을 꺼내면서 나날이 불러오는 담임의 배를 노려보았다. 그리고는 주위를 둘러보았는데, 동훈이는 나와 눈이 마주치는 게 겁나는지 숫제 딴 쪽으로 얼굴을 돌리고 있었다. 나는 국어책을 펴 드는 척하면서 가방 밑에 아무렇게나 쑤셔박아둔 공업용 커터를 꺼냈다. 4B연필을 깎기에는 접어서 쓰는 문구용 칼보다 굵고 넓은 날이 앞으로 나오도록 밀어서 쓰는 공업용 커터가 한결 나은 것 같았다.

4

"많이 아프니?"

화장실에서 오줌을 누고 있는데 '흑인' 동훈이가 걱정스러워하는 안색으로 말을 걸어왔다. 나는 애써 태연한 척 괜찮다고 대답했다.

"짜식들, 어쩜 그럴 수가 있지? 담임한테 다 일러바친 거 같애…… 고자질이 얼마나 나쁜 짓인데."

동훈이는 그 두툼한 입술을 삐죽거렸다.

"다 그런 거지, 뭐."

나는 화장실 바닥에 침을 찍 뱉고는 그렇게 말했다. 수돗물로 입안을 몇 번이나 헹궈냈는데도 내가 뱉은 침에는 약간의 핏기가 고여 있었다. 하지만 끓어오르는 분을 삭인다기보다는 그렇게 담임한테 얻어터지고 준범이 녀석한테 사과까지 하는 치욕을 당하자, 묘하게도 나는 속이 후련해지면서 차분히 가라앉는 기분에 잠겨 있었다. 그런 줄도 모르고 '흑인' 동훈이는 무슨 말로든 자꾸 나를 위로해주고 싶은 눈치였다.

"데모…… 하겠다던 애들도 네가 담임한테 그렇게 묵사발이 되도록 얻어맞는 걸 보고 나서는 아주 질렸나봐……"

그렇게 말하는 동훈이의 큰 눈에도 조무래기들의 결의쯤으로는 다 잡지 못할 두려움이 가득 어려 있는 것 같았다. 그래도 동훈이는 흑인답게 교활하지 않고 착한 친구였다.

"집까지 같이 가줄까?"

동훈이의 목소리는 다정했다.

"아니 됐어. 너희 집 우리 집하고는 반대쪽이잖아."

하지만 나는 어쩐지 혼자 있고 싶었다.

"……이럴 거면 차라리 준범이하고 진짜로 화해하고 잘 지내는 게 좋을 거 같애…… 나도 그 새끼들 정말 좆 같은데, 앞으로도 계속 이럴 순 없잖아……"

동훈이의 말에 나는 한숨부터 푹 내쉴 수밖에 없었다.

"난 담임 그년도 싫고 다 싫어."

다시금 내 목소리에 울분이 스몄다.

"나두 그래, 하지만……"

동훈이는 뭔가를 더 이야기하고 싶어했지만 나는 이만 헤어지자고 했다. 동훈이는 유난히 하얀 이빨을 드러내며 힘내라는 듯 주먹을 불끈 들어보이고는 잘 가라고 손짓했다. 동훈이와 나는 교문 앞에서 헤어졌다.

무엇이 그토록 담임을 화나게 한 걸까? 돈을 먹었다는 말은 그렇다 쳐도, '테모'라는 말을 쓴 게 그렇게까지 잘못한 일일까? 내게 몽둥이를 휘둘러대고 그것도 모자라 마구잡이로 손찌검까지 해댄 담임은 내가 '테모'라는 말을 입에 담았다는 데 억제할 수 없는 히스테리와 모욕감을 느낀 것 같았다. 왜냐하면 '테모'라는 말이 나오면서 매질의 도가 체벌을 벗어나 구타에 이르렀다고 할 만큼 극심해졌기 때문이다.

하지만 내가 아는 한 '데모'는 '돈을 먹었다'는 말보다 훨씬 괜찮은 말이었다. '돈을 먹었다'는 말은 욕임에 틀림없었지만 '데모'라는 말은 욕이 아니었다. 그러고 보니 담임은 나한테 자기가 돈 먹은 사실이 들킨 듯하니까, 엉뚱하게도 '데모'라는 말을 핑계거리삼아 화가 풀릴 때까지 나를 짓이긴 것일 수도 있었다. 나한테 담임은 이미 선생이 아니라 학부형들한테 돈봉투나 받아먹고 학급임원직을 거래한 날도둑이었으며, 한편으론 그 임신한 배로 세실이와 관련하여 늘 내 기분을 어두워지게 하는 협박범에 지나지 않았다. 담임의 배를 볼 때마다, 세실이가 결국 임신해서 우리가 그런 짓을 해온 게 어른들한테 탄로나면 집에서 쫓겨나는 건 둘째 치고 어쩌면 감옥에까지 끌려갈지도 모른다는 불안감이 나를 숨막히도록 짓누르곤 했던 것이다.

이토록 시린 내 기분과는 반대로 봄기운이 잔뜩 지펴져 있는 오후의 하교길은 화사하고 포근하기만 했다. 거리에는 솜털 같은 꽃가루들이 계절 잃은 눈꽃송이인 양 햇살 밝은 허공 위에서 하늘거리고 있었다. 나는 온갖 상점들이 연이어져 있는 번화가를 지나 육교가 있는 네거리 쪽으로 잡아들었다. 원래 집에 가려면 그 네거리의 육교를 건너 차도 옆길의 골목 어귀로 향해야 했지만 나는 어쩐지 그대로 집에 가는 게 내키지 않아 좀더 걸어다니기로 했다.

거리에는 총을 멘 카키색 군인들과 철망 쓴 경찰들이 대오를 지어 한길가의 여기저기로 몰려다니는 게 자주 보였다. 나는 담임의 야단이 떠올라 되도록 그들에게서 멀찍이 떨어지려고 걸음걸이를 빨리했다. 물론 내가 담임의 말을 그대로 믿고 겁먹은 건 결코 아니었다. 하지만 거리의 군인들을 보자 언제까지고 생생히 떠오를 담임의 협박으로 인해 온몸에 소름이 돋는 건 어쩔 수 없었다. 다시 한 번 한 떼 거리의 카키색 병정들이 뒷칸에 천막을 친 군용트럭에서 쏟아져나와 기민한 움직임으로 길거리를 누비고 다녔다. 이따금 어디선가 뭐라고 왕왕대는 확성기의 목소리가 들려오곤 했지만 뭐라고 하는지는 한 마디도 제대로 알아들을 수 없었다.

그런데 군인들이 줄맞춰 걷는 대오 사이로 어떤 빌딩 앞에서 풍성한 꽃다발을 한아름 안고 있는 완기 삼촌의 모습이 저만치 보였다. 완기 삼촌을 거기서 만난 건 뜻밖이었다. 나는 유난히 반가워서 그 앞으로 달려갔다. 완기 삼촌은 조금 전까지만 해도 허공에 시선을 두고 넋이 나간 표정이었지만 나를 보자 빙그레 웃음 지었다. 그 무렵에는 나도 세실이처럼 그를 삼촌으로 부르고 있었다.

"삼촌, 여기서 뭐 하세요?"

내가 고개를 갸웃거리며 완기 삼촌에게 물었다.

"저기 하늘에 떠 있는 달을 바라보면서 달나라에 사는 영혼들과 교신하고 있던 중이었어."

완기 삼촌은 빙그레 짓고 있던 웃음을 거두고 엄숙해진 말씨와 표정으로 대답했다.

"에이, 완기 삼촌 또 장난치네요."

완기 삼촌을 보자 언제 그토록 침울한 일이 있었냐는 듯이 나는 명랑한 목소리로 말을 이어갔다.

"낮에 달이 어딨어요? 달이 있으면 한번 손가락으로 가리켜보세요."

완기 삼촌은 손가락으로 하늘 어딘가를 가리켰다.

"어디요?"

나는 완기 삼촌의 손가락이 가리키는 쪽을 열심히 올려다보았다.

하지만 푸른 하늘에서 눈에 들어오는 거라고는 솜사탕 같은 뭉게구름뿐이었다.

"에이 아무것도 없잖아요. 그냥 구름뿐이네요, 뭐."

나는 나도 모르게 야유하는 말투를 냈다. 하지만 완기 삼촌의 얼굴은 여전히 정색이었다.

"비록 우리 눈에는 안 보이지만, 달은 틀림없이 내가 방금 손가락으로 가리킨 그 지점에 존재하고 있어. 난 달에서 온 사람이기 때문에 그 숨결을 느낄 수 있거든." 완기 삼촌의 목소리는 언제나 진지했다.

"정말이요?"

"그렇대두. 달은 그 죽은 자들의 넋을 일으켜 세우려고 언제나 우리 지구별에 숨결을 불어넣어주고 있거든. 달나라의 거주민이었던 나는 그 숨결을 누구보다 강하게 느끼면서 다시 내 나라 내 별로 돌아가야 한다는 소망을 잊지 않고 사는 거지."

"우와! 그럼 완기 삼촌, 달나라 가실 때 저도 같이 갈 수는 없나요?"

내가 달뜬 목소리로 그렇게 외치자 완기 삼촌은 내 눈을 똑바로 바라보았다.

"왜, 갈 수 있고 말고. 넌 내가 찍은 결사조직원의 한 명이거든."

"정말요? 정말 저도 같이 갈 수 있는 거죠?"

"그럼, 앞으로 네가 할 일이 얼마나 많다구. 당장 필요한 게……"

"다른 결사조직원은 또 누군가요?"

완기 삼촌은 그 물음에 뜻밖이라는 듯 잠깐 눈을 깜빡거렸다.

"다른 사람? 다른 사람은 그, 글쎄……"

나는 다른 사람은 몰라도 세실이를 빼먹을 수는 없지 않겠느냐고 했다. 그러자 완기 삼촌은 당황하는 표정을 지었다.

"세실이? 아, 맞다, 세실이. 세실이도 아무렴 같이 가야지."

그때 갑자기 훅 불어온 바람에 완기 삼촌이 안고 있던 꽃다발 위에 대강 얹혀 있던 꽃 몇 송이가 날아갔다.

"아, 내 팬지꽃!"

완기 삼촌은 꽃들이 사라져간 쪽을 바라보며 안타까워하는 표정을 지었다. 나는 그제야 완기 삼촌이 들고 있던 꽃다발로 눈을 돌렸다. 꽃다발에는 한 종류의 꽃만이 가지런히 묶여 있는 게 아니라 이꽃 저꽃이 들쭉날쭉하게 뒤섞여 있었다. 그런데 그 꽃들은 죄다 꽃잎의 색깔이 바랬을 정도로 시들어 있는 상태였다.

"삼촌, 근데 들고 있는 꽃들이 모두 시들어 있어요. 별로 보기 안 좋네요."

내 말에 완기 삼촌은 천연덕스러웠다.

"응, 이거 시든 정도가 아니라 지금 말라 죽어가고 있는 중이야."

"네?"

나는 어이가 없었다.

"말라 죽어가고 있는 중이라구. 왜? 이상해?"

나는 이해할 수가 없어서 눈만 껌뻑거렸다.

"나는 이 꽃들을 목내이처럼 바싹 말려가지고 바람이 무지 부는 날 어디 아파트 베란다 같은 데서 이 지구별 곳곳에 가 닿도록 흩뿌릴 거야. 뼛가루처럼 곱게 부스러뜨리면서 말야."

완기 삼촌의 입에서 다시 알아듣기 힘든 말들이 줄줄이 쏟아져나오기 시작했다.

"목내이가 뭐예요? 그리고 왜 그럴 건데요?"

"목내이는 미라를 말하는 거구, 왜긴 왜겠어, 그게 바로 달나라로 가는 의식이면서 동시에 이 땅의 죽음들을 일깨우는 예배 같은 거니까 그렇지."

나는 예배는 교회에서나 하는 거 아니냐고 되물었다. 완기 삼촌은 꽃다발 속의 꽃들이 다시 가지런해지도록 손으로 정리하면서 말했다.

"말이 나왔으니까 말인데, 예수님도 꽃장식처럼 자기 몸을 말려서 죽이는 것으로 이 지구별에 대한 구원의 몫을 다하려 한 메시아였어. 그분은 부활 승천이라는 이름의 풍장을 통하여 달나라로 가신 경우지."

"그럼 예수님도 지금 달나라에 계신 건가요?"

"방금 전 나한테 너도 이 지구별의 꽃장식이 되라고 격려해주시기까지 한 걸."

완기 삼촌이 의기양양해진 목소리로 말했다. 난 탄성을 질렀다.

"그래서 나는 매일 여기 나와서 이렇게 달을 바라보며 서 있는 거야."

완기 삼촌은 그윽한 시선으로 하늘을 올려다보면서 한동안 아무 말도 하지 않았다. 나도 완기 삼촌을 따라 고개를 잔뜩 쳐들고 하늘만 바라보았다. 행인들이 지나가면서 이상해하는 눈길로 우리를 힐끔거렸지만 완기 삼촌과 나는 개의치 않고 그대로 머물러 있었다. 다시 한 번 강한 바람이 훅 하고 불어왔다.

"음…… 오늘은 그만 가야겠다. 너한테 부탁할 것도 있고."

완기 삼촌은 서 있던 자리에서 그제야 비로소 걸음을 옮겼다. 나와 얘기하는 동안에도 꽃다발을 들고 서 있는 자세를 조금도 흐트러뜨리지 않고 있었던 것이다. 나는 무슨 부탁이냐고 물었지만 완기 삼촌은 아무 대답도 해주지 않고 일단 같이 가보자고만 했다.

"그렇게 서 있는 사이 몸통이 많이 굳은 데다 다리가 점점 뻣뻣해져오는 것 같아 기분이 좋다."

완기 삼촌은 나와 같이 걸어가는 동안 잠시 멈춰 서서 기지개를 켜며 그렇게 말했다. 완기 삼촌보다 더 엉뚱한 사람도 이 세상에 없을 거라는 생각이 들었지만 나는 그가 우리 동네의 골목 어귀에 다다랐을 때 뇌물이라며 사준 아이스크림을 고맙게 받아먹었다.

아래층에는 세실이와 할머니밖에 없었다. 완기 삼촌은 나한테 다시, 부탁할 일이 있으니 자기 방에 같이 가자고 했다. 나는 일단 책보만 풀어두려고 우리 집으로 올라갔다.

"너 오늘 반장 선거 있는 날이라고 하지 않았니?"

엄마는 부엌에서 나물을 다듬고 있었다. 나는 다녀왔다고만 하고는 아무 대답도 하지 않았다.

"이번엔 너, 반장 안 됐나 보구나. 아무 얘기가 없는 걸 보니."

얼굴에 난 멍 자국이 들킬까봐 나는 엄마와 얼굴이 마주치지 않도록 조심하면서 서둘러 세실이네로 내려갔다.

"응, 세실아, 삼촌이 근식이하고 좀 할 얘기가 있으니까 나중에 놀래?"

나를 보고는 반가운 표정으로 달려온 세실이에게, 완기 삼촌이 말했다. 세실이는 입을 삐죽 내밀며 피아노 학원에 갔다가 동네 아이들이랑 고무줄놀이나 해야겠다면서 밖으로 나갔다. 할머니는 완기 삼촌한테 밥은 제대로 먹고 다니느냐며 한숨 섞인 어조로 잔소리를 늘어놓았다.

"걱정 마세요, 엄마. 제 할 일은 제가 다 알아서 해요. 저, 이제 어린아이가 아니잖아요."

"에구, 이제 내가 미국 가버리면 저걸 누가 보살펴줄라는지……"

할머니는 마루에서 뭔가를 찾는 완기 삼촌에게 한참동안 딱하다는 눈길을 보내며 알쏭달쏭한 혼잣말을 하고는 다시 부엌방으로 건너갔다. 완기 삼촌은 마루의 수납장에서 매직펜 세트와 장식용 양초 몇 자루를 찾아낸 후 나를 데리고 자기 방으로 들어갔다. 완기 삼촌의 방은 북향이었는지 한낮에도 불을 켜지 않으면 어두컴컴했는데 어스름이 슬슬 내릴 무렵이라 한결 더 음침해 보였다. 그런데도 완기 삼촌은 불을 켜기는커녕 두꺼운 커튼으로 빛이 드는 창까지 가려서 방 안을 지하실처럼 더욱 을씨년스럽고 캄캄하게 했다.

"부탁할 일이 뭐냐면……"

완기 삼촌은 들고 온 꽃다발부터 스카치테이프로 정성들여 벽에 붙이고는 장식용 양초에 하나씩 불을 밝히면서 느릿하고 나지막한 어조로 말했다.

"너, 그림 그리는 거 좋아한댔지? 그게 취미랬지?"

나는 고개를 끄덕거렸다. 완기 삼촌은 그럼 이걸 한번 봐보라며 책상 서랍에서 어떤 책 한 권을 꺼내 내 앞에 펼쳐보였다. 그것은 어떤 서양화의 사진들을 모아놓은 그림책이었다. 나는 호기심이 나서 그 그림책을 이리저리 뒤적거려보았다. 비록 여러 자루를 켜놨다고는 해도 희미한 촛불의 불빛에 비추어 반사광이 번들거리는 미농지 위의 그림들을 보려니까 눈이 자꾸 매캐해져 왔다.

"삼촌, 형광등 좀 켜고 보면 안 돼요?"

눈을 비비며 내가 말했다.

"그건 안 돼. 계속 촛불 밑에서 작업해야 신비로운 교신의 영기를 살릴 수 있거든."

완기 삼촌은 완강한 목소리로 잘라 말하고는 그 그림책을 넘겼다. 그림책의 제목은 『요한계시록의 그림들』이었다.

"거기 내가 책갈피에 색종이를 붙여서 표시해둔 페이지의 그림들 있잖아, 그걸 네가 여기다 매직펜으로 베껴줬으면 해. 그게 내 부탁이야."

그렇게 말하며 완기 삼촌은 여러 장의 도화지를 내밀었다.

"지금요? 이걸 전부 다?"

"응, 되도록. 네 정신과 상상이 집중될수록 좋거든."

나는 도화지들을 받아들며 왜 그래야 하는 거냐고 물었다.

"이 그림들, 원래는 내가 그려보려고 했거든. 그런데 도저히 안 되겠더라. 왜냐하면 난 이미 어린아이가 아니거든. 이 그림들에는 비록 베낄 때라도 어린아이의 영혼이 담기는 게 필요해. 어린아이의 영혼에는 달의 정기와 외로움이 살아 있거든."

완기 삼촌은 그림을 손으로 쓰다듬으며 말했다.

나는 달이 외롭다는 말에 잠시 키득거렸다.

"달이 외롭다구요?"

"외롭다마다. 그믐달을 보려무나. 얼마나 외로웠으면 자기 몸을 손톱만큼만 남겨두고 나머지는 밤하늘의 어둠이 파먹도록 내맡겼겠니? 어둠에 내맡겨진 정신과 영혼은 외로운 거야."

완기 삼촌의 이야기는 언제나 아리송하기만 했다.

"그치만 보름달 같은 것도 있잖아요."

따져 묻는 어투로 내가 말했다.

"그 보름달에도 어두운 저편이 있어. 이 지구별에서는 그쪽을 볼 수 없을 뿐이지. 지구별에서 보이는 보름달의 밝음은 사실 저편의 어둠에 기대고 있는 것일 뿐이야. 모든 게 다 그래. 가령 살아 있다는 게 실은 죽음의 저편에 불과한 것처럼 말이야. 아무리 보름달이라고 하더라도 시간이 흐르면 이내 어둠에 자기 몸을 파묻고 마는 걸 여기 지구별에서도 언제나 확인할 수 있잖니?" 완기 삼촌의 목소리는 사근사근하고 자상했다.

"네…… 삼촌 꼭 달 전문가 같아요. 천문학자나 뭐 그런 거……"

"달 전문가가 아니구, 달나라 사람이라니까."

완기 삼촌은 양초들을 가리켰다.

"심지 위의 불꽃은 그 밑동을 받치고 있는 양초의 밀랍을 눈물로 녹여내리면서 빛을 내는 거야. 우리 영혼도 이런 소멸의 정화과정이 늘 필요한 법이지. 그래서 나는 달에게 바치는 내 제의의 봉헌물로 꽃장식을 택한 거구. 내 말 무슨 말인지 알겠니?"

나는 모르겠다고 하면 다시 반복해서 말할까봐 아주 잘 이해가 간다는 듯이 과장해서 고개를 주억거렸다. 불꽃들의 합은 파리한 완기 삼촌의 얼굴을 검붉게 그을린 것으로 보이도록 비추고 있었다.

"자, 그럼 이제 수고 좀 하렴. 나는 그 사이 여행이나 좀 다녀와야 겠다."

"여행이요? 지금?"

나는 여행이라는 말에 고개를 번쩍 들었다.

"응, 내가 달나라에 살던 시절을 떠올려줄 시간 여행."

완기 삼촌은 큼지막한 헤드폰을 녹음기에 연결해서 머리에 쓰고는 눈을 지그시 감았다. 얼핏 헤드폰에서 새어나오는 소리로 보아 '옴 마니 반메훔'의 독송인 것 같았다. 나는 그림을 그리기 시작했다. 촛불 아래서 그림을 그리는 것은 생각만큼 쉬운 일이 아니었다. 베끼기 자체가 무척 어려운 그림들도 한두 장이 아니었다.

표면에 송송 뚫려 있는 분화구들이 보일 만큼 거대하게 나타나 있는 밤하늘의 달 아래 지구별 사람들이 불안하게 열린 동공으로 제각기 어딘가를 응시하며, 까닭모를 참화로 폐허가 된 듯한 아크로폴리스풍의 광장 곳곳에 흩어져 있다. 달의 뒷면에서 날아오른 두 정령이 폐허 한 귀퉁이의 묘지 위로 달빛을 비추고, 유리관 통로 같은 그 달빛의 대롱을 타고 지구별의 영혼들이 승천한다.

이 두 선지자가 땅에 거하는 자들을 괴롭게 한 고로 땅에 거하는 자들이 저희의 죽음을 즐거워하고 기뻐하여 서로 예물을 보내리라 하더라…… (요한계시록 11:10)

"달은 그 정령들을 통해서 우리로 하여금 육신의 거푸집을 풍장하도록 부르짖는다. 우리는 목내이처럼 푸석푸석해져 죽어가는 것으로 이 세상에 제 몫을 다하고자 하는 꽃장식이다. 달은 그 영혼과 교신해온 피안의 백색왜성이며, 결국엔 우주의 티끌로 바스라지고 마는 지구별의 풍장에도 입회할 죽음의 그림자별이다…… 근식아, 근식아!"

그건 틀림없는 완기 삼촌의 목소리였다.

"네?"

나는 가물거리는 눈을 비비다 말고 깜짝 놀라 고개를 쳐들었다. 순간 황량한 벌판에 외따로 떨어져 있는 듯한 기분이 들었다. 어쩌면 그곳은 달나라 저편에 펼쳐진 죽은 자들의 광야였을지도 모른다.

　어디선가 훅 하고 바람이 들이닥친 탓에 촛불들이 모두 꺼졌다. 커튼까지 쳐진 완기 삼촌의 방은 칠흑 같은 어둠에 파묻혔다. 한 치 앞의 윤곽에조차 시야가 트이지 않을 만큼 어둠의 베일은 짙고 두터웠다. 그렇다고 형광등의 스위치를 올릴 수는 없었다. 마저 마무리지어야 할 그림들이 몇 장 더 남아 있었기 때문이다.

　완기 삼촌은 아무 소리도 내지 않고 있었다. 나는 방바닥을 더듬거렸다. 다행히 성냥곽이 하나 손에 잡혔다. 일단 초 한 자루에 불을 붙였다. 그러자 이내 미라처럼 앙상한 몰골로 살집이 사그라져 목숨이 끊어진 듯 비스듬히 벽에 기대어 앉아 있는 완기 삼촌의 형체가 희미하게 떠올랐다. 나는 완기 삼촌을 소리쳐 깨우려 했지만 그의 몸은 이미 메마른 모래흙으로 서서히 허물어져가고 있었다. 몸을 부르르 떨며 방에서 뛰쳐나왔다. 방 바깥은 곧바로 어둠에 잠긴 야산 기슭이었다. 나는 주위를 두리번거렸다. 일단 어디로 가야 할지 막막했다. 하지만 잠시 후 만곡(彎曲)으로 휘어진 오솔길이 언덕바지를 향해 가 닿아 있는 게 어렴풋이 눈에 들어왔다. 나는 그 오솔길로 내달았다. 길 끝에서 이정표처럼 나를 맞이한 것은 높다란 은행나무 한 그루였다. 그 은행나무를 돌아가자 황무지 같은 폐허의 광장에 수많은 사람들이 여기저기 흩어져 있는 게 내려다보였다. 나는 언덕의 비탈길을 타고 아래로 내려갔다.

　"뭘 기다리고 계신 건가요?"

　나는 가장 가까이 있는 한 아저씨에게 말을 걸었다.

　"저기 저거 보이니?"

아저씨는 손가락으로 머리 위를 가리켰다. 그러고 보니 내 머리 위로 쟁반같이 둥근 달이 떠 있었다. 그런데 그 달은 유난히 커 보였다. 마치 달이 지구 가까이 다가와 있기라도 한 것 같았다.

"달이네요…… 그런데 평소보다 무척 커요."

나는 탄성을 내질렀다.

"그래, 달이야. 때가 가까웠기 때문에 평소보다 더 커 보이는 거야."

"때라뇨, 무슨 때요?"

나는 그 아저씨 쪽으로 한 걸음 다가서며 물었다. 하지만 아저씨는 말이 없었다. 그 말을 마지막으로 아저씨의 몸은 이미 굳어 있었던 것이다. 나는 다른 쪽으로 갔다. 잠옷 같은 원피스를 걸친 한 소녀가 내 앞길에 서 있었다.

"세실아!"

나는 나도 모르게 그 소녀를 향해 소리쳤다.

"뭐라구?"

소녀가 어리둥절해하는 눈길을 내 쪽으로 돌렸다.

"너, 세실이 아니니?"

나는 그 소녀의 손을 잡으려 했다. 하지만 소녀는 얼른 손을 빼내면서 자기는 세실이가 아니라고 답했다.

"그럼, 넌 누구니?"

내가 멍해져서 물었다.

"난…… 동정녀야."

소녀와 세실이의 목소리는 아주 비슷한 것 같았다.

"동정녀라니 그게 뭐니?"

"넌 여기 어떻게 오게 된 거니?"

소녀는 내 물음을 무시했다.

나는 여기가 어디냐고 되물었다. 그러자 소녀는 여길 보라며 자기 발아래를 가리켰다. 거기에는 꽃잎이 바스러질 정도로 시들어 죽어가고 있는 장미꽃 한 송이가 떨어져 있었다.

"꼭 쓰러진 한 마리 카나리아 같지 않니?"

시든 장미꽃에만 고정되어 있는 소녀의 눈길은 몽롱했다.

"그러니까 여기가 어디냐구!"

나는 짜증난 목소리로 소녀에게 외쳤다.

"저 꽃을 내 머리에 꽂아주지 않을래?"

하지만 소녀는 내 태도에 전혀 개의치 않았다. 나는 왜 나한테 저 꽃을 꽂아달라는 거냐고 퉁명스럽게 물었다.

"왜냐하면"

소녀는 뭔가를 헤아리듯 잠시 동안 다음 말을 잇지 않았다. 나는 멀뚱멀뚱 소녀의 대답을 기다렸다.

"내 몸은 이미 미라로 굳어가고 있거든."

그러고 보니 소녀의 뺨은 아주 창백했다.

"그럼 넌 이미 죽은 거니?"

놀란 목소리로 내가 물었다.

하지만 소녀는 내 물음에 답하지 않고 어서 저 장미꽃을 집어달라는 부탁만 반복했다. 나는 그 장미꽃을 그녀의 귀밑머리에 꽂아주었다. 고맙다는 인사를 마지막으로 그녀의 눈에는 일체의 생기가 사라졌다. 소녀의 몸은 이미 석고상처럼 굳어 있었다.

그런데 그때 두 발 대신 탱크 바퀴로 움직이는 한 대의 안드로이드가 내 앞으로 굴러왔다. 니켈 도금으로 이루어져 있을 안드로이드의 몸체에는 은은한 달빛이 내려앉아 은색의 광택이 났고 반구형 유리관이 씌워져 있는 머리 부분에서는 몇 개의 전구들이 끊임없이 깜빡거리고 있었다.

"꼼짝 마라. 신원을 확인하기 전까지는 한 발짝도 움직일 수 없다. 이를 어길 시에는 발포할 수도 있음을 알린다."

안드로이드는 합성된 전자발신음으로 사람의 말처럼 들리는 소리를 냈다.

"너는 뭐냐?"

나는 주눅들지 않고 안드로이드를 향해 당당하게 소리쳤다. 하지만 자기가 우주경찰이라고 밝힌 안드로이드의 몸통에서 철컥 하고 자동소총이 튀어나오자 겁이 더럭 났다. 나는 부랴부랴 달아나기 시작했다.

"우주 경찰은 태양계의 각 행성을 순찰하며 핼리 혜성의 동향을 파악하여 우주항공국 상황실에 보고하는 것과 동시에 각종 범법행위에 대한 치안의 임무를 맡는다."

안드로이드는 위협적인 기계음으로 도망치는 나에게 계속 왕왕거렸다.

"최근 입수된 정보에 따르면 지구별의 묘지에서 지구인들의 시체를 파내 제물을 필요로 하는 디오니소스 행성이나 파르마코스 행성 등의 제전에 거액을 받고 팔아넘긴다는 우주 해적이 이 지역에 출몰하는 것으로 나와 있다. 너에게는 그 해적의 선장이라는 혐의가 있다."

황급히 달아나던 나는 돌부리에 걸려 그만 넘어지고 말았다. 폐허로 변한 광장의 길바닥은 부서진 건물들의 잔해와 돌조각들로 몹시 우툴두툴했다. 우주 경찰 안드로이드는 그대로 계속 달아나면 쏜다고 했다. 잠시 후 내 등 뒤에서 둔중한 총성 한 방이 들렸다.

"근식아, 근식아!"

그건 틀림없는 엄마의 목소리였다. 엄마는 길바닥에 쓰러져 있던 나를 일으켜세웠다. 엄마의 얼굴에는 걱정이 그득했다. 나는 어리둥절했다.

"너 왜 그러니?"

엄마가 내 안색을 살피며 물었다.

"엄마가 여기 웬일이세요?"

나는 멍한 목소리로 엄마에게 물었다.

"애가 요즘 어디가 허한가?"

아버지도 나와 있었다.

나는 아버지에게 무슨 소리를 듣지 못했느냐고 물었다. 엄마와 아버지는 서로 얼굴을 마주보더니 무슨 소리를 말하는 거냐고 되물었다.

"탕 하고 총 쏘는 소리요."

내 대답에 엄마와 아버지는 곤혹스러워하는 표정을 지었다.

"아무래도 애를 데리고 병원에 한번 가봐야겠어요…… 얼마 전에도 한 번 이런 적이 있다니까요…… 그땐 당신, 걱정할까봐 얘기 안 했는데……"

엄마가 내 머리를 쓰다듬으며 말했다. 나는 가슴이 철렁했다. 혹시 세실이와 저지른 짓을 들킨 건 아닐까? 내가 무슨 걱정을 끼쳤다는 것일까?

"뭐, 설마 대수로운 병이겠어…… 조만간 애 데리고 당신이 병원

한번 가봐, 진찰이나 한번 받아보지, 뭐……"

슬슬 걸음을 옮기며 아버지가 말했다.

나는 그제야 내 주위를 돌아보았다. 잠옷 바람의 내가 집 앞 골목의 전신주 아래 쓰러져 있었던 것 같았다.

"애가 요즘 부쩍 불안해하면서 속이 허해 보이더니…… 아무래도 보약을 몇 첩 달여 먹이고 병원에도 한번 다녀와야겠어요."

엄마는 내 이마에 서늘한 손을 얹으면서 그렇게 말했다. 그러더니 잠시 후 내가 요즘 사달라고 졸라온, 징 박힌 스파이크를 내일 보러 가자는 약속도 했다.

5

이튿날 방과 후 나는 곧장 집으로 가지 않고 전날처럼 완기 삼촌과 만나려고 꽃다발을 들고 나와 있다는 그 거리 쪽으로 향했다. 총 멘 카키색 병정들과 철망 쓴 경찰들이 대오를 지어 이리저리 몰려다니는 것만 빼면 거리는 평소대로 한산하고 평온했다. 하지만 완기 삼촌은 보이지 않았다. 순간 맥이 빠지는 기분이었다. 하는 수 없이 육교를 건너 집으로 발길을 돌렸다.

내가 집에 거의 다다랐을 때였다. 문 앞에서 어떤 아저씨가 완기 삼촌의 뒷덜미를 낚아챈 채 억지로 끌고 들어가는 모습이 보였다. 이내 문 안에서는 소란스럽게 다투는 듯한 소리가 들려왔다. 아무래도 무슨 일이 크게 벌어진 모양이었다. 나는 걸음을 빨리 하여 마당으로 들어섰다. 마당에는 세실이까지 포함하여 일층 사는 사람들이 모두 나와 있었다. 그중에서 완기 삼촌을 끌고 들어온 아저씨만 내가 처음

보는 사람이었다.

"야, 이 새끼야, 비싼 밥 처먹고 할 지랄이 없어서, 그런 데 가서 나 미친 놈이요 하고 그러구 서 있니?"

그 아저씨는 화가 머리끝까지 치밀어오른 듯 얼굴이 벌겋게 달아올라서 완기 삼촌의 뺨에 연거푸 손찌검을 해댔다.

"너, 어쩌려구 그러니? 이제 제발 정신 좀 차려, 이 자식아, 제발 좀. 식구들 좀 그만 힘들게 하고!"

아저씨의 난폭한 손찌검에 완기 삼촌의 코에서는 결국 검붉은 핏줄기가 터져나왔다. 그런데도 식구들은 누구 하나 말릴 기색이 아니었다. 속수무책으로 그 아저씨의 손찌검을 받은 완기 삼촌의 눈은 이미 흐릿하게 풀려 있었다.

"아이 씨팔, 내가 점심만 먹었어도, 내가 이렇게 맞고 있진 않는 건데, 아이 씨팔."

거듭된 손찌검에 몸을 비틀거리며 완기 삼촌은 욕지거리를 웅얼웅얼했다. 완기 삼촌의 말을 듣고 아저씨는 분통이 터지는 것을 억제할 수 없다는 듯 더욱 거칠게 따귀를 올려붙이기 시작했다.

"그래서, 이 자식아, 네가 점심을 제대로 먹었으면 어쩔 거였는데! 그리고 무슨 병신 짓 하고 다니느라 여적 점심도 안 먹었어!"

세실이는 울음을 터뜨렸다. 할머니는 아예 외면하고 돌아서서 한숨만 폭폭 내쉴 뿐이었다.

"형, 이제 고만 해요. 쟤도 그 정도로 혼나고 얻어맞았으면 정신이 좀 들겠지요."

세실이네 아버지가 나서서 그 아저씨를 말리려 했다.

"아니야, 저 새끼는 이번에 아주 호되게 정신 차려야지, 그렇지 않고는 사람 안 돼. 아직 정신 차리려면 멀었어.”

그 아저씨는 완기 삼촌의 머리통을 손바닥으로 후려갈기며 그렇게 말했다.

“아이 씨팔, 내가 점심만 제대로 먹었어도, 이렇게 얻어터지고 있는 건 아닌데, 아이 씨팔……”

완기 삼촌은 풀린 눈으로 금세라도 고꾸라질 듯 비틀거리면서도 욕지거리를 그치지 않았다. 그때 할머니가 돌아섰다.

“완기야, 그게 형한테 혼나면서 할 소리냐? 오죽 형이 답답했으면 저러겠니? 너 이 에미가 미국 가버리면 어떻게 살아가려구 그러니? 이제 철 좀 들고 정신차려야 할 나이 아니니? 다른 사람들 가슴에 못 좀 그만 박아!”

입을 열면서부터 울먹거리던 할머니는 끝내 주저앉아서 울음을 터뜨렸다. 할머니의 울음 섞인 고함에 아저씨는 멈칫하더니 매질을 그쳤다. 완기 삼촌도 할머니처럼 그 자리에 주저앉았다.

“아이 씨팔, 내가 오늘 낮에 점심만 제대로 먹었어도 이렇게 얻어터지고 있지는 않았을 건데, 아이 씨팔……”

코에서 터져나온 피가 입 안으로 흘러들어가서 완기 삼촌의 발음이 흐릿해졌다. 뒤에서 울고 있던 세실이가 완기 삼촌 앞으로 달려갔다.

“삼촌이 너무 불쌍해요……”

세실이는 큰 소리로 울부짖으며 삼촌의 코와 입에서 질질 흐르는 피를 손수건으로 닦아주었다. 나는 모른 척하고 이층으로 올라갔지만 난간 앞에 쭈그리고 앉아 마당에서 벌어지는 일을 계속 지켜보았다.

"형, 무슨 일이 있었던 거예요?"

세실이네 아버지가 담배를 권하며 낯선 아저씨에게 물었다. 세실이네 엄마는 할머니와 삼촌을 데리고 안으로 들어갔다. 세실이는 마당 한 구석의 화단에 앉아 여전히 어깨를 들썩거리며 울먹이고 있었다. 아저씨와 세실이네 아버지는 담배를 피워 물었다.

"나 참, 말도 마라…… 저기 네거리를 지나오는데 말야,"

아저씨는 담배 연기를 길게 내뿜으며 한심하다는 표정을 지었다.

"완기 저 자식이 사람들이 많이 왔다 갔다 하는 어떤 건물 앞에서 한 손에는 웬 꽃다발을 들고, 다른 한 손에는 이상한 그림들이 붙어 있는 피켓을 들고서는 마네킹처럼 꿈쩍도 않고 서 있는 거야. 그 피켓에 붙어 있던 그림도 원, 어디…… 정신병원이나 강제 교화원 같은 데서 봤을까봐 무서워지더구만. 내가 조금만 늦게 발견했더라면 큰일날 뻔했어…… 아, 지금쯤 쥐도 새도 모르게 어떻게 될지 누가 알아? 그런 생각을 하니까 아주 핑 돌겠는 거야."

세실이네 아버지는 피우던 담배를 발로 비벼 끄면서 혀를 끌끌 찼다. 구석에서 세실이가 분노에 찬 눈으로 노려보는 것도 모르고 아저씨는 기가 막히다는 어투로 계속했다.

"길거리에 군인들하고 경찰들이 쫙 깔렸는데, 뒤나 안 밟혔는지 모르겠어. 저런 새끼 집 안에 있는 거 알면 다 뒷조사해서 어떻게 할지도 모르는데 말야. 요즘엔 일반 사람이 저런 놈을 해치운대도 눈이나 한번 깜빡할까 말까 할 텐데 하물며 군인이나 경찰이 그런다면 그게 어디 시빗거리나 되겠냐구."

"뒤를 밟아요?"

세실이네 아버지가 깜짝 놀란 표정으로 침울하게 숙이고 있던 고개를 들었다.

"아, 조금만 이상해 보여도 막 잡아가서 죽인다잖아. 거기다 이상한 그림이 붙어 있는 피켓까지 들고 있었는데, 보안부대 같은 데서 저걸 일종의 데모라고 간주했어봐라, 무슨 일이 벌어졌겠나. 그리고 그런 것만 적발해내려고 눈에 불을 켠 기관 사람들한테는 오히려 길거리에서 완기 놈처럼 저러고 있는 게 더 수상한 걸로 보일 수도 있는 거라고. 그랬다면 우리 집은 아주 쑥대밭이 되는 거야."

아저씨는 이야기하는 데 열중하느라 잊고 있는 듯하던 담배를 신경질적으로 빨아댄 후 잔디 위로 내던졌다. 세실이가 그 아저씨를 하얗게 흘겨보며 그리로 달려가서 꽁초를 주웠다. 아저씨가 뒤를 밟혔을지도 모른다는 대목으로 이야기가 넘어가면서부터 나는 그 속뜻을 종잡을 수 없어 난감했다. 그때 엄마가 베란다로 나왔다. 나는 무슨 일이냐고 물었다.

"세실이네 삼촌 때문에 그러는 거지, 뭐……"

엄마는 심드렁하게 대답했다.

나는 완기 삼촌이 뭘 어쨌길래 저 난리를 피우는 거냐고 다시 물었다. 그러자 엄마는 나 같은 어린아이가 그런 거까지 알 필요는 없다고 말을 잘랐다. 그리고는 되도록이면 완기 삼촌의 방에 놀러가지 말라고 했다. 순간 나는 혹시 삼촌이 무슨 의심을 받고 있는 게 아닐까 하는 생각을 했다.

"들어가자. 들어가서 밥 먹고 스파큰가 뭔가 보러 가자. 대리점 같은 데서 판다고 했니?"

그런 말에도 내 반응이 생각보다 시큰둥하자 엄마는 고개를 갸우뚱거리고는 먼저 들어갔다. 나는 무슨 얘기를 더 들을 수 없을까 해서 두 아저씨의 말에 계속 귀를 기울여보고 싶었다. 하지만 두 아저씨는 침울한 표정으로 말없이 새 담배만 나눠 물었다. 들어가기 전에, 울음을 그친 세실이와 눈이 마주쳤다. 나는 눈짓해 보이며 가볍게 손을 흔들었다. 그러나 세실이는 거기에 응해오지 않고 울음자국으로 붉게 물든 눈만 잔뜩 치켜뜨고 있었다. 그 슬퍼하는 눈매에 늦봄의 오후가 갑자기 을씨년스러워졌다.

저녁 나절에 나는 새로 산 스파이크도 자랑할 겸 세실이를 바깥으로 불러냈다. 우리 동네 뒷편으로는 얕은 하천이 흘렀는데 널찍한 공터와 둑길이 그 하천을 따라 길게 이어져 있었다. 주택단지와 맞닿아 있는 언덕 비탈을 거슬러 올라가면 바로 평평한 둑길과 통했다. 하천이나 공터와 면해 있는 둑길 바깥의 언덕 비탈은 축대에서 끊겼다. 드문드문 나 있는 시멘트 계단을 이용하지 않는 한 공터로 내려가려면 그 축대에서 뛰어내려야 했다. 아이들은 얼마나 높은 축대에서 뛰어내릴 수 있느냐로 각자의 담력을 시험해보곤 했다.

세실이와 나는 그 둑길을 따라 걷기로 했다. 어떤 여자아이와 손잡고 산책을 해보기는 그때가 처음이었다. 날이 저물었는데도 공터에서는 웃통을 걷어붙인 아이들이 편을 갈라 열심히 공을 차고 있었다. 길의 가두리로 자전거를 타는 동네 아이들과 어른들이 때때로 지나가기도 했다. 늦봄답게 날씨는 춥지도 않고 덥지도 않아 산책하기 적당한 것 같았다. 언제나 습기가 배어 있는 듯한 둑길은 진흙 바닥이라 더욱 물렁물렁했다. 스파이크의 예리한 징이 그 물렁한 지표면을 쿡쿡 저밀 때마다 기분 좋은 푹신함이 발뒤축에 전해져왔다. 그러자 내 걸음걸이가 재미나는지, 계속 우울해 보이던 세실이는 겨우 굳은 표정을 풀고 평소처럼 키들거렸다.

"왜 그렇게 걷나 했더니, 오빠 새 운동화 샀구나?"

세실이가 내 발을 보면서 말했다.

"이거, 운동화 아니야."

세실이는 이런 게 운동화가 아니면 뭐냐고 물었다. 나는 운동화가 아니라 야구 선수들이 신는 스파이크라고 답했다.

"어머, 오빠 야구 선수 될 거야? 어디 한번 보여줘봐."

나는 스파이크 한 짝을 벗어 세실이에게 내밀었다. 세실이는 징 박힌 밑창부터 고무조각이 덧씌워져 있는 앞창까지 내 스파이크를 요리조리 살펴보았다.

"이런 걸 신발이라구 다 신고 다니다니, 재미있네. 꼭 나막신 같아."

세실이의 눈가는 호기심으로 반짝거렸다.

"미즈노나 사사키 같은 일제는 아니지만 그래두 이게 다른 운동화보다 비싼 거야."

나는 세실이한테 새로 산 스파이크를 자랑할 수 있다는 게 만족스러웠다. 우리는 다시 손을 맞잡고 가던 길을 계속 걸었다.

"그런데, 저어…… 아까 완기 삼촌 말야…… 왜 그런 거니?"

나는 조심스럽게 완기 삼촌 이야기를 꺼냈다. 세실이는 무엇을 말하는 거냐며 짐짓 시치미를 뗐다.

"아까 말야, 마당에서…… 너 막 울고, 어른들 싸우고 그랬잖아?"

"아…… 큰아버지가 완기 삼촌 막 때린 거……"

그제야 세실이가 시무룩한 목소리로 말했다. 나는 그분이 큰아버지시냐고 물었다.

"웅. 딴 동네 사시는데, 우리 집에 오시다가 완기 삼촌이 꽃다발 들고 서 있는 걸 길거리에서 보신 거래…… 아무리 그래도 그렇지, 우리 큰아버지, 너무 못됐어. 어쩜 그렇게 자기 동생을 막 두들겨 팰 수가 있지?"

세실이는 그 일을 계속 얘기하는 게 별로 내키지 않는 것 같았지만 나는 여전히 이것저것 궁금한 게 많았다.

"큰아버지가 할머니를 안 모셔?"

세실이는 그러니까 못된 게 아니겠느냐며 계속했다.

"괜히 애꿎은 동생이나 두들겨 패고…… 그리구, 길거리에서 꽃다발을 들고 가만히 서 있었던 게 그렇게 잘못한 거야? 그게 데모한 거래두 돼? 길거리에서 데모한 것두 아니구 가만히 서 있기만 했다는데두, 큰아버지도 그렇고 우리 아빠도 그렇고 도대체 왜들 그렇게 난리를 치는지 모르겠어."

나는 순간 화들짝 놀랐다. 세실이의 입에서 '데모'라는 말이 튀어나올 줄이야. 나는 세실이에게 '데모'라는 말을 아느냐고 물었다. 세실이는 당연히 안다면서 어디서 들었는데 요즘 제일 큰 죄가 데모라고 하는 것 같더라는 말을 한 후 데모만 안 하면 살려준다더라고 덧붙였다. 나는 움찔했다.

"아무튼 아까 할머니 우는데 나도 너무 속상했어. 삼촌 코에서는 피가 질질 나고……"

그 일이 떠오르자 세실이는 다시 눈물이 솟구치는 모양이었다. 나는 울지 말라며 세실이의 어깨를 쓰다듬었다. 우리는 언덕 비탈로 내려와서 축대에 앉아 딥 키스를 했다. 하지만 세실이는 어쩐지 지금 나와 입을 맞추는 게 과히 내키지 않는 것 같았다. 그런데도 세실이 옆에 바짝 달라붙어서 자꾸 비벼대고 싶은 욕구를 억누를 수 없었다. 어른들이 집을 비운 사이 이제 그만 지겨워질 만큼 둘이 자주 알몸으로 엉겨왔지만 세실이만 보면 나는 늘 열병 같은 갈망에 시달리곤 했다.

세실이는 한동안 시무룩한 표정으로 아무 말도 하지 않았다. 나는 그래서 아까 그렇게 운 거냐며 세실이의 옆구리를 감싸안으려 했다. 세실이는 내 손을 거칠게 뿌리치고 자리에서 벌떡 일어났다.

"그렇기도 하지만…… 오빠, 실은 나 요즘, 왠지 기분이 별루 안 좋아. 뭔가 자꾸 무서워. 왜 그런지는 나도 잘 모르겠어. 그래서 말인데……"

세실이는 눈을 내리깔면서 목소리를 낮추었다.

"이제부터는 오빠하고 껴안고 뒹굴고, 오빠가 내 몸 막 핥아먹고 그러는 거 그만 했으면 좋겠어……"

그 말을 듣고 나는 멍해졌지만 잠시 후 혹시 같은 반에서 새로 좋아하는 애가 생긴 거 아니냐고 따져 물었다. 세실이는 말없이 고개만 가로저었다. 이제 어둠이 내린 공터에는 아무도 남아 있지 않았다. 이따금 자전거를 탄 아이들이 하천 유역의 배수로를 따라 신나게 달려가는 게 보일 뿐이었다. 우리 주위에서는 풀벌레들 우는 소리만 요란했다.

세실이는 날이 너무 어두워졌다며 이제 그만 돌아가자고 했다. 내가 가만히 있자 숙제가 너무 많다면서 정 그러면 자기 혼자서라도 가겠다고 했다. 나는 힘없이 자리에서 일어나 엉덩이에 잔뜩 묻어 있을 검불들을 털었다. 내가 그러거나 말거나 세실이는 자기 혼자 먼저 발길을 슬슬 옮기기 시작했다. 나도 약간의 흙먼지와 검불이 묻어 있는 세실이의 엉덩이를 털어주지 않았다.

집으로 돌아가는 길은 서먹서먹했다. 올 때처럼 손을 맞잡고 걸어가려 했지만 세실이는 내 손을 물리쳤다. 세실이가 확실히 변한 것 같아 내 기분은 일순간에 곤두박질쳤다. 나는 다시 한 번 세실이에게, 새로 좋아하는 아이가 생긴 게 맞느냐고 물었다. 세실이는 고개만 가로저을 뿐 끝내 아무 확답도 주지 않았다. 나는 내내 스파이크 징으로 무른 땅을 또박또박 짓이기며 걸었다. 그러다보니 세실이보다 훨씬 뒤처질 수밖에 없었다. 하지만 세실이는 한참 앞질러 가면서도 나를 전혀 기다려주지 않았다. 집까지 가는 길은 생각보다 훨씬 멀었다.

6

야음을 타고 나는 또다시 나도 모르는 내가 되어 그믐달이 뜬 밤거리를 돌아다녔다. 길목에서 빠져나올 때마다 매번 낯선 장소가 펼쳐졌다. 그러다 어느 야산 기슭에 다다랐다. 만곡으로 휘어진 듯한 오솔길을 거쳐가야 했다. 무성한 잡목덤불에서 벗어났을 때 내 앞에는 우뚝한 은행나무 한 그루가 나타났다. 그 은행나무 뒤로 돌아가자 이미 오래 전에 살집이 사그라져 뼈대 사이로 메마른 모래흙이 새어나오고 있는 미라 한 구가 말라죽은 꽃다발을 손에 들고 나를 맞이했다. 나는 엉겁결에 미라를 향해 '완기 삼촌!'이라고 외칠 뻔했다. 하지만 자세히 보니 그 미라는 바로 나였다. 나는 마치 포박당한 듯 미라 앞을 떠나지 못했다. 그러자 미라는 잠시 후 입을 열어, 내가 자기의 꿈속으로 잠입했으니 이제 자기가 내 꿈속으로 침투할 차례라고 했다.

　아버지가 나를 안방으로 옮겨와 재운 모양이었다. 잠결의 수면 위로 잠시 떠오른 순간 내 옆에서 두런거리는 말소리가 들려왔다. 엄마와 아버지가 잠자리에서 은밀한 목소리로 이야기를 나누고 있었다. 나는 다시 눈을 감았지만 엄마의 줄기찬 속닥거림이 귀를 간질거린 탓에 얼른 잠기운 속으로 빠져들지는 못했다. 그런데 얼마 후부터 머리끝이 쭈뼛해졌다. 엄마는 지금 아버지한테 세실이에 관한 이야기를 전하고 있는 것임에 틀림없었다. 나지막하게 속닥거리는 목소리라 세실이의 이름을 들었는지 그게 아닌지는 분간할 수 없었지만 엄마 입에서 어린 여자아이가 임신했다는 말이 튀어나온 것으로 보아 세실이를 두고 하는 얘기가 거의 확실한 것 같았다. 견딜 수 없는 냉기의 엄습을 받고 온몸에서 심한 오한이 일었다.

　엄마가 한 이야기를 앞뒤로 따져 보니, 세실이네 담임은 마흔 살쯤 된 아줌마 선생이었는데 아마도 그 담임이 세실이가 요새 좀 이상한 기미를 보인다며 걔네 엄마한테 전화를 걸어온 모양이었다. 세실이네 엄마는 도저히 믿을 수가 없었지만 산부인과에 가서 확인해본 결과 세실이가 임신한 게 틀림없다는 검진 내용을 들었다는 것 같았다.

　"하, 어떻게 그럴 수가 있지? 나 원."

　아버지는 담배에 불을 붙이며 혀를 끌끌거렸다. 엄마의 말로는 담임과 걔네 엄마가 누가 이랬느냐고 아무리 세차게 다그쳐도 세실이는 굳게 입을 다물고만 있다고 했다. 그런데 그 대목에서 튀어나온 이름에 순간 나는 귀를 의심했다. 세실이의 이름은 들었는지 못 들었는지 가물거렸지만 엄마는 분명하게 완기 삼촌을 입에 올리고 있었다. 즉 담임과 세실이네 엄마는 완기 삼촌이 범인일지도 모른다며 의심했다는 것 같았다. 엄마 말에 따르면 완기 삼촌은 멀쩡한 사람이 아닌 관계로 집이 빈 사이 유독 삼촌을 잘 따르는 세실이와 둘만 남았을 때 무슨 일을 저질렀을 가능성이 높아 보이기 때문이라고 했다.

"완기라는 사람이 그 정도로 비정상인가? 햐, 그 지경일 줄은 미처 몰랐는데. 하긴 얹혀살면서 세실이네 속깨나 썩이는 것 같더구만."

아버지가 담배를 비벼 *끄고는* 다시 돌아누웠다. 엄마는 자기도 그렇게까지 보지는 않았는데 완기 삼촌이 좀 이상하긴 이상하다며 며칠 전 내 방에서 태연하게 걸어나오는 것을 본 적도 있다고 했다. 아버지는 깜짝 놀라 몸을 반쯤 일으키며 그걸 가만 놔뒀느냐고 소리쳤다. 엄마는 방에 내가 없다는 것을 알고는 대관절 무슨 일로 아무도 없는 아이 방에서 나오는 거냐며 단단히 따져 물으려다 말았는데 왜냐하면 그때 완기 삼촌의 표정과 태도가 너무나도 이상해서였다고 했다. 아버지는 무슨 표정과 태도를 말하는 거냐고 물었다.

"꼭 몽유병자처럼 보이더라구요. 그건 깨어나서 의식을 가지고 움직이는 사람의 걸음걸이나 표정이 아니었어요."

엄마의 말에 아버지는 납득이 안 간다는 말투로 몽유병에 전염성이 있다는 소리는 생전 들어본 일이 없는 것 같다고 했다. 엄마는 내 머리를 한 번 쓰다듬어주고는 잠시 후, 식구들끼리 모여 오랜 시간 동안 의논한 끝에 세실이네 가족들이 결국 완기 삼촌을 어디 공기 좋은 요양원에 보내려는 모양이라고 했다.

"왜 진작에 그렇게 하지 않았을까? 일찌감치 그랬더라면 그런 사고도 터지지 않을 텐데 말이야."

아버지가 궁금하다는 목소리로 말했다.

엄마는 돈도 돈이지만 세실이네 할머니가 계시기 때문에라도 일찌감치 완기 삼촌을 그런 식으로 처리할 수는 도저히 없었을 거라고 했다.

"그 연세에 미국으로 가시면서 형들이 거둬주지 않는 막내아들을 생각하면 오죽이나 가슴이 미어지시겠어요?"

엄마가 말했다.

"미국에는 왜 가셔야 하는 거지?"

아버지가 물었다.

엄마는 자기도 잘은 모르지만 아마 아들들이 세실이네 할머니를 서로 모시지 않으려고 해서 결국 이민 간 막내딸을 찾아 떠날 수밖에 없는 형편인 것 같다고 했다. 그 말을 듣자 아버지는 몹시 안타깝다는 듯 다시 혀를 끌끌 찼다.

이후에도 엄마와 아버지는 많은 얘기들을 끊임없이 두런거렸다. 그 얘기들 중에는 내일 모레쯤 나를 병원에 한번 데리고 가보자는 약속도 끼어 있었다. 하지만 내 귀에는 아무것도 들어오지 않았다. 세실이가 임신한 것도 임신한 거지만 그 범인으로 의심 받고 있다는 완기 삼촌이 조만간 이곳에서 멀리 떨어진 요양원으로 쫓겨날지도 모른다는 말에 나는 더욱 괴롭고 초조해졌다. 그렇다고 사실대로 털어놓겠다며 사람들 앞에 나설 용기는 전혀 나질 않았다. 불탄 가슴에서 그을음으로 솟구친 듯한 한숨이 나도 모르게 새어나왔다.

"애가 자다 말고 웬 한숨이야?"

그걸 엄마가 본 모양이었다.

아버지는 그러게 빨리 나를 데리고 병원에 다녀와야 할 성싶다면서 혹시 진찰 결과가 상상한 것보다 훨씬 더 심각할까봐 걱정된다고 했다. 엄마는 또 한 번 내 머리를 쓰다듬어주면서, 설마 그렇기야 하겠느냐고 했다.

"휴, 정말 근식이가 걱정되면 작작 좀 피워대시지 원, 자기 전에 환기 한 번 시켜야겠네요. 방 안에 그냥 담배 연기가 자욱하네."

엄마가 일어나서 창문을 열었다. 아버지는 일어난 김에 냉수나 한 잔 가져다달라고 했다. 엄마가 불을 켜고 부엌에 다녀오는 듯했다. 아버지는 엄마가 가져온 물을 벌컥벌컥 들이키고는 다시 자리에 누웠다. 창틈으로 싸늘한 밤바람이 스며드는 게 느껴졌다. 그 바람결의 냉기에 온몸이 휘감기는 것 같았다. 아까부터 시작된 오한이 점점 더 심해졌다. 이불을 머리끝까지 뒤집어썼는데도 빙판 위에 누워 있는 듯한 추위가 가시질 않았다. 불이 꺼졌다. 얼마 지나지 않아 다시 잠자리에 든 엄마와 아버지의 두런거림은 더 이상 들려오지 않았다. 순간 내 속에서는 걷잡을 수 없는 울음이 터져나왔다. 나는 숨죽여 울기 시작했다.

7

학교에 가서나 집에서나 나는 온종일 만화만 그렸다. 만화에 집중하고 있으면 심란하고 불안한 마음이 조금이라도 가라앉는 것 같았다. 원래 괘선 없는 공책을 만화 연습장으로 사용하고 있었지만 수업 시간에까지 그 공책을 꺼내놓고 뻐젓이 그릴 수는 없는 일이었다. 그래서 담임의 눈치를 살펴가며 각 과목의 공책 뒷장에도 그림을 그리기 시작했다. 그러다보니 내 공책에는 담임의 판서를 옮겨적은 필기 내용보다 온갖 만화 캐릭터들로 더욱 빼곡했다. 동훈이는 그걸 아주 즐겨보곤 했다. 그 밑그림들을 괘선 없는 만화 연습장의 네모 칸 속에 다시 그려넣었다 지우고 새로 그리기를 반복하는 게 방과 후의 중요 일과였다. 만화의 줄거리는 예전에 본 만화책들을 많이 본뜨고 참고해서 상상해냈다.

원래 우주 해적에 맞서 싸우던 정의의 사자 안드로이드 헌병대는 그 힘이 커지자 지구별 정복의 야심을 키운다. 지구별의 인류들은 지하의 레지스탕스를 결성하여 로봇의 작동 프로그램과 뇌관을 파괴하는 게릴라전으로 대응하여 어느 정도 성공하지만 결국 안드로이드의 막강한 화력 앞에 속수무책으로 무너진다. 그나마 일부 레지스탕스 대원들은 디오니소스 행성이나 파르마코스 행성으로 거점을 옮겼다가 그 별의 거주민들에게 제물거리로 붙잡힌다. 디오니소스 행성과 파르마코스 행성 사람들은 제물거리로 사용된 지구별 인간들의 영양가에 만족스러워하며 침략 전쟁을 준비하기에 이른다. 안드로이드와 이 두 별나라 침략자들로 인해 지구별의 인류는 순식간에 씨도 못 남기고 절멸된다. 이제 지구별의 운명은 이 세 패거리의 각축에 떨어져 있다. 천신만고 끝에 생존한 소수의 레지스탕스들은 침략자들이 지배하고 만 지구별에 엿 먹으라는 감자바위를 날리고는 겨우겨우 장만한 우주 범선에 실려 어느 한 별에서의 정착을 기약할 수 없는 유랑길에 오른다……

동훈이는 재미있어하면서도 무슨 끝이 이러냐고 했다.
"아직 끝난 게 아니야."
연습장을 돌려받으며 내가 말했다.

"그러면?"

동훈이가 큰 눈을 껌뻑거리며 궁금하다는 표정을 지었다. 나는 달나라 이야기가 이어질 거라고 답했다.

"달나라 이야기?"

동훈이가 호기심 어린 목소리로 되뇌었다.

나는 동훈이한테 자기가 달나라에서 왔다고 주장하는 완기 삼촌의 이야기를 들려줄까 말까 잠시 망설이다 그냥 입 다물고 있기로 했다. 만화가 재미없어질 것 같아서였다. 그 다음 이야기는 지구별의 세 침략자들이 공동관리지대로 협정하고 선포한 달에 그 레지스탕스들이 몰래 상륙하는 데서부터 시작할 생각이었으니까 말이다.

나는 완기 삼촌과 한동안 만날 수 없었다. 엄마가 완기 삼촌한테 가는 걸 엄하게 막았다. 게다가 완기 삼촌은 요즘 집에 잘 붙어 있지도 않았다. 얼마 있다 집을 떠난다는 얘기가 맞는 모양이었다. 나는 완기 삼촌과 만나 달나라 이야기를 더 듣고 싶었다. 세실이도 요즘엔 통 볼 수가 없었다. 어른들이 이야기하고 있을 때 가서 엿들으니, 요즘은 친척집에 가 있다고 하는 것 같았다. 하기야 마주친다면 더럭 겁이 나서 내가 먼저 세실이를 피하지 않을 수 없었을 것이다. 세실이는 그런 나를 싸늘한 눈초리로 바라보며 비겁한 겁쟁이라고 욕했을지도 모르는 일이었다. 나는 세실이가 의리 있게 침묵을 지키는 데 감사할 따름이었다. 우리 사이에 관해서는 영원히 세실이의 입이 열리지 않기만을 바라고 있었다.

그래서인지 아침에 등교를 서두르던 나는 곧장 학교로 향하지 않고, 완기 삼촌이 머물러 있을 한길가의 어느 빌딩 쪽으로 에워가고 싶어졌다. 거기 가면 비록 아직은 이른 시각이지만 변함없이 완기 삼촌이 꽃다발을 들고 있을 것만 같았다.

늦봄의 하늘은 노란 먼지로 뒤덮여 있었다. 행인들은 모두 큼직한 마스크를 쓰고 다녔다. 그 사이 거리에는 카키색 군인들과 철망 쓴 경찰들의 수가 부쩍 불어나 있는 것 같았다. 그들은 호송차량에서 끊임없이 거리로 쏟아져나왔다.

"지금은 시가전이 예상되는 비상상황이다. 각 사병들과 전경요원들은 별도의 명령이 떨어지기 전까지 사주경계를 철저히 하며 각자 위치에서 대기토록……"

확성기에서 왕왕거리는 소리도 여전했다. 몇 명의 군인들이 바삐 움직이며 일반 차량들과 행인들이 지나다니지 못하도록 거리 곳곳에 바리케이드를 설치하고 있었다.

"동작 봐라, 빨리빨리 움직이지 못해!"

확성기의 목소리가 엄격한 어투로 다시 왕왕거렸다.

나는 건물 뒤편의 샛길을 통해 완기 삼촌이 서 있을 만한 장소로 돌아나왔다. 다행히 먼발치로 완기 삼촌의 모습이 보였다. 완기 삼촌 역시 여느 행인들과 마찬가지로 큼직한 마스크를 입가에 두르고 있었는데 늘 그래왔던 것처럼 꽃다발을 가슴에 안은 채 언제나 같은 자리를 변함없이 지키고 있었다. 나는 완기 삼촌에게 달려갔다.

"저기 저, 쥐새끼 같은 꼬마 녀석은 누구냐? 민간인 통제 똑바로 못 해!"

팩 하고 내지르는 확성기의 일갈을 듣고 얼굴에 숯검정을 시커멓게 칠한 군인 두 명이 나를 향해 다가왔다. 나는 재빨리 건물 모퉁이의 샛길로 숨어들었다. 몇 발짝만 더 가면 완기 삼촌과 만날 수 있었는데 안타까웠다. 바리케이드가 쳐진 거리에는 인도든 차도든 카키색 군인들과 철망 쓴 경찰들만 득시글거리고 있었다. 나는 길모퉁이에 몸을 숨기고 고개만 살짝 내밀어서 완기 삼촌을 건너다보았다. 완기 삼촌은 일반 사람들이라고는 아무도 얼씬거리지 못하도록 가로막힌 길가에 혼자 서서 석상처럼 굳어 있었다.

"저기 저 새끼는 뭐나?"

나를 쫓아올 것 같던 군인들이 확성기의 호령에 따라 방향을 바꿔서 이번에는 완기 삼촌에게로 저벅저벅 다가갔다.

"저 씨발놈은 도대체 뭐나?"

험한 욕지거리를 쏟아내며 확성기가 다시 왕왕거렸다.

그래도 완기 삼촌은 여전히 움직이지 않았다. 두 병정은 완기 삼촌 앞에 버티고 서서 잠시 무엇인가를 알려주고 검사하려는 것처럼 보였다.

"시가전이 예상되는 비상상황이다. 각 병사들과 전경요원들은 각자의 무장상태를 점검하고 응전태세에 만전을 기하도록……"

두 병정들에 개의치 않고 완기 삼촌의 굳어버린 자세는 전혀 흐트러지지 않았다. 아마도 눈꺼풀 한 번 깜빡거리지 않았을 듯싶었다. 그러자 한 병정이 완기 삼촌의 정강이를 군홧발로 툭툭 건드려보더니 나중에는 위협적인 기합 소리와 함께 점점 더해져가는 강도로 걸어차기 시작했다. 완기 삼촌의 정강이뼈가 결국엔 으깨지고 말 듯할 정도로 무자비하고 참혹한 발길질이었다. 하지만 완기 삼촌은 여전히 꿋꿋하게 버티고 있기만 했다. 그때 내 귓가에는 완기 삼촌이 아저씨에게 얻어맞을 때 그 앞에서 울부짖던 세실이네 할머니의 목소리가 난데없이 아른거렸다. 순간 콧등이 시큰해져오더니 굵은 눈물 줄기가 뺨 위로 흘러내리기 시작했다.

완기 삼촌의 정강이를 걷어차던 병정이 고개를 절레절레 흔들며 물러나자 이번에는 다른 한 병정이 나서서 소총의 개머리판으로 완기 삼촌의 가슴패기를 서슴지 않고 쥐어박았다. 나는 내가 쥐어박힌 듯 저려오는 통증에 내 가슴패기를 움켜잡고 주저앉아 고통스럽게 울먹거렸다. 하지만 정작 완기 삼촌은 단 한 발자국도 뒤로 물러나지 않았다. 내 눈에 완기 삼촌은 이미 살아 있는 사람으로 보이지 않았다.

"달나라에 침투하여 마침내 지구별에까지 잠입하는 데 성공한 레지스탕스 게릴라들은 보기보다 그 전투력이 막강하다. 각 사병들과 전경요원들은 이 점을 숙지하라!…… 어이 거기, 그 씨발놈 진짜 뭐나? 그런 좆만한 새끼 하나 어떻게 처리할 줄도 모르나?"

작전을 하달할 듯하던 확성기의 목소리가 다시 완기 삼촌 쪽으로 주의를 돌리고는 심한 쌍욕을 지껄였다. 두 병정은 확성기를 향해 돌아서서는 결연한 태도로 고개를 끄덕거려보인 후 한꺼번에 달려들어 개머리판으로 완기 삼촌의 머리통과 몸통을 사정없이 두들겨대기 시작했다. 뼈마디가 으스러지고 살가죽이 찢겨져나갈 순간이었다. 그야말로 참담했다. 나는 차라리 눈을 질끈 감고 있기로 했다. 감긴 두 눈 사이로 눈물이 쉬지 않고 흘러나왔다. 얼마 후 병정들의 움직임이 잦아든 것 같아 부들부들 떨며 실눈을 떠보았다.

그런데 눈앞에서는 도저히 믿지 못할 일이 펼쳐지고 있었다. 그 병정들의 가혹한 매질에 머리부터 발끝까지 완기 삼촌의 온몸이 푸석푸석한 사암석처럼 바스러지고 말았던 것이다. 병정들은 완기 삼촌의 손에 들려 있던 꽃다발을 길가에 내팽개쳤다. 낱낱의 꽃송이들이 바닥에 흩어졌다. 한 병정이 발밑으로 굴러온 유채꽃 한 송이를 집어올리려고 했지만 쉴새없이 쌍욕을 지껄여대며 왕왕거리는 확성기의 호령에 놀라 멈칫거리더니 뒤돌아섰다. 거센 바람이 불어왔다. 메마른 흙더미로 변해버린 완기 삼촌의 몸은 늦봄 하늘가의 노란 먼지처럼 모든 것들 위에 희뿌연 낙진으로 내려앉고 있었다. 완기 삼촌이 서 있던 자리에는 이미 오래전에 시들었을 꽃잎들만이 누군가가 머물다 간 자취를 가리키는 것으로 보일 뿐 그 이상은 아무것도 남아 있지 않은 것 같았다. 그 자리에서는 오로지 유골 같은 흙먼지만이 두텁게 피어올라 병정들 사이로 뿌옇게 날리고 있었다. 그 흙먼지로 인해 병정들이 일제히 쿨럭거렸다.

"전 대원들은 분대별 할당구역에 위치하여 그에 맞는 소규모 전투 대형을 새로이 편성하랏!…… 쿨럭쿨럭."

확성기에서 나는 목소리는 병정들과 마찬가지로 쿨럭거리면서도 그런 만큼 더욱 위엄을 세우려들며 외쳤다. 나는 뒤돌아서서 학교를 향해 일직선으로 나 있는 샛길을 달렸다. 달리는 동안 내내 흘러나오는 눈물을 계속 주먹으로 훔쳐야 했다. 숨을 헐떡이며 우리 반 교실에 도착했다. 나를 기다리고 있는 것은 매섭고 단호한 준범이의 통제였다.

"야! 너 지각했어."

교단 위에 나와 있던 준범이가 나를 불러 세웠다.

"선생님이 수업하기 전까지 지각하는 사람들 벌 세우라고 하셨어. 저기 가서 주먹 쥐고 엎드려 있어야겠다."

나는 멀거니 준범이를 쳐다봤다.

"뭐하고 있니? 내 말 안 들려? 선생님이 지각하는 사람들 벌 세우라고 하셨다구!"

이윽고 준범이가 내게 소리를 질렀다.

그 말을 듣고도 나는 여전히 제자리에 서 있기만 했다. 준범이와 함께 학급임원을 맡고 있는 아이들이 내 앞으로 다가섰다.

"야! 학급임원 말이 말 같지 않나? 너 진짜 용가리 통뼈냐? 다른 아이들은 다 따르는데, 지각해놓고 뭐가 잘났다고 너 혼자만 그렇게 뻗대는 거냐?"

그들 가운데서 정석이가 나를 다그쳤다. 준범이가 개네들 사이로 나섰다.

"너희들은 가만히 있어봐. 어떻게 해서든 재는 내가 처리해야 될 것 같애."

나는 준범이를 노려보며 우두커니 서 있었다. 준범이도 나를 똑바로 쳐다봤다.

"지각한 사람은 교실 구석에서 주먹 쥐고 엎드려 뻗치는 벌을 받아야 해. 너말고 늦게 온 다른 애들도 다 벌을 받았어. 그런데 넌 지금 늦게 왔어."

준범이의 말에 다른 학급임원들이 고개를 끄덕거리거나 한두 마디씩 거들며 맞장구를 쳤다.

"그럼 이번엔 네가 벌을 받아야 하는 거 아니니? 널 봐주면 다른 애들이 우리를 어떻게 생각하겠니?"

나를 차근차근 설득해보려는 듯한 그 내용과는 달리 준범이의 말투는 은근히 고압적이었다. 언짢은 기분이 들었다. 나는 아무 말 없이 계속 준범이를 바라보고 있었다. 그러자 준범이 뒤에 서 있던 다른 학급임원 아이들이 곤혹스러워진 얼굴로 자기들끼리 수군거렸다.

"야, 재, 왜 저러냐? 어디 아픈가봐. 준범아, 그냥 넘어가자. 저런 새끼, 길게 상대해봐야 우리만 골치 아파. 야, 이근식, 다음부턴 지각하지 말고 오늘은 그냥 들어가라. 참, 누구 벌 한 번 세우기 되게 더

럽네. 퉤퉤."

정석이가 나를 하얗게 흘겨보며 말했다.

"웃기지 마. 그런 게 어딨어. 지각한 사람은 공평하게 다 벌을 받아야 하는 거야. 누군 정말 용가리 통뼈냐?"

그렇게 말하며 준범이가 내 앞으로 좀더 바짝 다가왔다. 이제야 나와 학급임원들 사이에 벌어지고 있는 대립이 심상치 않다고 여겨졌는지 그때까지 마냥 떠들어대고만 있던 반 아이들의 시선이 교단 쪽으로 쏠렸다.

"이러면 너만 손해야. 너, 지난번에도 선생님한테 죽도록 맞았지? 그렇게 개겨봤자 너만 힘들어진다구."

준범이가 뭐라고 지껄이든 나는 여전히 멍한 눈을 껌뻑거리며 제자리에 버티고 있기만 했다.

"야, 사람 말이 말 같지 않냐?"

넋이 빠진 듯한 내 태도를 자기 말에 움츠러든 것으로 오해했는지 준범이는 일순 거칠게 목소리를 높였다.

"너, 지난번처럼 한번 죽어볼래? 이 새끼, 정말 골 때리네. 야이, 개 같은 새끼야. 내가 그렇게 만만해 보여!"

담임이 들어올 시간이었다. 준범이의 손바닥이 내 뺨 위로 날아왔고 곧이어 휘두른 주먹에 턱이 흔들거렸다. 나는 비틀거리며 책상 위로 쓰러졌다. 입술이 찢어져서 피가 흘렀다. 나는 준범이에게서 몸을 돌리고는 내 자리를 찾아 비실비실 걸어갔다.

"이래도 계속 까불래? 이번은 이 정도로 넘어가겠지만 다음에 또 그러면 너 정말 국물도 없을 줄 알아!"

준범이가 그쯤으로는 분이 풀리지 않는다는 듯 내 등 뒤로 다가섰다. '흑인' 동훈이가 이제 선생님 들어오실 시간이니 그만 하라며 일어나는 게 보였다. 가방에 손을 넣자 아무렇게나 던져둔 공업용 커터가 잡혔다. 순간 나는 그 공업용 커터로 아무렇지도 않게 준범이의 배를 마구 쑤셔댔다. 커터의 예리한 날 끝에 배의 살집이 갈리는 파열의 느낌이 생생했다. 준범이가 피를 철철 흘리며 흰자위만 드러낸 눈으로 쓰러졌다. 나는 몇 번 더 준범이의 가슴패기와 배를 내리찍었다. 옷을 걷어올린다면 갈기갈기 찢긴 뱃가죽 아래로 칼질에 온통 문드러진 내장이 드러날 정도였을지도 모른다. 이제 준범이는 더 이상 소리도 지르지 못하고 몸통에서 시뻘건 핏줄기를 콸콸 쏟아내며 헉헉대기만 했다. 찢어질 듯한 아이들의 비명소리가 들렸다. 나는 꿈틀대고 있는 준범이의 얼굴을 내 스파이크 징으로 짓이기려고 발을 높이 들어올렸다. 동훈이와 반 아이들은 더 이상 말릴 엄두도 내지 못하고 기껏해야 비명만 질러대거나 교실 바깥으로 뛰쳐나갈 수 있었을 뿐이다.

그때 만삭이 된 배를 앞세우고 담임이 허겁지겁 들어왔다. 경악한 담임은 금세라도 실신할 것처럼 그 자리에 얼어붙고 말았다. 나는 치켜들었던 발을 내려놓고 이번에는 담임에게로 다가갔다. 담임은 반사적으로 뒷걸음질만 칠 뿐 공포감에 질려 달아날 생각도 못하는 것 같았다. 나는 뒷걸음질치다 책상 모서리에 부딪쳐 나동그라진 담임을 덮쳤다.

"그, 그, 근식아……"

파르르 떨리고 있는 담임의 얼굴에는 극도의 두려움과 암담함이 내비쳤다. 나는 조금도 머뭇거리지 않고 반쯤 잘려나간 커터를 담임의 정수리에 깊이 꽂았다. 도살당하는 암캐의 외마디 절규가 참혹한

고통스러움의 발산으로 허공에 산산이 메아리쳤다. 담임의 이마에서
는 수압이 강한 수도꼭지에서처럼 걷잡을 수 없는 핏줄기가 터져나
왔다. 정작 내가 칼침을 찔러넣어야 할 곳은 담임의 불룩한 배였다.
하지만 그러는 사이 날이 부러져버린 탓에 내 공업용 커터는 더 이상
쓸모가 없어졌다. 나는 담임의 몸 위에서 떨어져나와 스파이크발로
그 불룩한 배를 가차 없이 짓뭉개기 시작했다. 밑창의 예리한 징이
뱃가죽의 속살에까지 저며들어 박히는 듯한 육질의 쾌감이 발꿈치를
타고 온몸에 번져오는 것 같았다.

교실 바닥에 쏟아진 핏물이 습지 위의 물기처럼 여기저기 고여 있
었다. 어디선가 가냘픈 아기의 울음소리가 들리는 듯했다. 피범벅이
되어 있는 담임의 가랑이 사이에서 그 소리가 들려오는 것 같아서 나
는 이미 꼼짝 않고 쓰러져 있는 담임의 치마를 들추고 거기 가만히
귀를 기울여보았다. 하지만 피비린내만 물씬 풍길 뿐 아무런 소리도
들리지 않았다. 나는 담임의 치맛자락을 내리고는 핏물로 질척이는
교실 바닥에 쭈그려 앉았다. 그때 누군가가 몽둥이로 내 뒤통수를 내
리쳤다. 나는 뒤돌아볼 틈도 없이 준범이 옆에 털썩 쓰러졌다. 하찮
은 상처에서의 출혈처럼 찔끔찔끔 의식이 새어나가는 게 느껴졌다.

달의 저편

달의 무기고를 습격하여 첨단 병기들의 탈취에 성공한 레지스탕스
게릴라들은 우연히 해적들의 범선을 얻어타고 지구별로 잠입한다.
해적들은 여전히 지구별의 묘지를 도굴해서 이 행성 저 행성에 그 시

체들을 팔아넘기는데 안드로이드에 대해서는 묵은 원한이 뿌리 깊은 데다 자기들의 유통을 저버리고 숫제 별 자체를 집어삼키려고 덤벼 드는 디오니소스 행성이나 파르마코스 행성과도 사이가 원만치 않은 상황이라 레지스탕스로 살아남은 최후의 인류와는 연대하기 십상이 었던 것이다. 이 문제로 레지스탕스 내부에도 분열과 마찰의 조짐이 인다. 하필 우리 인류의 시체를 팔아먹고 사는 해적이냐, 시체의 배 급에서 두 행성의 지구 침공이 출발하지 않았는가! 그러나 레지스탕 스들에게는 해적과의 연대말고는 별다른 대안이 없다. 당장 지구별 로의 잠입조차 여의치 않은 것이다. 결국 해적선에 오르기로 의견이 정해진다.

지구별에 잠입한 레지스탕스는 게릴라 전법으로 곳곳에서 괄목할 만한 전과를 올린다. 그러나 해적들의 배신으로 이동행로가 노출되 어 어느 큰길가에서 지구별 공동점령군과 시가전을 벌여야 하는 상 황에 처하게 된다. 끊임없이 쌍욕을 지껄여대는 확성기 소리가 왕왕 거리는 가운데 전투에 들어가기 전의 제물이라도 되는 듯 꽃다발을 든 채 석상처럼 굳어 있던 한 남자를 카키색 병정들과 철망 쓴 경찰 들이 처단하고 나서 곧바로 양측은 치열한 시가전에 돌입한다. 공동 점령군 측에서 제물로 택해 처단한 듯한 남자의 몸은 개머리판의 난 타에 사암석처럼 바스러져 전장의 바람결을 타고 희뿌연 흙먼지로 날린다. 레지스탕스는 제물까지 바친 점령군의 자신감과 화력에 점 차 밀리기 시작하더니 끝내 고비를 넘기지 못하고 전멸하고 만다. 이 제 레지스탕스 전 대원들의 시신은 바리케이드로 차량 통행이 전면 차단되어 있는 차도에 처참한 피투성이의 모습으로 널브러져 있다. 어느새 점령군 측과 결탁해 있던 해적들은 당국이 묵인해주는 가운데 레지스탕스 대원들의 사체를 차곡차곡 수거해 간다.

내가 겨우 눈을 뜨자 슬픔에 젖어 눈물을 글썽이고 있던 엄마의 얼굴이 비로소 약간 환해지는 게 보였다. 엄마는 내 손을 꼭 잡았다. 나는 어느 병실의 침대 위에 누워 있었다. 하얀 회벽이 내 시야를 가득 채웠다. 내 머리맡에는 꽃다발이 하나 놓여 있었다. 그러나 그 꽃다발 속의 꽃송이들은 이미 죄다 시들어 있는 것 같았다. 나는 창가로 눈을 돌렸다. 견고해 보이는 쇠창살들이 창 밖의 풍경을 여러 갈래로 분할하고 있었다. 바깥의 날씨는 맑은 햇살로 눈이 부실 정도였다. 간간히 흉터에 호 하고 불어주는 입김처럼 부드럽고 화사한 봄바람이 그 쇠창살들의 촘촘한 틈 사이로 불어왔다.

"근식아, 이제 좀 정신이 드니?"

내 안색을 한참동안 살피기만 하던 엄마가 겨우 입을 뗐다.

"뭐 좀 마실래?"

나는 고개를 끄덕였다. 엄마는 침대 옆에 놓인 냉장고에서 오렌지 주스를 꺼내 내게 한 잔 따라주었다.

"의사 선생님이 그러는데…… 넌 그저 남들보다 상상력이 풍부할 뿐이래. 너무 그래서 병이 된 거래." 엄마가 내 상반신을 일으키며 말했다.

나는 비운 유리잔을 엄마에게 넘겨주었다. 엄마는 유리잔을 치우고는 조심스럽게 한 마디 한 마디를 이어갔다.

"그러니까 아무 걱정할 것 없어. 여기서 치료 좀 받고 맛있는 거나 많이 먹다 나가면 되는 거야. 학교는 그 다음에 천천히 나가도 상관 없구. 배는 고프지 않니?"

나는 고개를 가로저었다.

"그래, 그럼 엄마는 나가서 의사선생님한테 뭣 좀 물어보고 올 테니까 그동안 푹 쉬고 있어."

자상한 손길로 하얀 홑이불을 가슴까지 여며주고는 엄마가 나갔다. 나는 눈을 감았지만 잠은 더 이상 오지 않을 듯했다. 눈을 말똥말똥 뜨고 하얀 천장과 회벽만 물끄러미 바라보고 있을 수밖에 없었다.

그때 똑똑 하고 노크 소리가 들리더니 문이 열렸다. '흑인' 동훈이였다. 동훈이는 시무룩하고 걱정 어린 표정으로 말없이 한참 동안이나 나를 내려다보고 서 있기만 했다.

"그래, 어디 아픈 데는 없니?"

내가 침대 발치의 나무의자에 앉으라고 권하자 비로소 동훈이는 입을 열었다.

"완성한 만화는 다 봤어. 제목은 뭘로 정할 거니?"

나는 「지구별 진공작전」으로 할까 한다고 대답했다.

"그 제목은 너무 딱딱한 것 같다." 동훈이는 그 두꺼운 입술을 실룩거렸다.

"차라리 음…… 「레지스탕스 대침공」이 어떨까?"

나는 그 제목도 마음에 든다고 했다.

"근데 만화가 음…… 그때 내가 뭐라고 한 장면에서 끝난 거나, 이번이나 별로 느낌은 달라지지 않은 것 같더라. 좀더 통쾌한 맛이 없더라구…… 우리 편이 이기는 걸로 끝나야 하는 거 아니니?"

만화의 내용을 찬찬히 되돌아보려는 듯 동훈이의 시선이 창밖으로 향했다. 나름대로 성의 있는 독후감이라는 생각이 들었다. 그래서 나는 앞으로는 달리 그려보겠다고 약속했다. 동훈이는 내 그림과 만화를 계속 보고 싶다고 했다. 나는 혹시 침대 맡의 수납장을 열어보면 거기 어디 내 스케치북이 있을지도 모른다고 했다. 하지만 동훈이는 수납장을 열어보고는 아무것도 없다며 다시 닫았다.

"엄마가 내 스케치북이랑 4B연필을 깜빡 잊고 안 챙겨오셨나 보다."

동훈이는 만화 연습장도 잊어서는 안 될 거라고 했다. 나는 기분이 좋아져서 미소 지으며 고개를 끄덕거렸다. 동훈이는 이 얘기 저 얘기를 들려주다 말고 요즘 자기가 익힌 개인기라며 난데없이 굵고 투박한 어느 흑인 가수의 목소리를 흉내냈다. 그 목소리가 아주 그럴싸해서 나는 까르르 웃긴 했지만 그런 흉내나 내고 다니면 아이들이 계속 흑인이라고 놀릴지도 모른다고 했다. 동훈이는 자기를 놀릴 만한 아이들하고는 아예 얘기도 하지 않는다고 답했다. 나는 오렌지 주스라도 따라 마시라면서 냉장고를 가리켰다. 하지만 동훈이는 이제 가봐야 할 시간이라며 흑인답게 유난히 하얀 치아를 드러내고는 씨익 웃어 보였다.

동훈이가 나가자마자 연이어 노크 소리가 들렸다. 문을 열고 들어온 사람은 배가 불룩한 세실이였다. 세실이의 손에는 꽃다발이 들려 있었다.

"너…… 결국 임신했구나……?"

나는 낙담한 목소리로 물었다.

"임신했다기보다 수태했다고 해줘." 세실이는 꽃다발을 내 머리맡에 놓았다.

"수태?" 나는 '수태'가 무슨 말이냐고 물었다.

"나는 누구와 육체관계를 맺고 아이를 가진 게 아니야. 내 몸은 달이 자기의 영기를 이 땅에 전달하고 교신하는 매체야. 이제 곧 내 몸에서는 달의 아이가 태어날 거야. 그러니까 나는 동정녀야. 동정녀는 남자와 살을 섞지 않고도 어떤 영기의 힘으로 아이를 잉태할 수 있다고 했어.”

나는 세실이의 배 안에서 자라고 있을 달의 아이를 어루만져보았다.

“나는 이게…… 내 아이인 줄 알았어……”

세실이는 창밖을 물끄러미 바라보다 한참만에야 입을 열었다.

“아니야…… 이건 달의 아이야…… 달은 자신의 신부로 나를 택했고, 달빛으로 내 몸에 그 영기를 불어넣어 나는 결국 수태하게 된 거야.”

나는 왜 하필 달이 아직 국민학생인 세실이의 몸으로 들어왔는지 이해가 가지 않는다고 했다.

“왜냐하면……”

세실이의 목소리는 차분하고 서늘했다.

“어른들은 더 이상 동정녀일 수 없으니까……”

나는 미심쩍은 기분이 들어 머리를 세차게 흔들었다.

“너, 거짓말하는 거 아니지? 정말 내 아이가 아니란 말이지? 날 안심시키려고 일부러 그런 말 하는 거 아니란 말이지?”

나는 눈물을 글썽이면서 세실이를 다그쳤다.

“아니야…… 정말 아니야…… 오빠는 나를 임신시킬 수 없었어……” 역시 울음이 배인 목소리로 세실이가 대답했다.

나는 그 말이 무슨 뜻인지 이해할 수 없어서 고래고래 고함을 지르기 시작했다. 잠시 후 젊은 의사가 한 명 황급히 들어왔다. 세실이는 나중에 다시 들르겠다며 서둘러 병실을 떠났다. 나는 의사에게 주사를 한 대 맞았다. 그러자 기분이 가라앉았고 이내 까무룩 잠이

들었다.

　내가 다시 눈을 떴을 때 날은 이미 저물어 있었다. 내가 누워 있는 방안은 아무도 불을 켜놓지 않아 어두컴컴했다. 눈을 번쩍 떴다고는 해도 약 기운에 잠들었던 탓인지 깨어난 뒤끝이 썩 개운한 건 아니었다. 눈꺼풀이 열렸다고는 해도 워낙 혼곤하고 어지러운 느낌이 심해 정작 내 의식은 아직도 가수면의 경계선에서 자맥질치고 있는 것 같았다. 그때 불을 켜면서 그 의사가 다시 방 안으로 들어왔다. 의사는 내게 기분이 좀 어떠냐고 물었다. 나는 엄마가 어디 계신지 아느냐고 물으면서 엄마를 불러달라고 부탁했다. 그러자 의사는 잠시 어이없어하는 표정을 짓더니, 내 눈에 번갈아 손전등을 비춰보면서 모친이 얼마 전에 미국으로 떠난 걸 왜 모르는 척하느냐고 반문해 왔다. 순간 나는 부아가 치밀어올라, 왜 그토록 터무니없는 거짓말을 하느냐고 따져 물었다. 의사는 언성높인 내 말에 더 이상 대꾸해줄 필요를 느끼지 않는다는 듯 어깨를 으쓱해보이면서 차트에 뭔가를 꼼꼼히 기입하고는 잰걸음으로 병실에서 빠져나갔다.

　나는 베개에 얼굴을 파묻었다. 또다시 노크 소리가 들렸다. 누군가 내 쪽으로 뚜벅뚜벅 걸어들어왔다. 나는 누가 들어오거나 말거나 문 쪽으로 고개를 돌리지 않았다.

　"근식아, 근식아……"

　그건 완기 삼촌의 낯익은 목소리였다.

　"아, 완기 삼촌!"

　나는 몹시 놀라 몸을 벌떡 일으켰다.

　완기 삼촌의 손에는 여전히 꽃다발이 들려 있었다. 완기 삼촌은 전혀 변하지 않은 모습이었다.

"그래, 나다."

완기 삼촌은 꽃다발을 내 머리맡에 두고는 생각에 잠긴 얼굴로 서성이고만 있었다. 나는 침대 발치의 나무의자를 권했다.

"나는 달에서 왔다. 달이 내 모국이다……"

완기 삼촌의 안색은 늘 그러하듯 창백하고 진지했다.

"그렇지만 내겐 이제 육신이 없다. 내 육신은 영혼의 거푸집으로 어떤 기다림 속에서 단단해 보이던 사암석처럼 바스라지고 말았다."

"그렇다면 지금 내 눈 앞에 나타난 삼촌의 모습은 무엇인가요? 삼촌은 예전과 전혀 달라진 게 없는 걸요?"

나는 의사가 또 달려올까봐 되도록 목소리를 낮추면서 물었다. 삼촌은 열에 들뜬 내 이마를 쓰다듬었다.

"나는 달빛으로 내려온 그 넋이며, 네 눈에 비친 지금의 내 모습은 내 육신에 대한 네 기억일 뿐이야. 어떤 영기는 사람의 눈에 형상을 비춰보일 수 있지. 마치 꿈처럼 말이다."

삼촌은 잠시 말을 끊고 쇠창살 틈 사이로 번진 창 밖의 어둠을 바라보았다. 그러나 그나마 쇠창살이 분할하고 있는 창 밖으로는 짙푸른 어둠의 우단 이외에 아무것도 눈에 들어오지 않았다. 저녁나절의 습한 봄바람에, 덮고 있던 시트의 한 끝이 들썩였다.

"우리의 꿈은 달의 기억이자 달의 넋이 걸어오는 교신의 표지야. 꿈이 밤의 일상이라고 한다면, 우리는 늘 달을 살아내고 있는 셈이지."

"하지만…… 옛날에 삼촌이 말한 대로라면 달이 우리한테 전하려는 건 겨우 죽은 자들의 숨결밖에 없다는 거 아니었나요……?"

나는 고개를 갸우뚱거렸다.

"응, 맞아. 너하고 나의 삶이란 게 결국 그러한 숨결에서 생겨난 죽음의 그림자니까…… 그래도 우리는 제각기 그 그림자에 발을 딛고 서로의 꿈속에 들어가 있는 거야."

완기 삼촌은 내 손을 꼭 잡았다.

"자, 내가 네 몽유병과 백일몽에서 걸어나왔듯이 너도 달의 넋으로 네 앞에 나타난 내 안으로 걸어들어오려므나. 자, 어서. 그러므로 이젠 네가 내 꿈을 살게 될 거야."

실구름 사이로 손톱 같은 그믐달이 나타났다. 완기 삼촌은 내 눈을 들여다보다 내 머리맡에 쌓여 달빛을 받고 있는 꽃나발들로 눈길을 돌렸다.

"달빛에 여문 꽃들은 그 넋을 입고 우리가 잠든 간밤에 무희로 변신해서 꿈결의 춤을 춘다는 거 아니?"

나는 그 춤을 보고 싶다고 했다. 완기 삼촌은 볼 수 있다고 했다. 그 대화를 마지막으로 우리는 입을 다물었다. 나는 침대에서 일어났다. 완기 삼촌이 나를 대신해서 그 자리에 누웠다. 나는 새하얀 홑이불을 삼촌의 목까지 정성들여 여며주고는 거대한 대롱처럼 모든 것을 빨아올릴 것만 같은 창가의 달빛 속으로 천천히 걸어들어갔다. 잠시 후 똑똑 하고 누군가가 문을 두드렸다.

외출

아주 오랜만에 바깥에 나가 사람들 사이에서

목쉰 흥얼거림 같은 피리 가락에 가만히 귀 기울이다 그는 쿨럭거리며 버너를 껐다. 찻주전자에서 물 끓는 소리가 금세 사그라졌다. 열고 닫을 때 삐걱거림이 심한 캐비닛 서랍에서 외출복을 한 벌 꺼내 입었다. 손수건으로 돋보기를 닦아 쓴 후 정갈하게 은백의 머리를 빗어넘겼다. 반짝반짝 광택이 나는 에나멜 구두를 신고는 저벅저벅 몇 발짝을 걸어서 문 앞에 섰다. 손잡이를 비틀자 끼익 하고 문이 열렸다. 방 안으로 환한 빛이 쏟아져들어왔다. 그렇게 그는 지팡이 대신 장우산을 짚고 바깥으로 나갔다. 뚜벅뚜벅 복도를 따라 걸었다. 아무도 없었다. 육중한 쇠문들이 연이어져 있는 담벼락의 모퉁이를 돌자 가파른 층계가 나왔다. 후들거리는 한쪽 다리가 계단을 겨우 딛으려 할 때 누군가 위로 올라오고 있는 게 보였다. 새하얀 제복 차림에 역시 새하얀 약모를 쓰고 있는 두 사람의 남자 간호사였다. 그들은 둘

114

다 꺼칠한 턱 밑에 큼직한 마스크를 걸쳐 두르고 있었는데, 비어 있는 들것을 어디론가 옮기는 중이었다.

—영감님 조심하십시오.

정신없이 계단을 밟아 올라가던 남자 간호사 한 명이 그와 어깨를 부딪치자 몹시 기계적인 목소리로 그렇게 말했다. 그는 말소리가 난 쪽으로 고개를 들었다. 그러자 두 사람의 남자 간호사들은 가던 길을 멈추고 그의 얼굴을 빤히 들여다보았다. 한낮의 햇살에 층계참의 창가가 너무 밝아서 그는 한순간 이맛살을 찌푸렸다. 잠시 후 남자 간호사들이 슬슬 발길을 옮겼다. 그도 계단을 마서 내려왔나.

출구 옆에 설치된 안내 데스크는 비어 있었다. 그는 걸음을 서둘렀지만 진한 쪽빛으로 코팅되어 있는 유리문 앞에서 멈칫했다. '잠겼음. 나가실 분은 管理人을 호출할 것'이라는 쪽지가 붙어 있었다. 그래도 그는 주위를 한번 둘러보고는 손잡이를 슬쩍 밀어보았다. 두꺼운 유리문은 잠기기는커녕 맥없이 열렸다. 그는 살금살금 건물 바깥으로 나와 누군가를 기다리듯 출입구 근처의 화단 앞에서 서성거렸다. 흐드러지게 피어난 여러 종류의 달리아나 수국으로 화단이 썩 풍요로워 보였다. 그는 서성거리며 우산 끝으로 화단의 무른 흙을 꾹꾹 다지다 그 꽃들에 주의 깊은 눈길을 보내기도 했다.

—왜 이렇게 안 나오는 게야? 할 수 없지. 일단 먼저 가서……

호젓한 산책로를 좀 걷자 동네 공원을 끼고 도는 철책이 끝나면서 이내 큰길가가 나왔고 바로 근처에 버스 정류장의 푯말도 하나 나타났다. 그는 그 푯말 아래 멈춰 서서 버스를 기다렸다. 버스는 오지 않았다. 그나마 보인 몇 대의 버스들도 그를 태우지 않고 그냥 지나갔다.

—이런 망할…… 승차 거부로구만. 내가 늙은이라고 저러면 못

쓰는데.

그때 지나가던 한 노인이 거긴 버스 정류장이 아니라고 했다. 그는 그러냐면서 여기서 제일 가까운 버스 정류장이 어디냐고 물었다. 중 절모를 쓴 그 노인은 손짓으로 버스 정류장이 있을 위치를 대강 가리 켰다.

—같은 동네라도 너무 오랜만에 해보는 외출이라 이젠 버스 정류 장이 있던 자리까지 가물가물해오는군요, 노형.

중절모를 쓴 노인은 자기도 더러 그럴 때가 있다며 그럴 땐 자기가 살아 움직이는 건지 아니면 이미 죽은 혼백으로 어슬렁거리는 건지 어리둥절할 지경이라고 했다.

—늙으면 다 그런 게지요…… 아무튼 노형도 잘 살펴가시오.

그는 다시 중절모를 쓴 노인이 가리킨 방향으로 걸어갔다. 그렇게 걸은 지 한참만에야 버스 정류장을 찾았다. 조금 기다리자 버스 한 대가 왔다. 그는 운전사에게 이 버스가 광화문 쪽으로 가느냐고 물었 다. 운전사는 그렇다고 했다. 그는 버스에 올라탔다.

버스는 한참 달렸고 도심에 접어들면서부터는 밀려든 차들에 막혀 엉금엉금 기어가다시피 했다. 그는 가는 동안 내내 꾸벅꾸벅 졸았다. 어느 정류장에서 작은 륙색을 맨 소년 하나가 탔다. 흐리멍덩하게 풀 린 눈을 한 소년은 버스 승객들에게 서둘러 자기의 사연이 적힌 전단 을 한 장씩 돌린 후 내내 흐느적거리는 목소리로 우물거리기 시작했 다. 운전사는 옆에서 계속 히죽거리며 소년의 말을 듣고 있다 오늘은 왜 〈조실부모하야 삭풍이 부는 생활전선의 황야에 떨어진 지 벌써 십 수년……〉 운운하는 대목을 빼먹었느냐고 조롱하듯 끼어들었다.

—아, 맞다. 그거……

소년은 당혹스러워하며 얼굴이 새빨개져서 더 이상 구걸하는 말을
이어가지 못했다. 그러자 승객들이 일제히 까르르 웃음을 터뜨렸다.
그 웃음소리에 그는 화들짝 깨어났다.

—애야, 너 왜 여기 있니?

소년이 좌석마다 돌며 전단을 거둬들일 때 그는 소년에게 그렇게
말했다. 소년은 어리둥절한 표정을 지었다. 그는 말없이 지나가려던
소년의 팔목을 붙잡았다.

—아이, 참 보시면 몰라요. 보시다시피 구걸하구 있잖아요.

소년은 그의 손을 휙 뿌리치며 소리쳤다.

—너희 할아버지는 어디 가셨니?

그가 몸을 일으키며 다시 말했다.

—할아버지라뇨? 난 할아버지 같은 거 없어요.

소년은 그를 잠시 빤히 쳐다보더니 계속했다.

—이 할아버지 치맨가 봐. 날 언제 봤다구 자꾸 이러지?

그러자 뒤에서 전단을 반납하던 승객 한 사람이, 노인 양반한테 말
버릇이 그게 뭐냐고 소년을 점잖게 나무랐다. 소년은 이 버스 되게
재수 없다며 바닥에 침을 탁 뱉고는 차에서 내렸다.

—원 녀석하곤. 저래 가지고는 아마 평생 빌어먹을 거야.

승객 가운데 한 사람이 차창 밖으로 그 소년을 멸시 어린 눈길로
건너다보면서 웅얼거렸다. 그는 소년이 어디로 가는 건지 알고 싶다
는 듯 엉거주춤하게 뒤쪽으로 몸을 돌리며 엉거주춤하게 좌석에서
일어났다. 소년은 주머니에서 까만색 색안경을 꺼내 쓰고는 어디론
가 바삐 걸어가고 있었다.

—아는 아이셨어요?

뒷좌석에 앉아 있던 중년부인이 호기심 어린 표정으로 그에게 물었다.

―글쎄요…… 내가 사람을 잘못 보았는지도 모르겠네요…… 너무 오랜만에 하는 외출이다 보니……

그가 대답했다.

―얼마 만에 하시는 외출이신데요?

중년부인이 다시 물었지만 그는 빙그레 웃음 지을 뿐 더 이상 입을 열지 않았다. 잠시 후 버스는 광화문에 도착했다. 광화문에서는 승객들이 많이 내렸다. 그도 그들과 함께 버스에서 내렸다.

화창한 날씨였고 부드러운 바람도 간간이 불어왔다. 광화문 사거리는 오가는 사람들로 북적거렸다. 그는 세종문화회관 왼편으로 나 있는 돌계단을 밟아 올라갔다. 계단 여기저기에는 사람들이 걸터앉아 누군가를 기다리거나 사진을 찍거나 음료수를 마시며 쉬고 있거나 했다. 돌계단 끝에서 왼쪽으로 돌아가면 '시민 휴게실'이란 곳이 나왔다. 시민 휴게실에는 파라솔 아래 그늘이 드리워진 간이 테이블과 의자가 대리석 난간을 따라 쭉 놓여 있었다. 그는 아무 자리에나 앉아 자판기에서 캔커피를 하나 뽑아 마셨다. 많은 사람들이 그가 앉은 자리를 스쳐갔다. 그는 테라스 아래 펼쳐져 있는 광화문 사거리를 무심히 내려다보았다. 건너편 교보빌딩의 유리벽에 난반사된 한낮의 햇빛이 눈부신 거리였다.

그렇게 시간이 한참 지났다. 그는 손목시계를 힐끔거렸다.

―거, 정말 안 올 작정인가 보구만. 할 수 없지.

그는 그렇게 웅얼거리며 자리에서 일어나 세종문화회관 뒤란으로 걸어내려왔다. 그곳에도 이런저런 사람들이 많이 나와 앉아 있었다.

주로 짙게 그늘진 등나무 덩굴 밑 자리에 사람들이 몰려 있었는데 그
늘 없는 자리에 앉은 여자들은 양산을 펴들고 있기도 했다. 그는 뒤
란을 천천히 가로지르다 손목시계를 보고는 경복궁 쪽으로 난 샛길
모퉁이의 어느 한식당에 들어갔다. 한낮인데도 식당 홀에는 티브이
가 켜져 있었다. 티브이의 화면은 몹시 흐릿했다. 티브이에서는 마치
전파(電波)상의 잡음 같은 사람들의 함성이 흘러나왔다. 그는 물잔
을 들고 온 식당 주인에게 갈비탕 한 그릇을 주문했다. 식당 주인은
완강한 어투로 갈비탕을 먹으려거든 통행증을 제시해야 할 것이라고
했다.

　—통행증이요?

　식당 주인은 천연덕스럽게 고개를 끄덕이면서 국가원로자문위원
회에서 전국의 노인들을 상대로 배포한 공공장소 통행증을 모르느냐
고 되물었다. 그는 처음엔 뜨악한 표정이었지만 곧 주머니에서 꼬깃
꼬깃 접힌 쪽지 한 장을 꺼내 식당 주인에게 내밀었다.

　—자, 이거……

　식당 주인은 퉁명스럽게 그 쪽지를 받아서 펼쳤다.

　—〈조실부모하야 생활전선의 황야에 떨어진 지 벌써 십 수년……〉

　식당 주인은 됐다며 그 쪽지를 돌려주고는 돌아갔다. 잠시 후 갈비
탕 한 그릇이 나왔다. 그는 국물까지 깨끗이 비우고 일어나 음식값을
치렀다. 티브이에서는 여전히 사람들의 함성이 요란스러웠다. 그는
식당 바깥으로 나왔다. 여러 관공서들과 고층건물들이 늘어선 샛길
을 쭉 따라가자 큰길가가 나왔다. 그는 건널목을 건너 경복궁 앞뜰에
이르렀다.

　정장을 잘 차려 입은 아가씨들이 벤치 여기저기 앉아 펴든 양산 아

래서 산문집이나 수상록 같은 책들을 읽고 있었다. 와이셔츠를 입은 사내들은 팔뚝을 걷어붙인 채 공놀이를 하고 있었다. 일본 관광객들은 가이드가 지정해준 장소에 서서 서로들 사진 찍어주기에 바빠 보였다. 늙수그레한 사내들이 잔디밭에서 투전판을 벌이려다 일본 관광객 속에 잠복해 있던 순사가 다가오자 허겁지겁 달아났다. 그러나 그 일본 순사는 가짜인 것 같았다. 왜냐하면 일본 순사는 투전꾼들을 검거하려들기보다 줄행랑치는 그들을 배경으로 사진을 더 찍고 싶어 하는 것 같았기 때문이다. 줄행랑치던 중늙은이들은 사진 촬영이 끝나자 원래 있던 자리로 돌아오면서 일본말로 시시덕거렸다.

그는 나무 그늘이 진 자리 아무 데나 앉았다. 그러고서 한참 시간이 지나자 그늘이 없어졌다. 그는 하는 수 없이 우산을 펴들었다. 그런 자세로 꼼짝도 않고 가만히 앉아 있었다. 긴 시간이 흘렀다. 그때 한 청년이 그에게로 다가왔다.

―실례합니다.

그 청년은 더부룩한 머리와 허름한 작업복 잠바 차림에 투박해 보이는 뿔테 안경을 쓰고 있었지만 반짝반짝 광택이 나는 에나멜 구두를 신고 있었다.

―보아하니 도 닦으신 어르신 같네요.

그는 청년에게 시선도 주지 않고 응답도 하지 않았다.

―아까부터 지켜보고 있었습니다. 저한테도 가르침 한 수 전해주시지 않으시렵니까?

그는 여전히 꼼짝도 하지 않았다.

―불가(佛家)의 여어(如語)로도 좋구요, 선시(禪詩) 한 수도 마다 하지 않겠습니다. 저도 어르신처럼 윤회의 번뇌를 끊고 깊이 잠든 나

무가 되고 싶습니다.

그러자 그는 청년에게 까닭모를 물기로 번득이는 눈길을 주면서 비통한 목소리로 겨우 입을 열었다.

—정말 오지…… 않을 모양입니다……

청년은 그에게 허리를 굽혀 인사했다.

—그래서 여래(如來)일 테지요. 한 말씀 감사합니다. 저는 늘 잠 속에서 한 세상을 살고 싶었습니다.

그는 다시 아무 말도 하지 않았다.

—실례 많았습니다.

그때였다. 청년이 발길을 돌리려는데 남자 간호사 두 사람이 어디선가 나타나 느닷없이 그 청년을 덮쳤다. 청년은 팔다리를 내저으며 필사적으로 몸부림쳤지만 두 사람의 남자 간호사들은 약간의 옥신각신 끝에 그 청년을 결박할 수 있었다. 청년은 체념한 듯 더 이상 버둥거리지 않았다. 남자 간호사들은 그 청년을 준비해 온 들것에 싣고 그 위에 새하얀 시트를 씌웠다. 잠시 후 들것 위에는 시트 밑으로 삐죽이 튀어나온 에나멜 구두밖에 보이지 않았다. 두 사람의 남자 간호사들은 까칠한 턱 밑에 걸치고 있던 마스크를 쓰고 부랴부랴 들것을 운반했다. 그러는 와중에도 그는 앉아 있는 자세를 전혀 흐트러뜨리지 않았다.

얼마 지나지 않아 그토록 맑던 하늘에 먹구름들이 몰려들기 시작했다. 그가 펴들고 있던 우산에 후드득 굵은 빗방울들이 떨어졌다. 광화문 출입구 쪽으로 사람들이 우르르 몰려나갔다. 하지만 그는 비에 아랑곳하지 않고 그대로 우산을 펴든 채 자리에 머물러 있었다. 내리치는 빗살이 좀더 강해졌다.

이제 경복궁 앞뜰에는 아무도 남아 있지 않았다. 그때 누군가가 저기 한 사람이 빗속에 아직 남아 있다고 소리쳤다. 관리실에서 비옷을 입은 남자가 나와 그가 앉아 있는 쪽으로 다가갔다. 그가 벌떡 일어났다.

—아, 저기 저……

그는 어딘가에 손짓해 보였다. 그러나 그가 손짓해 보인 곳은 비옷을 입은 남자가 다가오고 있는 쪽과는 반대 방향이었다. 쏟아지는 빗속을 누군가 걸어오고 있기라도 하다는 듯이 그는 계속 그쪽을 향해 손짓으로 인사했다. 하지만 거기에는 아무도 없었고 아무도 걸어오고 있지 않았다. 보이지 않는 그 누군가를 향하여 애타게 손짓하고 있는 그의 뒤에 서서 비옷을 입은 남자는 그저 망연히 머뭇거리고 있을 수밖에 없었다.

가만히 귀 기울이면

—휴, 아무래도 안 되겠어……

A노인은 장우산을 지팡이처럼 짚고 계단 한 칸 아래로 내려서려다 그만두고 뒤돌아섰다. 다시, 육중한 쇠문들이 연이어져 있는 낭하였다. 힘없이 터덜거리는 구두 발자국 소리가 콘크리트 바닥에 뚜벅뚜벅 울렸다. A노인은 문득 복도를 따라 난 창밖으로 고개를 돌렸다. 창 밖은 투명한 한낮의 햇살로 눈부실 지경이었다. A노인은 한 순간 손으로 눈가를 가리려 했다. 눈에 자꾸 물기가 고이는지 손끝으로 연신 눈시울을 찍어대기도 했다.

그때 낭하의 쇠문 하나가 열리면서 앞뒤로 들것을 나눠든 두 사람의 남자 간호사들이 나왔다. 하얀 약모를 쓰고 있는 남자 간호사들은 둘 다 새하얀 제복 차림에 큼직한 마스크를 쓰고 있었다.

—영감님 조심하십시오.

걸음을 서두르던 앞의 간호사가 A노인과 어깨를 맞부딪치자 매우 기계적인 목소리로 그렇게 말했다. A노인은 그쪽으로 고개를 들었다. 그러자 그 간호사들도 가던 길을 멈추고 노인 A를 빤히 건너다보았다.

—누, 누구……

A노인이 들릴 듯 말 듯 입을 달싹거렸지만 들것을 나눠든 두 사람의 남자 간호사들은 이미 발걸음을 옮긴 후였다. 새하얀 시트가 씌워져 있는 들것 아래쪽으로 구두 신은 사람의 두 발이 삐죽이 튀어나와 있었다. 그 구두에서는 유난히 반짝반짝 광택이 났다. 남자 간호사들은 그렇게 들것을 나눠들고 복도 모퉁이를 돌아 사라졌다. A노인은 잠시 동안 굳은 듯 그들을 바라보고 있다 다시 걸음을 뗐다. A노인이 들어간 곳은 방금 전 들것을 옮긴 남자 간호사들이 나온 방의 바로 옆방이었다.

A노인은 방에 들어가자마자 장우산을 있던 자리에 다시 꽂아두고 옷부터 갈아입었다. 외출복을 벗어서 정성들여 갠 후 캐비닛에 넣었다. 캐비닛이 좀 낡아서였는지 서랍을 열고 닫을 때 삐걱대는 소리가 심했다. 실내용 슬리퍼로 갈아 신고는 구두도 벗어서 가볍게 솔질해 두는 것을 거르지 않고 침대 밑에 넣어두었다. A노인은 뭔가를 찾는 것처럼 잠시 두리번거리다 다시 캐비닛 서랍을 열어 개켜둔 외출복

안주머니에서 돋보기를 찾았다. 하지만 정작 쓰지는 않고 헝겊으로 열심히 문질러서 안경주머니에 보관했다. A노인의 움직임은 몹시 서툴고 불편해 보였다. 방 한쪽에 나 있는 창으로 밝은 햇살이 쏟아져 들어오고 있었다.

　—남들은 날이 궂어야 몸이 쑤신다는데…… 나는 이렇게 날이 너무 밝으면 못 견디게 신경통이 도지는 것 같단 말이야, 거참…… 몸에서 자꾸 이상한 소리까지 나…… 꼭 비명 소리 같은데……

　A노인은 그렇게 웅얼거리며 블라인드를 내렸다. 순식간에 방 안이 어둑어둑해졌다. 그 대신 침대맡의 백열등 스탠드를 켰다. 방 안에 희끄무레한 가시광선이 퍼졌다. A노인은 스탠드가 놓인 문갑의 서랍에서 말린 감 두어 개를 꺼내 과도로 깎아먹으며 스탠드 옆에 놓인 소형 라디오를 틀었다. 카세트도 달려 있지 않은 소형 라디오는 안테나도 부러지고 군데군데의 은장(銀裝)도 벗겨져 있는 것으로 보아 아주 오래된 물건인 것 같았다. 라디오에서는 방송하고 있는 사람들의 말소리나 아무런 음악 소리도 잡히지 않았다. 대신 웅성웅성 하는 사람들의 함성 소리만 요란했다. 하지만 그 함성 소리마저도 진짜로 사람들이 내는 것인지 아니면 주파수가 맞지 않는 데서 발생한 전파상의 잡음인지는 확실치 않았다. 그래도 A노인은 지그시 눈을 감고 침대 맡에 기대어 자글자글 들끓고 있는 라디오의 잡음에 귀 기울이려는 모양이었다. 그러다 잠시 후 라디오를 껐다.

　방 안이 일순간에 적막해졌다. 그 적막함 속에서 A노인은 한 동안 잠든 것처럼 꼼짝도 하지 않고 누워 있기만 했다. 그렇게 시간이 흘렀다. 탁상시계의 초침이 쉬지 않고 재깍거렸다.

다시 눈을 떴다. 눈을 뜨자마자 A노인은 뭔가를 찾았다. 방 한 구석의 간이 수납장에서 A노인이 찾아낸 것은, 입에 대고 부는 부분이 조금 깨진 갈색 리코더였다. A노인은 개의치 않고 그 리코더를 입에 대고 불기 시작했다. 그러나 리코더에서는 아무런 멜로디도 흘러나오지 않고 기껏해야 바람 새는 소리만 날 뿐이었다.

—며칠 전엔 잘 났었는데…… 너무 세게 불어서 그런가?

리코더에 바람을 불어넣는 A노인의 입놀림이 한결 조심스러워진 것 같았다. 그러자 바람 새는 소리 사이로 간간히 리코더의 음색이 살아났다. 하지만 그 음색에는 아무런 가락도 실려 있지 않았다. 그냥 소리만 비슷하게 났을 뿐이다.

—진작에 배워둘 걸.

A노인은 지그시 눈을 감고 그래도 오랫동안 리코더를 불었다. 그런데 그때 그와 비슷한 소리가 옆방에서도 마치 답신처럼 들려온 것 같았다. 그 옆방은 방금 전 남자 간호사들이 들것과 함께 나온 쪽이었다. A노인은 얼른 침대 위로 올라가서 벽에 바짝 귀를 붙였다. 더 이상 아무 소리도 들리지 않았다.

—헛것이 들렸나보군.

다시 침대에 걸터앉아서 리코더를 불었다. 하지만 옆방에서는 방금 전보다 한결 또렷하게 어떤 기척이 다시 한 번 전해져왔다. 서둘러 벽에 귀를 갖다댔다.

아주 희미하지만 어떤 음파(音波)가, 저 깊은 바다 밑에서부터 아득하게 솟아올라오고 있는 듯한 어떤 음파가, 마치 고둥 껍질 속에 봉인되어 있던 해저의 묵음(默音)이 귓가에 스미듯……

버너의 심지에 불이 붙었다. 얼마 후부터 찻주전자가 몸서리를 치며 끓기 시작했다. 찻주전자에서 물 끓는 소리가 자글거리며 들려왔다. A노인은 물끄러미 버너 위의 찻주전자를 바라보며 앉아 있었다. 곧 찻주전자에서는 뿌연 수증기와 물방울들이 끓어올랐다.

—그래, 여기 누가 있어. 지금 여기, 누군가 있는 게야.

찻주전자에서 물 끓는 소리가 높아갔다. 하지만 잠시 후 물이 넘치려 하자 A노인은 황급히 버너의 불을 꺼야 했다. 찻주전자에서 들리던 끓는 물의 보글거림과 바람 새는 수증기의 비음이 일순간에 사그라졌다. A노인은 찻주전자 속의 끓는 물로 아무것도 하지 않고 그저 가만히 앉아 있기만 했다. 이내 찻주전자에서는 아무 소리도 나지 않았다. 불현듯 생각났다는 듯 A노인은 다시 벽에 귀를 밀착시켰다. 그러다 몸의 어딘가가 고통스러운지 잠시 표정이 일그러졌다. A노인의 얼굴에는 병색이 짙었다. 찻주전자에서 뜨거운 물을 한 잔 따라 마셨다.

장우산의 손잡이에 있는 단추를 눌렀다. 우산이 활짝 펴졌다. 다시 우산을 접었다가 다시 단추를 눌렀다. 다시 우산이 활짝 펴졌다. 이번에는 손으로 우산의 지붕을 잡아당겼다 폈다 했다. 반구형으로 둥글게 펴진 우산의 지붕을 빙그르르 돌려보았다. A노인은 만족스러워하는 표정으로 우산을 접어서 원래 있던 자리에 꽂아두었다.

—음, 됐어.

이번에는 구두 솔과 헝겊으로 침대 밑에서 꺼낸 구두를 정성들여 닦기 시작했다. 깨끗이 닦인 에나멜 구두에서 다시 광택이 살아났다. A노인은 그 구두에 자기 발을 끼우고는 다리를 쭉 펴서 여기저기 살펴보았다.

—음, 됐어.

그러나 구두를 벗으려고 몸을 구부리려는 순간 무릎 관절에서 삐
걱거리는 소리가 났다. A노인은 어디서 그런 소리가 났는지 모르겠
다는 듯 침대 매트리스를 두드려보기도 하고 캐비닛에 귀를 가져다
대보기도 했다. 그러다 잠시 후 자기의 한쪽 다리를 조심스럽게 들어
올려보았다. 관절의 삐걱거림이 요란스러웠다. 다른 쪽 다리를 들어
올리려 하자 거기에서도 마찬가지로 삐걱거리는 소리가 심했다.

—오, 이런.

관절이 삐걱거릴 때마다 A노인은 허리를 구부려 정강이 부근에 귀
를 대보려고 했다. 하지만 구부린 허리에서도 거칠게 삐걱거리는 소
리가 튀어나오고 있다는 것을 깨닫고는 금세 그만둘 수밖에 없었다.

—오, 이런…… 온몸에서 비명 소리가 나…… 오, 이런……

A노인은 조심스럽게 구두를 벗어서 침대 밑에 넣어두고, 역시 조
심스럽게 침대 위에 누웠다.

그때였다. 옆방에서 물 트는 소리가 들렸다. A노인은 벌떡 일어나
서 벽에 귀를 붙였다. 쏴 하고 물 쏟아지는 소리가 들리다 멈추었다.
이어 쪼르르 하수도를 타고 물 흘러내려가는 소리가 이어졌다. A노
인은 불편해 보이는 거동으로 침대에서 내려와 물 떠내려가는 소리
가 계속되고 있는 리놀륨 바닥에 귀를 가져다 댔다. 옆방의 개수대에
서 쏟아졌을 수돗물은 계속해서 어디론가 쪼르르 떠내려가고 있었
다. A노인은 하수도로 떠내려가는 물소리를 끝까지 물고늘어지려는
듯 바닥에 납작 엎드려 버둥거렸지만 이내 그 소리는 잦아들고 말았

다. A노인은 실망한 표정으로 다시 침대 위로 올라왔다. 그러나 옆방
에서 들려오는 소리는 그것만으로 끝나지 않았다. 잠시 후부터 자글
거리며 물 끓는 소리가 들려왔다. 처음에 A노인은 머리맡의 소형 라
디오를 살폈다. 하지만 자글거리는 소음은 거기서 들려오는 게 아니
었다. A노인은 라디오를 팽개쳐두고 벽에 더욱 바짝 귀를 밀착시켰
다. 물 끓는 소리가 차츰 희미해지더니 이번에는 쿨럭거리는 소리가
났다.
　—오, 기침 소리를 들어보니 나랑 거의 비슷한 또래인가 보구만.

　A노인은 개수대에서 찻주전자에 물을 받아 버너 위에 올려놓고 다
시 불을 붙였다. 쪼르르 하수도를 타고 물 떠내려가는 소리에 이어
조금 전부터는 서서히 찻주전자에서 자글거리며 물 끓는 소리가 나
기 시작했다. A노인은 마치 라디오 볼륨을 낮추듯 버너의 불을 약간
줄이고는 다시 깨진 갈색 리코더를 꺼내 불어보려고 했다. 하지만 입
에 대고 부는 부분이 깨진 리코더에서는 여전히 바람 새는 소리만 났
다. 한참을 불어도 바람 새는 소리만 나자 A노인은 입으로 직접 가락
을 흥얼거리며 리코더를 불었다. 그러자 그제야 비로소 그 목쉰 흥얼
거림을 싣고 리코더만의 고유한 음색이 조금씩 살아났다. A노인은
그게 대단히 신기한 일이라는 듯 눈이 휘둥그레져서 어깨춤으로 박
자까지 맞춰가며 리코더를 부는 데 몰두했다. 그리고는 침대 위로 올
라가서 다시 벽에 귀를 가져다댔다. 아무 소리도 들리지 않는 듯하자
A노인은 다시 리코더를 불고 그렇게 리코더를 불다 다시 벽 너머로
옆방의 움직임에 가만히 귀 기울이는 일을 반복했다. 얼마 지나지 않
아 옆방에서 저벅저벅거리는 발소리가 들려왔다.

―어딜…… 나가려는가?

그러다 간간이 삐걱거리는 소리가 그 발소리 사이로 끼어드는 것 같았다.

―저런, 저기서도 몸에서 비명 소리가 나는가 보구만…… 가만 있어보자……

A노인은 리코더를 입가에 댄 채 잠시 뭔가에 관하여 곰곰이 헤아려보는 표정을 지었다.

낡은 캐비닛 서랍은 열고 닫을 때 망가진 관절처럼 삐걱거림이 심했다. A노인은 그 캐비닛 서랍에서 단정하게 개켜둔 외출복 한 벌을 꺼내 열심히 솔질하고는 블라인드에 걸어두었다. 다음은 장우산. 손잡이에 있는 단추를 누르자 우산 지붕이 반구형으로 활짝 펴졌다. A노인은 우산 지붕을 손으로 잡아당겨 다시 접었다. 손힘이 약해서인지 우산은 잘 접히지 않았다. 그리고는 다시 단추를 눌렀다. 이번에는 다소 느슨하게 우산이 펴졌다. A노인은 돋보기를 꺼내 쓰고 우산대와 펴짐 단추의 작동상태를 살폈다. 다시 손으로 잡아당겨 우산 지붕을 접었다. 그렇게 수차례나 직접 손으로 되풀이해서 우산을 접었다 펴보았다. 다음은 구두. A노인은 구두 솔과 헝겊으로 구두를 정성 들여 닦고는 자기 발에 끼운 후 이리저리 돌려보았다. 그렇게 잘 닦여 반짝반짝 광택이 나는 에나멜 구두는 블라인드에 걸린 외출복 바로 밑자리에 놓았다.

그때 옆방에서 다시 저벅저벅거리는 발소리가 들려왔다. A노인은 기다렸다는 듯이 다시 벽에 귀를 붙였다. 이전보다 발소리의 저벅거림이 훨씬 더 또렷해진 것 같았다.

—아, 잠깐만!

A노인은 서두르기 시작했다. 입고 있던 파자마를 벗고 허겁지겁 외출복으로 갈아입으려 했다. 하지만 몸이 제 뜻대로 움직여주지 않는 것 같았다. 옷을 갈아입는 A노인의 거동은 몹시 서툴고 불편해 보였다. 손수건으로 돋보기를 닦아서 쓴 후 정갈하게 은백의 머리를 빗어넘겼다. 그리고는 마침내 장우산을 꺼내 마지막으로 폈다 접었다 해보고는 지팡이처럼 짚었다. 그대로 나가려다 A노인은 자기 발을 보고 깜짝 놀랐다. 아직 슬리퍼 바람이었다. 황급히 구두를 꿰었다. 구두끈이 다소 느슨하게 풀려 있었다. A노인은 구두끈을 묶으려고 침대에 걸터앉아 허리를 굽혔다. A노인의 몸에서 삐걱거리는 소리가 튀어나오는 순간 동시에 옆방에서 저벅저벅거리는 발소리가 들렸다. 곧이어 끼익 하고 문을 여는 소리가 났다.

—아, 아직 안 돼. 잠깐만, 잠깐만이요!

육중하게 쇠문이 닫히면서 찰칵하고 자물쇠 잠기는 금속성이 날아왔다. A노인은 구두끈을 묶다말고 표정을 고통스럽게 일그러뜨리더니 별안간 침대 위로 꼬꾸라졌다.

—…… 약속이 된 줄 알았는데……

A노인은 더 이상 그 웅얼거림을 잇지 못했다.

다시 또 그렇게

계단에 내려서려다 그냥 돌아섰을 때 B노인은 낭하의 쇠문 하나가 열리면서 앞뒤로 들것을 나눠 들고 나오는 두 사람의 남자 간호사들과 마주쳤다. 하얀 약모를 쓰고 있는 남자 간호사들은 새하얀 제복 차림에 큼직한 마스크를 두르고 있었다.

—영감님 조심하십시오.

걸음을 서두르던 앞의 간호사가 B노인과 복도 모퉁이에서 어깨를 맞부딪치자 몹시 기계적인 목소리로 그렇게 말했다. B노인은 힘없이 시선을 내리깔고 걷다 그쪽으로 고개를 들었다.

—누, 누구……

B노인의 눈에는 물기가 고여 있었다. 남자 간호사들은 잠시 가던 길을 멈추고 그 물기 어린 눈길을 내려다보았다. 큼직한 마스크에 표정이 가려진 시선이었다. 그렇게 건너다보는 시선에 순간적으로 B노인은 위축된 듯 다소 움찔했다. 이윽고 남자 간호사들이 다시 움직이자 B노인도 시선을 내리고 쇠문들이 연이어지는 낭하로 무거워 보이는 걸음을 뗐다. 남자 간호사들이 옮기고 있는 들것 위에는 온통 새하얀 시트가 씌워져 있었는데 그 밑자락으로 구두 신은 사람의 두 발이 삐죽이 튀어나온 게 보였다.

B노인이 들어가려는 곳은 방금 전 들것을 옮긴 남자 간호사들이 나온 방의 바로 옆방이었다. 옆방의 문은 잠겨 있지 않았다. 남자 간호사들이 그 방을 잠그지 않고 나온 모양이었다. 어쩌면 그런 일을 하는 것은 방금 전 나온 남자 간호사들의 몫이 아닐 수도 있었다. 어쨌든 옆방의 문은 비스듬히 열려 있는 상태였다. B노인은 그냥 자기 방으로 들어가려다 말고 한동안 망설이다 손가락으로 슬쩍 옆방의 문을 젖혀보았다. 문이 끼익 하고 열리면서 문가에 기대어 있던 장우산 하나가 쓰러졌다. B노인은 얼른 그 장우산을 있던 자리에 세워놓았다가 지팡이처럼 짚으며 그 방 속으로 조심스런 한 발을 더 내디뎠

다. 물론 빈방이었다. 그런데 무슨 소리가 들렸다. 침대 맡의 탁자에 있는 소형 라디오가 켜져 있었다. 라디오에서는 방송중인 사람의 말소리나 음악 소리 대신 웅성웅성 하는 함성 소리만 계속해서 흘러나올 뿐이었다. 하지만 그게 진짜 사람들의 함성인지 아니면 전파상의 잡음에 지나지 않는지는 확실치 않았다. 그때 복도 끝에서 사람들이 오가는 구두 발자국 소리가 났다. B노인은 얼른 그 빈방에서 빠져 나왔다. B노인의 손에는 지팡이 같은 그 장우산이 들려 있었다.

손잡이의 단추를 눌러봤지만 우산은 활짝 펴지지 않았다. 그래서 손으로 직접 밀고 당겨야 했다. B노인은 그 우산의 작동상태를 점검하듯 손으로 폈다 접었다 하기를 계속 반복했다. 그때였다. 어디선가 목쉰 흥얼거림 같은 피리 소리가 들려왔다. B노인은 우산을 팽개쳐두고 귀를 후비며 주위를 두리번거렸다. 피리 소리가 그쳤다.

—벌써 헛것이 들리려나?

B노인은 우산을 매만지다 말고 싫증난 듯 침대 발치에 밀쳐두고는 문갑에서 사과 하나를 꺼내 과도로 깎기 시작했다. 그때 다시 아득한 피리 소리가 들려왔다.

—도대체 어디서 나는 소리인 게지?

B노인은 그 소리의 진원지를 찾겠다는 듯이 방 안을 구석구석 살피며 서성거렸다. 피리 소리는 지금도 비어 있을 그 옆방에서 들려오고 있는 것 같았다. B노인은 침대 위로 올라가서 벽에 바짝 귀를 밀착시켰다. 그러자 옆방에서 나는 피리 소리가 좀더 또렷해졌다. 잠시 후 그 위로 하수도를 타고 물 흘러내려가는 소리가 포개졌다.

두 사람의 남자 간호사들은 앞뒤로 들것을 나눠들고 일층에 내려
왔다. 출구 옆의 안내 데스크에는 더부룩한 머리에 허름한 작업복 잠
바를 걸친 데다 투박해 보이는 뿔테 안경까지 쓴 청년 하나가 자리를
지키고 있었다. 그 청년 앞에 '管理人'이라고 씌어진 명패가 보였다.
관리인 청년은 자리에 앉아 신문을 보다 다가오는 그 간호사들을 날
카로운 눈초리로 올려다보았다.

　—둘 다 마스크 내리고 통행증!

　관리인 청년의 날카로운 외침에 간호사들은 안내 데스크 앞에 멈
춰 서서 들것을 내려놓고 마스크를 턱 밑으로 끌어내리며 말했다.

　—통행증이요?

　—두 분 다 못 보던 얼굴이신데……

　관리인 청년은 못 보던 얼굴이 이 앞을 지나치려면 무조건 통행증
을 제시해야 한다고 잘라 말했다. 그 말에 간호사들은 뒤통수를 긁적
거렸다. 관리인 청년은 통행증을 내놓지 않으면 어림도 없다는 듯 엄
한 표정을 지으며 신문 쪽으로 다시 눈길을 돌렸다. 간호사들은 어떻
게 할지를 궁리하는 것 같더니 잠시 후 들것 위의 시트를 들추고는
거기 누워 있는 사람의 품에서 꼬깃꼬깃 접힌 쪽지 한 장을 꺼내 관
리인 청년에게 내밀었다. 관리인 청년은 투박해보이는 뿔테 안경을
바로 쓰면서 그 쪽지를 펴보았다.

　—불가(佛家)의 여어(如語)와 선시(禪詩)의 흔적으로 씌어진 증
표이니만큼 한 번 잘 들여다보시죠.

　간호사 가운데 한 명이 몹시 기계적인 목소리로 말했다. 관리인 청
년은 계속 그 쪽지를 들여다보면서 됐다며 고개를 끄덕거렸다. 간호
사들은 다시 들것을 앞뒤로 나눠 들고 유유히 안내 데스크 앞을 통과

해서 유리문으로 빠져나갔다. 하지만 관리인 청년이 그토록 열심히 들여다보고 있는 쪽지에는 글씨 한 자 적혀 있지 않았다.

—그래, 이만 됐네. 수고들 했어.

나는 얼굴에 덮여 있던 시트를 걷어내리며 두 사람의 남자 간호사들에게 말했다. 간호사들은 걸음을 멈추고 들것을 내려놓았다. 나는 들것에서 일어나 기지개를 켰다.

—수고비라도 줘야 하지 않을까?

내 말에 간호사들은 손을 내저었다. 나는 그들의 손을 잡으며 진심으로 고맙다고 했다.

—영감님 조심하십시오.

간호사들은 한 목소리로 내게 인사했다. 그들이 시트와 들것을 정돈하는 동안 나는 중절모와 장우산을 챙겼다.

—그래, 언젠가 또 만날 거야.

나는 그들과 헤어져 곧장 버스 정류장이 있는 쪽으로 방향을 잡고 걸었다. 햇살은 맑고 따스했으며 바람은 잔잔했다. 큰길가를 따라 좀 걷자 이윽고 버스 정류장의 푯말이 보였다. 한 사람이 거기 있었다. 그러나 정작 차도에는 버스는커녕 흔한 승용차 한 대 눈에 뜨이지 않았다. 버스를 기다리고 있는 사람은 내 연배쯤 되어 보이는 영감이었다.

—할아버지! 할아버지, 거기 계세요?

그때 길 건너에서 까만색 색안경을 쓰고 지팡이로 앞길을 더듬거리는 소년 하나가 그 영감을 부르며 다가오고 있었다. 영감도 그 소년을 반갑게 불렀다. 영감은 다정스러운 손길로, 더듬더듬 다가선 소

134

년의 어깨를 감싸안았다. 소년은 영감에게 오래 기다리셨느냐고 물
었다. 영감은 과히 그렇지도 않다고 대답했다. 소년이 매고 있는 륙
색에 갈색 리코더가 하나 꽂혀 있는 게 보였다. 소년은 버스만 그렇
게 기다리고 있기가 무료해졌는지 별안간 그 갈색 리코더로 또랑또
랑한 노랫가락을 불기 시작했다. 그건 나도 익히 아는 노래였다.

　─아주 잘 부는구나, 꼬마야. 그거 「개구리 소년」 맞지?

　나는 영감보다 그 소년에게 먼저 말을 붙였다. 소년은 잠시 멈추었
지만 고개만 끄덕이고는 이내 끊긴 대목을 찾아 다시 리코더 부는 데
만 열중했다. 영감은 한참 기다렸는데도 버스가 통 오질 않는다며 내
게 먼저 말을 건네 왔다.

　─여긴 버스정류장이 아닙니다. 아까부터 기다리시는 것 같아서
그거 말씀드리려구 일부러 여기 온 거고요.

　내가 말했다. 영감은 그러냐면서 어쩐지 버스 한 대 지나다니지 않
더라고 했다.

　─네, 버스는 지나다니지 않아요. 그러니 다른 정류장을 찾아 가
보시는 게 나을 겁니다. 여기요, 그러니까 설령 지나다니는 버스가
있다 해도 만약 그 버스를 탄다면 그때는…… 아마도 영원히 되돌아
오지 못할 외출이 되겠지요. 더 이상 이쪽으로 지나다닐 버스도, 버
스 정류장도 없을 테니까 말입니다.

　영감은 영원히 되돌아오지 못할 외출이라니 그 무슨 뚱딴지같은
소리냐고 했다. 그러더니 잠시 후 나를 빤히 건너다보면서 혹시 치매
가 온 게 아니냐고 했다. 영감의 그 말에 나는 그냥 허허 하고 웃기만
했다. 영감은 아무래도 안 되겠다는 듯 다른 쪽으로 가보자며 소년의
팔목을 잡아끌었다. 소년은 리코더를 멈추고 주춤주춤 영감을 따라

나섰다.

—오늘은 참 날씨가 좋아요, 할아버지.

—아무렴, 그렇구말구. 외출하기 딱 좋은 날씨란다.

나는 멀거니 영감과 소년이 저쪽으로 걸어가는 것을 보며 그 자리
에 서 있었다. 소년은 잠시 머뭇거리다, 누가 자기한테 자꾸 그런다
며 조실부모한 아이라는 게 무슨 말이냐고 영감에게 물었다. 영감은
아직 그런 말 몰라도 된다고 했다.

얼마 지나지 않아 영감과 소년이 내 시야에서 사라지자마자 뜻밖
에도 내가 서 있던 버스 정류장 앞으로 버스 한 대가 와서 멈춰 섰다.
나는 운전사에게 이 버스가 광화문 가는 거 맞느냐고 물었다. 운전사
는 얼른 타라고 외쳤다. 나는 그 버스에 올라탔다.

그토록 화창하던 날씨가 갑자기 흐려지더니 어느새 굵직한 빗방울
들까지 후드득 떨어지기 시작했다. 나는 우산을 펴 들었다. 하늘을
보니 빗줄기가 점점 더 굵어지는 것 같았다. 그 거센 빗줄기 사이로
그가 우두커니 나와 앉아 있는 게 보였다. 나는 천천히 그에게로 다
가갔다. 그가 벌떡 일어나서 나를 맞았다.

—약속이 된 게 틀림없었군요. 다행입니다……

장우산을 나란히 펴든 그와 나 이외에 그 빗속에서는 아무도 보이
지 않았고 아무도 말하지 않았다. 오로지 포석에 부딪는 빗물 소리의
타전(打電)만이 그와 나 사이에 충일한 것 같았다.

변기

　묘지를 향해 나 있는 산길에는 곰솔이나 물푸레나무 따위가 우거져 있어 바삭바삭 밟힐 정도로 메마른 잔가지들이 둥치 밑자리에 수북했다. 풍성한 초록 바늘잎들의 가지 다발 위에는 은린(銀鱗)으로 환한 달빛이 투명한 너울처럼 걸려 있었다. 그 산길의 나무숲 사이로 잿빛 적삼을 입고 있는 동자승들의 행렬이 나타났다. 동자승들은 산모롱이를 돌아 경사가 가파른 비탈로 들어섰다. 수레를 끄는 노새 한 마리가 동자승들의 행렬을 터벅터벅 뒤따르고 있었다.

　그런데 수레 위에는 휠체어를 탄 동자승 하나가 나팔 모양의 스피커가 달린 손잡이 오르골을 돌리며 따로 실려가고 있는 게 보였다. 나팔 구멍에서는 경쾌한 원무곡풍의 동요가락이 들려왔다. 오르골의 기계 장치를 통해 송송 구멍 뚫린 마분지가 돌아갔다. 손잡이의 회전에 따라 마분지가 기계적으로 돌아나오면서 오르골의 나팔 구멍에서는 두텁고도 부드러운 음색의 선율이 흘러나왔다. 동자승들은 그 동요 가락의 장단에 행렬의 걸음걸이를 맞추고 있는 것 같았다.

어둠이 내린 산중턱의 오솔길은 습진 바람결에 휘감겨 있었다. 느닷없이 빗줄기라도 몰고 올 것 같은 밤바람이, 가지 많은 활엽수들과 맞닿아 괴괴한 산중에 잎사귀들의 수런거림을 퍼뜨리며 지나갔다. 흔들리는 나뭇가지들 위로 검은 새 한 마리가 날아올랐다.

산마루로 올라서자 곧바로 묘지가 보였다. 하지만 어디가 묘지의 들머리인지는 정확하게 표시되어 있지 않은 것 같았다. 다만 봉분들의 샛길로 접어들면서부터는 땅 밑에서 솟아오른 바오밥나무의 거대한 뿌리 넝쿨을 따라 산야(山野)와 유택(幽宅) 사이가 갈린 것으로 보였을 뿐이다. 봉분들이 더 이상 보이지 않는 잡목 덤불의 길 끝에는 울창한 측백나무 숲이 펼쳐져 있었다. 그 측백나무 숲을 지나면 시야가 트이면서 드넓은 빈터가 나왔다. 빈터의 한 귀퉁이를 차지하고 있는 것은 각각의 봉분 앞에 작은 묘석들이 세워져 있는 아기 무덤이다. 동자승들의 행렬이 다다른 곳은 그 무덤가였다.

동자승들은 각자 흩어져 준비해온 부삽으로 몇 개의 아기 무덤들을 하나씩 파헤치기 시작했다. 그러는 사이에도 수레 위의 꼬마는 멈추지 않고 그대로 손잡이 오르골만 돌렸다. 검은 실구름이 달을 가리자 무덤가에 파란 도깨비불들이 떠올랐다. 그렇게 번쩍거리는 인광에 놀란 듯 노새가 잠시 몸을 뒤챘다. 노새의 목에 달려 있던 방울들이 짤랑거렸다.

동자승들은 깊이 파헤친 무덤 속에서 푸르뎅뎅하게 굳은 아기 시체 한 구씩을 끄집어냈다. 수레 위의 꼬마가 손잡이 오르골의 울림판 뚜껑을 열자 다른 동자승들이 줄지어 서더니 차례차례 그 속에 자기 몫의 아기 시체를 밀어넣었다. 경쾌한 원무곡풍의 동요 가락이 부드럽고 풍성한 오르골 소리를 타고 산중의 숲가에 울려퍼졌다. 아기 시체가 손잡이 오르골 속으로 들어갈 때마다 나팔 구멍에서는 눈가루처럼 새하얀 알갱이들이 쏟아져나왔다. 동자승들은 그 알갱이들을 흩뿌리고 있는 나팔 모양의 스피커 아래 모여 일제히 환성을 올렸다. 마지막 아기 시체가 손잡이 오르골 속으로 들어갔다. 동요 가락은 여전히 이어졌지만 나팔의 구멍에서는 더 이상 새하얀 알갱이들이 나오지 않았다.

"애들아, 이제 이 씨알들을 다시 심자!"

누군가 그렇게 소리쳤다.

동자승들은 그 새하얀 알갱이들을 그러모아 무덤이 있던 자리에 적당히 흙을 뿌리고는 부삽으로 다독여가며 정성들여 다시 심기 시작했다.

"이 씨알들은 어떻게 자라게 되는 거니?"

한 동자승이 다른 동자승에게 물었다.

"으응, 땅 밑에서 움을 틔울 거야. 그리고는 아주 거대하게 자라겠지. 이 주위를 한번 둘러봐봐."

그 동자승은 바오밥나무의 뿌리 넝쿨을 가리켰다.

"애들아, 여길 좀 봐!"

동자승들이 우르르 몰려든 곳에는 작은 금붕어 한 마리가 구덩이 속에서 꼬리지느러미를 파닥거리고 있었다. 문득 오르골 소리가 멈추었다. 동자승들은 하나같이 수레 쪽으로 고개를 돌렸다.

"나두 볼래."

수레 위의 꼬마는 혼자 휠체어를 굴려 수레에서 내려왔다. 금붕어가 발견된 구덩이 주위에서는 다시 아이들의 환성이 일었다. 그때 누군가 휠체어의 앞길을 가로막았다.

"넌 보지 마. 저건 죽은 거야. 죽은 거라구!"

"살아서 꼬리지느러미를 파닥거린다고 하는데도?"

꼬마가 대들었다.

"아니야. 죽은 거야. 죽은 거라구!"

그 말에 휠체어 위의 꼬마는 앙 하면서 울음보를 터뜨리고 말았다.

금붕어는 한가롭게 어항 속을 오락가락했다. T가 어항을 들여다보고 있는 사이 Y노인은 욕실에서 마루로 나왔다.

"도서관 갈 거냐?"

Y노인이 T에게 물었다.

T는 그렇다며 날이 밝았으니 도서관에 가 있어야 하지 않겠느냐고 했다.

"9급 공무원 시험이라도 준비하나, 요새?"

Y노인은 T에게 그렇게 물으며 호주머니에서 천 원짜리 지폐 몇 장을 꺼내 건네주었다.

"아껴 써라. 이런 식으로 있는 돈 죄다 까먹을라."

Y노인이 말했다.

"그럴게요, 아빠."

T가 고분고분 대답했다.

"나 중풍기가 더 심해지기 전에……"

"아빠, 저기 저 금붕어 있잖아요."

Y노인이 뭔가를 더 말하려는데 T는 그 말허리를 자르고는 어항을 가리켰다.

"산 지 오래된 거 같은데 꽤 오래 사네요. 동물은 혼자 두면 금방

죽는다고 하던데."

Y노인도 T의 손가락을 따라 어항 속을 한참 들여다보았다.

"언젠가는 죽을 테지. 그까짓게 별 수 있겠냐."

Y노인이 다른 쪽으로 시선을 돌리며 말했다.

T는 가방을 챙겨나가려다 말고 방금 전에 든 생각인데 금붕어가 죽으면 아파트 뒤편의 야산에 묻는 게 어떻겠느냐고 했다. Y노인은 아무 대답도 하지 않았다. T는 다녀오겠다며 집에서 나갔다.

"금붕어를 야산에 묻어준다? 말도 안 되지. 허허 거참……"

그제야 Y노인은 그렇게 웅얼거리더니 어항 앞에 앉아 금붕어를 멀거니 바라보았다. 조금씩 Y노인의 온몸에 경련기가 흐르기 시작했다. 금붕어는 온몸의 지느러미들을 하늘거리며 유유히 움직이고 있었다.

Y노인은 욕실에 들어갔다. 그리고는 바지춤을 까내리고 좌변기 위에 걸터앉았다. 몇 분이 흘렀다.

"이런, 이제 오줌도 안 나오는구만."

Y노인은 표정을 일그러뜨리며 웅얼거렸다.

그때 세면대의 수도꼭지에서 쪼르르 물줄기가 새어나오는 게 보였다. Y노인은 상반신만 세면대 쪽으로 기울여 수도꼭지를 잠그려고 버둥거렸다. 손이 닿지 않았다. 게다가 하반신이 심하게 후들거리기 시작했다. Y노인은 얼른 변기 위에 다시 주저앉아 손으로 양쪽 다리를 주물렀다. 그러는 사이에도 세면대의 수도꼭지에서는 계속 물줄기가 새어나오고 있었다. Y노인은 쪼르르 흘러나오고 있는 물줄기를 하릴없이 건너다보기만 했다. 하반신은 계속 후들거렸다. 잠시 후 수

도꼭지에서 새어나오던 물줄기가 그쳤다. 그 대신 물방울이 똑똑 수
도꼭지에서 떨어졌다.

Y노인은 왼쪽 다리를 변기 한 귀퉁이에 가까스로 구부려서 올려놓
고는 깊이 큰 숨을 들이쉬었다. 오므린 다리를 조심스럽게 펴자 몸이
조금씩 일어나는 것 같았다. 그러나 다리가 더 이상 펴지지 않아 Y노
인은 다시 원래 자세로 돌아갔다. 수도꼭지에서 똑똑 물방울들이 세
면대 위로 떨어졌다. 이번에는 오른쪽 다리까지도 오므려서 변기 위
로 끌어올렸다. 그러자 Y노인은 좌변기의 깔판을 올라타고 쭈그려
앉게 되었다. 하반신의 후들거림이 멎었다. 물방울도 더 이상 떨어지
지 않았다. 얼마 후 Y노인은 레버를 당겨 물을 내리고는 조심스럽게
변기 위에서 내려서려고 했다. 한 발을 타일 바닥에 내딛으면서 상체
의 무게중심을 옮기려는 순간 나머지 한쪽 발이 변기 속에 빠지고 말
았다.

"아, 이런!"

Y노인은 한숨을 몰아쉬며 발을 빼냈다. 변기에 고여 있는 물의 빛
깔은 세정액이 번져 있는 감청색이었다. 그래서 발목까지 시퍼렇게
물들었을 뿐 발에 별다른 오물은 묻지 않은 것 같았다. Y노인은 혀를
끌끌 차며 수건으로 변기에 빠졌던 발을 정성껏 닦은 후 욕실에서 나
왔다.

얼마 후 Y노인은 다시 욕실에 들어가서 바지춤을 까내리고는 좌변
기 위에 걸터앉았다. 변기 위에 주저앉기 전 세면대의 수도꼭지를 잠
그는 것 같았지만 수도꼭지에서는 또다시 물줄기가 쪼르르 새어나오
기 시작했다.

"할 수 없지."

Y노인은 표정을 일그러뜨리며 그렇게 웅얼거렸다.

몇 분쯤 후 수도꼭지에서 새어나오던 물줄기가 멎자 이번에는 Y노인의 하반신이 후들거리기 시작했다. Y노인은 한 쪽 다리를 구부려서 변기 위로 끌어올리려고 버둥거렸다. 수도꼭지에서 물방울들이 규칙적으로 똑똑 떨어졌다.

"역시…… 그런 건가……"

좌변기의 깔개 위에 쭈그려 앉아 Y노인은 그렇게 웅얼거렸다.

오전을 벗어난 아파트 단지 안에는 사람들의 통행이 뜸했다. 길가에 늘어선 관상수(觀賞樹)들만이 이따금 불어오는 바람결에 뒤흔들리며 수선스런 반향을 일으키고 있었을 뿐 적막하고 한산한 하오(下午)의 시간대였다. 오가는 사람들이라곤 어린아이들의 손을 잡고 이리저리 몰려다니는 젊은 주부들이 고작이었다.

Y노인은 화단에 앉아 단지 안의 길가를 멀거니 지켜보고 있었다. 고개는 어느 한쪽으로 고정되어 있었지만 정작 껌뻑거리고 있는 Y노인의 두 눈은 아무 데로도 향해 있지 않은 것 같았다. Y노인은 두 손을 지팡이 위에 얹고 팔걸이 의자에 기대어 그렇게 지나다니는 사람들과 하늘 쪽으로 자신의 시선을 열어두고 있었다.

밝고 포근한 날씨였다. 화창한 햇살이 주름진 얼굴 위에 쏟아지자 Y노인은 잠시 눈살을 찌푸렸지만 이내 표정을 폈다. 종종 엄마의 손을 잡은 어린아이가 아장아장 자기 앞으로 지나가는 게 보이면 싱긋 웃어주거나 손을 흔들기도 했다.

"해바라기 하시나 봐요? 오늘도 여기 나와 계시네요."

한 젊은 아이 엄마가 지나가다 Y노인에게 말을 건네 왔다. Y노인은 그렇다고 했다. 분홍색 꽃무늬가 화사해 보이는 민소매 원피스 차림의 아이 엄마는 자기 아이의 손을 꼭 잡고 있었다.

"할아버지, 건강하세요 해."

아이 엄마는 자기 아이에게 그렇게 말하도록 시킨 후 가볍게 고개를 까딱해 보이고는 Y노인 앞을 지나가려 했다. 아이의 앞머리에는 금붕어 모양의 주황색 머리핀이 꽂혀 있었다.

"애기 엄마, 잠깐만요!"

그때 Y노인이 소리쳐 아이 엄마를 불러 세웠다.

아이 엄마는 부드럽게 미소 지으며 무슨 일이시냐고 물었다. Y노인은 잠시 머뭇거리다 혹시 이 주위에서 쿵작작쿵작작 하고 경쾌한 동요 가락이 들려오는 것을 들은 적이 없느냐고 했다.

"동요 가락이요?" 아이 엄마는 의아해 하는 얼굴로 되물었다.

Y노인은 자기 귀에 들리기로 풍금 소리 같은데 여기 어디선가 그런 소리로 동요 가락이 흘러나오는 게 들리지 않느냐고 다시 물었다.

"글쎄요……"

아이 엄마는 고개를 갸웃거리더니 자기 아이에게 그런 노랫소리를 들은 적이 있느냐고 물었다. 엄마의 물음에 아이는 고개를 가로저었다.

"뭔가 잘못 들으셨거나 아니면…… 말타기 장수가 왔다 갔겠죠. 말타기 장수들은 동네 아이들을 끌어모으려고 늘 동요 테이프를 틀어놓고 다니니까요. 아, 마침 저기 오네요."

동요 가락의 노랫소리와 함께 말타기 장수가 스피커 달린 리어카를 밀며 아파트 단지 내로 들어서고 있었다. 놀이터에 있던 아이들이 그리로 몰려갔다. 용수철 달린 고무말들에 아이들이 올라타기 시작했다. 고무말들이 위아래로 탄력 있게 출렁거렸다. 아이들이 환성을 올렸다. 고무말들의 목에 달린 방울들이 짤랑거리면서 그 일대가 제법 소란스러워졌다. 게다가 말타기 장수는 동요 가락의 노랫소리까지 더욱 크게 틀었다.

"탈 만할 겁니다. 한참 출렁거리다보면 그래도 달리는 기분이 나걸랑요."

말타기 장수가 잘 가다듬어진 턱수염을 어루만졌다.

"엄마, 나두 저거 타고 싶어."

아이가 엄마의 손을 잡아끌었다.

Y노인은 그랬던 건지도 모르겠다며 고개를 끄덕였다.

"그래…… 그냥 그런 거였구만……"

Y노인은 두 손을 얹고 있던 지팡이 끝으로 아파트 출입구의 시멘트 바닥을 꾹꾹 짓누르며 그렇게 웅얼거렸다. 하얀 민들레 홀씨들이 눈송이처럼 보슬보슬 흩날리고 있는 게 보였다.

T는 아파트 단지에서 벗어나 비탈길을 걸어내려가고 있었다. 그때 노란 조등을 앞세우고 상복을 입은 사람들의 행렬이 저 밑에서 거슬러 올라오고 있는 게 보였다. 그들은 모두 울부짖고 있었다. 곧바로 관을 어깨에 떠받친 남자들이 상복의 행렬을 뒤따라 왔다. 관의 크기는 아주 작았다. 상복 입은 사람들의 몸에서는 하나같이 진한 향불 냄새가 물씬 풍겼다.

"아이고, 아이고."

상복의 행렬은 계속 거슬러 올라가서 아파트 단지 뒤편을 돌아 야산 기슭으로 접어들었다. T는 한동안 그 행렬에 눈길을 보내다 발길을 돌렸다. 시장 골목과 잇닿은 비탈길 끝에는 주차해 있던 앰뷸런스 한 대가 녹색 경보등을 밝히고는 황급히 큰길가로 빠져나갔다. 앰뷸런스가 빠져나가자마자 까까머리 사내아이 한 명이 리어카를 밀며 그 뒤쪽에서 튀어나왔다. 리어카의 좌판 위로 금붕어가 한 마리씩 담긴 어항들과 손잡이 오르골이 보였다. 사내아이는 한 손으로는 리어카를 밀면서 다른 한 손으로는 나팔 모양의 스피커가 달린 오르골의 손잡이를 부지런히 돌려댔다. 손잡이 오르골의 나팔 구멍에서는 경쾌한 원무곡풍의 동요 가락이 흘러나오고 있었지만 금붕어 리어카는 이내 골목길 모퉁이를 돌아 사라졌다.

T는 시장 골목을 쭉 따라나와 큰길가의 정류장에서 버스가 오기를 기다렸다. 곧 기다리던 버스가 왔다. T는 버스에 탔다. 앰뷸런스가 사이렌을 울리며 신호대기에 걸린 다른 차량들 사이를 비집고 달려나가는 게 보였다. 어디선가 나타난 경찰차 한 대가 알아듣기 힘든 확성기 소리를 왕왕 울려가며 그 앰뷸런스를 바짝 뒤따라가고 있었다.

남산 중턱의 시립 도서관에 도착했다. T는 열람실로 들어섰다. 열람실 안에는 사람들이 드문드문 앉아 있었다. T는 아무 자리에나 책가방을 얹어두고 열람실 바깥의 복도로 나왔다. 복도에는 여기저기 사람들이 모여 앉아 두런거리고 있었다. T는 커피자판기로 가서 밀크커피를 골랐다. 반환된 동전들을 두어 번 다시 집어넣은 후에야 커피가 담긴 종이컵을 뽑아들 수 있었다. 그러나 그것은 T가 고른 밀크

커피가 아니라 설탕과 연유의 자동공급이 끊겨서 나온 블랙커피였다. T는 몇 모금 홀짝거리다 종이컵을 쓰레기통에 처박고는 다시 열람실로 들어갔다.

T가 책상 위에 펼쳐든 것은 한자교본과 연습장이었다. 한자교본과 연습장을 책상 위에 펼쳐두고도 정작 T는 멍하니 책상만 내려다볼 뿐 한동안 아무것도 하지 않았다. 청소부 아주머니가 휴지통에서 쓰레기 비닐을 갈러 열람실로 들어왔다. 그게 신호라도 되는 듯 T는 다시 움직였다.

한자교본의 첫 글자는 '물 수(水)' 자였다. T의 연습장은 그 동안 휘갈겨 쓴 '물 수' 자로만 빼곡했다. 그런데도 T는 다시 연습장의 남은 여백에 계속해서 '물 수' 자를 베껴 쓰기 시작했다. 절반쯤 쓴 연습장에는 온통 '물 수' 자만 휘갈겨져 있었다. 한 손으로는 턱을 괴고 다른 한 손으로 낙서하듯 무심히 T는 연습장의 다음 쪽으로 넘겨서도 계속 '물 수' 자만 베껴 썼다. '물 수' 자로 빽빽한 연습장이 두 장을 넘어서야 T는 책상 위에 풀어둔 손목시계로 시간을 확인했다. 그리고는 한 페이지 정도 더 쓴 후 담배와 라이터를 챙겨 열람실에서 나왔다.

바로 위층의 옥외휴게실에는 드문드문 흩어져 앉은 남자 서넛이 담배를 피우고 있었다. T는 옥외휴게실 입구의 자판기에서 커피를 다시 뽑은 후 옥외휴게실로 들어섰다. 그 자판기는 동전을 반환하지도 않았고 고른 대로 정확한 커피를 종이컵에 담아 내보냈다.

옥외휴게실에서 담배를 피우고 있던 사람들은 쇠울타리 너머로 도심의 전경을 무심히 내려다보고 있었다. 산중턱의 축대 높은 자리에서 내려다보이는 도심의 전경은 낮고 움푹한 구릉 지대처럼 드러났다. T는 커피를 홀짝거리면서 담배를 피워 물었다. 그리고는 다른 사람들과 마찬가지로 쇠울타리 너머에 무심한 눈길을 보내며 오래도록 머물러 있었다.

그때 휠체어를 탄 한 사내가 천천히 바퀴를 굴려 옥외휴게실로 들어와서는 맨 구석 자리에 가서 멈춰 섰다. T는 잠시 그쪽을 힐끔거리다 다시 쇠울타리 너머로 시선을 돌렸다. 담배를 다 피운 사람들이 한둘씩 자리를 뜨자 이제 옥외휴게실에는 T와 휠체어를 탄 사내밖에 남지 않았다.

휠체어를 탄 사내는 담배도 피우지 않았고 커피도 마시고 있지 않았다. 고개를 들어 정면으로 향해 있긴 했지만 그렇다고 딱히 어딘가를 바라보고 있는 것 같지도 않았다. 구석 자리에 휠체어를 세운 후부터 그는 손가락 한 번 꼼지락거리지 않고 완벽하게 굳어 있는 것처럼 보였다. T는 멀거니 휠체어에 앉은 사내를 건너다보다 새 담배에 불을 붙이고는 그와 가까운 쪽으로 자리를 옮겨 앉았다. 여전히 휠체어를 탄 사내에게서는 아무런 기척도 전해오지 않았다. 기계적으로 휠체어만 굴릴 수 있을 뿐 그는 그 자세로 이미 죽어 있는 것 같았다. T는 뭔가 망설이는 듯하더니 바닥에 담배를 비벼 끄고는 자리에서 일어났다.

T는 구내식당에서 파는 우동으로 점심을 때웠다. 국물을 마시다 말고 김밥 하나를 더 사서 같이 먹었다. 점심을 다 먹고는 잠시 신문 게시판 앞을 기웃거리다 다시 옥외휴게실로 나가서 담배를 피웠다. 휠체어에 앉은 사내는 아직도 그 자리에 꼼짝도 하지 않고 앉아 있었다. T는 담배를 피우며 휠체어 주위를 서성거렸다. 잠시 후 옥외휴게실

안으로 왁자지껄하게 떠들며 한 떼거리의 청년들이 몰려들어왔다.

"어, 저 아저씨, 오늘도 저기 있네."

그 청년들 중에 하나가 휠체어 쪽을 가리키며 그렇게 말했다.

T는 열람실에 들어와서 다시 '물 수'자를 베껴 쓰는 일에 몰두했다. 그러다 크게 하품을 하더니 잠시 후 꾸벅꾸벅 졸기 시작했다. T는 볼펜과 연습장을 밀쳐놓고 책상 위에 엎드려 잠이 들었다. 열람실에는 어느새 빈자리가 거의 보이지 않았다.

T는 드르렁거리며 코까지 골았다. 그러자 옆자리에 앉은 청년이 T에게 코를 골지 말라고 주의를 주었다. T는 미안하다고 하고는 다시 책상 위에 엎어졌다.

"그냥…… 그런 거라니까……" T는 잠꼬대를 하는 것 같았다.

그러고 나서도 웅얼웅얼 계속 혼자서 지껄였다. 옆자리에 앉은 청년이 신경질적으로 T를 다시 깨울까 하다가 그냥 자기 소지품만 챙겨서 다른 자리로 옮겨 앉았다. 얼마 지나지 않아 T는 더 이상 잠꼬대를 하지 않고 쌔근쌔근 숨만 고르게 내쉬었다.

그러는 사이 땅거미가 지면서 슬슬 하루가 저물어갔다.

해가 기울더니 곧 어두워졌다. 쇠울타리 너머로 아득히 내려다보이는 시가지의 전경은 정물사진의 모습으로 결빙되어 있는 것처럼 보였다. 여러 가지 소음들이 차차 잦아들면서 옥외휴게실 주변은 고즈넉하게 가라앉기 시작했다.

"어, 저 아저씨는 아직도……"

휠체어에 앉은 사내는 막막한 눈길로 파란 하늘에 검붉게 번져가는 해의 자취를 지켜보고 있는 것 같았다. 잠시 후 잿빛 적삼 차림의 까까머리 소년 하나가 옥외휴게실로 들어왔다. 사뿐사뿐 걷는 소년이 발길이 멈춘 곳은 휠체어를 탄 사내 앞이었다. 그제야 비로소 그는 몸을 반쯤 돌려 소년을 바라보았다. 소년은 그에게 다소곳이 합장을 했다. 옥외휴게실로 들어선 이후 그가 몸을 움직인 건 그때가 처음이었다. 소년은 그를 향해 한 발짝 다가섰다.

날이 밝았다.

T가 먹다 남은 과자 부스러기를 어항 속의 금붕어에게 뿌려주는 동안 Y노인이 욕실에서 나왔다.

"오늘도 날이 밝았으니 도서관에 가겠구나."

Y노인이 말했다.

T는 챙겨둔 가방을 들어보이며 그렇다고 했다. Y노인은 T에게 과자 부스러기를 뿌려주면 금붕어가 배 터져 죽을지도 모른다며 조심하라고 했다. 그 말에 T는 과자 봉지를 치웠다. Y노인은 아껴 쓰라며 천 원짜리 몇 장을 꺼냈다.

"이런 식으로 죄다 까먹을라."

Y노인이 말했다.

"알았어요, 아빠."

T가 대답했다.

"내 중풍기가 더 심해지기 전에"

Y노인이 눈을 내리깔며 말했다.

"네가 뭘 하긴 해야 할 텐데, 걱정이구나……"

T는 걱정 마시라며 요즘 한참 9급 공무원 시험을 준비 중이라고

했다. 그 말에 Y노인의 표정이 흐뭇해지는 것 같았다. 금붕어가 과자 부스러기 좀더 없냐는 듯 입을 벙긋거렸다.

"그래도 집에 이 금붕어라도 있으니까 덜 적적하죠, 아빠?"

T가 잠시 어항을 들여다보며 Y노인에게 물었다. Y노인은 그런 것 같기도 하다고 하더니 잠시 후 그래도 죽은 금붕어를 야산에 묻으면 안 될 거라고 했다. T는 별걸 다 기억하신다면서 왜 안 된다고 생각 하시느냐고 물었다. Y노인은 죽은 금붕어를 야산에 묻으면 아마도 이 일대에 도둑고양이들이 설치게 될 거라고 했다. T는 그럴 수도 있 겠다며 고개를 끄덕였다.

"혹시 말이다."

Y노인이 말했다.

"이 근방에서 쿵작작쿵작작 하는 경쾌한 동요 가락을 듣지 못했니?"

T는 모르겠다고 고개를 가로저으며 그런 소리가 실제로 들려오느 냐고 물었다. Y노인이 그렇다고 하자 T의 표정이 금세 시무룩해졌 다. Y노인은 고개를 갸웃거렸다.

"아마도 중풍기가 도지면서 자꾸 헛소리가 들리는가 보다."

Y노인은 중풍기가 오래 지속되면 아마도 치매로 발전할 거라고 했 다. 어항 속의 금붕어는 이제 더 이상 입을 벙긋거리지 않고 온몸의 지느러미를 하늘거리며 유유히 움직였다. Y노인은 계속해서, 아까 변기에 앉아 있는데 문득 안락사라는 게 떠오르더라고 했다.

"그런 잡념은 제발 좀 떨쳐버리시고 집에서 잘 쉬고 계세요."

T는 벌떡 일어나 집을 나섰다.

"하, 오늘도 하루 종일 날씨가 맑으려나?"

오전의 햇살이 환한 창가로 눈을 돌리며 Y노인이 웅얼거렸다. 금붕어가 한가롭게 어항 속을 오락가락하고 있었다.

Y노인은 집에서 나와 아파트 출입구 앞 화단으로 가서 거기 놓여 있던 팔걸이 의자에 앉았다. 하오의 아파트 단지는 호젓했다. 젊은 주부들이 이따금 아이들의 손을 잡고 종종걸음으로 아파트 건물과 놀이터와 광장 사이를 오갈 뿐이었다. 햇살은 맑고 부드러웠으며 바람은 훈훈했다.

그때 먼발치로 동요 테이프를 크게 튼 말타기 장수의 리어카가 단지 안으로 들어오고 있는 게 보였다. 놀이터에서 놀고 있던 아이들이 일제히 그리로 몰려갔다. 용수철 달린 고무말들에 아이들이 하나 둘씩 올라타기 시작했다. 금방이라도 앞으로 딜려나갈 깃처럼 고무말들이 출렁거렸다. 고무말 위에 올라탄 아이들뿐만 아니라 리어카 주위에 둘러선 아이들도 다같이 환성을 올렸다. 고무말들의 목에 달린 방울들이 계속 짤랑거렸다.

"탈 만할 겁니다."

말타기 장수가 잘 가다듬어진 턱수염을 어루만지며 말했다.

"한참 출렁거리다보면 그래도 달린다는 기분이 나걸랑요."

잠시 후 Y노인은 두 손으로 지팡이를 짚고 자리에서 일어났다. Y노인의 하반신이 심하게 후들거리고 있었다.

Y노인은 한 다리를 출입구의 계단 끝에 걸쳐놨다가는 다시 제자리로 돌려놓기를 반복했다. 아파트 층계의 계단 턱은 다소 높아보였다. Y노인은 가쁜 숨을 몰아쉬었다. 다시 한 번 한 쪽 다리를 계단 끝에 걸쳤다. 그리고는 나머지 한 쪽 다리도 계단 끝에 나란히 걸치려 했

다. 두 발이 온전히 계단을 딛게 된 순간 손잡이를 쥐고 있던 손목이 부르르 떨리더니 원상태로 돌아왔다.

Y노인은 지팡이를 짚었다. 계단의 손잡이 대신 지팡이에 의지해서 왼발부터 다시 시작했다. Y노인은 튼튼히 디뎠음을 확인하듯 한동안 왼발로 계단 끝을 꾹꾹 되밟아보았다. 그리고는 한 칸 위로 지팡이를 찍어누르면서 오른발을 끌어올리려고 했다. 그러나 지팡이는 그의 몸을 계단의 손잡이만큼도 견실히 부지해줄 수 없는 것 같았다. 지팡이는 부들거리는 손아귀 아래서 잠시도 더 버티지 못하고 옆으로 기울어졌다. Y노인은 중심을 잃고는 다시 계단 아래로 무너져내렸다.

"어머, 어쩐 일이세요?"

그때 분홍색 꽃무늬가 화사해 보이는 민소매 원피스 차림의 젊은 아이 엄마가 나타났다. 아이 엄마는 아이의 손을 잡고 아파트로 들어오는 길이었다.

"예, 그게…… 허허……?"

Y노인은 몸을 일으키며 쑥스러워하는 웃음을 지었다.

"제가 부축해드릴게요."

아이 엄마는 Y노인의 한 팔을 잡고 한 발씩 계단을 밟아올라갔다.

"내려갈 때는 모르겠는데 올라올 때는 좀 계단 턱이 높은 것 같더라구요."

아이 엄마의 말에 Y노인은 말없이 고개만 끄덕거렸다. 아이는 대롱으로 비누방울을 부풀리며 깡충깡충 따라올라왔다. 삭막한 아파트 계단 위로 아이가 띄워올린 비누방울들이 날아다니다 바람에 날려들어온 민들레 홀씨들과 부딪쳤다.

"역시…… 그런 건가……"

좌변기의 깔개 위에 쭈그려 앉아 Y노인은 또다시 웅얼거렸다. 세면대의 수도꼭지에서 쪼르르 새어나오던 물줄기가 똑똑 떨어지는 물방울들로 변했다. 잠시 후 오므린 한쪽 다리를 펴면서 조심스럽게 타일 바닥 위로 내딛으려 했다. 그러자 온몸이 후들거렸다. Y노인은 얼른 펴려던 다리를 원자세로 거둬들였다. 이번에는 다른 한쪽 다리로 타일 바닥을 밟아보려고 했다. 상체가 약간 기우뚱거렸지만 다리는 무사히 바닥까지 가 닿았다. 그 다리로 무게중심을 옮기면서 조금씩 몸을 일으키려는데 느닷없이 하반신에 심한 경련이 일기 시작했다. 그래도 Y노인은 깔개를 세워서 디딤대로 삼고는 계속 몸을 일으켜보려고 했다. 바닥을 딛고 있는 다리가 휘청했다. Y노인은 고개를 절레절레 내저으며 펴진 다리마저 다시 변기 위로 거둬들였다. 그렇게 다시 변기 위에 쭈그려 앉게 된 순간 뒤로 뻗어서 깔개를 짚고 있던 팔이 기우뚱했다. 순식간에 Y노인의 엉덩이가 변기 속에 처박히고 말았다. Y노인은 엉겁결에 깔개를 짚고 있던 팔로 수조의 레버를 당겼다. 쏴 하고 물이 쓸려내려갔다.

"허허…… 거참……"

Y노인은 변기 속에 엉덩이가 처박힌 채 한동안 가만히 있었다. 열어둔 환기창으로 새하얀 민들레 홀씨들이 보슬보슬 실바람에 날려 욕실 안까지 들어왔다. Y노인은 환해진 낮으로 욕실의 천장을 따라 비행하고 있는 그 홀씨들을 올려다보았다. 그러는 사이 수도꼭지에서 똑똑 떨어지던 물방울들이 그쳤다.

"그래…… 그냥 그런 거야……"

154

Y노인은 어항 앞에 앉아 금붕어를 들여다보다 말고 힘없이 웅얼거렸다.

T는 남산 중턱의 시립도서관에 도착했다. 열람실로 들어섰다. 열람실에는 아직 사람들이 많지 않았다. 아무 자리에나 가방을 얹어두고 열람실 바깥의 복도로 나와서 자판기 커피를 뽑아 마셨다. 자판기는 밀어넣은 동전들을 반환하지도 않았고 고른 것과는 다른 커피를 내보내지도 않았다. T가 그렇게 커피를 마시며 복도의 벤치에 앉아 쉬는 동안 장애인 전용 통로로 작업복을 입은 도서관 직원이 휠체어에 탄 사내를 밀고 올라가는 게 보였다.

T는 커피 한 잔을 새로 뽑아 마시며 열람실로 들어왔다. 처음 뽑아 마신 것은 밀크커피였지만 이번에 고른 것은 크림커피였다. T는 한자교본과 연습장을 폈다. 절반 이상 쓴 연습장의 각 페이지들에는 온통 '물 수' 자만 휘갈겨져 있었다. 한 손으로는 턱을 괴고 다른 한 손으로 무심히 볼펜을 놀려서 T는 쓰다 만 한 면의 여백에 계속해서 '물 수' 자를 새로이 베껴 쓰기 시작했다. 한참 휘갈기다 커피 한 모금을 마시고 또 한참 볼펜을 놀리다 커피 한 모금을 홀짝이곤 했다. 그러다 얼마 후 책상 위에 풀어둔 손목시계로 시간을 확인했다. T는 한자교본과 연습장을 밀쳐놓고는 책상 위에 엎어져 곧 잠이 들었다.
"그래…… 그런 거란 말이야……"
T는 잠꼬대하는 말투로 웅얼웅얼했다.
그러고 나서도 잠시 동안 더 무슨 말인가를 입 안에 넣고 우물거렸다. 다른 자리에 있던 청년 하나가 T에게로 와서 주의를 주었다. T는 미안하다고 하고는 주섬주섬 담배와 라이터를 챙겨 들었다.

바로 위층의 옥외휴게실 안으로 T가 들어왔다. 휠체어를 탄 사내 말고는 아무도 없었다. 얼굴이 정면을 바라보고 있긴 했지만 그 사내의 시선이 어딘가로 딱히 향해 있지는 않은 것 같았다. T는 휠체어 옆자리에 앉아 담배를 피워 물었다. 쇠울타리 너머로 약간의 매연과 안개에 가린 시가지의 전경이 드넓게 펼쳐졌다. 휠체어를 탄 사내에게서는 여전히 아무런 기척도 없었다. 그는 숨조차 쉬고 있는 것 같지 않았다. T는 담배를 피워 물면서 계속 휠체어 쪽을 힐끔거렸다.

그런데 어느 순간부터 어디선가 나지막한 콧노래의 흥얼거림이 들려오기 시작했다. T는 주위를 두리번거렸다. 쓸쓸한 휴게실에는 휠체어를 탄 사내 이외에 그런 콧노래를 흥얼거릴 만한 사람이 아무도 없었다. T는 믿을 수 없다는 표정으로 그쪽에 가까이 다가가서 귀를 기울여보았다. 확실히 그가 흥얼거리고 있는 콧노래 소리였다. T는 바닥에 담배를 비벼 끄고는 뭔가 망설이는 표정을 짓더니 이내 자리에서 일어났다. 이제 옥외휴게실에는 휠체어를 탄 사내밖에 남아 있지 않았다. 사내가 흥얼거리고 있는 콧노래 소리는 경쾌한 동요 가락인 것 같았다. 그러나 그것은 들릴까 말까 할 정도로만 희미하게 이어지다 어느 순간 뚝 끊겼다.

시간이 흐를수록 옥외휴게실에 쏟아지는 햇살이 한층 밝아졌다. 하늘은 구름 한 점 없이 맑고 화창했다. 그런 코발트빛 하늘 저편에 손톱만한 낮달이 나타났다.

T는 구내식당에서 우동과 김밥으로 늦은 점심을 때웠다. 식사를

마치고 식당 입구에 설치된 신문 게시판 앞을 기웃거렸다. 게시판 근처에는 옷차림이 지저분하고 헙수룩해 보이는 몇몇 사내들이 모여 앉아 이야기를 나누고 있었다.

그중 한 사내가 그래도 자기들이 전철역 바닥에 거적때기 깔고 뒹구는 비렁뱅이 신세보다야 나을 거라고 하자 다른 사내는 굴다리 밑에서 보낸 지난 겨울이 너무 지독했다며 하도 춥길래 몸에 불을 그으려다 말았는데 아무래도 잘 참은 것 같다고 했다. 또 다른 사내 하나는 늦봄부터 늦가을까지는 아마추어 야구장에서 소일하고 겨울에서 이른 봄까지는 이렇게 도서관에 머문다고 한 후 야구장에 있을 때 해박한 야구 지식을 팔아 선수 가족들한테 푼돈이라도 타 쓰던 시절이 까마득하다고 했다. 지금은 무슨 일로 버티느냐는 사람들의 물음에 야구해설가를 자처하는 그 사내는 요즘엔 메이저리그의 최신 정보에도 어두워서는 안 되겠기에 일단 기초부터 착실히 다진다는 일념으로 미국 지도를 암기중이라고 했다. 그 사내들은 도서관에서 이른 봄의 쌀쌀함을 피하려는 노숙자의 무리로 보였다.

"형씨는……"

T는 그 노숙자들 가운데 한 사내가 자기에게 말을 붙이려 하자 당혹스런 표정으로 황급히 신문 게시판 앞에서 물러나 위층의 정기간행물실로 향했다.

오후가 되면서 도서관 안은 교복 입은 중고생들로 북적대기 시작했다. 그들은 활기차게 여기저기를 돌아다녔다. 신문 게시판 근처에 모여 있던 노숙자들 가운데 하나가 그런 중고생들을 가리키며, 장차 이 나라를 책임질 미래의 동량이라고 외쳤지만 아무도 그 말에 호응해주지 않았다. 오히려 다른 노숙자들은 공공장소에서는 무슨 의사

표시건 조용히 해야 한다며 그 사내를 나무랐다. 그 말을 한 사내는 머쓱한 표정을 짓더니 잠시 후 컵라면에 소주 한잔이 아쉽다며 입맛을 다셨다. 그 말에는 대부분이 호응해왔다. 미래의 동량들에게 구걸이라도 하자는 의견이 나오자 게시판 앞의 노숙자들을 유심히 지켜보고 있던 감색 작업복 차림의 도서관 직원 한 명이 짐짓 사무적인 표정으로 그들에게 다가갔다.

T는 한 손으로는 턱을 괴고 다른 한 손으로는 무심히 연습장에 볼펜을 휘갈겼다. 연습장은 '물 수' 자로만 채워졌다. 그러다 문득 손목시계로 시간을 확인했다. T는 책가방을 싼 후 도서관에서 나왔다.

T는 버스를 타고 사는 동네로 돌아왔다. 해가 많이 길어져서 날은 아직 저물지 않고 있었다. 정류장에서부터 시장 골목을 지나 아파트 단지로 이어지는 비탈길을 거슬러 올라가고 있을 때 그 입구 앞에 영구차 한 대가 와서 멈춰 섰다. 영구차에서 흐느껴 울고 있는 상복 차림의 사람들이 노란 조등을 앞세우며 내렸다. 어깨에 관을 받쳐 든 사내들이 내리자 상복 차림의 사람들은 행렬을 지어 천천히 아파트 단지 뒤편의 야산으로 걸어올라가기 시작했다. T는 그 운구 행렬을 뒤따랐다.

아파트 단지의 철책을 지나자 곧장 산비탈과 잇닿아 있는 오솔길이 나왔다. 그 길을 따라가면 곰솔과 물푸레나무 따위가 우거진 숲가로 접어들었다. 상복 입은 사람들은 가는 동안 내내 울음을 그치지 않았다. 흐느낌 소리가 호젓한 숲가에 엷은 반향과 함께 번져나갔다. 어스름이 내리면서 산중의 공기는 습한 바람결에 휘감기기 시작했다. 다소 가파른 비탈길을 돌아나오자 마침내 산마루로 통했다. 거기서부터 묘석들이 하나 둘씩 나타났다. 사람들의 걸음걸이가 약간 더 급해진 것 같았다. 산마루 일대에는 거대한 목책이 길게 둘러쳐져 있었다. 그렇지 않은 무덤들도 눈에 띄었지만 대체로 목책 안쪽에 무덤들이 몰려 있는 것 같았다. 운구 행렬 속의 꼬마 하나가 그 목책이 뭐냐고 누군가에게 물었다. 그러자 주위에 있던 누군가가 땅 밑에서부터 솟아오른 바오밥나무의 뿌리 넝쿨이라고 대답해주었다. 꼬마는 피식 웃으며 거짓말이라고 했다.

운구 행렬은 거대한 목책 안으로 들어서서 무덤들 사이를 지나갔다. 운구 행렬이 어디론가 끊임없이 향해 가자 무덤들이 더 이상 보이지 않는 잡목 덤불 끝에서 T는 혼자 떨어져나와 무덤가 여기저기를 어슬렁거렸다. 잠시 후 울창한 측백나무 숲을 가로질러 T가 다다른 곳은 작은 묘석들이 박혀 있는 아기 무덤가였다. 묘석들에는 하나같이 아기와의 사별을 참담해 하는 부모의 비문이 씌어 있었다. T는 산책하듯 가벼운 발걸음으로 그 무덤들 사이를 슬슬 거닐다 야산에서 내려왔다. 멀리서 곡괭이질 하는 소리와 함께 찢어질 듯한 사람들의 울부짖음이 들려오고 있었다. 그러는 사이 어느덧 해가 졌다.

또 날이 밝았다.

어항에 있던 금붕어가 사라졌다. 어항 속에는 물밖에 남아 있지 않았다. 비어 있는 어항의 유리표면과 수면 위로 눈부신 아침 햇살이 반사되고 있었다.

"아빠, 금붕어가 없어졌어요."

T는 마루로 나오자마자 어항 속을 들여다본 후 서둘러 욕실을 향

해 소리쳤다. 잠시 후 Y노인이 욕실에서 나왔다.

"금붕어…… 죽었다. 아무래도 과자 부스러기 먹인 게 잘못됐나 봐."

Y노인이 담담하게 말했다.

T는 그래서 어떻게 했느냐고 물었다. Y노인은 그냥 변기에 버렸다고 했다.

"야산에 묻어주지 못해서 슬프고 못마땅하냐?"

Y노인이 물었다.

"아뇨, 그런 건 아니구요."

한숨을 내쉬면서 T가 말했다.

"금붕어는 원래 잘 죽는다. 그까짓 거 뭐 죽는 게 대수겠냐?"

Y노인이 말했다.

T는 그래도 자기는 그 금붕어가 오래 살 줄 알았다고 했다. Y노인은 쓸데없는 생각일랑 그만 접고 날이 밝았으니 도서관 가서 9급 공무원 시험 준비나 착실히 하라고 했다.

"역시…… 그런가……"

Y노인은 깔개를 올린 좌변기의 모서리 위에 쭈그려 앉아 그렇게 웅얼거렸다. 세면대 위의 수도꼭지에서는 또다시 쪼르르 약한 물줄기가 새어나왔다. Y노인은 수도꼭지의 물줄기를 무심히 건너다보았다. 물줄기는 이내 똑똑 떨어지는 물방울들로 변했다. 얼마 후 Y노인은 변기 속으로 엉덩이를 지그시 밀어넣었다. 변기 속에 엉덩이가 처박히자 Y노인의 몸은 잔뜩 오그라들었다. 그래도 Y노인은 한동안 그 자세에서 벗어나려 하지 않고 가만히 있었다. 오히려 편안해 보일 정도였다. 나중에는 변기 바깥에서 대롱거리고 있던 두 다리를 즐겁게

흔들기까지 했다. 그러다 Y노인은 그 두 다리까지도 변기 안으로 말
아넣으려고 버둥거리기 시작했다.

한 다리를 겨우 들어올려 변기 안으로 오므리는데 성공하자 그러
는 사이 상반신이 위로 떠오르면서 다른 다리를 끌어올릴 수 없었다.
겨우 변기 안으로 끌어들인 다리를 다시 밀어내고 다른 다리를 들어
올렸지만 마찬가지 이유로 실패하고 말았다. 그럴 때마다 엉덩이 밑
에 고여 있던 수조물이 첨벙거리면서 Y노인의 온몸을 세정액의 감청
색으로 물들였다. 급기야 Y노인의 온몸이 축 늘어졌다. 세면대의 수
도꼭지에서 똑똑 떨어지던 물방울들이 그쳤다.

그 순간 Y노인은 뭔가 떠올랐다는 듯 자기 머리를 몇 번 치더니 몸
을 좀더 축 늘어뜨린 후 수조의 힘껏 레버를 끌어내렸다. 쏴 하고 물
이 쓸려내려가면서 새 물이 밀려나왔다. 그 틈을 놓칠세라 Y노인은
두 다리를 힘껏 들어올렸다.

구겨지다시피 한 그의 온몸은 세찬 물살에 떠밀려 변기의 구멍 속
으로 빨려들어가고 말았다.

변기 구멍 밑은 짙은 감청색의 수중으로 통했다. 그가 부글거리는
수중의 기포 속에서 겨우 눈을 떴을 때 코앞에 작은 금붕어 한 마리
가 팔랑거리고 있는 게 보였다. 그는 금붕어 쪽으로 두 팔을 허우적
거렸다. 손아귀에 금세 잡힐 것 같았지만 금붕어는 그의 손을 요리조
리 잘 피해다녔다. 마침내 그가 금붕어를 잡았다. 그러나 금붕어는
이내 그의 손아귀에서 빠져나와 앞이 보이지 않는 물길 속으로 달아
나기 시작했다. 그도 금붕어를 뒤쫓아 그 물길을 따라나섰다.

그와 금붕어는 쫓고 쫓기면서 감청색으로 시야가 흐린 물 속을 계속 유영해갔다. 그와 금붕어가 헤쳐가고 있는 물길은 바오밥나무의 길고 거대한 뿌리 넝쿨을 따라 한없이 이어지고 있었다. 마침내 지치기 시작한 듯 열심히 물결을 헤치던 두 팔의 움직임이 느려졌다. 그 사이 금붕어는 계속 달아나더니 나중에는 시야에서 까마득하게 멀어져갔다. 그가 그런 금붕어를 향해 뭔가 소리치려는 듯 입을 벙긋거렸지만 정작 입에서는 아무 소리도 새어나오지 않고 기포들만 부글거렸다.

이제 그는 더 이상 팔을 휘젓지 않고 제자리에서 발라당 돌아누웠다. 그의 몸은 유유한 물살에 실려 어디론가 떠내려가기 시작했다. 그는 그렇게 지그시 눈을 감고 편히 잠든 자세로 파란 물살에 온몸을 내맡겼다.

얼마 후 수로의 길목을 가로막고 있는 바오밥나무의 뿌리 넝쿨에 머리가 부딪치면서 그가 깨어났다. 바오밥나무의 뿌리 넝쿨은 거대하고 치렁치렁했다. 그는 주위를 두리번거렸다. 바오밥나무의 뿌리 넝쿨이 길목의 사방을 에워싸고 있어서 그 이상 어디로도 흘러갈 데가 없어 보였다. 그가 여기저기를 기웃거려봤지만 앞길은 그 어느 쪽으로도 꽉 막혀 있었다. 그는 눈만 껌뻑거렸다.

그때였다. 갑자기 머리 위에서 뭔가가 열리더니 시야가 불투명한 감청색 수면 속으로까지 환한 빛줄기가 쏟아져들어왔다. 그의 몸은 그 빛줄기를 따라 떠올랐다. 수면 위로 커다란 구멍 같은 게 열려 있었다. 그 구멍 가까이에 다다르자 급히 물밑으로 뻗은 사람들의 손이 그의 몸을 움켜잡았다. 그의 머리가 수면 바깥으로 불쑥 솟아올랐다.

이윽고 사람들은 그를 구멍에서 건져올리는 데 성공했다.

그 구멍은 어느 길가의 맨홀이었다. 길가에는 녹색 경보등이 켜진 앰뷸런스 한 대가 대기 중이었고, 요란한 확성기 소리를 내가며 무선으로 본부와 교신하고 있는 경찰차도 보였다. 그 근처에는 많은 사람들이 몰려나와 있었다. 그가 맨홀에서 올라오자 사람들이 모두 환성을 터뜨렸다. 그리고는 그를 맨홀에서 끌어올린 구급요원들에게 박수갈채를 보냈다.

그러나 정작 구급요원들은 마스크를 벗으며 몹시 긴장한 얼굴로 앰뷸런스에서 달려나온 의사와 남자 간호사에게 그를 서둘러 인계했다. 의사와 남자 간호사는 그를 부축해서 부랴부랴 앰뷸런스에 태웠다. 곧 사이렌이 울리면서 앰뷸런스가 출발했다. 앰뷸런스가 큰길에 나서서 본격적으로 달리기 시작하자 뒤따라가려던 경찰차에서 왕왕대는 확성기 소리로, 도대체 어디를 향해 가는 거냐는 고함이 터져나왔다. 앰뷸런스는 그 소리에 아랑곳하지 않고 강변을 끼고 도는 간선도로로 빠져서는 경찰차에서 멀찍이 달아났다.

앞좌석의 라디오에서는 경쾌한 원무곡 풍의 동요 가락이 반복해서 흘러나오고 있었다. 그는 뒷칸에 누워 있다 몸을 일으켜 앞좌석의 남자 간호사에게, 지금 그 소리가 어디서 나는 거냐고 물었다.

"어디서긴요. 당연히 틀어놓은 라디오에서 나는 거죠."

남자 간호사는 잘 가다듬어진 턱수염을 어루만지며 그렇게 답했다.

"아는 노래신가요?"

뒷칸에 같이 타고 가던 의사가 서류철의 용지 위에 뭔가를 기입하다 말고 그에게 물었다. 그는 소리가 묘해서 물어본 것일 뿐 별 뜻은 없었다고 했다. 의사는 그의 얼굴을 힐끔거리면서 들고 있는 서류철의 용지 위에 열심히 볼펜을 놀렸다. 그는 그 밖에도 이런저런 말을 더 늘어놓았다. 의사는 그가 하는 말을 빼놓지 않고 낱낱이 기록해두려는 것 같았다.

그는 아파트 뒤편의 야산에 올라가서 아기무덤 부근의 측백나무 숲가를 산책한다고 했다가 남산 중턱의 시립도서관에서 하루 종일 특별히 하는 일 없이 머무른다고 하기도 했다. 도서관에서 어떤 일을 하며 시간을 보내느냐는 의사의 물음에는, 주로 미국 지도를 펴놓고 들여다보거나 옥외휴게실에 앉아 구릉처럼 낮게 펼쳐지는 시가지의 전경을 내려다본다고 했다. 그의 몸통에 가끔 청진기를 갖다대기도 하면서 의사는 서류철의 용지 위에 열심히 받아 적었다.

"뭘 그렇게 쓰는 거요? 어디 한번 봅시다."

그는 말을 계속하려다말고 의사의 서류철을 넘겨다보았다. 의사는 볼펜을 멈추고 그에게 서류철을 열어보였다. 그러나 서류철의 용지에는 볼펜으로 휘갈겨 쓴 '물 수(水)'자만 빼곡할 뿐 정작 그가 한 말이나 의사의 검진내용이 기록되어 있는 것 같지는 않았다. 그가 나무라는 어투로 이게 뭐냐고 따져 묻자 의사는 머쓱한 표정만 지으며 아무 대답도 하지 않았다. 그는 어깨를 으쓱해보이고는 차창 밖으로 시선을 돌렸다.

"다 왔구려. 여기서 좀 세워주시오."

그는 앞좌석을 향해 외쳤다.

앰뷸런스가 멈춘 곳은 남산 중턱의 시립도서관 건너편이었다. 그는 의사와 남자 간호사의 부축을 받고 차에서 내렸다. 그가 지팡이를 짚고도 계속 몸을 가누지 못하자 남자 간호사는 잠깐만 기다리라고 하더니 뒷칸에서 접힌 휠체어 하나를 꺼내왔다. 의사가 남자 간호사에게서 넘겨받아 직접 휠체어를 폈다. 그는 그 휠체어에 앉았다.

"탈 만하실 겁니다."

턱수염을 쓰다듬으며 남자 간호사가 말했다.

"한참 굴리다보면 그래도 달린다는 기분이 나걸랑요."

그는 의사와 남자 간호사에게 고맙다고 인사한 후 길 건너 도서관으로 향했다. 의사와 남자 간호사는 그런 그에게 한참 동안 손을 흔들어주고는 나란히 앰뷸런스의 뒤칸에 올랐다. 잠시 후 사이렌을 울리며 앰뷸런스가 떠났다.

벨소리를 듣고 감색 작업복을 입은 도서관 직원이 휠체어 앞으로 왔다. 정규 계단 한쪽으로는 장애인들이 올라가고 내려갈 때 이용할 수 있도록 장애인 전용 통로가 설치되어 있었다. 도서관 직원은 그의 휠체어를 밀고 올라갔다. 교복 입은 여학생들이 계단을 걸어올라가다 그중 하나가 발을 헛디뎌 넘어졌다.

"이상하게 내려갈 때는 모르겠는데 올라갈 때는 계단 턱이 좀 높은 것 같더라니."

그 여학생이 정강이를 문지르면서 친구들에게 말했다. 그는 다시 발랄하게 계단을 밟아오르는 여학생들을 가리키면서 도서관 직원에게, 이 아이들이야말로 나라를 책임질 미래의 동량들이 아니겠느냐고 했다. 그러나 도서관 직원은 아무 반응도 보이지 않았다.

그는 일단 옥외휴게실에 데려다달라고 했다. 도서관 직원이 돌아갔고 그는 옥외휴게실 안으로 휠체어를 굴렸다. 옥외휴게실에는 몇

몇 사내들이 벤치 여기저기에 드문드문 앉아 담배를 피우고 있었다. 산중턱의 축대 높은 자리를 차지한 옥외휴게실에서는 쇠울타리 너머로 시가지가 한눈에 내려다보일 정도로 탁 트인 전경이 펼쳐져 있었다. 그는 쇠울타리를 따라 맨 구석 자리에 가서야 휠체어를 정지시켰다. 그리고 나서부터는 숨조차 함부로 내쉬지 않고 바위처럼 굳었다. 얼마 있다 청년들이 몰려들어와 왁자지껄하게 떠들어대며 휠체어 주변을 왔다 갔다 했지만 여전히 그는 눈꺼풀도 깜빡거리지 않았다. 그는 그대로 죽고 만 것 같았다.

옆에서 턴 담뱃재가 휠체어에까지 날렸다.

"어휴, 이거 죄송합니다."

옆자리의 청년이 휠체어에 묻은 담뱃재를 털어내면서 정중하게 말했다. 그러나 휠체어에 앉은 사내에게서는 아무런 응답도 없었다. 그는 눈에는 아무것도 비치지 않는 것 같았다. 청년이 의아한 표정으로 휠체어 앞에서 얼씬거렸다.

"아니…… 아저씨, 아저씨!"

청년이 그의 안색을 살폈다.

"여보세요! 여보세요!"

청년이 그의 어깨를 흔들어보았지만 그는 여전히 굳어 있었다. 청년은 옥외휴게실 안을 두리번거렸다. 그때 잿빛 적삼 차림의 까까머리 소년 하나가 그쪽으로 사뿐사뿐 걸어와서 합장을 했다.

"저는 이 거사(居士)분을 돕고 있는 사미입니다. 거사께서는 지금 고목(枯木)의 선정(禪定)에 들어계신 중입지요."

동자승은 휠체어에 앉아 있는 사내를 잠시 물끄러미 바라보았다.

"그러니 아무 염려하지 않으셔도 됩니다. 아주 먼 길이었긴 하지만 거사께서는 얼마 있다 반드시 되돌아오실 것입니다. 몇 시간 전 손수 휠체어를 굴리며 이곳으로 들어오셨을 때처럼 말입니다."

청년은 고개를 갸웃거렸다. 동자승은 그런 청년에게 미소 지으며 계속했다.

"고목 같아진 상(相)에 너무 얽매이지 마십시오. 고목도 휠체어도 저 시가지의 전경도 모두 우리 마음에 볍씨만한 종자로 흩뿌려져 얽히게 된 찰나의 업장(業障)일 뿐입지요. 이게 바로 상에 머물러서는 안 되는 까닭입니다. 저기 떠 있는 낮달처럼……"

"얘가 살짝 맛이 갔나?"

청년은 어이없어하는 얼굴로 동자승의 말을 끊었다.

"하긴 요새 도서관에 좀 곤란한 인간들이 부쩍 늘었더구만. 앉아 있는 사람 붙잡고 다짜고짜로, 이 나라를 책임질 미래의 동량이니 공부 열심히 하라고 하질 않나, 전철역에서 거적때기 깔고 뒹굴지 않는 것만으로도 감사히 여기며 살라고 하질 않나……"

청년은 빈정거리는 목소리로 말했다.

주위에서 담배 피우고 있던 사람들이 그 청년과 동자승의 대거리를 흘깃거렸다. 청년은 머쓱해진 표정으로 동자승의 까까머리를 쓰다듬었다. 동자승은 청년에게 다소곳이 허리를 숙이며 합장해보였다. 청년은 동자승과 휠체어에 앉은 사내를 이죽거리는 눈길로 훑어보고는 혀를 차면서 뒤돌아섰다.

잠시 후 동자승이 귀엣말로 휠체어를 탄 사내에게 뭔가 소곤거렸다. 그러자 그제야 눈을 깜빡거리면서 굳어 있던 그의 몸이 풀렸다. 동자승은 손가락으로 하늘을 가리켰다. 그는 동자승의 손가락이 가리키는 대로 고개를 치켜들고 하늘을 올려다보았다. 맑고 파란 하늘에 손톱 같은 낮달이 떠 있었다. 그가 낮달을 보고 있는 동안 동자승은 그에게 허리 숙여 합장해보이고는 물러갔다. 동자승이 물러가고 얼마 지나지 않아 그는 휠체어에서 벌떡 일어나 도서관의 옥외휴게실을 빠져나왔다.

해가 저물 무렵 지팡이를 짚고 들어온 한 노인이 비어 있는 휠체어를 발견하고는 거기 털썩 눌러앉았다.
"그냥 그런 거지, 뭐……"
노인은 휠체어를 차지했다.

그는 도서관 길 건너에서 버스를 탔다. 버스는 산허리를 돌아 한참 달렸다. 순환도로를 달려내려와 첫 번째 정류장에서 멈췄다. 그는 버스에서 내려 시장 골목으로 잡아들었다. 그가 사람들로 번잡한 시장 골목을 거쳐 아파트 단지와 야산 기슭으로 이어지는 오르막길에 다다르려 할 때였다. 길모퉁이에서 느닷없이 리어카 한 대가 튀어나왔다. 그 리어카에 앞길이 가로막혔다. 경쾌한 원무곡풍의 동요 가락이 들려오다 그쳤다.
"죄송합니다."
까까머리 소년이 리어카를 밀고 지나가면서 그에게 고개를 꾸뻑 숙였다. 소년은 한 손으로는 리어카를 잡고 다른 한 손으로는 리어카의 좌판 위에 놓인 손잡이 오르골을 돌리고 있었다. 오르골의 기계 장치를 통해 송송 구멍 뚫린 마분지가 돌아갔다. 손잡이의 회전에 따라 마분지가 기계적으로 돌아나오면서 오르골의 나팔 구멍에서는 두

텁고도 부드러운 음색의 선율이 흘러나왔다. 좌판 위에는 손잡이 오르골 말고도 금붕어가 한 마리씩 담긴 어항들이 있었다.

"이 금붕어, 파는 거니?"

그가 소년을 한참 동안 물끄러미 바라보다 불쑥 물었다. 소년은 고개를 끄덕이며 그렇다고 했다. 그는 유독 조그만 꼬마 금붕어가 들어 있는 어항 하나를 샀다. 까까머리 소년은 다시 오르골의 손잡이를 돌리면서 리어카를 옮겼다. 그는 보퉁이처럼 어항을 옆에 끼고는 울타리 바깥보다 유난히 민들레 홀씨들이 많이 흩날리고 있는 아파트 단지 안으로 터덜터덜 걸어들어왔다.

그가 어느 아파트 동의 출입구 앞을 지나치려 할 때였다. 출입구 앞 화단에는 유모차에 앉아 있는 아이에게 젊은 엄마가 그 앞에서 쭈그려 앉아 과자 부스러기를 먹이고 있었다.

"어, 저기 저 금붕어 지나가네. 저거 봐라. 우리 민지 머리핀 모양하고 똑같지, 응?"

그가 끼고 있는 어항 속의 꼬마 금붕어를 가리키며 젊은 엄마가 아이에게 발랄한 목소리로 말했다. 아이가 까르르 웃었다. 그는 걸음을 멈추고 그쪽으로 물끄러미 눈길을 보냈다. 분홍색 꽃무늬가 화사해 보이는 민소매 원피스를 입고 있는 아이 엄마는 금붕어 모양으로 생긴 아이의 머리핀을 뽑아 코앞에서 흔들어보이며 계속 아이로 하여금 진짜 금붕어에게도 관심을 보이게 하려고 손짓했다. 그러나 유모차 위의 아이는 머리핀을 되찾으려고 버둥거리며 까르르 웃기만 할 뿐이었다. 그는 발길을 돌려 아이 엄마에게 다가갔다.

"저, 실례하지만 말씀 좀 묻겠습니다."

그가 아이 엄마에게 말했다.

아이 엄마는 아이 입에 과자 봉지의 남은 부스러기를 탈탈 털어 쓸어넣고는 무슨 일이냐며 자리에서 일어났다. 그는 이 화단에 늘 나와 계시던 노인 양반을 혹시 모르겠느냐고 물었다.

"에? 여기 늘 나와 계시던 노인 양반이라구요?"

아이 엄마는 고개를 갸웃거리고는 이 아파트에 오래 살았지만 그런 노인 양반은 모르겠다고 한 후 그동안 여기 화단에 나와 앉아 있었던 건 자기네 모녀밖에 없었다고 했다. 그러더니 돌연 그를 경계하는 태도로 물었다.

"누구세요?"

그는 그 노인 양반에 관해서 이것저것 늘어놓으려고 했다.

"아니요, 그게 아니구요."

아이 엄마는 그의 말허리를 잘랐다.

"거기가 누구냐는 거죠."

그는 거기가 누구냐니 그게 무슨 말이냐고 되물었다. 아이 엄마는 더욱 경계심이 강해진 눈빛으로 그를 바라보았다.

"거기, 그러니까…… 당신…… 당신이 누구냐는 거예요."

아이 엄마의 그 말에 어안이 벙벙해진 듯 그는 한동안 잠자코 서 있다 그러는 당신은 누구냐고 했다.

"나야 여기 아파트 주민이죠."

아이 엄마가 말했다. 옆에서 아이가 칭얼대기 시작했다.

그는 자기도 이 아파트에 사는 주민이라고 했다. 그를 믿지 못하겠다는 듯한 눈초리로 아이 엄마가 무슨 말을 더 하려 했다.

"그런 쓸데없는 이야기는 그만두기로 하구요."

그는 냉정한 어투로 아이 엄마의 말을 잘랐다.

"마지막으로 확인하고 싶어서 묻는 건데, 여기 출입구 앞 화단에 늘 나와 앉아계시던 노인 양반을 압니까, 모릅니까?"

아이 엄마는 단호하게 모르겠다고 하더니 잠시 후 요즘 들어 이 아파트 주변에는 좀 곤란한 사람들이 부쩍 늘어난 것 같다고 덧붙였다. 갓난아기가 변기 속에 버려졌다는 소문이 흉흉하게 나돈다고도 했다.

"왜 그런 얘기를 저한테 하시는 거죠?"

그가 발길을 옮기려다 말고 물었다. 목소리가 너무 무미건조하고 냉랭해서 그에게서는 사람의 온기라곤 전혀 전해오지 않는 것 같았다. 아이 엄마는 그를 한참 뜯어보더니 혼잣말 하듯, 그의 인상이 낯선 데다 모르는 노인 양반 얘기까지 들먹이며 횡설수설하는 듯해서 잠시 경계심이 생겼을 뿐 악의는 없었다고 웅얼거렸다. 그는 아이 엄마의 눈앞에 열쇠를 흔들어보이며 서로 모르고 지내긴 했지만 자기도 틀림없는 이 아파트의 이웃 주민이니 아무 걱정하지 말라고 한 후 계단을 밟아올라갔다. 아이 엄마는 그의 뒷모습을 유심히 지켜보다 천천히 유모차를 움직였다. 그러나 아이가 타고 있는 것은 유모차라기보다 오히려 소아용 휠체어에 더 가까운 것처럼 보였다. 유모차로 보기에는 양 옆에 달린 쇠바퀴가 너무 컸다. 아이 엄마는 그 소아용 휠체어 같은 유모차를 밀며 천천히 관리사무실 쪽으로 향했다.

열쇠가 찰칵 하며 돌아가더니 잠시 후 아파트 문이 열렸다. 그는 안으로 들어섰다. 아직 이삿짐들을 부리지 않은 새집처럼 아파트 안은 텅 비어 있었다. 잿빛 바람벽에는 습한 냉기만이 스멀스멀 올라왔

다. 아담한 아파트 실내는 방들이 나뉘어져 있지 않고 한 칸으로 탁
트여 있었다. 심지어 좌변기조차도 마루에 드러나 있었다. 그 옆에
달린 세면대의 수도꼭지에서 쪼르르 물줄기가 새어나왔다.

낯선 집인 듯 그는 천천히 아파트 안을 둘러보다 내내 옆에 끼고
있던 어항을 마루 한 쪽에 내려놓았다. 커튼도 없고 차양도 없는 창
가로 환한 오후 햇살이 비쳤다. 어항의 표면이 그 빛을 눈부시게 반
사했고 눈부신 반사광에 가려진 금붕어와 수면의 물결은 비스듬한
그림자로 오히려 더 선연하게 마루 바닥에서 일렁이고 있었다. 온종
일 창문이 닫혀 있었는지 실내 공기는 후텁지근하고 탁한 것 같았다.
그는 창가로 가서 덧창까지 활짝 열어젖혔다. 그다지 싸늘하지 않은
바람이 밀려들어왔다.

그는 세면대로 가서 수도꼭지를 틀어잠갔다. 수도꼭지에서는 더
이상 물줄기가 새어나오지는 않았지만 이번에는 물방울들이 똑똑 떨
어졌다. 그는 세면대에서 돌아서다 변기 안을 들여다보았다. 변기에
는 감청색 수조 물만이 얕게 고여 있었을 뿐이다.

그때 열어둔 창 밖으로 풍금에서 나는 듯한 음악 소리가 들려왔다.
그는 베란다로 나가보았다. 몇 명의 까까머리 소년들이 아파트 단지
를 가로질러 터덜터덜 지나가고 있는 게 보였다. 수레를 끄는 노새
한 마리가 그 바로 뒤에서 터벅터벅 소년들을 따라 걸었는데 그 수레
위에는 또 한 명의 까까머리 소년이 타고 있었다. 수레 위의 까까머
리 소년은 휠체어에 앉아 손잡이 오르골을 돌렸다. 손잡이 오르골에
달려 있는 나팔 모양의 스피커에서 경쾌한 원무곡 풍의 동요 가락이
흘러나왔다. 그 까까머리 소년들은 하나같이 잿빛 적삼을 입고 있었

다. 그 일행의 머리 위로 새하얀 민들레 홀씨들이 낮게 떠다니다 가벼운 실바람 한 줄기에 흩날렸다. 그는 그 까까머리 소년들의 행렬을 멀거니 내려다보고 있었다. 까까머리 소년들도 그가 나와 있는 걸 본 것 같았다. 일행은 그 베란다 아래에서 멈춰섰다. 그와 까까머리 소년들은 침묵 속에서 한 동안 서로 바라보고 있기만 했다.

"소승들은 지금 저 야산을 타고 올라가서 그 산마루에 있는 측백나무 숲가의 아기무덤가까지 가려는 길입니다."

앞에 서 있던 아이 하나가 마침내 입을 열어 그에게 공손히 말했다. 그에 맞춰 나머지 아이들은 동시에 합장을 했다. 아파트 단지 안에는 아무도 보이지 않았다. 아주 적막하고 한산한 하오의 시간대였다. 노새가 숨을 몰아쉬며 머리를 흔들자 목에 달린 방울들이 짤랑거렸다. 손잡이 오르골에서는 두텁고도 부드러운 음색의 선율이 흘러나왔다. 오르골의 기계 장치를 통해 송송 구멍이 뚫린 마분지가 돌아가고 있었다. 원무곡의 리듬을 타고 동요 가락이 이어졌다.

"보시(普施)하십지요."

방금 전의 동자승이 말했다.

그는 잠시 말없이 서 있다 아무것도 보시할 게 없다고 했다. 그러더니 잠시 후 자기 자신이 곧 보시가 아니겠느냐고 되물었다.

"그렇습니다."

동자승이 인자한 미소를 지어보이며 다시 말했다.

그는 계속 멀거니 동자승들을 내려다보기만 했다.

"보시가 어찌 상(相)에 머물겠습니까?"

동자승이 한참 만에야 입을 열었다.

"소승들에게는 이렇게 마주한 후 나눈 일기(一機)의 연(緣)이야말로 소중합지요. 흔히는 이를 보시라 부르지 않기 때문에 보시입니다.
평안하십시오."

동자승들은 일제히 야산과 잇닿아 있는 비탈길 쪽으로 발길을 뗐
다. 수레가 삐걱거리며 노새의 걸음을 따라 다시 굴러가기 시작했다.
동자승 일행은 다소 가파른 산비탈의 오솔길을 따라가더니 이내 곰
솔과 물푸레나무 따위가 우거진 숲가로 사라졌다. 아스라이 멀어져
가는 손잡이 오르골의 동요 가락도 더 이상 들려오지 않았다.

동자승들의 행렬이 사라지자마자 아파트 단지 안은 일순간에 소란
스러워졌다. 단지 내의 이동 저동에서 많은 주민들이 왁자지껄하게
떠들어대며 놀이터 앞 광장으로 몰려나오고 있었기 때문이다. 주민
들이 광장에 있는 맨홀 하나를 둥그렇게 에워싸는 사이 사이렌을 울
리며 몇 대의 비상차량들이 도착했다.
"자, 거기 좀 비켜주세요! 자칫 잘못하시면 공무집행방해가 됩니
다. 자, 어서요."
비상 차량에서 내린 남자들이 맨홀 쪽으로 달려오며 아파트 주민
들에게 소리쳤다. 주민들은 양쪽으로 갈라서서 그 남자들에게 길을
내주었다. 비상 차량들에서는 각종 경보등이 요란하게 번쩍거리고
있었다. 정복 경관들이 맨홀 일대에 바리케이드를 쳤다. 비상 차량들
을 뒤따라 마지막으로 앰뷸런스가 도착했다. 경찰차에서는 끊이지
않고 왕왕 울리는 확성기 소리가 쏟아져 나오고 있었다.
"거기 누구나! 비키란 말 못 들었어, 엉? 안 되겠구만. 박형사, 저
기 저 새끼하고 저 아줌마 공무집행방해로 체포해." 확성기 소리로
들린 그 말에 몇몇 주민들이 있던 자리에서 부랴부랴 물러섰다.

174

얼마 후 입에 마스크를 착용한 구급요원들이 맨홀 뚜껑을 열고 그 안에서 푸르뎅뎅하게 굳은 변사체 한 구를 끄집어 올렸다. 맨홀 주위에 모여 있던 주민들이 비명을 질렀다. 발가벗겨진 변사체는 갓난아기의 몸인 것 같았지만 수피(樹皮)가 벗겨진 바오밥나무의 뿌리 넝쿨로 보이기도 했다. 구급요원들이 변사체를 비닐에 싸는 동안 앰뷸런스에서 의사와 남자 간호사가 뛰쳐나왔다.

"저건 그냥 나무 등걸 같은데?"

좌중에서 누군가 그렇게 소리쳤다.

그러나 구급요원들은 매우 민첩한 동작으로 비닐에 싸인 변사체를 서둘러 의사와 남자 간호사에게 인계했다. 곧 변사체는 앰뷸런스의 뒤칸에 실렸다.

"저기 좀만 더 길을 열어줘요. 다친다구요. 아, 뭘 꾸물거리나? 다친다니까!"

사이렌을 울리며 앰뷸런스가 출발하려고 후진하자 경찰차에서 다시 왕왕거리는 확성기 소리가 울렸다. 이윽고 앰뷸런스는 아파트 단지를 벗어났다. 그런데 앰뷸런스가 큰길에 나서서 본격적으로 달리기 시작하자 뒤따라가려던 경찰차에서 확성기 소리로 연신 고함이 터져 나왔다.

"저거 씨팔, 어디로 가는 거나? 야, 차 안 돌려! 지금 어디로 가는 거나! 정지, 정지!"

그래도 앰뷸런스는 경찰차의 경고를 무시하고 마냥 내달았다. 경찰차는 앰뷸런스를 뒤쫓다말고 돌연 멈춰 서서 어딘가에 무전상의 암호로 뭔가 전달하는 교신음을 냈다. 그러는 사이 과속으로 질주하던 앰뷸런스는 강변도로 쪽으로 가파르게 방향을 튼 후 어디론가 사라졌다.

놀이터 앞 광장으로 몰려나왔던 아파트 주민들이 슬슬 발길을 돌렸다. 하지만 몇 대의 비상차량들은 경보등을 켠 채 아직 단지 내에 머물러 있었다. 비상차량에서 쏟아져나온 남자들은 맨홀 일대에 현장을 보존하기 위한 테이프를 두르도록 지시했고 곧 정복 경관들이 그 근처를 에워쌌다. 비상차량에서 쏟아져나온 남자들의 옷차림은 한결같이 베이지색 바바리코트였다. 그들은 한데 모여 뭔가를 숙의하는 것 같더니 잠시 후 각각의 아파트 동을 향하여 뿔뿔이 흩어졌다. 맨홀 일대만 빼면 여느 때처럼 적막하고 한산해져 있는 것으로 보일 정도로 아파트 단지 안에서는 더 이상의 소요가 일어나지 않았다.

아무것도 모른다는 듯 리어카를 앞세우고 말타기 장수가 단지 내로 들어오려다 문턱에서 관리실 경비와 실랑이를 벌였다. 때마침 그쪽을 지나가던 베이지색 바바리코트 차림의 남자가 말타기 장수를 조사하겠다면서 한쪽으로 끌고 가려 했다.

"경찰입니다."

말타기 장수는 경찰한테 조사받을 일이 전혀 없다며 대들다가 관리실 경비가 여기서 영업 그만 할 생각이냐고 버럭 소리치자 위축된 표정으로 그 베이지색 바바리코트 차림의 사내를 순순히 따라갔다.

초인종이 울렸다. 그는 문 쪽으로 갔다.

"예, 저 관리실에서 나왔는데요."

그는 문을 열었다. 문 밖에는 베이지색 바바리코트 차림의 사내 한 명이 서 있었다. 그와 동행한 관리실 경비는 문이 열리자 자기는 또 다른 집으로 가보겠다며 계단을 내려갔다.

"경찰입니다."

바바리코트를 입은 사내가 그의 코앞에 신분증을 내보이며 말했다.

"아파트 단지 내에서 사건이 하나 발생했습니다. 뭔가 알아볼 게 있어서 지금 이 아파트 단지의 모든 집들을 조사 중입니다. 정식 수색은 아니고, 이번 사건에 대하여 경찰로서는 최선을 다한다는 뜻에서 진행하는 형식상의 수사절차일 뿐입니다. 아무쪼록 협조를 당부드립니다."

그가 문 앞에서 비켜서자 경찰은 구두를 벗고 집 안으로 들어오며 새로 이사 온 거냐고 물었다. 그는 아무 대답도 하지 않았다. 잠시 후 경찰의 질문과는 상관없이 무슨 사건이 발생한 거냐고 물었다. 경찰은 계속 집 안을 두리번거리며 혼자 웅얼거리는 말투로 그런 일이 생겼다고만 답했다.

"오호, 이거 봐라. 덩그마니 빈집에 웬 어항입니까?"

경찰이 말했다.

그러나 그는 아무 대답도 하지 않았다. 경찰은 어항 앞으로 가서 쭈그려 앉아 그 안에 든 금붕어를 물끄러미 들여다보았다. 금붕어는 어항의 유리표면에 가까이 붙어서 입을 뻐끔거렸다. 경찰은 몸을 일으키며 자기도 금붕어 같은 애완동물을 길러봤지만 이렇게 혼자 두면 금세 죽어버리더라고 했다.

"그런데 이런 류의 애완동물이 죽으면 사후 처리가 은근히 어렵더군요." 경찰이 자기 말끝에 그렇게 덧붙였다.

그는 그냥 변기에 버릴 거라고 했다.

"어딘가에 묻거나 쓰레기통에 버리면, 아무래도 그 일대에 도둑고 양이들이 설치게 될 테니까요." 그가 말했다.

경찰은 그도 그렇다며 고개를 끄덕거리다 변기 쪽으로 다가갔다.

"하, 이렇게 좌변기가 마루에 드러나 있는 집은 처음 보네."

경찰은 변기 안을 살피면서 말했다. 변기 안에는 감청색 수조 물만 이 고여 있었을 뿐이다. 경찰은 아파트 인테리어 자체를 뜯어고치는 중이느냐고 물었다. 그는 아무 대답도 하지 않았다. 그가 아무 대답 도 하지 않자 경찰은 약간 머쓱해진 표정으로 수조탱크의 레버를 당 겨보았다. 쫘 하고 물이 쓸려내려갔다. 물 내려가는 소리는 몇 초간 지속되었다.

"오, 보기보다 수압이 좋은가 보군요." 경찰은 그에게 날카로운 눈 빛을 보냈다.

"변기로 배설물이나 휴지 같은 거 말고 특별히 다른 거 떠내려보 내신 적은 없죠, 혹시?"

그가 멀뚱멀뚱 서 있기만 하자 경찰은 자기도 이런 질문하는 게 멋쩍다고 덧붙이며 씨익 웃어 보였다. 그러나 그는 진지한 말투로, 예전에 기르던 금붕어가 죽었을 때 변기에 버린 적이 있었다고 했 다. 하지만 원래는 야산 중턱에 묻어주고 싶어했던 기억이 난다고도 했다. 경찰은 안주머니에서 수첩을 꺼내 그 말을 받아 적으며, 어째 서 원래 의도대로 죽은 금붕어를 야산에 묻지 않았느냐고 물었다. 그는 아까 말한 이유가 전부이며 그렇게 생각이 달라졌을 뿐이라고 답했다.

"그렇군요. 잘 알겠습니다."

경찰은 현관으로 가서 다시 구두를 신었다. 그러더니 마지막으로 신분증을 보여달라고 했다. 그는 신분증이 없다고 했다.

"분실하신 겁니까? 그런 거 분실해놓고 그냥 지내시면 안 되죠." 경찰이 말했다.

그는 그냥 없다고 했다.

"없다니? 원래 없었다는 겁니까? 허, 지금 농담하세요?"

경찰의 말에 그는 아무 대답도 하지 않았다. 경찰은 그를 잠시 멀뚱멀뚱 지켜보다 그럼 주민등록번호라도 불러달라고 했다. 그는 번호를 불렀다. 경찰은 허리춤에 차고 있던 무전기로 그가 부른 번호를 조회했다. 무전기에서 찌직거리는 잡음과 함께 요란한 교신음이 들려왔다. 경찰은 무전기를 통한 교신에 열중하다 말고 고개를 번쩍 들었다. 그는 경찰을 등진 채 창가에 서 있었다.

"어떻게 된 겁니까? 그런 번호는 전산 조회에 나오지 않는답니다."

경찰이 다소 싸늘해진 어조로 말했다.

그는 뒤돌아서지 않고 계속 창가에만 머물러 있었다. 어스름이 내릴 시간이 지나자 아직 불을 켜지 않은 실내는 급격히 어둑어둑해지기 시작했다. 마루의 창밖으로 잿빛에 잠겨가는 단지 안의 통행로와 관상수들이 길게 내려다보였다.

"아무래도 좀 이상합니다. 요 앞까지 같이 가주셔야겠습니다."

경찰은 구두를 벗지 않고 마루로 올라왔다. 그때 초인종 소리가 들렸다. 경찰은 누구냐고 물었다.

"아, 예 저 아까 같이 온 관리실 경비인데요, 이 집이 좀 이상해서요. 빨리 문 좀 열어보세요."

문 밖에서 관리실 경비가 소리쳤다. 경찰은 손잡이를 비틀어 돌리면서 뭐가 이상하다는 거냐고 물었다. 그러나 손잡이는 돌려지지도 않았다. 경찰은 뒤돌아서 있는 그에게 문 좀 열어보라고 고함을 질렀다. 그러나 그는 여전히 꼼짝도 하지 않았다.

"예, 난데없는 사건이 생기고 해서 창졸간이라 지두 정신이 없어서 넘어갔는데, 지금 거기가 사람이 사는 집이 아니걸랑요." 문 밖에서 다시 관리실 경비가 소리쳤다.

경찰은 관리실 경비에게 비상키 같은 게 없느냐고 물으며 어찌된 영문인지 집주인이 꼼짝도 하지 않고 창가에서 굳어 있다고 했다.

"초인종 누르기 전에 바로 비상키로 열어볼라고 몇 번씩이나 해봤는데 구멍에 열쇠가 들어가지도 않더라구요. 그리고…… 방금 뭐라고 하셨지요? 집주인…… 이요?"

문밖에서 후다닥 계단을 달려내려가는 소리가 들린 것 같았다. 경찰은 옆구리에 찬 권총을 감아쥐며 그를 향해 조심스럽게 다가갔다.

"당신은 누구요?"

하지만 그에게서는 여전히 아무런 반응도 없었다. 경찰은 등 뒤로 가까이 다가서서 숨을 한 번 고르고는 그의 어깨를 세차게 뒤흔들었다.

"당신, 누구냐니까?"

그제야 비로소 그는 천천히 고개를 돌렸다. 계단을 울리는 발소리와 함께 사람들이 잔뜩 몰려와서 문을 쾅쾅 두드려댔다. 아득한 말소리들이 문 밖에서 웅성거렸다. 아무도 수조탱크의 레버를 당기지 않았지만 변기에 고여 있던 물이 쏴 하고 쓸려내려갔다.

투틀즈와 타이거릴리는 죽었다

불면으로 지새우게 된 밤 시간 동안
나는 늘 이렇게 웅얼거리곤 하였
답니다. '내일 나는 모든 것을
깨부수고는 새로 태어나겠다.'
—이오네스코, 「공중보행자」에서

I

1

각기 다른 여러 사이렌 소리들이 귓전을 울렸다. 그 요란스런 소리
에 처음 눈을 떴을 때 나는 내가 어디에 누워 있었는지 몰라 그저 어
리둥절하기만 했다. 눈꺼풀은 열렸지만 잠시 동안 텅 비어 있었을 내
시야 위로 헬기들이라도 연이어 지나갔는지 무겁게 회전하고 있는
프로펠러의 그림자가 눈가에 가물거렸다. 상체를 일으키고 나서야
나는 그곳이 내가 자주 지나다니던 사거리의 길가임을 알아볼 수 있
었다. 거리에는 행인들이 전혀 보이지 않았다. 손목시계의 바늘이 가
리키고 있는 현재 시각은 11시 55분쯤이었지만 내 시계는 이미 오래
전에 그 시각에서 작동을 멈춘 것 같았다. 동틀 무렵인지 어스름이
짙어진 저녁 나절인지 분간할 수 없었고 내가 왜 거기에 쓰러져 있었

는지에 관해서도 아무런 기억이 나질 않았다. 여기저기서 여러 사람의 말소리와 웅성거림이 들려왔지만 정작 그 사람들이 어디 있는지는 아리송했다. 나는 자리에서 일어나 주위를 두리번거렸다.

그때 계속해서 울려퍼지고 있는 사이렌 소리들에 또 하나의 사이렌 소리를 보태며 경찰차 한 대가 난폭한 속도로 교차로를 가로지르는 게 보였다. 그 경찰차에서 번쩍거리는 경광등의 불빛이 빨갛고 파란 색감의 잔영을 남기자 순간적으로 눈앞이 아찔해왔다. 미처 한 걸음을 내딛기도 전에 이번에는 건물 틈새에서 튀어나온 한 사내가 내 어깨를 거칠게 밀치고 지나갔다. 생각보다 강하게 부딪쳤는지 어깨가 얼얼했다. 감색 정장 차림의 그 사내는 얼굴이 충분히 가려질 만큼 크고 짙은 색안경에 양손에는 뭔가를 들고 있었다. 나는 사내가 열심히 향해 가는 쪽을 잠시 기웃거리다 슬슬 발길을 돌리려 했다.

그런데 방금 전 내 어깨를 밀치고 지나간 그 사내와 똑같은 복장에 똑같은 색안경을 썼을 뿐 아니라 양손에 뭔가를 들고 있는 것마저 똑같은 사내들이 마치 무수히 복제된 듯 거리 이곳저곳에서 무리지어 나타나기 시작했다. 그 사내들이 한결같이 양손에 들고 있는 것은 A4용지만한 크기로 현상된 누군가의 증명사진, 그리고 콜트로 보이는 권총이었다. 감색 정장 차림에 짙은 색안경을 쓴 사내들은 방금 전 내 어깨를 밀친 그 사내와 동일한 방향으로 저벅저벅 몰려가고 있었다. 그 사내들의 걸음걸이는 모두 단호하고 결연해 보였다. 아무래도 그 사내들은 누군가를 뒤쫓고 있는 모양이었다. 거리는 여전히 각양각색의 사이렌 소리들에 휩싸여 소란스러웠다. 그 발원지가 어디인지 아리송한 여러 사람들의 말소리와 웅성거림도 단속적으로 들려왔다. 나는 습관적으로 시계를 봤지만 초침은 그 자리에 멈춰 더 이상 움직이지 않았다. 시간은 알 수 없었지만 여하튼 나는 걸음을 서두르기로 하고 줄지어 선 상가건물들이 끝나는 큰길가의 모퉁이를 돌아 거기서 가장 가까운 지하철역으로 향했다. 무리지어 가던 감색 정장 차림의 사내들이 사이렌의 소음 속에서 한 목소리로 뭐라고 외쳐대는 것 같았다. 나는 그 소리에 놀라 고개를 돌리긴 했지만 그들이 뭐라고 하는지는 제대로 알아듣지 못했다.

막 지하철역 입구의 계단을 내려설 때였다. 머리를 금발로 물들인 여자아이가 난데없이 내 앞길을 가로막고 나타났다. 금발 머리의 여자아이는 아직 열다섯 살도 넘지 않았을 것으로 여겨질 만큼 앳된 모습이었다. 나는 뒷주머니에서 지갑을 꺼내 열어보고는 돈이 충분치 않다고 했다. 그런 내 말에 여자아이는 아무 반응도 보이지 않고 초롱초롱한 눈망울로 나를 빤히 올려다보기만 했다.

나는 여자아이에게 다른 남자를 골라보라고 한 후 그냥 지나치려 했다. 하지만 금발의 여자아이는 고집스런 태도로 내게 길을 내주지 않았다. 나는 원하는 게 뭐냐고 물었다. 그제야 여자아이는 내가 길바닥에 쓰러져 있는 것을 내내 지켜보고 있었다는 말로 입을 열었다. 나는 여자아이의 예기치 않은 대답에 곤혹스러워져서, 그래서 그게 어쨌다는 거냐고 되물을 수밖에 없었다. 여자아이는 마치 내가 잠을 잃어버리기라도 한 것처럼 불면증에 시달리고 있는 것을 안다고 한 후 그것은 어쩌면 피터팬이 자기의 그림자를 누군가에게 빼앗긴 것과 똑같을 거라고 덧붙였다. 나는 멍하니 금발의 여자아이를 굽어보았다. 여자아이는 생글거리는 표정으로 나와 시선을 마주했다. 그 일대에서는 더 이상 사이렌 소리들이 들려오지 않았다. 보이지 않는 사람들의 말소리와 웅성거림도 그친 것 같았다. 여자아이는 앞으로 자

기를 금비라고 불러달라며 내가 자기에게 포섭된 거라고 했다. 그 말
에 잠시 멍해져 있었을 때 어디선가 날카로운 총성이 울려퍼졌다. 나
는 순간적으로 뒤돌아섰다.

2

벌써 날이 밝아오고 있었다. 나는 더 이상 어쩔 수 없이, 졸음기가
스멀거리던 눈을 다시 떴다. 눈 뜨기 바로 전, 거센 파도의 철썩임 위
로 아련히 메아리치는 무적(霧笛) 소리의 환청이 들린 것 같았다. 밤
은 또다시 하얗게 지워진 셈이었다. 나는 결국 잠을 이루지 못했다.

이부자리에서 일어나려는데 현기증이 핑 돌면서 머리가 너무 무겁
게 느껴졌다. 수납장의 맨 아래 칸 서랍 속에서 두통약 한 알을 찾아
먹고 욕실로 들어갔지만 어지럼증은 전혀 가라앉지 않았다. 나는 면
도를 하려다 말고 욕실에서 나와 그대로 깔아둔 이부자리에 다시 엎
어졌다. 오히려 갈수록 머리가 무거워져가는 것 같았다. 그렇다고 해
서 잠이 쏟아지는 것도 아니었다. 그저 언제까지고 잠기운으로는 증
폭되지 않을 졸음의 입자들만이 눈꺼풀 위를 침침하게 내리누르고
있을 뿐이었다.

나는 잠시 망설이다 회사에 전화를 걸었다. 전화를 받은 사람은 U
대리였다. U대리는 당직이라고 했다. 나는 내가 누군지 밝히고 병원
에 가봐야 할 일이 생겨서 오늘 하루 결근을 해야 할 것 같다고 했다.
U대리는 영업지원부에 넘겨줘야 할 관리계획서와 시장동향 조사보
고서 등에 관하여 한바탕 잔소리를 늘어놓고는 다소 신경질적으로
전화를 끊었다. 하지만 나는 하루 결근하게 된 책임으로 내 인사고과

184

에 감점이 매겨지는 한이 있더라도 병원에 가서 적절한 처방을 받고 충분한 휴식을 취해야 할 것 같았다.

나는 한 시간 넘게 그대로 이부자리에 엎어져 있었지만 역시 잠을 이루지는 못했다. 더 이상 어쩌지 못하고 나가기 위해 외출복으로 갈 아입었다. 손수건을 챙기려는데 윗주머니에서 낯선 쪽지 한 장이 손에 잡혔다. 그건 금비가 적어준 자기 연락처였다. 나는 그 번호로 전화를 걸었다. 하지만 컬러링이 두 번이나 넘어간 후에도 금비는 전화를 받지 않았다.

3

병원 복도는 텅 비어 있었다. 천장에는 날개 넓은 구릿빛 팬델리어들이 헬기의 프로펠러처럼 무겁게 돌아가고 있었고 광택이 나는 잔디색 리놀륨 바닥 위로 그 팬델리어들에 달려 있는 전등의 불빛이 난반사되어 비쳤다. 병원 건물을 육중하게 에워싸고 있는 듯한 회벽 속에서 나는 수납 창구의 직원이 지정해준 진료실을 금세 찾지 못해 한동안 헤매고 다녀야 했다.

1층의 복도 끝으로 가자 계단이 나왔다. 나는 계단을 따라올라갔다. 그런데 2층으로 올라가기 전 또 하나의 통로가 1층과 2층의 층계참 사이로 길게 나 있는 게 보였다. 나는 무심코 그 통로로 향했다. 하얀 회벽이 이어졌다. 나는 그 하얀 회벽을 손으로 더듬으며 통로를 따라 걸었다. 회벽을 따라 나 있는 방들은 모두 병실로 보였지만 문은 하나같이 굳게 잠겨 있었다. 그때였다. 이 텅 빈 복도의 바닥을 울리는 굽 소리가 전해져왔다. 그리고 잠시 후 내가 서 있는 쪽의 반대

편 복도 저 끝에서 사람의 그림자 하나가 어른거리는 게 보였다. 나는 그쪽으로 다가갔다. 순간 복도 모퉁이를 돌아 머리를 은발로 물들인 여인이 나타났다. 은발의 여인은 나를 지나쳐서 복도 끝의 계단 쪽으로 사라졌다. 나는 서둘러 계단 쪽으로 가보았지만 이미 그 여인의 자취는 찾을 수 없었다.

하는 수 없이 주위를 두리번거리며 2층으로 터벅터벅 걸어올라갔다. 그런데 층계참을 지나가려는 순간 거기 설치되어 있는 공중전화에서 느닷없이 벨이 울렸다. 공중전화의 다급한 벨소리는 내 발길을 붙잡는 것만 같았다. 나는 엉겁결에 공중전화의 수화기를 들었다. 수화기에서는 한동안 치직거리는 잡음밖에 들려오지 않았다. 나는 그냥 수화기를 내려놓으려 했다. 하지만 그때 희미하게 분절된 말소리가 들리는 것 같았다. 나는 그 말소리에 귀기울여보았다. 수화기 저편에서 치직거리는 잡음 속에 뭉개져 들려오는 말소리는 더듬더듬, 투틀즈와 타이거릴리를 찾았느냐고 물었다. 나는 투틀즈와 타이거릴리가 뭐냐고 되물었지만 수화기 저편에서는 단속적인 노이즈 이외에는 더 이상 아무 소리도 답해오지 않았다.

나는 전화를 끊고 2층으로 가서 마침내 지정받은 진료실을 찾았다. 하지만 내가 그 진료실로 들어가려 하자 지금은 자기네들이 진찰받을 차례라며 한 남자와 여자아이가 내 앞을 가로막았다. 그 남자와 여자아이는 둘 다 짙은 색안경을 쓴 데다 가느다란 쇠지팡이를 짚고 있는 것으로 보아 맹인 부녀인 모양이었다. 나는 그러시라며 복도 벤치로 물러나 앉았다. 얼룩 자국 하나 묻어있지 않은 하얀 회벽에서 빙판같은 냉기가 느껴졌다. 내 머리 위로는 날개 넓은 구릿빛 팬델리어가 무겁게 돌아가고 있었다.

4

　병원에서 나와 집으로 향하려는데 금비에게서 만나자는 연락이 왔다. 공교롭게도 금비는 내가 진찰받고 나온 병원 부근의 커피숍에 있다고 했다. 그 커피숍은 병원에서 사거리의 횡단보도를 대각선으로 가로지르기만 하면 금방 찾을 수 있는 곳이었다. 오후의 사거리는 많은 행인들과 인도를 점령하다시피 한 노점상들로 북적거렸다. 나는 횡단보도를 건너 금비가 기다리고 있을 그 커피숍으로 갔다.

　금비는 연한 코발트빛이 감도는 통유리의 스탠드 앞에 앉아 있었다. 나는 금비의 옆자리에 나란히 앉았다. 금비와 나는 각각 바닐라라테와 휘핑크림이 듬뿍 얹힌 에스프레소를 시켜 마셨다. 산발적인 대화 사이사이에 간간이 침묵이 끼어들었지만 그다지 어색하지는 않았다. 금비는 이번 주 내로 아침 일찍부터 서둘러서 함께 바닷가로 놀러갔다 오자고 했다. 나는 뜬금없이 웬 바닷가냐고 했다. 금비는 자기가 알고 있는 바닷가에 가면 아마도 아름다운 것을 많이 구경하고 올 수 있을 거라고 했다. 나는 바닷가에서 볼 수 있는 아름다운 거라면 반짝거리는 진주조개나 비단결 같은 백사장 따위를 가리키는 거냐고 물었다. 금비는 그보다 더 아름다운 것이 있을지도 모른다고 했다. 나는 그렇다면 금비만큼 예쁘게 생긴 인어 아가씨와 만나보고 싶지만 그게 가능한 일일지 모르겠다고 했다. 금비는 내게 싱긋 미소 지어보이며 아부하지 말라고 했다. 나는 기왕에 인어 이야기가 나왔으니 하는 말인데 언젠가 배를 타고 가다 대머리에 비만하기까지 한 중년의 인어를 발견한 줄 알고 화들짝 놀란 적이 있었다고 했다. 금비는 호기심 어린 눈으로 그게 뭐냐고 물었다. 나는 자세히 보니 그게 다름 아닌 듀공이어서 더욱 놀랐다고 답했다. 그러자 금비는 까르르 웃으며 듀공은 느끼하게 생긴 인어라고 했다.

나는 금비에게, 그건 그렇고 처음 만난 날 받은 휴대폰 번호로 연락을 해봤지만 받지 않더라고 했다. 그러자 금비는 그렇지 않아도 새 번호를 적어줄 참이었다며 여러 가지 이유에서 전화번호를 자주 바꾼다고 했다. 나는 그 이유가 무엇인지는 묻지 않았다. 금비는 메모지를 꺼내 새 번호를 적어주고는 잠시 실례하겠다면서 일어났다.

그때 한 남자가 다급하게 커피숍 앞을 지나가다 말고 멈춰 서서 유리벽 너머로 나를 빤히 건너다보았다. 나로서는 처음 보는 남자였는데도 유리벽 너머의 남자는 마치 묵은 기억을 애써 더듬고 있는 것처럼 그 자리에서 물러나지 않았다. 나는 그 남자에게, 도대체 어쩌란 말이냐는 투로 어깨를 으쓱해 보이고는 스푼 가득 휘핑크림을 떠먹었다. 잠시 후 남자는 누군가에게 쫓기기라도 하듯 황급히 뒤를 돌아보더니 가던 길로 다시 내달았다. 나는 남자가 사라진 반대 방향으로 목을 길게 빼고 기웃거려보았다. 거리에는 평소와 다름없이 여느 행인들만 분주하게 오갈 뿐 방금 전의 그 남자를 뒤쫓고 있는 것으로 여겨질 만한 사람들의 움직임은 전혀 눈에 뜨이지 않았다.

금비가 자리에 돌아와서는, 뭘 그렇게 열심히 보고 있느냐고 물었다. 나는 아무것도 아니라고 했다. 금비는 내게 몹시 피곤해 보인다고 했다. 나는 몇 주째 단 한 순간도 잠을 이루지 못했는데 당연한 일이 아니겠느냐고 했다. 금비는 내가 그만 집에 돌아가서 쉬는 게 좋겠다면서 택시를 불러주겠다고 했다. 나는 한사코 마다했지만 금비는 많이 피곤해 보이는데 편하게 돌아가라면서 휴대폰으로 콜택시를

호출했다. 그 번호를 알고 다닐 만큼 평소 콜택시를 자주 이용하느냐
는 나의 물음에 금비는 아무 대답도 하지 않았다. 기울어가는 오후
햇살이 코발트빛 통유리에 비쳐들면서 그 가장자리에 서늘해 보이는
그림자를 드리웠다. 통유리의 그림자는 카페의 창가를 따라 길고 두
껍게 깔려 있는 응달의 피륙처럼 보였다.

5

　금비와 헤어지고 나서 큰길가에 서 있을 때였다. 노란 택시 한 대
가 내 앞에 와서 멈췄다. 나는 그 노란 택시를 보고는 고개를 갸웃거
렸다. 노란 택시의 차종이 요즘엔 보기 드문 딱정벌레 형 폴크스바겐
이었기 때문이다. 기사는 차창을 내리고는 내가 누군지 확인한 후 어
서 타라고 손짓했다. 내가 뒷좌석에 오르자마자 택시는 제법 속력을
내며 급히 출발했다.
　기사는 친절한 말씨로 행선지를 물어왔지만 승객의 양해도 구하지
않고 제법 큰 소리로 라디오를 틀어놓고 있었다. 그런데 라디오의 방
송 내용이 평소 듣던 것과는 조금 다른 것 같았다. 나는 기사에게 라
디오의 볼륨을 조금만 줄여달라고 부탁할까 하다 잠시 그 소리에 귀
를 기울여보기로 했다. 라디오에서 끊임없이 흘러나오고 있는 여자
의 목소리는 매우 강경한 어조로, 지금이야말로 전면적인 체제 전복
이 이루어져야 할 역사적 시점이라고 한 후 역사상에서 전면적인 체
제 전복의 가능성이 열렸던 것은 집권자와 정치지배층들에 대한 테
러리즘이 성공한 직후 뿐이었음을 주지하고 있으리라 믿는다면서 금
번의 피터팬 테러리즘에 동참하게 된 동지들에게 이 암살 프로젝트

의 영광을 돌린다고 부르짖듯 말했다.

나는 기사에게 지금 이게 무슨 방송이냐고 물었다. 기사는 지금 나오고 있는 연설은 라디오 방송이 아니라며 내게 계속해서 경청해주도록 부탁했다. 나는 라디오 방송이 아니면 도대체 뭐냐고 되물었지만 기사는 더 이상 내 말에 답해오지 않고 묵묵히 운전에만 열중했다. 강경한 여자의 목소리는, 그러자면 피터팬의 친구들을 서둘러 규합해야 하는데 피터팬과 가장 깊은 동지애를 나눴던 친구들인 투틀즈와 타이거릴리의 행방이 묘연한 게 몹시 걱정스러운 일이라며 특히 그 점을 강조하는 것처럼 말했다. 나는 여전히 묵묵부답일지도 모를 기사에게, 전에도 어디선가 언뜻 들은 것 같아서 그러는데 투틀즈와 타이거릴리가 누구냐고 물었다. 기사는 이 연설이 밝힌 대로 피터팬의 가장 친한 친구들이라고만 짧게 답하고는 다시 입을 닫았다.

차창 밖으로 눈길을 돌린 나는 그제야 택시가 전혀 엉뚱한 곳으로 달려가고 있다는 것을 깨달았다. 나는 기사에게 성난 목소리로 지금 어딜 가고 있는 거냐고 물었다. 내 물음에 아랑곳하지 않고 한동안 침묵만 지키던 기사는 지령에 적혀 있는 번호대로 전화를 걸어보라며 내게 카폰을 건넸다. 나는 지령이라니 그건 또 무슨 뚱딴지같은 소리냐며 따져 물었다. 기사는 방금 전 금발의 소녀에게 쪽지 한 장을 전해받지 않았느냐고 되물었다. 나는 상의 안주머니에서 쪽지 한 장을 꺼낸 후 이건 그 금발의 소녀가 새로 바뀐 거라며 적어준 그녀의 휴대폰 번호일 뿐이라고 소리쳤다. 기사는 아무 말 하지 않고 계속 카폰만 내 코앞에 들이밀었다. 나는 쪽지에 적힌 번호대로 카폰의 다이얼을 꾹꾹 눌러보았다.

신호가 떨어지고 나서 들려온 것은 금비의 목소리가 아니라 택시의 라디오에서 흘러나오고 있는 것과 동일한 듯한 여자의 목소리였다. 수화기 저편에서 녹음기로 재생되고 있는 그 여자의 목소리는 지금 내가 본부로 오고 있는 것을 환영한다며 피터팬의 친구가 되어 투틀즈와 타이거릴리를 찾는 데 동참해줄 것을 당당히 요청하고 있었다. 나는 어리둥절해 하는 표정으로 기사만 멀뚱멀뚱 바라보았다. 기사는 내 시선을 의식했는지 잠시 후 짙은 색안경을 꺼내 쓰는 것으로 자신의 시선을 가렸다.

택시는 어느 낯설고 황량한 국도변에서 멈춰섰다. 그곳에서 바닷가가 멀지 않은지 아득한 파도 소리와 함께 개펄의 비린내가 물씬 풍겨왔다. 기사는 여기서부터는 걸어가야 한다면서 내리자고 했다. 나는 택시에서 내려야 할지 말아야 할지 머뭇거렸다. 기사는 이미 내가 그 프로젝트에 포섭된 대상으로 지금처럼 계속해서 머뭇거리면 곤란하다고 윽박지르듯 말했다. 결국 나는 택시에서 내렸다. 기사는 기밀 유지와 보안을 위해서 지금부터는 내 눈에 안대를 씌워야 한다고 했다. 나는 아무리 둘러봐도 돌무더기밖에 보이지 않는 국도변의 낯선 길과 그 부근 어딘가에 있을 본부 위치를, 내가 무슨 수로 다시 찾을 수 있겠느냐며 안대는 쓰지 않겠다고 버티려 했다. 하지만 기사는 본부의 정확한 위치가 노출되지 않도록 포섭 대상에게 안대를 씌우는 것은 절대적으로 따라야 할 일종의 수칙이라며 막무가내였다. 하는 수 없이 나는 안대를 써야 했다. 칠흑 같은 어둠이 내 시야를 봉함했다. 기사가 내 팔목을 잡아끌었다. 나는 기사의 손에 이끌려 앞으로 한 발짝씩을 더듬더듬 내디뎠다.

그런데 느닷없이 맞닥뜨리게 된 길모퉁이를 돌려는 순간 그만 기사의 손을 놓치고 말았다. 나는 기사를 불렀다. 기사는 어디로 사라졌는지 내 부름에 응답해오지 않았다. 나는 기사의 위협이 두려워 안대를 벗지 않고 마치 헤매고 다녀야 하는 술래처럼 손으로 허공을 더듬거렸다. 잠시 후 어디선가 사람들의 말소리와 웅성거림이 들려왔다. 하지만 그게 정말 사람들이 내는 말소리인지 아니면 파도 소리인지는 확실치 않았다. 나는 소리나는 쪽에 대고, 이제 안대를 벗어도 좋으냐고 외쳤지만 아무도 가타부타 응답해오지 않았다. 그때 요란한 사이렌 소리가 들려오더니 등 뒤에서 위협적인 인기척이 느껴졌다. 나는 다급하게 안대를 벗으려 했지만 잘 벗겨지지 않아서 그냥 안대를 쓴 채로 뛰기 시작했다. 순간 탕 하는 총성이 울려퍼졌다. 윽 하는 외마디 비명이 입 밖으로 튀어나왔다. 곧 내 몸이 우툴두툴한 길바닥으로 무너져내리는 게 느껴졌다.

6

　벌써 날이 밝아오고 있었다. 나는 더 이상 어쩔 수 없이 졸음기가 스멀거리던 눈을 다시 떴다. 눈뜨기 바로 전, 거센 파도의 철썩임 위로 아련히 메아리치는 무적(霧笛) 소리의 환청이 들린 것 같았다. 밤은 또다시 하얗게 지워진 셈이었다. 나는 결국 잠을 이루지 못했다. 이부자리에서 일어나려는데 현기증이 핑 돌면서 머리가 너무 무겁게 느껴졌다. 수납장의 맨 아래 칸 서랍에서 병원에서 처방해준 약을 찾아 먹고 욕실로 들어갔지만 어지럼증은 전혀 가라앉지 않았다. 치약을 짜서 칫솔에 묻히는 데도 의식이 가물가물해오는 것 같았다. 나는 양치질을 하려다 말고 욕실에서 나와 그대로 깔아둔 이부자리에 다시 엎어졌다. 그러다 문밖에 배달된 조간신문을 거둬왔다.

신문의 일면 기사는 국가안전 정보처, 테러주의보 발령이었다. 나는 벽에 기댄 자세로 그 기사를 찬찬히 읽어보았다. 기사에 따르면 아직 명분과 목적이 파악되지는 않았으나 아나키즘과 관련 있는 듯한 모모 지하 단체에서 국가기관과 정부요인들, 그리고 중요 정치인들에 대하여 추진 중인 암살과 파괴 공작의 테러 프로젝트가 국가안전 정보처의 첩보망에 포착되었다고 했다. 기사는 정보처가 검찰의 협조를 얻어서 몇몇 유관 단체들에 대한 정밀 내사를 진행하기 시작했다고도 했다. 하지만 가물가물한 눈으로는 깨알 같은 신문의 활자를 계속 읽는 게 무리였다. 신문을 읽을수록 머리가 더욱 무거워지는 것 같았다. 나는 신문을 내팽개치고는 다시 눈을 감아보았다. 하지만 곧 출근을 준비해야 하기 때문에 이 순간에 잠이 쏟아져도 곤란한 일이었다. 나는 눈을 번쩍 뜨고 자꾸만 까라지려고 하는 몸을 바로 일으켜세웠다.

그때 휴대폰이 울렸다. 금비였다. 나는 금비의 전화를 받고 반가워하면서도 이른 아침부터 무슨 일이냐고 물었다. 금비는 오늘 아침 일찍 바닷가에 놀러가기로 한 약속을 벌써 잊었느냐고, 어쩌면 그럴 수가 있느냐고 장난기 어린 말투로 따져 물었다. 나는 당혹스러웠지만 회사에 출근해야 한다는 이유로 금비와의 약속을 깰 수는 없다고 생각했다. 우리는 시간과 약속장소를 정하고 전화를 끊었다.

나는 잠시 망설이다 회사에 전화했다. 전화를 받은 사람은 M대리였다. M대리는 당직이라고 했다. 나는 내가 누군지 밝히고 병원에 가봐야 할 일이 생겨서 오늘 하루 결근을 해야겠다고 했다. M대리는 내가 얼마 전에도 같은 사유로 결근하지 않았느냐고 물었다. 나는 그렇다면 이번에는 차라리 월차를 내고 싶다고 한 후 그러기 위해서는 사내의 법규에 따라 소정의 절차를 밟아야 하는 줄 잘 알고 있지만 부득이한 사정으로 인해 지금처럼 전화 신청을 할 수밖에 없다고 했다. M대리는 어이없다는 투로 주5일 근무제가 시행된 이후 월차가 없어진 지 언젠데 그런 말을 하느냐면서 소관 부서에 연결해줄 테니 다른 방도를 찾아보라고 했다. 나는 결국 인사고과에 불이익이 뒤따를지도 모른다는 경고와 함께 병가를 얻을 수밖에 없었다.

7

나는 금비와 사거리의 커피숍 앞에서 다시 만났다. 금비는 입술에 윤기가 나는 립스틱을 바르고 허리춤 뒤쪽에는 날개 모양의 리본까지 달린 노란 원피스를 빼입은 모습으로, 되도록 편히 가기 위해 콜택시를 불렀다면서 잠시 후면 그 콜택시가 우리 앞에 도착할 거라고 했다.

나는 혹시 지난번에도 내가 몹시 피곤해 보인다면서 집 앞까지 편히 모셔다주는 콜택시를 타고 가라며 불러주지 않았느냐고 물었다. 그런 내 말에 금비는 어리둥절해 하는 표정으로 눈만 깜박거리면서 나를 올려다볼 뿐 아무 대답도 하지 않은 대신 오늘 자기 모습이 팅커벨과 정말 비슷하지 않느냐고 물었다. 나는 팅커벨이라면 피터팬의 요정을 말하는 거냐고 되물었다. 금비는 고개를 끄덕였다. 나는 팅커벨 그림을 자세히 들여다본 적이 없어서 잘은 모르겠지만 어쩌면 그렇게 보일 수도 있겠다고 답했다. 내 대답에 금비는 만족스럽다는 듯 깡충거렸다. 아직 이른 시각이었지만 거리에는 벌써부터 많은 행인들과 인도를 점령하다시피 한 노점상들로 북적댔다. 이따금 구름에 가려 햇살이 잦아들기도 했지만 그 순간만 빼면 날씨는 내내 쾌적하고 화창해 보였다.

잠시 후 우리 앞에 노란 택시 한 대가 멈춰 섰다. 택시의 차종은 요즘엔 보기 드문 딱정벌레 형 폴크스바겐이었다. 나는 그 택시를 보고는 고개를 갸우뚱거리면서 금비에게 이 택시에는 내가 언젠가 탄 적이 있을지도 모른다고 했다. 하지만 금비는 내가 무슨 말을 하려는 건지 못 알아듣는 것 같았다. 짙은 색안경을 쓴 기사가 차창을 내리고는 우리가 누군지 확인한 후 어서 타라고 손짓했다. 금비와 나는 나란히 뒷좌석에 올랐다. 택시는 제법 속력을 내며 급히 출발했다.

기사는 친절한 말씨로 행선지를 물어왔지만 승객의 양해도 구하지 않고 제법 큰 소리로 라디오를 틀어놓고 있었다. 라디오에서는 오전 종합뉴스가 진행 중이었다. 뉴스는 국가안전 정보처의 첩보망에 포착된 모모 지하단체의 테러 프로젝트에 관하여 전하면서 이 지하단체의 일부 행동대원들이 국가기관과 군 시설에 대한 파괴 공작을 벌이려다 현장에서 검거되는 일이 이미 발생했다고 했다. 나는 기사에게 라디오의 볼륨을 조금만 줄여달라고 부탁할까 하다 잠시 그 뉴스에 귀를 기울여보기로 했다. 계속해서 뉴스는 당국의 발표에 따르면 아직 뚜렷이 밝혀진 바 없는 그들의 테러 의도가 단순한 사회적 혼란 책동에 있는 것 같지는 않다고 덧붙였다. 검찰은 국가안전 정보처와의 긴밀한 협조를 통하여 유관 불순단체들에 대한 정밀 내사와 압수 수색에 착수해 있는 상태라고도 했다. 그 뉴스를 듣던 기사는, 이제 곧 한바탕 시끄러운 일이 일어날지도 모르겠다는 말을 웅얼거렸다.

나는 금비에게, 며칠 전 이 택시를 탔던 게 틀림없다고 소곤거렸다. 그때 금비가 우리가 만난 커피숍에서 직접 이 택시를 불러준 일이 기억나지 않느냐고도 물었다. 금비는 아무 대답도 하지 않고 계속 눈만 깜빡거렸다. 나는 목소리를 낮춰, 그런데 그 택시 기사가 녹음 테이프로 틀어놓은 어떤 여자의 연설에서 놀랍게도 사람들에게 테러와 암살을 교사(敎唆)하는 내용이 담겨 있었다고 했다. 내 말에 금비는 빙그레 웃기만 했다.

나는 그보다 더욱 놀라웠던 게 나 자신이 바로 그 테러분자의 하나로 포섭되어 본부로 인도되고 있다는 사실이었거니와 금비가 새로 적어준 휴대폰 번호마저도 실은 그 인도를 위한 지령의 하나에 불과한 것이었다고 했다. 금비는 흥미로워하는 목소리로, 엉뚱한 상상이라고만 했다. 어쩐지 기사가 우리의 대화를 엿듣고 있는 것 같았다. 나는 후면경으로 기사의 얼굴을 잠시 살핀 후 일단 말을 멈췄다. 택시는 어느새 바닷가로 통하는 국도를 달리고 있었다. 차량의 통행이 뜸한 도로의 가두리에는 야트막한 둔덕을 이룰 만큼 높이 쌓인 돌무더기들이 육중한 철조망 속에 쟁여져 있는 게 보였다. 거기 원래 있었을 제방의 축대가 헐린 모양이었다.

나는 다시 조심스럽게 입을 열어 그 다음 이야기를 전하려 했다. 내가 입을 열려고 하자 금비는 눈빛을 반짝거리며 차창 밖에 주고 있던 눈길을 다시 내 쪽으로 돌렸다. 나는 본부까지 보안 유지의 이유로 기사의 손에 이끌려 안대를 쓰고 갈 수밖에 없었는데 도중에 기사가 사라지는 바람에 길을 잃은 순간 난데없이 등 뒤에서 들려온 총소리에 쓰러질 수밖에 없었다고 했다. 금비는 걱정스러워하는 표정으로, 그래서 죽은 거냐고 물었다. 나는 깨어나 보니 어느 병실 안이었고 무슨 까닭인지 짙은 색안경과 큼직한 마스크를 쓴 의사와 간호사가 사거리의 차도 가장자리에 쓰러져 있는 나를 사람들이 발견하고는 그리로 옮겨온 거라는 말을 했다고 했다. 금비는 고개를 갸웃거리더니 방금 전에는 어느 국도변에서 쓰러졌다고 하지 않았느냐고 물었다. 나는 나도 그게 너무 이상해서 그렇게 물어봤지만 짙은 색안경과 큼직한 마스크에 가려 얼굴이 전혀 보이지 않는 의사와 간호사는 그에 관해 아무 대답도 해주지 않았다고 답했다. 오히려 그 의사와 간호사는 내게, 내가 왜 안대를 쓴 채 쓰러져 있었는지 기억나느냐고 추궁하는 어조로 물었다는 말을 했다.

택시는 쾌속으로 터널 속을 질주했다. 금비는 혹시 내가 꿈을 꾼 게 아니냐고 했다. 나는 요사이 불면증에 시달리느라 통 잠을 이루지 못했는데 어떻게 잠들지도 않고 꿈을 꿀 수가 있겠느냐고 되물었다. 금비는 더 이상 아무 말도 하지 않았다. 택시가 터널에서 빠져나오자마자 끼룩거리는 갈매기 떼가 하늘에 나타났다. 차창을 내리는 순간 아스라이 들려오는 파도 소리와 함께 개펄의 비린내가 물씬 풍겨오는 것 같았다.

8

금비와 나는 눈부신 햇살이 쾌적한 온기로 데워놓은 백사장의 비치파라솔 아래 나란히 누워 있었다. 그때 거칠고 높은 파도가 물짐승한 마리를 개펄로 밀어냈다. 그것은 죽어가고 있는 향유고래인 것 같았다. 금비와 나는 상반신을 벌떡 일으켜세우고는 그 향유고래를 지켜보았다. 향유고래는 괴로운 듯 이리저리 뒤척이며 구슬픈 울음소리를 흘렸다.

그러자 어디선가 긴 금발머리에 허리춤 뒤로 날개 모양의 리본이

하늘거리는 노란 원피스 차림의 여인들이 무리지어 나타나서 그 향유고래를 에워싸기 시작했다. 자리에서 일어난 금비는 저 여인들이 바로 이 바닷가의 정령이라면서 자기도 이제 그녀들에게로 가야 한다고 했다. 나는 금비에게 가지 말아달라고 했다. 금비는 내게 곧 돌아올 테니 여기 누워 잠시만 기다려달라고 한 후 여인들이 향유고래를 에워싸고 있는 쪽으로 서둘러 달려갔다. 나는 파라솔 바깥으로 뛰쳐나와서 금비를 소리쳐 불렀다. 하지만 금비는 어느새 향유고래를 빙 둘러싸고 있는 여인들 사이로 사라져 더 이상 보이지 않았다.

나는 하는 수 없이 다시 비치파라솔 밑으로 돌아와 제자리에 누웠다. 마치 모래라도 들어간 것처럼 자꾸만 눈이 가물가물했다. 눈꺼풀이 스르르 닫히기 바로 전, 향유고래가 마지막으로 내지른 단말마의 비명이 들린 것 같았다. 하지만 그것은 어쩌면 아련히 메아리치는 무적(霧笛) 소리를 혼동한 것일 수도 있었다.

9

눈을 떴다. 나는 내가 알 수 없는 어느 실내의 바닥에 쓰러져 있었다. 쓰러진 자리 옆으로 군용침대가 하나 놓여 있는 것으로 보아 거기서 떨어진 모양이었다. 실내는 몹시 어둡고 휑뎅그렁했다. 군용침대 이외에 다른 집기들은 아무 것도 보이지 않았다. 나는 손목시계의 야광 바늘로 지금이 몇 시쯤이나 되었는지 확인하려 했다. 시계의 바늘이 가리키고 있는 현재 시각은 11시 55분쯤이었지만 초침이 움직이지 않고 있는 것으로 보아 내 시계는 이미 오래 전에 그 시각에서 작동을 멈춘 것 같았다. 동틀 무렵인지 어스름이 짙어진 저녁나절인지 전혀 분간할 수 없었다. 다만 본부로 가야 한다는 택시 기사의 인도에 이끌려 어느 낯설고 황량한 국도변에 내렸던 일만큼은 희미하게 기억났다. 그때 거친 금속성과 함께 철문이 열리더니 누군가 또각또각 걸어들어왔다. 나는 자리에서 일어나 군용침대에 걸터앉았다.

그자는 내가 깨어났다는 것을 확인한 후 내 쪽으로 천천히 다가오면서 여자 목소리로 본부에 오신 것을 환영한다고 하고는 머리 위의 서크라인 등 하나를 켰다. 그 여자의 목소리는 어쩐지 낯익었다. 서크라인 등의 엷은 불빛에 비친 그녀는 은발로 물들인 머리에 노란 원피스를 입고 있는 모습이었는데 이름이 은비라고 했다. 나는 은비에게 내가 여기 어떻게 오게 되었는지부터 물었다. 은비는 사거리의 길바닥에 쓰러져 있는 것을 비밀요원들이 옮겨온 거라고 했다. 나는 분명히 사거리의 길바닥에 쓰러져 있던 것을 옮겨온 게 맞느냐고 물었다. 은비는 단호한 목소리로 그렇다고 답했다. 나는 고개를 갸웃거렸다.

은비는 내가 아주 오랜 시간 동안 잠들어 있었다면서 이젠 깨어나야 할 시간이라고 덧붙였다. 나는 정말이냐고 되물은 후 내가 그토록 오래 잠들어 있었다는 게 놀랍다고 했다. 그 말에 은비는 아무 얘기도 해주지 않더니 잠시 후 내 앞에 두 장의 증명사진을 내밀었다. 내가 받아든 사진 속에는 어쩐지 낯익은 남녀의 모습이 각각 담겨 있었다. 나는 이게 누구냐고 물었다. 은비는 그자들이 바로 투틀즈와 타이거릴리로 거사의 원활한 진행을 위해 우리가 반드시 찾아야 할 피터팬의 친구들이라고 했다. 나는 사진 한 장에 찍혀 있는 금발의 여자아이를 가리키며 바로 이 소녀가 타이거릴리임에 틀림없는지 혹시 금비라고 불리지는 않는지를 물었다. 은비는 다시 한 번 단호한 목소리로 타이거릴리가 확실하다고 못박아 말하고는 금비가 누구냐고 되물었다. 나는 아무 대답도 하지 못했다. 은비는 타이거릴리의 행방이 아직까지 묘연하다면서 그래도 다행히 지금 국가안전 정보처에 투틀즈가 억류되어 있다는 정보를 긴급 입수했다고 했다.

10

본부는 도심 외곽의 지하실이어서 국가안전 정보처가 있는 곳까지 가는 데는 시간이 얼마 걸리지 않았다. 노란 택시의 기사는 나를 그 근방에 내려준 후 곧 다시 보자고 했다. 나는 택시에서 내리기 전에 본부가 지급한 베렛다와 38구경 등의 총기류를 품속에 챙겨넣고는 손에는 폭약이 든 가방을 들었다. 국가안전 정보처로 통하는 골목 어귀에는 짙은 색안경을 쓴 맹인 부녀가 함께 하모니카를 불며 행인들에게 적선을 구걸하고 있었다. 현재 시각은 오전 11시 55분이었다. 골목으로 들어서자마자 감색 정장 차림에 검정 선글라스를 쓴 사내 한 명이 느닷없이 튀어나와 내 어깨를 덥석 붙잡고는 신분증을 요구했다. 나는 신분증을 보이는 척하면서 권총 손잡이로 사내의 정수리를 갈기고 달아났다.

국가안전 정보처 일대는 경비가 삼엄했다. 작전은 동문 쪽에서 내가 설치한 폭약이 폭발하면 그 틈에 다른 공작원들과 함께 일거에 서문 쪽을 공략하여 정보처 내부로 침투한 후 약간의 총격전이 벌어지더라도 반드시 투틀즈가 억류당한 곳까지 가 닿는 것으로 세워져 있었다. 동문 근처는 야산 기슭의 소나무 숲이었다. 나는 동문과 가장 가까워 보이는 소나무 한 그루 앞에 폭약을 설치하고는 타이머를 작동시켰다. 그때 감색 정장에 검정 선글라스를 쓴 정보처 요원들이 내 쪽으로 저벅저벅 다가오는 게 보였다. 나는 서문 쪽을 향해 뛰기 시작했다. 하지만 서문 쪽에서도 상황은 그다지 좋아보이지 않았다. 나를 지원하러 온 프로젝트의 다른 공작원들과 정보처 요원들 사이에 이미 총격전이 벌어지고 있는 것 같았다. 예정된 시각이 지났지만 폭음도 들려오지 않았다. 나는 서문 쪽으로 향하던 걸음을 틀어 큰길과 통하는 골목을 택해 일단 그 상황에서 빠져나가보려 했지만 곳곳의 길목에 잠복해 있는 정보처 요원들과 경찰들이 출구를 철저히 봉쇄하고 있었다. 게다가 나는 그들에게 벌써 신분이 노출된 후라 동네 주민인 척하고 빠져나가기도 불가능해 보였다.

내가 그렇게 우왕좌왕하고 있는 사이에 그들은 나를 손가락으로 가리키며 이미 골목 어귀에 들어서서 가차없는 걸음걸이로 저벅저벅 다가오고 있었다. 나는 코트 안에서 베렛다 소총을 꺼내 닥치는 대로 난사했다. 그들 가운데 상당수가 피를 뿜으며 쓰러졌다. 내게 가해오던 걸음걸이의 압박이 잠깐 동안 주춤해지는 것 같았다. 하지만 불과 몇 초도 채 지나지 않아 피를 뿜으며 쓰러진 정보처 요원들은 무슨 일이 있었냐는 듯 다시 일어났다. 나는 그들이 다시 일어나는 동안 대오가 흐트러지는 틈을 노려 골목 안에 잇닿아 있는 주택들의 담벼락과 지붕을 쏜살같이 타고 넘어 결국 큰길가로 빠져나오는 데 성공했다.

내가 큰길가로 나오자마자 노란 택시가 달려와서 내 앞에 멈춰 섰다. 나는 택시에 황급히 올라탔다. 뒤쪽을 돌아봤지만 다행히 별다른 추격의 움직임은 보이지 않았다. 나는 작전이 실패로 돌아갔다고 소리쳤다. 기사는 아무 말도 하지 않았다. 내가 이제는 어디로 가야 하

는 거냐고 묻자 그제야 마지못한 듯 입을 열어 일단 은신해야 할 필
요성이 있지 않겠느냐고만 답했을 뿐이었다. 잠시 후 택시는 쾌속으
로 어느 터널 속을 질주했고 터널에서 빠져나오자 시원하게 불어오
는 바닷바람이 두 뺨에 와 닿는 것 같았다.

11

인적이 끊긴 바닷가의 백사장에는 거칠고 높은 파도에 휩쓸려 거
기까지 떠밀려 온 듯한 향유고래 한 마리의 주검이 나동그라져 있었
다. 나는 밀물의 파도 자락에 바짓가랑이가 젖는 데 아랑곳하지 않고
계속 개펄에 머물며 죽은 향유고래를 이리저리 살펴보았다. 아무도
지나다니지 않는 백사장의 안쪽에는 비치파라솔이 하나 꽂혀 있었지
만 그 아래에도 사람은 보이지 않았다. 그 황량한 바닷가에서 접할
수 있는 기척이라고는 여러 사람들의 말소리 같은 파도의 웅성거림
이 고작이었다. 그렇게 웅성거리는 파도 위에서 갈매기들이 가늘고
높은 목청으로 끼룩거릴 뿐이었다. 파도가 일으키는 것인지 원래 그
렇게 불어오는 것인지 알 수 없는 바닷바람이 거세게 밀어닥치면서
포구에 버려진 듯한 몇 척의 고기잡이배들을 뒤흔들고 지나갔다. 그
리고 그 바람이 실어보낸 것처럼 금발의 여자아이가 다시 내 앞에 홀
연히 나타났다.

여자아이는 내게 그 사이에 어딜 다녀왔느냐고 물었다. 나는 그 물
음에 개의치 않고 여자아이에게 혹시 타이거릴리가 아니냐고 물었
다. 여자아이는 그렇지 않으며 자기 이름은 금비라고 했다. 그러더니
잠시 후 내게 타이거릴리를 아느냐고 물었다. 나는 안다고 한 후 혹

시 그녀가 어디 있는지 알 수 없겠느냐고 물었다. 여자아이는 자기가 앞장설 테니 따라오라고 했다. 나는 투틀즈의 구출 작전이 실패로 돌아갔다고 했다. 여자아이는 아무 말 없이 고개만 끄덕거렸다.

백사장이 끝나고 마을 어귀로 통하는 소나무 숲 사이의 오솔길에 이르자 여자아이는 걸음을 멈추고 내게 여기서부터는 안대를 쓰고 가야 한다고 했다. 나는 꼭 안대를 써야 하느냐고, 쓰지 않으면 안 되느냐고 물었다. 여자아이는 단호한 목소리로 반드시 써야 한다고 답했다. 나는 그녀가 건네준 안대를 눈가에 썼다. 칠흑 같은 어둠이 내 시야를 봉함했다. 여자아이가 내 팔목을 잡고 조심스럽게 앞길을 인도해가기 시작했다.

그런데 별안간 잠이 쏟아지는 것 같더니 내 몸이 자꾸만 기우뚱거렸다. 그러다 결국 나는 여자아이의 손을 놓치고 말았다. 여자아이를 소리쳐 불러보았지만 아무런 대답도 들려오지 않았다. 나는 손으로 더듬더듬 내 근처에 있을 소나무 한 그루를 찾아 그 둥치에 몸을 기대고 주저앉았다. 그리고는 안대를 벗었다. 하지만 안대를 벗었는데도 내 눈앞에는 안대를 썼을 때와 다름없이 칠흑 같은 어둠밖에 펼쳐져 있지 않았다. 나는 내 눈가를 한 겹 더 가리고 있을지도 모를 안대를 벗겨내려 했지만 정작 내 손이 더듬고 있는 것은 미간의 살갗뿐 그 주위에는 아무것도 없었다. 나는 분명 눈을 크게 뜨고 있었다. 그런데도 짙고 두터운 어둠에 가려 시야가 전혀 트이지 않았다. 부풀어오르는 당혹스러움과는 별개로 내 몸은 그 어둠이 불러온 잠기운의 두터움에 겨워 스르르 바닥으로 허물어져갈 수밖에 없었다.

II

1

　　P가 쓰러져 있던 곳은 사거리의 냉기 어린 길바닥 위였다. 깨어나자마자 P는 황급히 몸을 일으켜 주변을 두리번거렸다. 거리는 한산했다. 아직 이른 시각이었다. 둘 다 똑같이 짙은 색안경을 쓰고 있는 맹인 부녀만이 가느다란 쇠지팡이로 나란히 앞길을 더듬거리며 돌아다니고 있었을 뿐이다. 아버지가 하모니카를 불자 딸은 알아들을 수 없는 소리로 노래를 흥얼거리기 시작했다. 그 노래는 아마도 찬송가의 한 구절인 모양이었다.

　　P는 어깨와 바지에 묻은 길바닥의 먼지를 턴 후 목덜미를 주무르며 밤새워 영업 중인 포장마차에 가서 어묵 한 꼬치를 사 먹었다. 맹인 부녀는 후루룩 뜨거운 국물을 들이켜고 있는 P에게 다가가서 한목소리로 "한 푼 줍쇼" 하고 소리쳤다. P는 주머니에 남아 있던 동전들을 그러모아 그들의 동냥 그릇에 쓸어넣었다. 맹인 부녀는 P에게 머리를 조아렸다. 포장마차에서 나온 P가 상가건물들이 끝나는 갈림길의 모퉁이를 돌자 지하철역이 나왔다. 거리에는 행인들이 하나 둘씩 늘어가기 시작했다.

2

　　출근길의 지하철 승강장은 차를 기다리는 사람들로 빽빽했다. 운전자 대기 관계로 열차 도착이 많이 늦어지고 있다는 역 조정실의 안내 방송이 반복해서 흘러나왔다. P는 오래 기다려온 사람처럼 차가 오는 방향으로 고개를 틀고 있었다. 잠시 후 열차가 승강장 안으로 들어오고 있다는 신호음이 들려왔다. 그때였다. 다른 노선의 환승 통로에서 머리를 은발로 물들인 여인 하나가 승강장 쪽으로 걸어나오는 게 보였다. P는 그 여인을 발견하고는 잠시 놀라워하는 표정을 짓더니 객차 안으로 꾸역꾸역 밀려드는 사람들 사이에서 빠져나와 그녀가 있는 쪽으로 부랴부랴 다가가려 했다. 하지만 앞길에 겹겹이 늘어서 있는 인파를 비집고 원하는 방향으로 헤쳐가기란 그다지 쉬운 일이 아닌 것 같았다.

객차 안이 포화상태에 이른 것으로 보일 만큼 많은 승객들을 태우고 전철이 출발했지만 승강장에는 아직도 사람들이 많이 남아 연착된 차를 기다리고 있었다. P의 걸음이 묶여 있는 사이 다음 전철이 도착했다. P는 열린 출입문으로 맹렬히 돌진하다시피 하는 승객들의 틈에 휩쓸릴 수밖에 없었다. 은발의 여인이 탄 객차는 P가 탄 객차의 다음 칸이었다. 하지만 객차 안이 초만원이라 P가 옆 칸으로 옮겨 타는 것은 거의 불가능해 보였다. 채 몇 정거장 지나지 않아 은발의 여인이 전철에서 내렸다. P는 차가 다시 출발하기 시작한 후에도 다른 사람들에 휩싸여 승강장을 따라 걷는 그 여인에게서 한동안 눈길을 떼지 못했다.

3

회사 건물 안으로 들어간 P는 상승 버튼을 누른 후 엘리베이터가 도착하기를 기다렸다. 그때 건물 입구에서 정장 차림의 많은 사내들이 한꺼번에 몰려들어오고 있는 게 보였다. 그 중 키가 땅딸막한 사내가 P에게 손을 흔들며 다가왔다.

"어이, T! 어제 잘 들어갔어? 얼굴이 푸석푸석해 보이는데 설마 길거리에서 노숙한 건 아니겠지?"

P는 어이없다는 표정으로 그 사내에게 왜 자기를 T라고 부르는지 물었다. 사내는 T를 T라고 부르지 그럼 뭐라고 부르느냐고 했다. 다른 사내 한 명이 그 땅딸막한 사내를 Z라고 부르며 그들 사이에 끼어들었다. P는 몹시 곤혹스러워하는 목소리로, 땅딸막한 사내야말로 Z가 아니냐고 했다. 그러자 땅딸막한 사내는 자기를 X라고 소개하며 P에게, 아침부터 이 무슨 실없는 장난질이냐고 했다.

"야, T 너 얼굴이 푸석푸석한 걸 보니 노숙한 게 틀림없구나."

두 사내는 P를 향해 손가락질하며 자기들끼리 키득거렸다.

"나는 T가 아니야. 네가 Z라고 부른 이 친구가 바로 T잖아. 안 그래?"

P는 두 사내를 향해 심각한 어조로 그렇게 말했다. 엘리베이터가 도착했다. 셋은 함께 엘리베이터에 탔다. 엘리베이터 안에서 Z라 불린 사내는 P의 안색을 유심히 살피며 작취미성이 심하다고 했다. P는 단호한 목소리로 어제 결코 술을 마시지 않았다고 답했다. P 앞의 두 사내는 서로의 얼굴을 마주 보더니 그럼 무얼 했느냐고 물었다. P는 잠시 머뭇거리다 불쑥, 아마도 바닷가에 있었던 것 같다고 했다. X라 불린 사내는 여전히 웃음기가 걷히지 않은 얼굴로, 도대체 바닷가에서 뭘 했느냐고 물었다. 그 물음에 P는 마치 묵은 기억을 캐내려는 것처럼 혼자서 골똘히 생각에 잠기는 표정을 지었다.

셋은 8층에서 내렸다. P가 기획개발부로 가려 하자 두 사내는 어딜 가느냐며 그를 영업지원부 쪽으로 끌고 갔다. P는 복도 끝에 있는 화장실로 허둥지둥 달려가서 거울에 자기 모습을 비춰보고는 자기가 맞는데 이상하다고 웅얼거렸다.

"왜? 누가 뭐래?"

그때 변기 칸의 문이 열리면서 한 사내가 나왔다. 그 사내는 담배를 입에 문 채 세면대에서 손을 씻었다.

"아, U대리님, 안녕하세요?"

P는 손을 씻고 있는 사내에게 인사했다. 사내는 담배를 화장실 입구의 재떨이 위에 비벼 끄면서, 부서 옮긴 지 보름 정도가 지난 것 같은데 아직도 자기가 U대리와 헷갈리느냐며 껄껄거렸다.

4

사무실에 들어서자마자 P는 한 여직원에게 T의 자리가 어디냐고 물었다. 여직원은 P에게, 장난도 잘 친다면서 씽긋 웃어보이고는 구석진 쪽의 빈자리 하나를 가리켰다. P는 그 자리로 갔다. 마침 생각났다는 듯 주머니에서 휴대폰을 꺼냈지만 아무리 전원스위치를 힘주어 눌러도 휴대폰은 켜지지 않았다.

사무실 사람들은 둘러 모여서 자판기 커피를 나눠 마시며 몹시 흥미롭다는 태도로 어떤 사건에 관하여 이야기를 나누는 중이었다. 그 사건이란 어느 지하단체 조직원들이 국가안전 정보처와 몇몇 정치인들을 폭약과 총기류로 습격했다는 내용이었다. 그들은 그 사건에 대한 화제가 끊길 만하면 책상 위에 펼쳐져 있는 조간신문들을 뒤적거리며 거기서 새로운 이야깃거리들을 계속 뽑아내고 있는 것 같았다. 그중 한 사람이 그 지하단체의 정체가 궁금하다고 하자 그 옆 사람이 아나키즘과 관련 있는 반사회적 게릴라 조직으로 파악되고 있다는 보도를 들은 적이 있다고 했다. 그 말을 듣고 어떤 사람은 까닭 모를 열기에 들뜬 얼굴로, 이러다 도심 한복판에서 격렬한 시가전이라도 벌어지는 거나 아닌지 모르겠다고 했다. 둘러 선 사람들은 그 사건에 관하여 저마다 한 마디씩 의견을 말하면서 웅성거렸다.

P가 그들의 책상 위에서 넌지시 신문을 끄집어와 막 읽으려고 할 때였다. 사환 학생이 P에게 쪽지 한 장을 건네면서, 아침 일찍 어떤 여자가 찾아와서는 새로 바뀐 전화번호라며 그 쪽지를 P에게 전해주도록 신신당부한 후 사라졌다고 했다. P는 사환 학생에게 그 여자의 용모가 어떠했는지를 물었다. 사환 학생은 두꺼운 스카프와 짙은 색 안경으로 얼굴을 가리고 있어서 어떻게 생긴 여자인지 전혀 알아볼 수 없었다고 하더니 잠시 후 다만 카랑카랑하고 단호한 말투만큼은 인상적이었던 것 같다고 덧붙였다. P는 쪽지를 열어보았다. 쪽지에는 '투틀즈와 타이거릴리를 반드시 찾아야만 하는 당신에게'라는 글씨와 함께 낯선 전화번호가 하나 적혀 있었다. P는 당장 그 번호로 전화를 걸어보았다. 오래 가던 신호음이 떨어지긴 했지만 수화기를 통해 들려온 것은 상대방의 목소리가 아니라 웅얼웅얼하는 혼선의 잡음이었다.

잠시 멍하니 앉아 있던 P는 뒤에서 그를 부르는 데 개의치 않고 자리에서 일어나 곧장 기획개발부로 향했다. 한 여직원이 기획개발부 출입문 앞의 간이 휴게실에 앉아 자판기 커피를 마시고 있었다. P는 그 여직원에게 다가가서 정중한 목소리로, 특약점 관리계획서와 시장동향 조사보고서를 오늘 아침까지 받아야 할 일이 있는데도 P란 담당 직원이 보이지 않아서 그러니 그를 좀 찾아줄 수 없겠느냐고 했다. 여직원은 누굴 찾느냐고 다시 물었다. P는 분명하게 P를 찾는다고 했다. 그러자 여직원은 자기 부서에는 P라는 직원이 없다면서 뭔가 부서를 혼동하고 있는 게 아니냐고 했다. P는 정말 P가 없는 게 확실하냐고 물었다. 여직원은 다 마신 일회용 종이컵을 휴지통에 버리고는 자리에서 일어나며, P가 도대체 누군데 그러느냐고 다소 높아진 언성으로 되물었다. 그 말에 표정이 일그러진 P는 자기도 아가씨를 처음 보는데 도대체 아가씬 누구냐고 응수하듯 말했다. 그때 P와 그 여직원이 있는 쪽으로 왁자지껄하게 다른 직원들이 몰려왔다.

"U대리님, U대리님, 있잖아요……"

여직원은 사람들 쪽으로 다가서다 말고 P를 힐끗 돌아보았다. P는 얼른 그 자리를 피했다.

5

이튿날 오후 과장이 잠깐 보자며 P를 불렀다. P는 과장의 집무 칸으로 갔다. 과장은 P에게 잠깐 앉으라면서 담배를 권했다.

"두 가지 용건이 생겨서 찾았어."

과장은 P의 담배에 불을 붙여주고는 자기도 같이 담배를 피워 물었다.

"어제 오후에 자네가 자리를 비운 사이에 검찰이 다녀갔어."

목소리를 은밀히 낮춘 과장은, 검찰이 와서는 증명사진 하나를 내보이며 그 자가 이 회사 이 부서에 다니고 있는 게 틀림없는지 확인했는데 그 증명사진 속의 인물이 바로 P였다고 했다.

"그런데 어찌된 영문인지 묘하게도 말야, 검찰은 자기네가 찾고 있는 증명사진 속의 인물 이름이…… 뭐라더라, 아무튼 자네 이름이 아니더라고."

그래서 과장은 증명사진 속의 인물을 어디서 본 듯도 싶지만 그런 사람 이름은 처음 듣는다는 말로 답했다고 했다. 그런데 검찰이 그 이름과 관련지어 이 부서에 다닐지도 모른다고 전제한 증명사진 속의 인물에 대하여 뭔가를 더 캐내려 하자 나중에는 자기가 착각했다고 한 후 그 인물도 실은 처음 본 것 같다면서 딱 잡아뗐다고 했다. 그들은 더 이상 과장을 추궁하지는 않았지만 몇 가지 조사에 협조를 당부하고는 조만간 다시 들르겠다며 일단 물러나더라는 말도 했다.

"무슨 일 때문에 그러느냐고 물었지만 그 문제에 관해서는 일절 입을 열지 않더군. 혹시 뭐 아는 거라도 있나?"

P는 전혀 아는 바 없다고 답했다. 잠시 동안 과장은 묵묵히 담배만 태우다, 검찰이 회사에 자주 들락거려 이로울 게 없으니 P가 먼저 검찰에 가서 무슨 착오라도 생겼는지 알아보고 오는 게 좋을 것 같다고 했다. P는 순순히 고개를 끄덕였다.

"그 다음 용건인데 말이야,"

과장은 대뜸 P가 예전과는 다른 사람으로 변한 것 같다고 했다. 그리고 그건 과장 자신뿐만 아니라 다른 직원들의 의견도 그렇다고 덧붙였다. Z라는 동료 직원은 P가 새벽에 만취해서 귀가하다 원인 모를 사고를 당한 게 틀림없어보인다는 말을 했다고도 전했다.

"어떤가?"

과장은 유심히 P를 건너다보았다.

P는 아무 말 없이 고개만 갸웃거렸다. 과장은 재떨이의 젖은 휴지 위에 담배를 비벼 끄며 P에게 말해보라고 했다. P는 자기에게 무슨 일이 일어났는지 아무 생각도 나지 않는다고 했다.

"그래서 말인데,"

과장은 P가 손가락 사이에 끼우고 있는 담배도 재떨이에 끄라는 손짓을 해보인 후 계속했다. P는 필터까지 타들어가던 담배를 재떨이에 꾹 눌렀다.

"자네도 이미 느끼고 있을 테지만 지금 자네 상태로는 도저히 더 이상의 업무 수행이 불가능하다는 말이 나오고 있거든. 일단 병원에 가서 진단을 받아보고 오면 어떨까 싶은데."

과장은 P가 병원에서 진단서만 한 부 발급받아오면 인사고과에 결코 불리하지 않도록 시급히 후속조치를 취해주겠다고 약속했다. 타 부서의 M대리에게 넘겨줘야 할 재고현황이라든가 신상품 수급동향 따위도 이미 임시로 다른 직원들에게 맡겼으니 너무 걱정하지 말라며 P의 어깨를 다독거리기도 했다. P는 말씀들은 대로 따르겠다고 하고는 과장의 집무 칸에서 물러났다. 사무실의 다른 직원들이 그런 P를 힐끔거렸다.

6

진료실의 문이 열리고 맹인 부녀가 나왔다. 맹인 아버지는 의사에게, 이제 딸이 더 이상 그 이상한 환청에 시달리는 일이 없겠느냐고 몇 번이나 반복해서 물었다. 그 부녀를 문 앞까지 따라나온 의사는 일단 처방해준 약을 잘 먹여보라고만 했다. 아버지를 따라 사라지기 전, 맹인 소녀는 마치 앞이 보이는 것처럼 짙은 색안경 너머로 P와 시선을 마주했다. 그러더니 잠시 후 자기 아버지에게 느닷없이, 궁지에 몰린 피터팬이 자꾸만 자기를 절실히 부른다고 소리쳤다. 아버지는 그녀의 팔을 세게 잡아끌며 어서 가서 약이나 지어 먹어보자는 말만 했다.

이제 P의 차례였다. P는 진료실로 들어가서 의사와 마주 앉았다. 의사는 진료기록부를 준비하며 어디가 어떻게 이상이 있는 것 같아서 왔느냐고 물었다. P는 요즘 겪은 일을 의사에게 소상히 털어놓았다. 의사는 진료기록부에 그 이야기들을 메모하며 이야기 중간 중간에, 잠은 잘 이루는지, 최근에 꾼 꿈 가운데 기억나는 게 있는지 따위를 물었다.

"네, 잠은 잘 자는 편입니다. 하지만 그것도 결코 확실한 건 아니죠. 잠을 전혀 이루지 못하면서도 밤마다 푹 자고 새 아침을 맞는 것으로 착각할 수도 있는 일이니까요. 그래도 저의 경우에는 밤새도록 야릇한 꿈자리에 사로잡혀 있을 때도 있었으니 다행히 잠을 잃어버리지는 않았다고 여겨지는군요."

P는 거기까지 이야기해놓고 의사가 자기 말에 어떻게 응해오는지를 살피려는 것 같았다. 하지만 의사는 여전히 담담하게 어서 그 꿈 이야기나 들려달라고 했다. P는 잠시 머뭇거리더니 이윽고 입을 열었다.

"거긴 어느 섬의 바닷가였습니다. 마치 사람들의 말소리처럼 거칠고 높게 출렁이는 파도가 쉬지 않고 웅성거릴 뿐 아무도 보이지 않고 또 아무런 인기척도 느껴지지 않아 그 바닷가만큼 쓸쓸하고 황량한 곳도 드물 거라는 기분이 들 정도더군요. 저는 그 바닷가 백사장에서 유일할지도 모르는 비치파라솔 아래 혼자 누워 있었습니다. 아마 막 잠이 들려는 순간이었던 것 같아요. 그때 눈부신 은빛 머리에 허리춤에는 나비 모양의 리본이 팔랑거리는 원피스 차림의 여인들이 어디선가 몰려오더군요. 저는 직감적으로 그녀들이 이 바닷가에 사는 정령들이라는 것을 알 수 있었지요. 그녀들은 마치 장례 행렬중인 듯 느리고 무거운 걸음걸이로 가지런한 대오를 이뤄 어디론가 향해 가는 중이었습니다. 아니나 다를까, 행렬의 끝에는 인어의 송장을 실은 손수레가 뒤따라오고 있더군요. 저는 벌떡 일어나서 그 인어를 유심히 살펴보았습니다. 그런데 그 인어의 외양이 좀 이상한 것 같았어요. 인어가 틀림없어 보이긴 하는데 대머리가 까지고 배가 불룩했거든요. 나중에 다시 보니 그건 인어가 아니라 듀공이더군요. 선생님, 듀공 아시죠? 왜, 고래처럼 포유류인데도 바다에서 사는 물짐승 말이에요."

의사는 안다면서 환자들의 꿈에 자주 나타나는 상상 속의 물짐승이라고 했다.

"아, 그건 선생님이 뭔가 잘못 아시는 것 같은데요, 듀공은 상상의 동물이 아니라 향유고래나 물범처럼 실재하는 현실의 동물입니다."

P는 거기서 말을 끊고 목이 좀 말라온다고 했다. 간호사가 물잔을 가져왔다. P는 물을 벌컥벌컥 들이켠 후 다시 이야기를 시작했다.

"하지만 사실 그 주검이 듀공이었는지 또한 확실치는 않아요. 어쩌면 그것은 향유고래의 주검이었을지도 모릅니다."

의사는 그 대목에서 메모를 멈추고 반들거리는 턱을 쓰다듬으며 인어인지 듀공인지 향유고래인지를 확실히 해줄 수 있겠느냐고 했다. 그래서 P는 아무래도 향유고래였던 것 같다고 했다. 의사는 '듀

공'이라는 단어에 두 줄을 긋고는 그 옆에 '향유고래'라고 고쳐 쓰며
계속 하라는 손짓을 해 보였다.

"은발의 여인들은 향유고래를 손수레에서 끌어내려 한가운데 두
고 그 주위를 빙 둘러싸더군요. 그러는 사이 어느덧 날이 저물었지
요. 여인들은 나무 제단을 쌓고는 그 위에 죽은 향유고래를 세워서
머리가 하늘로 향하도록 고정시켜두었습니다. 그런 다음에는 나무
제단에 불을 지피기 시작하더군요. 저는 맨 처음에는 그 여인들이 죽
은 향유고래를 화장시켜주려는 줄만 알았어요. 하지만 그게 아니더
군요. 그 불은 보통 불이 아니라 정령의 불이었으니까요. 얼마 지나
지 않아 거대한 불길에 휩싸인 제단 위의 향유고래가 수십 개의 폭약
이라도 터뜨린 듯한 엄청난 폭음 속에서 우주선처럼 밤하늘로 치솟
더군요. 그 향유고래의 불덩이는 별 없는 밤하늘에 수백 가지의 불꽃
으로 쪼개져서 다시 작렬하더라구요. 그러자 잠시 후부터 밋밋하던
밤하늘에 별안간 수많은 별들이 반짝거리며 나타나기 시작했어요.
은발의 여인들은 환호성을 올렸지요. 그 여인들은 죽은 향유고래의
몸에 정령의 불을 지펴서 새로운 별자리로 다시 태어나도록 밤하늘
높이 쏘아올려준 것 같았습니다. 지금도 밤하늘에 새로 생긴 향유고
래의 별자리가 눈에 선하군요. 그런데 그 순간에 문득 그 별들이 눈
가루처럼 바스러져서 제 무거운 눈꺼풀 위에 내려앉는다는 기분이
들었고요 그렇게 느껴지자마자 저는 곧바로 깊은 잠에 빠져들었던
것 같아요."

의사는 꿈속에서 다시 잠에 빠져들었다는 말이냐고 물었다. P는
확실치는 않지만 아마도 그런 것 같다고 답했다. 의사는 볼펜을 놀리
면서 좋다고, 계속 해보라고 했다. P는 한동안 뭔가를 헤아려보는 듯

하더니 물 한 모금을 들이켠 후 다시 입을 열었다.

"그런데 눈을 뜨고 보니 어떤 소나무 숲 사이로 난 오솔길에 쓰러져 있었습니다. 옷에 묻은 흙먼지를 털면서 일어났을 때 어디선가 잔뜩 숨죽인 말소리와 웅성거림이 들려왔는데 정작 사람들은 보이지 않더군요. 그때 제 앞에 금발의 소녀가 홀연히 나타났습니다. 순간 저는 그 소녀에게 금비가 아니냐고 소리쳤어요."

의사는 금비가 누구냐고 물었다.

"글쎄요, 잠에서 깨고 보니 전혀 기억에 없는 이름입니다만 아무튼 저는 그때 순간적으로 금발의 소녀를 그렇게 불렀어요. 하지만 소녀는 고개를 가로젓더군요. 금비는 자기 이름이 아니라는 뜻이었을 테지요. 소녀는 자기를 타이거릴리라고 소개하더군요."

그 말에 의사는 고개를 갸웃거리더니 타이거릴리라는 이름을 되뇌어보았다. P는 혹시 아는 이름이냐고 물었다. 의사는 그런 게 아니라 방금 전 이상한 환청증세에 시달린다며 진찰받으러 왔던 한 맹인 소녀도 그 이름을 자주 입에 올리곤 했다고 했다.

"그랬군요. 어쨌든 그 금발의 소녀는 제 앞에 버티고 서서 제가 길바닥에 쓰러져 있는 것을 아까부터 오랫동안 지켜보고 있었다고 하더군요. 저는 제가 왜 여기 와 있는지 모르겠다고 했죠. 하지만 소녀는 제 말에 상관없이, 이제 궁지에 몰린 피터팬을 도우러 가야 할 때가 온 것 같다고만 하더군요. 그러더니 저를 빤히 올려다보면서 하는 말이, 제가 그녀한테 포섭되었다는 거였어요. 이제 저한테도 새 이름이 필요할 거라면서 뜬금없이 저를 투틀즈라고 부르기도 했구요."

P는 거기서 말을 끊고 불현듯 천장 쪽으로 눈길을 돌렸다. 진료실의 천장에서는 날개 넓은 구릿빛 팬델리어가 헬기의 프로펠러처럼

무겁게 돌아가고 있었다. 의사의 독촉에도 아랑곳하지 않고 P는 한참동안 그 팬델리어만 멀거니 올려다보며 더 이상 이야기를 이으려 하지 않았다.

7

병원 복도는 텅 비어 있었다. 천장에는 날개 넓은 구릿빛 팬델리어들이 헬기의 프로펠러처럼 무겁게 돌아가고 있었고 광택이 나는 잔디색 리놀륨 바닥 위로 그 팬델리어들에 달려 있는 전등의 불빛이 난반사되어 비쳤다. 복도의 하얀 회벽들은 냉기가 감도는 병원 건물을 육중하게 에워싸고 있는 것 같았다.

P는 진료실에서 나와 1층으로 내려가려다 말고 2층과 1층의 층계참 사이로 나 있는 통로를 잠시 기웃거리더니 그쪽으로 발길을 돌렸다. 하얀 회벽의 복도가 이어졌다. 회벽을 따라 나 있는 방들은 모두 병실로 보였지만 문은 하나같이 굳게 잠겨 있었다. 그때였다. P가 서 있는 쪽과는 반대되는 복도 저 끝에서 누군가 올라오고 있는 발자국 소리가 들려왔다. P는 긴 복도를 가로질러 그쪽으로 성큼성큼 걸어갔다. 복도 모서리에서 튀어나온 것은 금발의 여자아이였다. 여자아이는 순간적으로 P의 앞을 지나쳐 이 건물에서 다른 병동과 통하는 구름다리 쪽으로 사라졌다. P는 서둘러 복도 모퉁이를 돌아 구름다리와 다른 병동의 복도까지 가보았지만 이미 그 여자아이의 자취는 보이지 않았다. P는 왔던 길을 되짚어 1층으로 통하는 계단을 내려갔다.

1층으로 통하는 계단 층계참에는 공중전화가 있었다. P는 문득 상의 안주머니에서 회사의 사환 학생에게서 전달받은 쪽지를 꺼내 거기 적힌 번호대로 다시 전화를 걸어보았다. 오래 가던 신호음이 돌연 뚝 하고 끊겼다.

"여보세요! 거기 누구신가요?"

하지만 응답해오는 목소리는 들리지 않았다. 그 대신 끊이지 않고 희미한 혼선의 잡음만이 자글거릴 뿐이었다. P는 실망한 표정으로 그냥 수화기를 내려놓으려 했다. 그런데 어느 순간부터 누군가가 내는 음성의 가닥이 잡혀가면서 그 자글거리는 혼선 속의 음파는 차츰 분절된 말소리로 두서없이 떠올라 잡음의 교직(交織)과 갈리기 시작했다.

……나는 아저씨가 마치 잠을 잃어버린 것처럼 불면증에 시달리고 있다는 것을 알아요. 그것은 피터팬이 자기의 그림자를 잃어버린 것과 같죠…… 지금이야말로 전면적인 체제 전복이 이뤄져야 할 역사적 시점입니다. 역사상에서 전면적인 체제 전복의 가능성이 열렸던 것은 집권자와 정치지배층들에 대한 테러리즘이 성공한 직후 뿐이었음을 주지하고 있으리라 믿습니다. 금번의 피터팬 테러리즘에 동참하게 된 동지들에게 이 암살 프로젝트의 영광을 돌립니다…… 작전은 실패로 돌아갔습니다……

P는 수화기 저편에서 아득히 들려오는 말소리들에 더욱 귀를 기울여보려는 것 같았지만 이후의 말소리들은 한결 극심해진 노이즈에 파묻히고 말았다.

8

　오후의 사거리는 많은 행인들과 인도를 점령하다시피 한 노점상들로 북적댔다. 이따금 구름에 가려 햇살이 잦아들긴 했지만 그 순간만 빼면 날씨는 내내 쾌적하고 화창해 보였다. P는 어디로 갈지 잠시 망설이는 듯하더니 일단 사거리의 횡단보도를 대각선으로 가로질렀다. 그 방향을 따라 상가건물이 끝나는 갈림길의 모퉁이쯤에 지하철역이 보였다. 지하철역으로 가려면 그 길가에 연이어져 있는 여러 점포들을 지나쳐야 했다.

　P는 어느 커피숍의 코발트빛 통유리 앞을 무심한 눈길로 훑으며 지나가려다 그 자리에 우뚝 멈춰 섰다. 통유리 안에는 어느 남자가 은발의 여인과 정답게 이야기를 나누는 중이었다. P는 유리벽 너머로 그 남자를 빤히 건너다보았다. 그 남자도 결국 P의 눈길을 의식했는지 상대와의 대화에 열중하다 말고 간간이 P쪽을 힐끔거리기 시작했다. 잠시 후 은발의 여인이 일어나 어디론가 사라지고 커피숍의 통유리를 사이에 둔 P와 그 남자는 정면으로 각자의 눈길을 맞부딪쳤다.

　그 남자가 먼저, 마시다 남은 유리잔으로 자기의 시선을 내리깔려 할 때 저쪽에서 누군가 큰 소리로 P를 불렀다. P는 그쪽으로 고개를 돌렸다. 짙은 선글라스로 얼굴을 가린 감색 정장 차림의 사내 하나가 불쑥 나타나서 P를 향해 저벅저벅 다가오는 게 보였다. 그의 양손에는 콜트 권총과 A4용지 만한 크기로 현상된 P의 증명사진이 들려 있었다.

　"체포한다."

　사내는 기계적인 목소리로 P에게 소리쳤다. P는 조금씩 뒷걸음치다 반대 방향으로 허겁지겁 달아나려했다. 하지만 그 반대 방향에서도, 무수히 복제된 듯 똑같은 옷차림에 똑같은 선글라스를 쓴 데다 양손에 콜트와 증명사진을 든 것까지 똑같은 사내들이 한꺼번에 몰려나와서 P를 체포하겠다고 했다. P는 일단 찻길로 몸을 던졌다. 그러자 사내들도 기민한 움직임으로 도망치는 P를 뒤쫓기 시작했다.

P는 길 건너 복잡하게 뒤엉켜 있는 빌딩 숲 사이의 골목 안을 숨가쁘게 달리고 또 달렸다. 아마도 마땅한 도주로가 어디에 있는지를 찾아 헤매고 있는 것 같았다. 그런 P를 잡기 위해 사내들은 우왕좌왕 몰려다녔다. 여기저기에서 요란한 사이렌 소리들이 들려왔다. 그렇게 울려퍼지기 시작한 사이렌 소리들에 또 하나의 사이렌 소리를 보태며 경찰차 한 대가 난폭한 속도로 교차로를 가로지르는 게 보였다. P는 허둥지둥 이 골목 저 골목을 헤매며 도망다니다 어느 건물 주차장의 담벼락이 헐리면서 생겨난 샛길을 통하여 다시 큰길가로 빠져나왔다. P를 발견한 사내들이 그쪽으로 떼지어 몰려왔다. P는 다시 한 번 찻길로 뛰어들어 맞은 편 블록을 향해 내달았다. 그 방향으로 난 길 끝에는 지하철역이 보였고 길은 거기서부터 폭이 좁고 경사진 골목 안의 주택단지와 맞닿으며 야트막한 둔덕으로 길고 완만하게 휘어져 올라갔다. 그 일대에서 경찰차들의 사이렌이 동시다발적으로 터져나왔다.

그때 지하철역으로 난 길목에서, 하모니카를 불고 있던 맹인 부녀가 난데없이 P의 앞길을 가로막았다.

"지금까지 어디 있다 이제야 나타난 거야. 덕분에 시간이 아주 촉박해졌군. 자, 잘 부탁해."

맹인 아버지는 자기 딸로 보이는 맹인 소녀를 P에게 인계하고는 P

의 손목시계로 현재 시각을 확인했다.

"지금 시각이 11시 55분이야. 앞으로 한 시간 후엔 바닷가에 도착해 있어야 해. 거기서 다시 접선하자면 말이지. 아, 차편이 마침 저기 오는군."

P가 어리둥절해하는 표정으로 여전히 움직이려들지 않자 맹인은 지금 경황이 없다면서 소녀와 함께 P의 몸을 찻길 쪽으로 돌려세웠다. 맹인이 가리킨 쪽으로 노란색 택시 한 대가 달려오더니 그들 앞에 멈췄다. 택시는 요즘엔 보기 드문 딱정벌레 형 폴크스바겐이었다. 맹인은 P와 소녀에게 어서 그 택시를 타라고 외쳤다. 그때 뒤에서 총 든 사내들이 우르르 나타났다.

"체포한다!"

총 든 사내들이 몰려오자 맹인은 얼른 뒤돌아서서 P와 아무 상관도 없는 척 다시 구슬픈 가락으로 하모니카 부는 일에만 열중했다. 이윽고 P가 소녀와 손을 잡고 그 노란 택시에 타기 위해 찻길로 내려서려는 순간 날카로운 총성 한 방이 P의 등 뒤에서 들려왔다. 탕. P는 두 팔을 허우적거리며 길바닥에 쓰러졌다.

9

누군가 P의 눈가에서 안대를 벗겼다.

얼마 후 P가 눈을 뜬 곳은 하얀 회벽에 에워싸인 병실 안이었다. P는 실내를 두리번거리며 일어나 앉았다. 어안이 벙벙한 표정으로 침대 모서리에 걸터앉아 있는 P에게 다가온 여자는 복장으로 보아 아마도 간호사인 것 같았다.

"아, 이제야 일어나셨군요."

간호사의 목소리는 상냥하고 밝았지만 무슨 까닭인지 짙은 색안경과 큼직한 마스크를 쓴 탓에 전혀 얼굴이 보이지 않았다. P는 다짜고짜로 간호사에게, 왜 자기가 여기에 와 있는 거냐고 물었다. 그때 문이 열리더니 의사로 보이는 한 남자가 들어왔다. 의사의 얼굴은 간호사와 마찬가지로 짙은 색안경과 큼직한 마스크로 가려져 있었다.

"사거리의 차도에 쓰러져 있는 것을 사람들이 발견하고는 이 병원으로 옮겨온 겁니다." 간호사 대신 의사가 대답했다.

P는 틀림없이 사거리의 차도가 맞느냐고 물었다. 의사와 간호사는 그렇다고 했다. P는 혹시 자기가 바닷가와 통하는 어느 국도변에서 발견된 게 아니냐고 다시 물었다. 하지만 의사와 간호사는 그 물음과 상관없이, 사람들의 말에 따르면 P가 안대를 쓴 채 쓰러져 있었고 병원에 실려왔을 때도 그런 모습이었다고 했다.

"왜 안대를 쓰고 쓰러져 있었는지 혹시 기억나십니까?"

의사는 어쩐지 추궁하는 듯한 어조로 그렇게 물었다. P는 아무 말 없이 고개를 저었다. 순간 의사가 의미 있는 눈길을 보내자 간호사는 말없이 고개만 까딱해 보였다. 의사는 헛기침을 한 번 하고는 P에게 앞으로 물어볼 말이 많을지도 모르겠다면서 계속 안정을 취하라고 한 후 병실에서 나갔다. 의사를 따라나가기 전에 간호사는 P의 엉덩이에 진정제를 한 대 주사했다.

"이걸 맞으면 깊이 잠드실 수 있을 거예요. 지금 환자분 상태를 보니 너무나 오랫동안 잠을 이루지 못했던 것 같아요. 제 말이 맞죠?"

탈지면으로 P의 엉덩이를 문질러주며 간호사가 말했다. P는 간호사에게 엉덩이를 내맡긴 채 아무 말도 하지 않았다. 간호사는 잠을 한숨 푹 자고 나면 지금보다 기분이 한결 나아질 거라고 했다. 불을 끄고 그녀가 나갔다. 하지만 간호사가 놔준 진정제의 약발이 별로였는지 P는 오랫동안 몸을 이리저리 뒤척이기만 했다. 결국 더 이상 못 견디겠다는 듯 벌떡 일어나더니 병실에서 뛰쳐나왔다.

병원 복도는 텅 비어 있었다. 복도의 천장을 따라 날개 넓은 구릿빛 팬델리어들이 헬기의 프로펠러처럼 무겁게 돌아가는 게 보였다. 복도 저 끝에서 누군가 P를 발견하고는 황급히 달려왔다. 하지만 P의 눈은 그에 상관치 않고 자기 머리 위의 팬델리어들을 향해서만 집요하면서도 텅 빈 시선으로 고정되어 있었다.

무숙자

1

병실의 문이 스르르 열리면서 중대장이 들어왔다. 중대장은 침대 발치에 서서 구반도 일병, 그만 깨어나라고 명령조로 소리쳤다. 그는 엉거주춤 상반신을 일으켜 세웠다. 두꺼운 압박 붕대가 그의 눈앞을 가리고 있었다. 그래서인지 그는 반사적으로 몸을 일으키고도 더 이상 어찌할 바를 몰라하는 것 같았다. 중대장을 따라 들어온 위생병이 서둘러 그 압박 붕대를 풀어주고는 병실에서 나갔다. 그는 갑자기 트인 시야에 잠시 눈부셔 하다 앞에 있는 사람의 대위 계급장을 알아보자마자 부리나케 침대에서 뛰어내려와 차렷 자세로 섰다. 중대장은 싱긋 웃고는 쉬라고 했다. 그래도 그는 엄중한 차렷 자세를 풀지 않았다. 중대장은 차렷 자세를 풀지 않으면 편히 애기하기가 곤란할 것이라고 했다. 그 말을 듣고 나서야 그는 자세를 약간 느슨히 했다.

중대장은 침대 위에 걸터앉으며 그에게도 따라 앉으라고 손짓했다. 그가 옆자리에 앉자 중대장은 그의 몸 상태가 양호한지부터 물었다. 그는 아무 이상이 없다고 답했다. 덧붙여 자기가 왜 압박붕대에 얼굴이 감겨 이런 병실에 누워 있었는지조차 전혀 알 수 없다고도 했다. 그 말에 중대장은 착잡해 보이는 얼굴로 담배를 꺼냈다. 그는 뒤통수를 긁적이며 자기는 그저 그런 말로 현재의 건강상태가 지극히 양호하다는 것을 중대장에게 강조하고 싶었을 뿐이라고 했다. 중대장은 그에게도 권하면서 한 개비 피워물려다, 순간적으로 여기가 병실임을 깜빡했다며 도로 담배를 거둬들였다. 그는 아쉬운 듯 중대장의 담뱃갑을 힐끔거렸다. 중대장은 그에게 아쉬워할 것 없다면서 휴가를 줄 테니 바깥에 나가 원 없이 피우다 들어오라고 했다. 그는 휴가 말씀이냐고 되물었다. 중대장은 인사계와 의논 끝에 아무래도 그가 요양 차 집에서 쉬다 오는 게 좋을 것 같다는 결론을 내렸다며 여기서 나가는 길로 부대에 복귀하지 말고 곧장 휴가를 다녀오라고 했다. 그는 우렁찬 목소리로 감사하다고 외쳤다. 중대장은 휴가 신고는 약식으로 받을 테니 이곳 행정반에 가서 나가는 절차를 밟은 다음 오라고 했다. 중대장이 나가려고 병실의 문을 여는 순간 다른 병실에서 찬송가를 부르는 여럿의 목소리가 들려왔다. 아멘의 합창으로 끝난 찬송가의 노랫소리는 곧이어 누군가의 성경 봉독으로 이어지고 있었다. 그 낭랑한 목소리는 성경 구절의 마디마디마다 고풍스런 성당에서처럼 병동의 텅 빈 복도를 타고 아득한 반향 속에서 울려퍼졌다.

그는 위생병에게 중대장의 지시로 퇴원 조치를 밟아야 한다고 했다. 위생병은 그에게 따라오라고 하더니 탈의실에 들어가서 그가 입고 들어왔다는 군복을 내주었다. 그는 파란 환자복을 벗으면서 환자복이 어째 꼭 죄수복처럼 생겼다고 위생병에게 농담조로 말을 걸었다. 하지만 무표정한 위생병은 아무런 대거리도 해주지 않았다. 그는 다시 입을 꾹 다물고 군복으로 갈아입는 일에만 열중했다. 위생병은 다 갈아입었으면 이제 행정반으로 가자고 했다. 그는 갈아입은 군복 여기저기를 살펴보다 야상과 전투복 상의에 붙어 있던 이름표가 없어졌다고 했다. 위생병은 후송 과정에서 옷이 바뀌었을 수도 있지 않겠느냐고 했다. 그는 군복에 이름표가 없는데도 중대장이 휴가 신고를 받아주느냐고 물었다. 위생병은 자기가 알 바 아니라는 듯 어깨만 가볍게 으쓱해보였다.

행정반에 들어간 그는 가볍게 경례를 붙인 후 여기서 나가는 절차를 밟아달라고 했다. 그와 마찬가지로 일병 계급장을 달고 있는 행정반의 담당 계원은 담당 군의관과 중대장의 소견서가 이미 들어와 있었다며 병원장의 직인이 찍힌 해당 서류를 내밀었다. 서류에는 그가 이곳에서 '출소'하는 것으로 적혀 있었다. 그는 잠시 고개를 갸웃거리고는 '출소'라고 씌어진 줄을 가리키며, 통합병원에 후송 왔다 원대 복귀하는 건데 '퇴원'이 맞는 말 아니냐고 따져 물었다. 하지만 안색이 유난히 핼쑥한 행정반의 담당 계원은 멍한 시선으로 그를 물끄러미 바라보다 잠시 후 '출소'를 빨간 줄로 그어 지우고는 그 위에 '입소'라고 적어넣었다.

중대장도 위병소에서도 그의 야상에 이름표가 없는 것을 지적하지 않았다. 그렇게 그는 후송 와 있던 통합병원에서 나왔다.

그는 바깥으로 나서자마자 공중전화부스로 가서 전화를 걸었다. 신호음이 오래 갔지만 아무도 전화를 받지 않았다. 그는 손목시계로 흘끗 지금 시간을 확인했다. 이상하다, 아무도 집에 없을 시간이 아닌데. 그는 고개를 갸웃거리며 웅얼거렸다. 한갓진 군 통합병원 앞이라 그런지, 곧게 뻗은 찻길에는 이따금 드나드는 군용 지프차를 제외하고는 아무런 차량도 지나다니지 않고 있었다.

그는 길섶의 구멍가게로 가서 가게를 지키고 있던 주인 사내에게, 읍내 터미널까지 가는 버스가 언제쯤 오는지 알 수 없겠느냐고 물었다. 주인 사내는 딱 잘라서 없다고 대답했다. 그는 없다니 그게 무슨 말이냐면서, 버스가 언제쯤 오는지 알 수 없다는 건지 아니면 이쪽으로 지나가는 버스 자체가 아예 없다는 건지 알려달라고 했다. 하지만 사내는 계속 다짜고짜로 없다고만 대답했다. 그는 불쾌해진 기색으로 사탕 봉지 하나를 집어들며 이걸 살 테니 자기 질문에 제대로 대답해달라고 부탁했다. 하지만 주인 사내는 그에게 거스름돈을 내주면서도 여전히 없다는 말만 반복했다.

그는 가게를 나오면서 주인 사내에게 욕지거리를 주절거리고는 손에 들고 나온 사탕 봉지도 길가에 내팽개쳤다. 때마침 그 근처를 지나가던 검둥개 한 마리가 길가에 뒹구는 사탕 봉지를 보고 달려왔다. 검둥개는 침을 질질 흘리면서 앞발로 사탕 봉지를 뒤적거렸다. 그 검둥개의 온몸은 얼룩덜룩한 부스럼투성이라 몹시 추하고 불결해 보였다. 그는 잠깐 멈춰 서서 검둥개를 내려다보다 읍내 가는 방향으로 부지런히 걷기 시작했다. 호로를 씌운 뒷칸에 사병들을 잔뜩 태운 육공 트럭 한 대가 맞은편으로 지나갔다. 지나치면서 사병들은 그를 향해 울부짖는 듯한 소리로 무슨 말인가를 외쳐대는 것 같았지만 그는 뒤돌아보지 않았다.

그는 고속버스 터미널에서 내려 다시 공중전화부스에 들를까 하다 곧장 전철역으로 향했다. 전철의 객차 안에서 주위에 둘러선 사람들이 그에게 의아해하는 눈초리를 보내며 자기들끼리 수군거렸다.

어떤 이는 무슨 군인이 이름표도 없느냐고 했다. 다른 이는 군복 등짝에 흙 묻은 군홧발 자국들이 무수히 찍혀 있다며 몹시 구타당한 모양이라고 했다. 그런가 하면 누군가는 그의 바지 허리춤에서 시커먼 권총 자루를 얼핏 본 것 같다고 했다. 그 옆자리에 서 있던 사람은 그렇다면 혹시 말로만 듣던 무장 탈영병이 아니겠느냐고 놀란 표정을 지었다. 그 말에, 모른 체 앉아 있던 승객들까지도 일제히 두런거리며 긴장한 눈으로 그를 힐끔거리기 시작했다.

그가 귓구멍을 후비며 주위를 두리번거리면 주위에 선 사람들은 일제히 수군거림을 딱 멈추고 졸거나 다른 이야기로 넘어간 척했다. 그는 통로에서 출입문 가까운 쪽으로 옮겨 섰다. 그러자 사람들은 그가 다음 역에서 내리려는 모양이라고 숨죽여 말했지만 자기를 목회자라고 밝힌 어느 중년 사내는, 이럴 때일수록 철저히 잠자코 있어야 한다면서 만일 그렇지 않으면 어느 순간에 우리가 무장 탈영병의 총기 난사에 덧없이 희생당할지도 모르는 일이라고 속닥거렸다. 사람들의 생각대로 그는 아무 일 없다는 듯 다음 역에서 전철을 내렸다.

그는 주택가의 골목 어귀로 접어들었다. 동네는 소란스럽고 어수선했다. 포크레인이나 기중기, 불도저 같은 중장비들이 비좁은 골목 안까지 진입해 들어와서 한창 이런저런 공사들을 진행하고 있었기 때문이다. 대형 중장비들은 여러 채의 가구가 헐린 집터들을 말끔히 쓸어내거나 깊이 파헤치며 새로운 지반으로 속속 다지고 있었다. 그는 무수한 주택들이 허물어진 담벼락의 잔해들 사이를 가로지르며 이미 왔던 길을 수차례 반복해서 헤매고 돌아다녔다. 샛길을 통해 다음 골목으로 접어들자 숱한 집들이 철거되고 부서진 잔해 더미들의 길 끝에 하늘 높이 솟아오른 마천루 하나가 나타났다. 그러나 그 마천루는 고층건물이라기보다 거대한 석탑과 더 가까워 보이는 외관을 띠고 있었다.

그는 고개를 갸웃거렸다. 가만 있어보자, 분명 내가 살던 동네 맞는데…… 그는 다시 한번 온통 철거된 집터들의 흔적 뿐인 동네를 둘러보며 손으로 뭔가를 헤아리다 크게 놀라는 표정을 지었다. 우리 집 어디 갔지? 저기에 틀림없이 우리 집이 있어야 하는데. 그러나 그가 우리 집이 있어야 한다면서 손가락으로 가리킨 자리에 정작 들어서 있는 것은 바로 그 거대한 석탑이었다. 저런 건물이 어떻게 이런 데 솟아 있을 수가 있지? 그리고 어떻게 우리 집을 쓸어버리고 저토록 흉물스럽게 생긴 탑이 대신해서 그 집터를 차지할 수 있다는 걸까?

그때 협수룩한 노인 한 사람이 그 길목을 돌아나오고 있었다. 그는 재빨리 그 노인에게 다가가서, 이 동네 살던 사람인데 휴가 나와보니 동네가 온통 이 지경이라 도무지 집을 찾을 수 없다며 집이랑 가족들이 어디 있는지 알 방법이 없겠느냐고 물었다. 그러나 노인은 딱 잘라서 없다고 대답했다. 그는 어안이 벙벙해진 얼굴로, 없다니, 집이랑 가족들이 어디 있는지 알 수 없다는 건지 아니면 숫제 집이랑 가족들이 다 없다는 건지 알려달라고 했다. 노인은 여전히 퉁명스런 목소리로 없다고만 답할 뿐 더 이상 아무 말도 해주지 않았다. 그는 잠시 입술을 깨물고는, 원래 우리 집이 있던 자리가 저긴데 도대체 저 흉물스런 탑 모양의 건물은 뭐냐고 다시 물었다. 노인이 입을 열지 않자 그는 또 없다고 대답할 거냐고, 그럴 거면 진작에 관두고 이제 붙잡지 않을 테니 가던 길을 마저 가시라고 윽박지르는 투로 말했다. 노인은 한참만에야 입을 열어, 그 건물을 사람들이 바벨탑이라고 부르는 것도 모르느냐고 했다.

그는 동네에서 빠져나와 큰길가의 공중전화부스로 달려가서 다시 전화를 걸었다. 이번에도 오랜 신호음이 이어졌다. 그가 고개를 절레절레 뒤흔들며 수화기를 내려놓으려는 순간 찰칵하고 신호음이 끊겼다. 그는 다급한 목소리로 엄마냐고 외쳤다.

그러나 수화기를 통해 들려오고 있는 것은 엄마의 목소리가 아니라 ARS 자동응답이었다. 기계적인 자동응답의 여자 목소리는 죽음과 거래하는 바벨탑 서비스의 다이얼에 연결된 것을 진심으로 환영한다고 한 후 이 서비스는 목록의 제시 이후부터 기본 이용료 외에 사탄에게 바치는 별도의 십일조가 부과되며 고객이 고른 서비스 목록은 절대로 무를 수도 취소할 수도 없다고 못박았다. 그는 자동응답의 여자 목소리가 경쾌하게, 청부 살인은 일번……하고 속삭이는 대목까지만 듣고는 수화기를 내려놓았다.

우리 집 전화번호가…… 그는 갑자기 기억이 가물가물해졌는지 집 전화번호를 여러 번 되뇌어보면서 이마를 찌푸렸다. 내가 우리 집

전화번호를 기억 못 할 리는 없는데…… 그는 다시 한 번 입에 떠오른 번호대로 공중전화의 다이얼을 꾹꾹 눌렀다. 그러나 방금 전과 마찬가지로 신호가 떨어진 곳은 그의 집이 아니라 바벨탑 서비스의 자동응답이었다. 그는 신경질적으로 수화기를 내던진 후 공중전화 부스에서 나왔다. 골목 안 주택가에서 공사 중인 중장비들의 소음이 먹먹하게 들릴 정도로 적막한 거리에는 어느새 스산한 어스름이 내리고 있는 중이었다.

3

그는 아무 데나 발길 닿는 대로 거리를 돌아다녔다. 거리의 행인들이 지나가다 말고 그를 힐끔거릴 때면 그는 얼른 외진 골목 안으로 뛰어들었다. 골목을 누비다 보면 새 길이 나왔다. 그는 다시 그 새 길을 따라 걸었다. 새 길은 사람들이 북적이는 번화가로 통했다. 그는 번화가에 멈춰 서서 주위를 잠시 두리번거리다 누군가가 뒤를 밟고 있기라도 하다는 듯이 길 건너에 보이는 극장 안으로 몸을 날렸다.

그 극장은 에로영화 전용관이었다. 스크린에서는 새빨간 알몸의 남녀가 엉겨붙어서 씩씩거리면서도 자못 진지하게 무슨 이야기를 나누고 있었다. 분명치 않은 발음으로 웅얼대는 그 말소리는 한국어가 아닌 것 같았는데 곧, 각자의 성 경험담을 나눈다, 라는 자막이 화면 가두리에 세로줄로 떴다. 그때 화면의 한 귀퉁이에 검둥개 한 마리가 비쳤다. 검둥개는 몹쓸 병에라도 걸렸는지 턱 밑으로 걸쭉한 침을 질질 흘리면서 엉겨붙어 있는 알몸들 쪽으로 슬그머니 다가왔다. 병든

듯한 검둥개의 온몸은 큼직한 부스럼들로 얼룩덜룩했다. 남자가 여
자에게서 떨어지며 검둥개를 향해 뭐라고 지껄였다. 일본말인 듯했
다. 자, 이제 네 몫이다, 라는 번역 자막이 나왔다. 여자가 한껏 가랑
이를 벌리자 물기로 번들거리는 옥문의 주름들이 스크린 가득 클로
즈업으로 잡혔다. 검둥개가 그 가랑이 사이로 고개를 파묻는 순간 남
자와 여자는 동시에 깔깔거리며 탄성조로 무슨 말인가를 외쳐댔다.
하지만 이번에는 자막이 뜨지 않았고 일본말도 아닌 것 같았다.

그는 어둠 속에서 주위의 좌석들을 살폈다. 상영관 안의 사람 수는
그다지 많아 보이지 않았지만 좌석을 메우고 있는 관객들은 한결같
이 진지한 얼굴로 시뻘겋게 물든 스크린을 응시하고 있었다. 그는 가
물거리는 눈으로 열심히 스크린을 따라가다 까무룩 잠이 들었다. 병
든 검둥개가 여자의 가랑이 사이에 고개를 파묻고 쪽쪽거리는 동안
남자는 자신의 곤두선 성기를 개의 뒷다리 사이로 밀어넣고는 부스
럼 투성이인 몸통을 애무하고 있었다. 그 장면이 나오면서부터 신음
소리를 내던 남자 관객들 가운데 몇 명은 아예 바지를 까내리고 수음
에 몰두하기 시작했다.

그때 그의 옆 좌석과 뒷좌석으로 두 사내가 들어와 앉았다. 가볍지
않은 인기척에 그가 잠결에서 깨어났다. 그를 에워싸고 앉은 두 사내
는 시간이 갈수록 그에게 슬금슬금 손을 뻗어왔다. 그는 슬며시 손을
돌려 허리춤의 뒤쪽에 찔러넣고는 이후의 동정을 살피는 듯했다. 마
침내 두 사내의 완강한 악력이 팔목과 목덜미를 낚아채기 직전 그는
허리춤의 뒤쪽에서 끄집어낸 권총 자루로 순식간에 옆과 뒤쪽을 내
리친 후 쓰러진 남자들에게 총부리를 겨누었다. 순간 그와 같은 줄에
앉아 있던 관객 하나가 용두질을 치다 말고 이에 놀란 듯 소리를 지

르며 일어났다. 그는 다시 권총을 챙겨넣고 쏜살같이 출구로 뛰쳐나
왔다. 상영관 안에서는 가벼운 소요가 일었다. 그는 그대로 극장에서
달려나와 초저녁의 어둠이 깔리기 시작하는 번화가의 행인들 속에
다시 파묻혔다.

불판 위에서 얇은 돼지 껍데기가 지글거렸다. 그는 고루 익도록 젓
가락으로 돼지 껍데기를 뒤적거렸다. 지글거리는 소리와 매캐한 연
기에 비해 돼지 껍데기는 잘 익지 않았다. 테이블 밑의 열 구멍을 다
열었는데도 불판은 여전히 달궈지지 않고 있는 것 같았다. 그는 소주
잔을 기울이다 말고 여주인을 불렀다.

중년의 여주인은 연탄불을 갈아달라는 그의 부탁과 상관없이, 휴
가 나온 군인이 왜 혼자 앉아서 술을 마시고 있느냐고 물었다. 그는
술기운으로 게슴츠레해진 눈을 비비며, 휴가 나와보니 집이 없어졌
다고 했다. 여주인은 그의 대답에 아랑곳없이, 휴가 나왔더니 애인이
고무신을 거꾸로 신어서 혼자 있게 된 거냐고 다시 물었다. 그는 여
주인의 질문에 건성으로 고개만 끄덕이며, 집이 있던 자리에 꼭 감옥
요새처럼 생긴 탑 하나가 하늘 높이 솟아 있더라고 했다. 여주인은
주먹 사이로 엄지를 끼워보이며, 그저 여자들은 이걸 잘 해줘야 도망
가지 않는 법이라고 했다. 그는 어쩌면 자기 머리가 좀 이상해져서
살던 동네를 기억하지 못하고 엉뚱한 곳만 찾아 헤매는 것인지도 모
르겠다고 했다. 여주인은 알았다며 들어가서 가지런히 썬 오이와 당
근을 더 내왔다. 그는 고맙다고 인사했다.

그가 술잔을 기울이려다 말고 캄캄해진 가게 바깥에 넋 나간 듯한
시선을 향하고 있을 때였다. 한 사내가 실례한다며 자기 몫의 소주병

과 술잔을 들고 그의 테이블로 옮겨 앉았다. 그 사내는 허름한 작업복 잠바 차림에 어깨가 잔뜩 굽은 단구(短軀)의 체형이었다. 그는 문득 정신을 되찾은 듯 손에 든 술잔을 비우고는 엉거주춤 자기 테이블에 자리한 사내에게 무슨 일이냐고 물었다. 사내는 자기도 혼자 술을 마시고 있었다면서 외로운 군인 아저씨가 혼자 술을 마시고 있으니까 더 외로워 보여 합석해서 같이 얘기나 나누고 싶어졌다고 했다. 그는 아무 말 없이 고개만 끄덕이다 불현듯, 군인은 외로운 거냐고 물었다. 사내는 그의 빈잔에 자기 소주병을 기울여 채우면서, 아무래도 좀 그렇지 않겠느냐고 했다. 그는 아무 말 하지 않고 여주인이 새로 썰어온 오이 조각만 와작와작 씹어 먹었다.

불판 위의 돼지 껍데기가 그제야 비로소 지글지글 타기 시작했다. 사내는 열 구멍을 틀어막으면서, 한잔 하자고 했다. 그가 자기 잔을 내밀려 하자 사내는 한잔 하기 전에 통성명부터 하는 게 순서일 것이라면서 자기 이름이 이하곤이며 올해 서른셋이라고 했다. 그도 자기 이름을 밝혔다. 이하곤은 왜 군복에 그 이름이 붙어 있지 않느냐면서 농담조로 혹시 머리만 짧은 동원 예비군이 아니냐고 했다. 그는 그렇지 않으며 왜 군복에 붙어 있던 이름표가 없어졌는지는 자기도 모른다고 했다. 이하곤은 그가 진짜 군인이 아니라 혹시 다른 일을 하는 사람이 아니냐고 물었다. 그 말에 그는 순간 긴장한 표정으로 다른 일이라면 무슨 일을 말하는 거냐고 되물었다. 이하곤은 아무것도 아니라면서 술이나 들자고 했다. 둘은 맞부딪친 소주잔을 단숨에 비웠다. 그 사이에 아직 가위로 썰지 않은 돼지 껍데기의 일부분이 불판 위에서 시커멓게 타 들어갔다.

이하곤과 그는 잔뜩 취해서 어깨동무를 한 채 밤거리로 나왔다. 둘은 호기롭게 노래를 부르며 대로변의 건물과 건물 사이에 난 틈새에 나란히 서서 오줌을 갈겼다. 그는 오줌 줄기가 그친 자기의 성기를 만지작거리면서 이제 어디로 가야 하느냐고 했다. 이하곤은 바지춤을 추스르며 술 먹고 이렇게 노상방뇨를 해보기도 처음이지만 직장에 다니던 시절이라면 어림도 없을 일이라고 했다. 그는 직장에 다니던 시절이라면 지금은 직장을 그만두었다는 말이냐고 물었다. 이하곤은 여러 직장에서 밀려난 지 꽤 됐다면서 담배를 꺼내 물었다. 그는 술기운에 겨운 말투로, 그런 의미에서 지금처럼 술이 머리 꼭대기까지 오른 날이면 늘 정육점 아가씨들 생각이 간절해지더라고 했다. 이하곤은 누가 보기 전에 얼른 그 물건이나 좀 처리하라고 했다.

그래도 그는 남보란 듯이 자기의 성기를 손으로 덜렁거리고는, 춘화도에서 걸어나온 정육점 출신의 일본 계집과 자기가 알몸으로 엉겨 있을 때 온몸에 부스럼투성이인 검둥개 한 마리가 나타나서 그 개와 함께 더욱 질펀하게 농탕을 칠 수 있었던 어느 날 밤의 몽정이 불현듯 이 순간에 떠오른다고 했다. 이하곤은 무덤덤하게, 군인들은 다 외로워서 그렇게 지독한 개꿈을 꾸게 마련이라고 했다. 그러나 그는 이하곤의 응대에는 아랑곳하지 않고 계속해서, 어떻게 농탕을 쳤느냐 하면 그 일본 창녀의 벌어진 가랑이 사이로 검둥개가 고개를 파묻고 쪽쪽거리는 동안 그가 개의 뒤쪽에 꿇어앉아 지금처럼 곤두선 성기를 그 밑으로 밀어넣는 식이었다고 했다. 그런데 누군가가 그것을 훔쳐보면서 용두질치는 데 몰두하고 있었는데 자세히 보니 그게 또한 바로 자기였다고도 했다. 그는 이하곤에게 그 말을 늘어놓으면서 드러낸 성기를 가지고 실제로 용두질치는 시늉을 해보였다. 대로변을 따라 걷다 우연히 건물 틈새에서 그의 그런 모습을 본 여자들이 다소 허풍스런 비명을 내지르며 황급히 달아났다. 그는 그 여자들에게 혼잣말로 험한 욕지거리를 지껄여대면서 그제야 군복 바지 속으로 빳빳해진 성기를 말아넣었다.

이하곤은 피우다 만 담배를 내던지고는 이제 그만 가자고 했다. 그는 한껏 달뜬 목소리로 정육점에 가는 거냐고 물었다. 이하곤은 화대도 없을 뿐더러 요사이에는 별로 그런 데 가고 싶은 마음이 생기지 않는다면서 그가 정 가길 원한다면 택시를 잡아줄 테니 여기서 헤어지자고 했다. 그도 별로 갈 마음이 없으면서 술김에 괜한 말을 꺼내 보았을 뿐이라고 했다. 이하곤은 술도 깰 겸 일단 좀 걷자고 했다. 둘은 큰길가를 따라 행인들이 뜸해진 밤거리를 슬슬 걷기 시작했다. 찻길에는 지나다니는 차량들도 부쩍 뜸해진 것 같았다.

그가 갑자기 꺽꺽거리더니 아무래도 토해야 할 것 같다면서 건물 모퉁이로 달려갔다. 잠시 후 그의 입에서 걸쭉한 토사물들이 쏟아져 나왔다. 그는 한 손으로 건물 외벽을 짚은 채 허리를 꺾고 계속 꺽꺽거렸다. 이하곤이 다가와서 그의 등을 가볍게 토닥거려주었다. 그는 이제 좀 나아졌다고 했다. 그러더니 잠시 후 머리가 부서질 듯 아파온다고 했다. 이하곤은 술도 잘 못하면서 너무 많이 마신 거 아니냐고 했다. 그는 그래서 머리가 아픈 게 아닐 거라면서 아마도 전에 머리를 심하게 다친 후유증일지도 모른다고 했다. 이하곤은 고개만 끄덕일 뿐 아무 말도 하지 않고 담배를 꺼내 물었다. 그는 큰 숨을 몇 차례 반복해서 내뱉고 들이쉬다 자기도 한 대 달라고 했다. 이하곤은 담배를 건네주면서 이제 좀 괜찮아진 것 같으냐고 물었다. 그는 그런 것 같다고 했다. 이하곤과 그는 담배를 다 피우고 다시 밤길로 나섰다.

둘은 한동안 아무 말도 하지 않았다. 그가 먼저, 혹시 이 도시에서 하늘 높이 솟아오른 거대한 탑을 보았거나 그런 게 신축된다는 소문을 들은 적이 없느냐는 말로 둘 사이에 흐르던 침묵을 깼다. 이하곤은 하늘 높이 솟아오른 거대한 탑이라면 바벨탑 같은 것을 말하는 거냐고 되물었다. 그는 눈빛을 반짝이며, 바벨탑을 아느냐고 했다. 이하곤은 순간 어리둥절해진 얼굴로, 바벨탑이라면 구약성서의 창세기 편에 나오는 건데 이 도시에서 보았을 턱이 있겠느냐고 했다. 그는 다시 한 번, 정말 바벨탑에 대해서 모르느냐고 했다. 이하곤은 신의 저주가 내려 허물어진 탑이라는 것만 알 뿐 그 이상은 자기도 잘 모른다고 답했다. 그는 이하곤의 대답을 듣고도 뭔가 미심쩍은 듯 계속 고개를 갸우뚱했다. 이하곤은 의심스러워하는 눈초리로 그를 할금거리며, 갑자기 바벨탑이 어쨌다는 거냐고 했다. 그는 한동안 뭔가 골똘히 생각해보는 표정을 짓고 있다 그냥 아무것도 아니라고만 했다.

그때 핫팬츠 바람에 머리를 각양각색으로 물들인 한 떼거지의 아가씨들이 검둥개 한 마리씩을 목줄에 앞세우고 나타나 여기저기로 흩어졌다. 그녀들은 늘씬한 다리를 앞으로 내밀어 지나가는 남자들을 멈춰 세우는가 하면 느닷없이 그들의 팔짱을 끼며 달라붙기도 했다. 많은 남자들이 그녀들의 손에 이끌려 건물들의 사이에 생긴 통로를 따라 걷다 결국 으슥한 골목 안으로 사라졌다. 그럴 때마다 그녀들의 검둥개들은 턱 밑으로 걸쭉해 보이는 침을 질질 흘리며 낯선 남자들을 향해 사납게 짖어대곤 했다. 그녀들은 지갑에서 돈을 꺼내드는 남자들에게, 여기서 계산하다 걸리면 큰일 난다면서 거리에서는 절대 계산할 수 없도록 되어 있다고 단호한 어투로 말했다. 그때 한

블록 떨어진 네거리에서부터 순찰차 한 대가 왕왕거리는 메가폰 소리와 함께 유유히 달려오는 게 보였다. 순찰차의 번쩍이는 경광등이 보이자마자 남자들에게서 돈을 받아쥔 아가씨들은 쏜살같이 건물 틈새로 몸을 숨겼다.

이하곤은 의아해하는 말투로, 이 주위에도 정육점들이 있었으며 벌써 정육점 아가씨들이 깔릴 시간이 되었느냐면서 자기는 이제 그만 집에 들어가봐야 할 것 같다고 했다. 그는 관자놀이를 집게손가락으로 꾹꾹 누르며, 혹시 따라가도 괜찮겠느냐고 물었다. 이하곤은 집에 들어가기가 싫거나 돌아갈 집이 없거나 다른 목적이 있는 거냐고 되물었다. 그는 다른 목적이라면 어떤 목적을 의미하는 거냐고 했다. 그 말에 이하곤은 그냥 알았다고만 답했다. 얼마 후 둘은 택시를 잡아타고 핫팬츠 바람의 아가씨들이 사방에 늘어선 그 거리에서 벗어났다.

4

택시는 불빛이라곤 전혀 보이지 않는 어느 아파트 단지 앞에 멈춰섰다. 그 아파트 단지는 육중한 어둠 속에서 성탑 같은 윤곽으로 드러났지만 폐가촌의 살풍경을 띠고 있었다. 그런 각 동의 아파트들 안에 인적이 없는 것은 물론 건물 자체의 유리 외장도 전혀 남아 있지 않은 것 같았다. 일부 아파트 동에는 한 면의 외벽이 송두리째 헐려 있어서 그 내부가 들여다보이기도 했다. 바로 뒤편에 야산 하나를 등지고 있는 폐가촌의 아파트 단지는 생존자 없는 난파선처럼 괴괴하게 가라앉아 있었다. 다른 동네와도 멀찍이 떨어져 있는 그 일대를 밝히고 있는 것이라고는 밤하늘의 달빛이 고작일 정도로 단지 내는 어둡고 음산했다.

그는 택시에서 내리며 정말로 여기 사는 게 맞느냐고 물었다. 이하곤은 어두컴컴한 아파트 광장을 앞장서서 가로지르며, 이런 데서 산다는 게 놀라워서 그러느냐고 했다. 그는 그런 게 아니라 여기 언젠가 와본 기분이 들어서 그런다고 했다. 그 말에 이하곤은 어이없다는 듯 그럴 리가 있겠느냐면서 뒤숭숭한 꿈자리에서나 나타날 법한 집터 아니냐고 했다. 그러더니 잠시 후 한 아파트 동 안으로 들어가서 계단을 밟아올라가며, 보다시피 이 일대의 아파트 단지는 머지않아 완전히 철거될 일정이 잡혀 있는 무덤의 집터라고 했다. 그는 조심스런 발걸음으로 계속 이하곤을 따라가며, 그래도 자기가 사는 곳을 왜 하필 무덤에 빗대느냐고 했다. 이하곤은 계단을 올라가다 말고 어느 문 앞에 멈춰서서, 철거되는 게 사실이니까 자기는 사실을 말했을 뿐이라고 했다. 그리고는 바로 여기서 산다며 그 문을 열었다.

그는 앞을 더듬거리며 이하곤을 뒤따라 문 안으로 들어섰다. 이하곤은 서둘러 동력용 건전지에 연결해서 사용할 수 있는 형광 랜턴을 켰다. 랜턴의 전등 주위에는 두꺼운 몇 겹의 한지가 씌워져 있어서 실내는 그다지 환해지지 않았다. 이하곤은 이따금 야간에 순찰을 도는 경비들과 현장 감독 때문에 이렇게 불빛을 조절할 수밖에 없다고 했다. 만일 그들에게 걸리면 자기는 당장 여기서 쫓겨나거나 밀입주한 죄목으로 경찰에 고발당할 수 있다고도 했다. 실내를 두리번거리던 그는 밀입주가 무슨 말이냐고 물었다. 이하곤은 남의 나라에 몰래 들어가는 게 밀입국이듯이 비록 철거되기 직전의 아파트일망정 몰래 들어와 사는 거니까 밀입주가 아니겠느냐고 답했다. 그는 그런 죄목이 있는지는 모르겠지만 철거되기 전까지만이라도 여기서 버티려면 걸리지 않도록 조심해야 할 필요는 있겠다고 했다. 이하곤은 이런 데서 지내니까 이따금은 마치 폐선을 타고 밀항하려는 듯한 기분이 들 때도 있다고 했다.

이하곤이 권하는 대로 그는 마루의 소파에 자리했다. 소파 앞에는 마호가니 탁자도 하나 놓여 있었다. 벽지가 죄다 뜯겨져나간 콘크리트 바람벽은 매우 차갑고 습해 보였다. 그나마 다른 집들에 비해 온전한 형태로 보존되어 있는 철제 창틀에는 유리창이 한 장도 남아 있지 않아 실내가 바깥에 그대로 노출되어 있었다. 소파와 탁자 말고 다른 세간으로는 기껏해야 몇 개의 짐 가방들과 그렇게 크지 않은 이불 보퉁이 따위가 보일 뿐이었다. 그는 유리가 없는 마루의 창변을 가리키며 날씨가 맑은 날에는 전망이 좋겠다고 했다. 이하곤은 거기서면 인근의 측백나무 숲과 그 너머의 동네 주택가가 훤히 내다보이곤 했는데 그 동네에 포크레인과 기중기 같은 중장비들이 들이닥쳐 공사를 시작하면서부터 폐허처럼 쓸려나간 집터들이 자꾸 눈에 들어오는 탓에 생각보다 전망이 썩 좋지는 않다고 했다. 그는 설취한 착각에서인지 왠지 여기가 낯선 곳처럼 여겨지지 않는다는 말을 다시 했다. 이하곤은 말 나온 김에 술이나 한잔 더 하자면서 부엌이 있던 칸살로 갔다.

이하곤이 부엌에 술을 찾으러 간 사이 그는 어딘가 불편한 듯 이리저리 고쳐 앉아보더니 일어나서 허리춤의 뒤쪽으로 손을 찔러넣어 뭔가를 끄집어냈다. 그의 손이 끄집어낸 것은 권총이었다. 그는 그 권총을 오랫동안 멍하니 내려다보았다. 그때 이하곤은 부엌에서 그에게 맥주를 마시고 싶은지 소주를 마시고 싶은지를 물어왔다. 그는 황급히 권총을 군복 바지 밑에 달린 보조 주머니 속에 감추고는 다시 제자리에 앉아 아무거나 상관없다고 했다. 이하곤은 예의상 물어본 것일 뿐 실은 집에 소주 한 병밖에 남아 있지 않다면서 먹다 남은 과자 부스러기도 어딘가에 있을 거라고 했다.

묵묵히 종이컵으로 술을 나누다 말고 이하곤은 문득, 휴가 나온 군인이 왜 그런 데서 혼자 술을 마시고 있었던 거냐고 물었다. 그는 이하곤이야말로 거기 혼자 앉아서 술을 마시지 않았느냐고 했다. 이하곤은 사실 자기는 거기서 혼자 술을 마시고 있었던 게 아니라 누군가를 기다리고 있었던 것이고 실은 이 철거되기 직전의 아파트도 그자와의 약속장소인 셈이라고 답했다. 그는 그게 누구냐고 물었다. 이하곤은 묵묵히 술만 들이켰다.

그는 그런 이하곤을 잠시 물끄러미 바라보다, 이상하게 들릴지도 모르는 이야기지만 실은 휴가 나와서 집을 잃어버렸다고 털어놓듯 말했다. 이하곤은 입 안에 과자를 털어넣다 말고 어안이 벙벙해진 표정으로, 그게 무슨 얼빠진 소리냐고 했다. 그는 이하곤의 말대로 얼빠진 게 맞을지도 모른다면서 집이 있던 동네로 가봤지만 동네가 온통 공사판으로 변해서인지 도무지 집을 찾을 수 없더라고 했다. 더 엉뚱한 것은, 집이 있던 자리에 아까 거리에서 말한 탑 같은 게 대신 솟아 있었다는 사실이라는 말도 덧붙였다. 이하곤은 술기운에 농담하는 거냐며 어떻게 동네 주택가에 그토록 거대한 탑이 들어설 수 있느냐고 했다. 그는 믿지 못하겠으면 지금 당장이라도 같이 가서 확인해도 좋다고 했다. 이하곤은 정말 그렇다면 큰일이라면서 경찰에 실종 신고라도 했느냐고 물었다. 그는 한동안 눈을 깜빡거리더니, 실종 신고를 해야 한다면 누가 실종되었다고 해야 할지 모호하다고 했다. 이하곤은 아, 그거야 당연히……라고 했지만 그 다음부터는 말문이 막히는 듯했다. 그는 집이 실종되었다고 할 순 없는 일이라면서 집이 어디 있는지 기억하지 못하고 있는 듯한 정황으로 보아 구태여 실종 대상을 찾자면 자기밖에 없는데 자기가 자기를 실종되었다고 신고할 수도 없는 일이 아니냐고 했다. 이하곤은 한잔 하자면서, 듣고 보니 그도 그렇다고 했다. 그는 이하곤이 준 술잔을 단숨에 들이키고는, 게다가 어디다 신고하는 일만은 절대로 피하고 싶다고 했다. 이하곤은 그건 또 왜 그러냐고 했다. 그는 그런 신고를 하려 들었다가는 신고 받는 쪽에서 자기를 미친 놈으로 몰 수도 있는데 군대 있다 미친 놈으로 몰리면 끝장이라는 것을 이하곤도 잘 알고 있으리라고 했다. 그 말에 이하곤은 순간 뭔가 떠오른 듯, 자기가 이따금 폐쇄병동으로 파견을 나가곤 했던 군종병 출신이라 잘 안다면서 병동 낭하의 철창 바깥에 서서 찬송가 405장 「나 같은 죄인 살리신」을 부른 다음 지금 까지도 줄줄 욀 수 있는 창세기 편의 성경 말씀을 되풀이해서 봉독하 곤 했다고 했다. 그는 눈을 몇 번 깜빡거리고는 그 창세기 편의 성경 말씀이 무엇이었느냐고 물었다. 그는 나지막하지만 또박또박한 이조 로 그 성경 구절들을 암송했다.

……우리가 내려가서 거기서 그들의 언어를 혼잡케 하여 그들로 서 로 알아듣지 못하게 하자 하시고/여호와께서 거기서 그들을 온 지면 에 흩으신고로 그들이 성 쌓기를 그쳤더라/그러므로 그 이름을 바벨

이라 하니 이는 여호와께서 거기서 온 땅의 언어를 혼잡케 하셨음이라 여호와께서 거기서 그들을 온 지면에 흩으셨더라……

그는 어디선가 많이 들어본 말이라고 했다. 이하곤은 농담조로 혹시 폐쇄병동에 있었던 거 아니냐고 했다. 그는 그런 적 없다면서 다만 머리를 다쳐 통합병원에 후송 간 적은 있다고 했다. 이하곤은 왜 머리를 다쳤느냐고 물었다. 그는 순간 이마를 찌푸리면서, 묘하게도 그게 전혀 기억나지 않는다고 했다. 그 대신 병원에 있었을 때 잠결에서인지 누군가 자꾸 자기 귀에 대고, 없어 이제 더 이상 집은 없어, 라는 말을 소곤거렸다면서 자기도 그 말에, 찾다 찾다 못 찾겠으면 그만 다시 들어가야 합니다, 라고 답했던 게 기억난다고 했다. 그러더니 잠시 뭔가를 떠올려보는 표정으로, 그 혼곤한 잠결 속에서 자기가 누군가와 함께 집터들이 모조리 쓸려나간 폐허 위를 헤매고 돌아다니던 모습도 생생하다고 했다.

그 사이 술병이 비었다. 이하곤은 집에 술이 더 없다면서 잠시 나갔다 와야겠다고 했다. 그는 그만 마셔도 상관없다고 했다. 이하곤은 그래도 오랜만에 취흥이 도는 술자리를 이렇게 파하기는 좀 아쉽다면서 주섬주섬 일어났다. 나가기 전에 이하곤은 잠시 머뭇거리더니, 나간 사이에 혹시 어떤 사람이 찾아올지도 모른다고 했다. 그는 그게 누구냐고 물었다. 이하곤은 그런 것까지 알 건 없고 그냥 잠깐 기다리라고 하기만 하면 된다고 했다.

닫혀 있던 방문 하나가 스르르 열리면서 한 사내가 저벅저벅 걸어나왔다. 그는 화들짝 놀라며 일어섰다. 사내는 아무 말 없이 그를 향해 다가왔다. 그는 누구냐고 외치면서 바지 주머니에 있던 권총을 뽑아들고 그에게 겨누었다. 사내는 그의 태도에 아랑곳하지 않고, 지금 뭐 하는 짓이냐며 자기 어깨를 가리키더니 이걸 보고도 모르겠느냐고 버럭 소리를 질렀다. 사내가 입고 있는 카키색 야전잠바의 양쪽 어깨에는 대위 계급장이 달려 있었다. 그는 계속 허튼 수작부리면 온몸에 벌집을 내주겠다며 자기를 잡으러 온 사람인 줄 다 안다고 했다. 대위는 어이없다는 웃음을 짓더니, 그럼 자기가 여기서 도대체 뭘 어떻게 했으면 좋겠느냐고 물었다. 그는 우선 정체부터 밝히라고 소리쳤다. 대위는 이곳의 중대장도 몰라보느냐고 다그치는 투로 대답했다. 그는 약간 누그러지는 기색으로, 그럼 혹시 이하곤을 만나러 온 사람이냐고 물었다. 대위는 이제 허튼 소리 그만하고 그 장난감 총부터 치우라고 했다. 그는 다시 매서워진 기세로 대위를 노려보며, 우습게 보이나본데 이 총은 결코 장난감이 아니며 자기가 탈영하기 전날 밤 무기고에서 훔친 것으로 장교들이 쓰는 진짜 콜트라고 했다. 대위는 피식 코웃음을 치고는, 도대체 어떤 장교가 그런 장난감 총 따위를 쓴다는 말이냐면서 정히 의심스러우면 직접 한번 시험해보라고 했다. 그는 권총과 대위를 번갈아 노려보다 허공에 대고 방아쇠를 당겨보았다. 권총에서는 둔중한 격발음 대신 콩알만한 완구용 탄환들이 경쾌하게 튀어나올 뿐이었다. 대위는 그거 보라는 듯 어깨를 으쓱해보였다. 그는 믿을 수 없다는 표정을 짓고 있다 권총을 바닥에 내팽개쳤다.

대위는 마루의 창가를 가리키며, 그가 다른 사내 하나와 함께 집터들이 쓸려나간 폐허를 지나 여기까지 오게 된 것을 다 지켜보고 있었다고 했다. 그는 한풀 꺾인 목소리로, 여긴 도대체 어디냐고 물었다.

대위는 이미 말해줬는데 기억이 전혀 나지 않느냐면서 여긴 폐쇄병동 안이라고 했다. 그리고는 그가 아늑하게 쉴 수 있는 곳이라는 말을 덧붙였다. 그 말에 그는 다시 소파에 힘없이 주저앉아 두 손으로 얼굴을 감쌌다. 그러자 대위는 장엄한 음성으로 외쳤다.

일평생에 근심하며 수고하는 것이 슬픔뿐이라. 그 마음이 밤에도 쉬지 못하나니 이것도 헛되도다.

대위의 목소리는 고풍스런 성당에서처럼 아득한 반향을 일으키며 실내에 울려 퍼졌다. 그리고는 잠바 안주머니에서 성경/찬송집을 꺼내 들고 찬송가 405장 「나 같은 죄인 살리신」으로 은혜를 나누자고 했다. 그는 소파에 앉아 여전히 두 손으로 얼굴을 감싼 채 대위의 권유에는 아무 반응도 보이지 않았다. 대위는 아멘으로 찬송을 마무리 지은 후 이번에는 성경을 펼쳐들며 구약성서 창세기 편에서 바벨탑의 구절을 봉독하겠다고 했다.

……우리가 내려가서 거기서 그들의 언어를 혼잡케 하여 그들로 서로 알아듣지 못하게 하자 하시고……

대위는 거기까지 읽다 문득 성경에서 그에게로 눈길을 돌렸다. 그는 계속 그 자세로 굳어 있었다. 대위는 성경을 덮고 그에게로 다가가서 어깨를 쓰다듬으며, 여기가 자기 집이다 싶을 때까지 그렇게 쉬고 있으라는 말을 속삭인 후 방금 전의 그 방으로 천천히 되돌아갔다.

244

　한 시간쯤 지나 이하곤이 돌아왔을 때까지도 그는 두 손에 얼굴을 파묻은 자세로 소파에 머물러 움직이지 않고 있었다. 이하곤은 편의점이 멀어서 좀 늦었다며 탁자 위에 술병과 과자 따위가 든 비닐봉지를 내려놓으려 하다 마루에 떨어져 있는 권총을 발견하고 흠칫했다. 그는 그제야 몸을 움직여 허겁지겁 그 총을 집어들었다. 이하곤은 돌연 심각해진 기색으로 소파에 앉았다. 그러더니 잠시 후 담배를 피워 물며, 실은 아까부터 이미 눈치 채고 있었다고 했다. 그는 잠자코 있다, 미안하다고만 했다. 이하곤은 길게 담배 연기를 내뿜으며, 정작 미안하게 된 건 자기 쪽이라고 했다. 그는 무슨 말이냐고 했다. 이하곤은 그에게 담배 한 개비를 권하면서, 지금 경찰에 신고하고 오는 길이라고 했다. 그 말에 그는 몹시 당황한 듯 벌떡 일어났다. 어떻게 그럴 수가……? 이하곤은 조금 있으면 경찰들이 몰려올 거라면서, 이제 인질범의 혐의를 뒤집어쓰고 자기를 총으로 쏴 죽이는 게 그의 몫일 따름이라고 했다.

　얼마 지나지 않아 긴박한 사이렌 소리가 들려오기 시작했다. 이하곤은 이곳을 자기의 무덤으로 택했다면서 서둘러 일을 마무리짓자고 했다. 그는 이하곤이 뭔가 오해한 모양이지만 자기는 이하곤이 기다리던 사람이 아니라고 했다. 이하곤은 이제 와서 그런 말이 다 무슨 소용이겠느냐고 무덤덤한 어투로 그 말을 받았다. 그러면서 매우 다급하게 그가 손에 든 총을 가리키며, 어서 그 총으로 모든 것을 끝장내자고 독촉했다. 일이 끝나면 이 아파트가 헐리면서 자기를 파묻게 될 것이라고도 했다. 그는 총을 들어올려보이며, 이건 아무 짝에도 쓸모없는 장난감일 뿐이라고 했다.

　그러는 사이 아파트 바깥에서 눈부신 서치라이트의 점멸과 함께 왕왕대는 확성기 소리가 들려왔다. 확성기 소리는 무장 탈영병은 즉각 인질을 풀어주고 절취한 무기도 버리라며 지시에 따르지 않으면 신변의 안전을 보장할 수 없다고 했다. 이하곤은 다시 한 번, 이제 모든 것을 끝내자고 했다. 그는 울먹한 어조로, 자기는 이하곤이 기다리던 사람이 아니라는 말만 반복했다. 왕왕대는 확성기의 목소리는 계속해서, 무장 탈영병이 지금이라도 지시에 따른다면 군 당국에서는 최대한 선처하여 육군 교도소나 폐쇄병동 대신 영내 교회에서 군종병들과 함께 생활하도록 조치할 것을 약속한다고 했다. 이하곤은 엄숙한 태도로 그의 권총을 가리켰다. 그는 권총을 유심히 살펴보듯 자기 눈앞에 가져다댔다.

몇 분 후 아파트 안에서는 권총의 둔중한 격발음이 터져나왔다.

아파트 안으로 한 사내가 들어왔다. 그 사내는 위아래로 온통 검은 옷차림에 검은색 가죽장갑을 착용하고 있었으며 몹시 조심스런 걸음걸이로 한 발짝 한 발짝씩을 내딛고 있었다. 아파트 안은 조용했다. 사내는 텅 비어 있는 듯한 아파트 실내를 향해 아무도 안 계시느냐고 외쳤다. 그때 마루 한쪽에서 피를 흘린 채 쓰러져 있는 사람이 보였다. 사내는 잔뜩 긴장한 표정을 지으며 쓰러져 있는 사람 앞으로 날렵하게 다가가 앉았다. 이미 죽은 상태였다. 사내는 주머니에서 사진 한 장을 꺼내 시신의 얼굴과 대조해보더니, 결국 자살하고야 말았다면서 이럴 거면 전화를 왜 했느냐고 웅얼거렸다.

5

아파트 단지가 모두 헐렸다. 고층 아파트들이 철거되어 휑히 트이게 된 시야로 하늘 높이 솟아오른 마천루 하나가 드러났다. 하지만 그것은 고층빌딩이라기보다 거대한 석탑에 더 가까워 보이는 외관이었다. 아파트 단지가 있던 집터에는 여기저기 콘크리트 담벼락의 잔해들이 남아 있거나 철근과 석면 따위가 뿌연 횟가루 속에 널려 있었다. 포크레인과 기중기, 불도저 같은 중장비들이 아파트가 있던 자리를 말끔히 밀어내거나 새로이 파헤쳤다.

그 철거된 아파트 단지 안으로 두 사내가 천천히 걸어들어왔다. 한 사내는 낡은 작업복 잠바 차림에 등이 몹시 굽은 단구의 체형이었다. 다른 한 사내는 일병 계급장이 달린 군복을 입고 있었는데 야상에서 이하곤이라는 이름이 보였다. 일병 이하곤은 작업복 차림의 사내에게, 이쯤에 분명히 자기네 집이 있었다고 했다. 작업복 차림의 사내는 폐허처럼 집터들이 싹 헐렸는데 무슨 집이 있다는 거냐고 했다. 이하곤은 그 사이에 자기 머리가 좀 이상해져서 살던 동네를 기억하지 못하고 엉뚱한 곳만 찾아 헤매는 중인지도 모른다고 했다. 작업복 차림의 사내는 그 사이 무슨 일이라도 있었던 거냐고 물었다. 이하곤은 잠시 주저하다, 실은 머리를 심하게 다친 후에 탈영을 시도했다가 붙잡혀서 폐쇄병동에 갇힌 적이 있다고 했다. 사내는 왜 머리를 다치게 된 거냐고 다시 물었다. 이하곤은 손으로 얼굴을 쓸어내리며, 자살 기도 때문에 그렇게 된 거였다고 답했다.

그때 사내가 먼발치로 보이는 그 탑을 가리키며, 저 건물에서 누군가가 우리를 내려다보고 있는 것 같다고 했다. 이하곤은 누가 우리를 내려다본다는 말이냐고 했다. 그러더니 아, 이제야 기억난다며, 우리를 내려다보고 있는 사람은 아마 구반도 일병일지도 모른다고 했다. 사내는 구반도 일병이 누구냐고 물었다. 이하곤은 자기와 같이 있다 먼저 휴가를 얻어 나간 사람인데, 나오는 날 바벨탑에 올라가서 자기를 기다리겠다고 한 그자의 말이 이제야 어렴풋이 떠오른다고 했다. 사내는 저 건물이 바벨탑이냐고 물었다. 이하곤은 확실치는 않지만 아마도 사람들이 그렇게 부를 거라고 했다. 이하곤은 갑자기 이마를 찌푸리며, 그런데 저 바벨탑이 들어선 자리가 왠지 자기 집이 있었던 자리라는 직감이 든다고 했다. 그러자 사내는 무덤덤하게, 없다고 이제 더 이상 집은 없다고 웅얼거리듯 말했다. 이하곤은 찾다 찾다 못 찾겠으면 그만 다시 들어가야 한다며 그 말을 받았다. 그 말에 사내는 의아해하는 표정으로 이하곤을 바로 쳐다보며, 어디로 다시 들어가겠다는 말이냐고 물었다. 이하곤은 입만 오물거릴 뿐 아무 대답도 하지 못했다.

사내는 이하곤의 말대로라면 구반도 일병이 기다리겠다며 저 탑 쪽으로 슬슬 가보자고 했다. 이하곤도 그러는 게 낫겠다며 앞장서서 발걸음을 재촉했다. 둘은 포크레인과 불도저가 지나다니는 길 사이를 아슬아슬하게 가로질러 서서히 잿빛 먼지바람에 휩싸이기 시작하는 아파트 단지의 공사 현장에서 멀어져갔다.

초연한 내맡김

反者 道之動, 弱者 道之用
——老子

1

다세대 주택에 속할 그 건물의 1층은 퀵 서비스 센터와 비디오 숍, 철물점, 생고기집 등으로 이루어져 있는 상가였다. 아들은 그 가게들을 지나 건물 안으로 들어왔다. 계단을 밟아올라가면 2층에는 그다지 넓지 않은 층계참 한쪽에 두 칸의 사무실이 나뉘어 있는데 각기 다른 이름의 회사 현판이 달려 있는 게 보였다. 그 한쪽 사무실의 모퉁이를 돌면 건물 뒤쪽으로 또 다른 가구 하나가 세 들어 살고 있는지 그곳에서 불쑥 헙수룩한 사내가 튀어나와 아들에게 가벼운 눈인사를 건네고 지나갔다. 아들은 힘없이 고개만 까딱해보이고는 좁은 층계참을 돌아 다시 계단으로 걸어올라갔다. 3층에는 피아노 학원이 있었다. 단조롭고 무표정한 음계의 반복과 페달의 지속효과로 과장되어 울리는 선율의 흐름이 번갈아서 들려왔다. 열려 있는 문으로 노란 악보책 가방을 든 아이들이 자주 들락거렸다.

피아노 학원을 지나 계단 난간의 모서리를 돌면 굳게 닫혀 있는 철제 덧문이 나타나 4층으로 통하는 층계 문턱를 차단했다. 하지만 아들이 옆으로 밀자 그 문은 다소 귀에 거슬리는 금속성의 마찰음을 내면서도 스르르 열렸다. 아들은 철제 덧문의 모서리 끝이 문설주의 귀퉁이에 반듯하게 맞닿도록 다시 꼭 닫고 4층으로 올라왔다. 4층은 아버지의 집이었다. 굳게 닫혀 있는 아버지의 집에서는 망치질을 하거나 연장으로 뭔가를 열심히 두드려대는 소리들이 새어나오고 있었다. 아들은 잠시 아버지의 집 앞에서 걸음을 멈추고 주춤거렸다. 아마도 아버지에게 자기의 귀가를 알리고 잘 다녀오셨느냐며 인사해야 할지 말아야 할지를 망설이는 모양이었다. 하지만 이내 아들은 아버지의 집 앞에서 물러나 계속 계단을 올라갔다.

계단은 옥외로 통할 듯한 출입문과 창고가 있을 뿐인 건물 맨 위층의 비좁은 층계참으로 이어졌다. 계단에서 올라온 지점을 기준으로 왼쪽은 울퉁불퉁한 벽면이었고 그 벽에 문이 하나 나 있었으며 기역자로 꺾인 모서리 오른쪽에 창고가 있었다. 망가지고 조각난 집기나 가재도구 또는 온갖 공구들이 층계참의 가장자리에 잔뜩 널려 있어서인지 그곳은 한결 더 복잡하고 너저분해 보였다. 아들은 주머니에서 열쇠를 꺼내 옥외로 통할 듯한 출입문을 열었다. 하지만 그 열린 문이 통한 곳은 옥외가 아니라 아담한 옥탑방이었다. 그리고 거기서 가장 먼저 눈에 뜨인 것은 파라칸사스와 행운목을 비롯한 관엽식물의 화분들이었다. 아들은 문 앞에서 구두를 벗었다. 방금 전 아들이 문 앞에 이르렀을 때부터 근처에서 컹컹 하고 개 한 마리가 요란스럽게 짖어댔다.

―다롱아, 시끄러, 조용히 해!

아들은 옥탑방 바깥의 옥상 앞마당을 향해 그렇게 소리치며 집 안으로 들어섰다. 그래도 다롱이는 그칠 줄 모르고 계속 짖었다. 아들은 메고 있던 배낭을 내려놓자마자 안 씻은 그릇과 냄비들이 잔뜩 쌓여 있는 간이 개수대 옆의 쪽문을 열고 옥상으로 나갔다. 그제야 다롱이는 잠잠해졌다. 하지만 여전히 폴짝폴짝 뛰면서 분주하고 들뜬 몸짓으로 아들에게 자꾸 달려들었다. 아들은 다롱이를 살짝 안고 부드럽게 쓰다듬어주었다.

옥상 앞마당에도 각양각색의 화분들이 많았다. 화분들의 초록빛 다발은 메마른 콘크리트 바닥에 푹신한 녹음(綠陰)의 주단을 깔아놓은 것처럼 보였다. 그중에는 다롱이가 줄기 밑동의 흙을 파헤치고 짓뭉개서 이미 시들어버린 것도 있었지만 글라디올러스 같은 대부분의 화분들이 아주 싱그럽고 건강한 것 같았다.

옥상의 난간 너머로 보이는 맞은편 주택가에서는 전신주 하나를 사이에 두고 양쪽에서 건물을 새로 짓는 공사가 한창 진행 중이었다. 한쪽에서는 기왕에 있던 건물을 부수고 굴삭기와 포크레인으로 지반 작업부터 다시 시작한 후 지금은 많은 인부들이 골조와 시멘트 담벼락을 쌓아올리는 데 매달려 마침내 새 건물의 형태가 드러나기 시작한 단계로 보였다. 다른 한쪽에서는 원래 있던 5층 건물에 장막을 두르고 휠 크레인이 동원되어 움직이고 있는 것으로 보아 증축을 하거나 리모델링에 들어간 모양이었다. 공사 현장에서는 생각보다 심한 소음이 나지는 않았지만 이따금 둔탁하고 날카로운 기계음과 콘크리트의 울림이 주택가에 고인 오후의 정적을 단속적으로 가르며 지나갔다. 아들은 담이 낮은 옥상 난간에 서서 멀거니 그런 공사 현장을 바라보다 다시 자기의 옥탑방 안으로 들어갔다.

벌써 한 시간째 아들이 걸상에 눌러앉아 눈길을 주고 있는 화분의 이름은 산소베니아였다. 물론 산소베니아는 아들에게 아무 말도 건네 오지 않았다. 하지만 아들은 마치 그 화분이 자기에게 뭔가를 끊임없이 소곤거리고 있다는 듯이 그쪽에 대고 귀를 쫑긋거리거나 의미 있는 눈짓을 보내곤 했다. 다롱이의 난데없는 컹컹거림과 저 밑에서 희미하게 들려오는 아이들의 피아노 소리 말고는 아무것도 아들과 산소베니아 사이에 끼어들지 않았다. 그러나 곧 공사 현장에서 여러 가지 굉음들이 날아왔다. 아들은 그 소리들에 막 잠을 깬 사람처럼 소스라치게 놀라더니 불현듯 자기 발치에 떨어져 있는 노트를 주워들고 뭔가를 열심히 적기 시작했다. 아들이 노트에 뭔가를 적고 있는 사이 잠겨 있던 옥탑방의 출입문이 살그머니 열리면서 나이가 지긋해 보이는 한 스님이 집 안으로 스며들듯 나타났다. 스님은 문간에서 완만한 박자로 목탁을 두드리며 진언(眞言)을 웅얼거렸다.

—나모바가바떼 쁘라갸 빠라미따예 옴 이리띠 이실리 슈로다 비사야 비사야 스바하…… 스바하바 수냐타……

하지만 아들은 뒤도 돌아보지 않고 여전히 뭔가를 적는 데만 몰두하고 있었다. 아마도 아들에게는 그 스님이 전혀 느껴지지 않는 것 같았다. 스님은 발길을 옮겨 꾸부정한 아들의 등 뒤로 아주 장중하게 옥탑방을 가로질렀다. 그러는 사이에도 아들은 노트에만 고개를 고정하고 스님의 기척과 상관 없이 혼자서 심각한 표정을 짓거나 마냥 키득거릴 뿐이었다. 스님은 간이 개수대 옆의 쪽문을 향해 내딛으면서 완만한 목탁의 박자에 따라 점점 더 낮고 굵직해져가는 목소리로 진언의 암송을 계속했다.

―가떼 가떼 빠라가떼 빠라상가떼 보드히 스바하……

아들이 노트에서 고개를 들어 다시 산소베니아를 응시하려 할 때 스님은 쪽문을 소리 없이 열고 옥탑방에서 빠져나갔다. 쪽문이 열렸다 닫히면서 스며들어온 실바람 한 줄기에 화분의 이파리들이 파르르 떨렸다. 아들은 살짝 까딱거리는 산소베니아를 따라하듯 자기도 고개를 주억거렸다. 그러더니 잠시 후 산소베니아와 노트를 번갈아 바라보며 싱긋 미소 짓고는 혼잣말을 했다.

―흐흠, 산소베니아는 이런 꿈을 꾼단 말이지?

화분들은 여전히 이파리를 까딱거렸다. 그때 초인종이 울렸다. 아들은 노트를 덮고 느릿느릿 일어나 문 쪽으로 다가갔다.

―누구세요?

문 밖에서 '아버지다'라는 말소리가 들렸다. 아들은 문을 열었다. 연갈색 헌팅캡을 쓴 아버지가 다소 굳은 표정으로 한 손에 살수기를 들고 들어왔다. 아들은 아버지의 눈에 뜨여서는 곤란하다는 듯 서둘러 노트부터 치웠다. 아버지는 화초에 물을 주러 올라왔다고 했다.

―다롱이 밥은 네가 줬냐?

아버지는 간이 개수대로 가서 살수기에 수돗물을 받으며 퉁명스런 어조로 그렇게 물었다.

―아침에 주고 간 밥이 그대로 있던데요.

아들의 말에 아버지의 입 꼬리가 씰룩거렸다. 살수기의 부리에 달린 구멍들 사이로 질질 새어나올 만큼 물이 가득 찼다. 아버지가 올라와 있다는 것을 안다는 것처럼 바깥에서 다롱이가 다시 요란스럽게 컹컹거리기 시작했다. 아들은 옥상 앞마당과 면해 있는 창문을 열고 다롱이에게 조용히 하라고 소리쳤다. 다롱이는 아버지에게 인사하려는 듯 폴짝폴짝 제자리 뛰기를 반복했다. 열려진 창문으로 다시 시작된 공사장의 소음이 좀더 날카롭게 들려왔다. 그 소음에 자극받은 듯 다롱이가 쩌렁쩌렁 울릴 만큼 큰 소리로 옥상 너머를 향해 사납게 짖어댔다. 아버지는 미간을 찌푸리며 창문을 닫으라고 했다.

─어떻게 된 게 저놈은 커가면서 점점 더 맛있는 것만 밝혀. 이젠 쇠고기 통조림에 비벼주지 않으면 맨 사료는 숫제 거들떠보지도 않는다니까.

아버지는 닫힌 창문에 대고 계속했다. 아들은 그런 아버지의 푸념에, 제자리에서 어정쩡한 자세로 서성거릴 수밖에 없었다.

─집안에 버는 사람은 없는데 저놈 먹을 걸 무슨 수로 다 대나, 원. 그렇다고 정들었는데 내다버릴 수도 없고 말이야. 애당초 우리 집 형편에 강아지를 기른다는 것부터가 사치였지.

아들은 뒤통수를 긁적거렸다.

─강아지가 먹으면 얼마나 먹는다고 그러세요?

뭔가 불만에 찌든 듯한 아버지의 시선이 창가에서 돌연 아들 쪽으로 건너갔다. 아들은 찔끔 하며 자기 시선을 내리깔았다.

─사람 먹을 것 대기도 빠듯한데 강아지 사료에 그냥 사료는 안 먹는다고 쇠고기 통조림까지 사 먹여가며 키우려니 등골이 휘는 것 같아서 그런다. 그게 얼마나 헤픈가 알기나 하냐?

개수대의 수도꼭지에서 가느다란 물줄기가 새어나오는 게 보였다. 아들은 개수대로 가서 수도꼭지를 잠갔다. 수도꼭지가 끝까지 잠기고 더 이상 물줄기가 새어나오지 않는데도 아들은 아버지를 향해 돌아서지 않고 계속 개수대 근처에서 얼쩡거렸다. 아들이 그러거나 말거나 아버지는 말을 이었다.

　—하긴 다롱이 아팠을 때 가슴이 아리더라. 꼭 자식이 아픈 것처럼 말이다. 그렇게 가슴 아픈 건 나이 들고 아마 처음인가 그랬을 거다…… 다롱이, 이제 많이 좋아졌지?

　다소 누그러진 어조로 아버지가 물었다. 아들은 마지못한 듯 아버지를 향해 돌아섰다.

　—아프기 전보다 더 쌩쌩해진 것 같던데요.

　—그래도 우리 집 형편에 강아지를 기르는 건 분명 사치일지도 몰라.

　아버지의 목소리는 다시 고집스럽고 완강해졌다.

　—아버지, 우리 집 형편이 어떻다고 자꾸 그러세요?

　—아파트 관리 경비가 저렇게 종 있는 강아지를 기르는 낙으로 산다고 해봐라. 남들이 뒤에서 웃지 않겠냐?

　—아파트 관리 경비야 아버지가 일부러 하시는 거잖아요.

　—나 그 일,

　아들의 말에 아버지는 단호하게 답했다.

　—취미로 하는 거 아니다.

　그때 다롱이가 아버지에게 빨리 나오라는 듯 컹컹 하고 짖었다. 양쪽 공사장의 소음들이 끊길 듯 말 듯 다시 바깥에서 울려왔다. 서로 뭔가 더 할 말이 있는 것 같았지만 아버지와 아들은 그 둔탁하고 날카로운 소음들에 눌려 한동안 아무 말도 잇지 못했다. 잠시 후 아버지는 뭔가 마뜩찮아 하는 표정으로 쪽문을 열고 옥상 앞마당으로 나가려 했다. 순간 소음들이 멈췄다.

　—그 일 그만두셔도 아버지한테는 이 건물이 있잖아요.

　아버지가 나가기 전 아들이 먼저 입을 열었다. 아버지는 ‘이 건물?'하고 되묻더니 다시 살수기를 내려놓았다.

─그래, 평생 개같이 번 덕분에 이 건물 하나 올려서 세 받아먹고 산다. 하지만 이 건물하고 아버지가 아파트 경비하는 거하고는 아무 상관도 없다.

─하도 아버지가 우리 집 형편, 우리 집 형편 하시니까 그냥 한번 말씀드려본 거예요.

아버지의 입 꼬리가 씰룩거렸다.

─너, 사고방식이 어째 이상하다. 사람은 항시 무슨 일이든 해야 한다. 건물을 올려서 먹고살 만해졌다고 아무 일도 안 하나? 그 따위 사고방식으로는 한 세상 멀쩡하게 살아가기 어렵다.

아버지의 호된 말투에 아들은 화분들이 있는 쪽으로 시선을 돌렸다. 아버지는 계속했다.

─같이 밥 먹을 때마다 그렇게 타이르고 가르쳐주고 했는데도 당최 알아듣질 못하는구만. 그러고 보니 너 이 옥탑방에 올라와 산다고 요샌 밑에 내려와서 부모랑 같이 밥도 아예 안 먹더구나.

─아버지, 제 나이도 이제 서른이에요.

그 말에 아버지는 벌컥 언성을 높였다.

─서른이면 서른 살 먹은 나잇값을 해야지!

바깥으로 새어나간 아버지의 목소리를 듣고 보내는 응답처럼 다롱이가 다시 큰 소리로 짖기 시작했다. 아버지와 아들은 잠시 침묵을 지켰다.

─저는 아버지가……

이윽고 아들이 결심한 듯 아버지를 똑바로 바라보았다. 하지만 그 눈길은 불과 몇 초도 되지 않아 다시 바닥으로 미끄러졌다.

—되도록 이 옥탑방으로도 안 올라오셨으면 좋겠어요.

아버지는 어이없다는 표정을 지었다.

—어이구, 이 옥탑방이 네 재산이냐? 도저히 한집에서는 같이 못 살 것 같아서 이 옥탑방을 새로 지어 올려보내니까 그 따위 소리를 해? 나도 여기 드나들면서 네 얼굴 보는 거 짜증난다. 그래서 지금 그러지 않을 방도도 강구중이고.

—아버지, 그럼 제가 어쩌면 좋으시겠어요?

아들의 말투에서도 짜증스런 기분이 전해져왔다.

—지금으로서는 짐 싸들고 나가서 방을 구할 수도 없잖아요?

—그건 네가 알아서 처리할 문제지! 네 말대로 네 나이 벌써 서른 아니냐?

—아버지, 그럼 제가 어디 절에라도 들어갈까요?

—응, 그래 그거 잘 생각했다. 차라리 그 편이 나을지도 모르겠구나.

아들은 한숨을 내쉬며 다시 화분들만 우두커니 바라보았다. 아버지는 그런 아들을 향해 들으라는 듯한 혼잣말로 웅얼거렸다.

—그러게 이 옥탑방 지을 때 저 층계참 구석에 문을 하나 더 내는 건데 그걸 깜빡해가지고 옥상 앞마당으로 가자면 꼭 여기를 거쳐 가야 한단 말이야⋯⋯

아들은 냉장고에서 꺼낸 물주전자를 통째로 입에 대고 벌컥벌컥 들이켰다. 아버지는 아들을 잠시 바라보다 쪽문 바깥으로 나가려다 말고 잠시 헌팅캡의 챙 앞을 만지작거리더니, 혹시 이번 주말에 시간 나면 같이 북한산에나 한번 다녀오지 않겠느냐고 물었다.

—갑자기 북한산엔 뭐하시게요?

─거기 좋은 절이 하나 있더구나.

아버지의 어조는 한결 누굿해져 있었다. 하지만 아들은 그 말을 듣고 일순 표정이 굳었다.

─그래서 저보고 진짜로 그 절에 들어가라구요?

아버지는 그게 아니라 요즘 간밤의 꿈자리가 너무 뒤숭숭하고 해서 아들과 함께 그 절을 찾아 불공이라도 한번 드리고 오는 게 좋을 듯싶다는 생각이 들어서 그런다고 했다.

─어떠냐? 요즘 아버지는 노는 날마다 절에 간다.

─……주말에, 아직 모르겠어요. 약속 있을지도 모르구요.

─너, 요사이에는 친구들하고도 다 끊겼잖냐?

아버지의 예리한 물음에 아들은 곤혹스러워하는 표정으로 그동안 도서관에 드나들며 새로 사귄 친구들이 제법 된다고 답했다. 아들의 단호한 거절은 아버지의 자존심을 다소 상하게 한 것 같았다. 아버지는 입 꼬리를 씰룩거리며 더 이상 아무 말도 하지 않고 옥상 앞마당으로 나가버렸다. 다롱이가 아버지를 반기는 듯 거의 발광에 가깝도록 컹컹거렸다. 아버지는 엄한 목소리로 조용히 하라고 고함을 질렀다. 그래도 다롱이는 여전히 들뜬 몸짓으로 수선스럽게 뛰어다니는 발소리를 냈다.

─아빠가 쇠고기 통조림을 비벼줄 테니까 밥 먹자.

약간의 사이를 두고 다롱이에게 건네는 아버지의 말소리는 계속됐다.

─저리 가! 화초에 물 줄 때는 가만히 있어야지.

─화분들이랑 사이좋게 지내야지 이렇게 망가뜨리고 못살게 굴면 아빠가 맴매할 거다.

아들도 아버지와 마찬가지로 간이 개수대의 수도꼭지에서 페트병에 물을 담아 옥탑방 속의 화분들에게 물을 주기 시작했다. 산소베니아, 벤자민, 동백, 홍콩야자 등과 같은 화분들의 흙바탕 위에 넘치지 않도록 조심스럽게 물을 부으면서, 간밤에 무슨 꿈을 꾸었느냐거나 혹여나 자기처럼 불면증에 시달리지는 않느냐고 자상한 어조로 묻곤 했다. 화분들은 여전히 그 푸르른 이파리만 까딱거릴 뿐 아들에게 아무 말도 답해오지 않았다. 그런데도 아들은 세심한 손길로 파라칸사스의 붉은 알갱이를 매만지거나 행운목의 잎몸을 닦아주면서 무슨 말인가를 계속해서 웅얼웅얼했다. 언제부터인가 능숙한 솜씨로 연주되는 피아노 가락이 저 밑에서 흘러나오고 있었다.

물주기를 마친 아들은 다시 걸상으로 돌아와 멍한 눈으로 화분들을 바라보았다. 그러다 한쪽에 치워두었던 노트를 찾아들고 불현듯 뭔가를 열심히 받아 적기도 했다.

—그래, 폴리시아스, 이번엔 네 차례야.

아들은 만족스러워하는 표정으로 어떤 화분 하나를 가리키며 그렇게 말했다. 그때였다. 피아노 가락이 서서히 잦아들더니 나지막하면서도 또렷한 목탁 소리가 그 위로 떠오르고 있었다. 아들은 자리에서 벌떡 일어나 출입문 앞으로 가보았다.

—여기서 나는 소린 아닌데, 이상하네.

아들은 고개를 갸웃거리고는 화분들에게 눈길을 돌렸다.

—너무 오랫동안 화초들이 소곤거리는 말소리에만 집중하고 있었더니 귀가 좀 이상해진 건가?

그리고는 제자리로 돌아왔다. 목탁 소리는 계속됐다. 아들은 자리에 앉아서도 여기저기를 살폈지만 그 목탁 소리의 진원지가 어디인지 알 수 없어 답답하다는 표정으로 귓구멍만 후빌 뿐이었다. 아버지가 쪽문을 열고 다시 들어왔다. 그러자 목탁 소리는 순식간에 잦아들었다. 아버지는 헌팅캡을 한 번 고쳐 쓰고는 그냥 나가려다 말고 멍하니 앉아 화분에만 눈길을 팔고 있는 아들에게 돌아섰다.

─근데 넌 젊은 놈이 어째 그렇게 매가리 없이 온종일 멍하게 앉아만 있나?

아들은 자리에서 일어나며 확고한 말투로, 멍하게 앉아 있는 건 아니었다고 했다.

─그럼 그렇게 앉아서 도대체 하는 일이 뭐냐?

아버지가 다그치는 투로 계속 따져 묻자 아들은 말문을 찾지 못한 듯 잠시 동안 더듬거렸다.

─전 지금…… 전 지금…… 화, 화초들이 자기네끼리 주고받는 얘기를 듣고 있었어요……

아버지는 아들이 무슨 얘기를 하는 건지 어리둥절해하는 것 같았다. 아들은 입술을 깨물며 한동안 망설이다 결국 아버지 앞에 노트를 펼쳐보이며, 가끔은 그 이야기들을 이렇게 받아 적기도 한다고 했다. 아버지의 표정은 어리둥절해하는 데서 어이없어하는 쪽으로 일변했다.

─그래, 화초들이 너한테 뭐라고 하더냐?

─사는 건 자기네처럼 가만히 견디는 거라고 했어요.

아버지는 순간적으로 표정을 일그러뜨렸다.

─그 따위 쓸데없는 짓거리에 정신 팔지 말고 나가서 일할 생각이나 하라고 충고하지는 않더냐?

─아버지, 아버지가 생각하시는 일은 아니지만 이것도 저한테는

분명 소중한 일거리예요.

아버지는 더 말해야 무엇 하겠느냐며 매번 여길 거쳐서 옥상 앞마당에 가느라 제 명에 못 죽을까봐 겁난다고 웅얼거린 후 문을 쾅 닫고 나갔다. 아들은 다시 걸상으로 돌아와 화분들을 물끄러미 바라보더니 잠시 후부터 노트에 뭔가를 열심히 받아 적기 시작했다.

2

맨 위층의 층계참에서 쿵쾅거리며 해머질 하는 소리가 건물 복도에 둔중하게 울리고 있었다. 아들이 4층으로 통하는 계단을 밟아올라오고 있었을 때 작업복 차림의 아버지는 문의 왼편에서 기역자로 꺾인 구석의 벽을 한창 해머로 두드려대는 중이었다. 둔중한 해머의 울림에 성대 좋은 다롱이의 컹컹거림이 파묻힐 정도였다. 아버지의 발치에는 그곳 층계참의 가장자리에서 굴러다니던 온갖 공구들이 까만 비닐봉지들에 담겨 잔뜩 쟁여져 있었다. 계단의 난간 밑으로 아들이 보이자 아버지는 잠시 해머를 내려놓고 목에 두른 수건으로 이마의 땀을 닦았다. 아버지의 머리에는 헌팅캡이 얹혀 있지 않았다.

─어디 갔다 오냐?

아버지가 가볍게 기지개를 켜며 아들에게 물었다. 아들은 도서관에 다녀오는 길이라고 했다. 그리고는 혼잣말처럼 덧붙였다.

─제가 갈 데라곤 거기밖에 더 있나요.

─그래, 거기서 9급 공무원 시험이라도 준비하는 거냐?

아들의 다음 말에는 개의치 않고 아버지가 다시 물었다. 아들은 그런 것 같기도 하지만 또 그렇지 않을 수도 있다는 말로 우물우물 얼버무렸다. 아버지의 입 꼬리가 씰룩거렸다.

—그건 그렇고, 아버지 지금 뭐 하시는 거예요?

아버지는 보면 모르냐며 여기에 문을 내려는 중이라고 했다.

—문이요? 거기에 문은 왜요?

—아무래도 여기에 옥상으로 직접 통하는 문을 하나 더 뚫어야지 안 되겠더라.

그러더니 아버지는 작업복의 웃통을 벗어젖히며, 옥상에 가려면 꼭 아들의 방을 거쳐 가야 하는 게 번거롭기도 하고 그래서 문을 하나 더 내기로 마음먹었다고 했다. 아버지가 가리킨 벽에는 앞으로 생길 문의 테두리가 사인펜으로 그려져 있었고 바닥에는 반질반질한 포대자루들이 널찍하게 깔려 있었다. 이제 갓 공사가 시작되었는지 아직 큼직하게 헐린 자국은 보이지 않았다. 그래도 포대자루 위에는 벽에서 떨어져나온 시멘트 조각과 부스러기들이 벌써부터 수북해서 뽀얀 먼지가 피어올랐다. 아버지는 뒷주머니에서 운동모를 하나 꺼내 눌러 쓰고는 수건으로 입을 가렸다.

—나중에 살수기로 물 한번 뿌려야겠구먼.

아들은 고개를 절레절레 흔들었다.

—이거 큰 공사가 될 것 같은데 이 일을 아버지가 다 하시게요?

—그럼 아버지가 다 해야지 우리 집 형편에 이깟 일까지 인부 써서 할 수 있냐? 너 요새 인건비가 얼마나 비싼 줄이나 알어?

—아버지, 진짜 하실 수 있으시겠어요?

—뚫겠다면 뚫는 거지, 제까짓 게 별 수 있냐?

아버지는 갑자기 어깨를 쭉 펴며 자신감 넘치는 목소리로 말했다.

―이래뵈도 이 아버지가 70년대 서울에 막 올라온 직후 새마을 건설 현장에서 잔뼈가 굵은 사람이다!

―그때는 공사판도 전부 건설 현장이라고 불렀나 보네요?

아들의 기습적인 질문에 아버지는 순간 헛기침을 하면서 주춤했다.

―헛험, 먼지를 좀 마셨더니 가래가 끓으려 하는구만…… 건설 현장이든 공사판이든 집 짓고 건물 쌓는 일은 매일반이지…… 그때 박정희 대통령이

그 말을 꺼내는 순간 아버지의 목소리는 다시 고조되었다.

―추진한 백만 호 가구조성사업에서, 지원 나온 군인들이랑 굵은 땀방울 흘려가며 새마을의 동지애 속에서 함께 해머질 하던 일이 지금도 기억에 선하다. 그건 정말 위대한 영도력이었어.

아버지는 자기가 한 말에 새로운 흥이 솟구친다는 듯 난데없이 「새마을의 노래」를 흥얼거리면서 다시 벽에 대고 해머를 내리치기 시작했다. 벽 너머에서 다롱이가 반사적으로 컹컹거렸다. 아들이 다롱이를 부르자 아버지는 다롱이가 건너편 벽 근처에 가까이 오지 못하도록 마당 한 귀퉁이를 두꺼운 판자때기로 막아뒀으니 걱정 말라고 했다. 둔중한 해머질에 벽이 쿵쿵 하고 울렸다. 해머는 테두리 안의 벽을 조금씩 부숴가고 있었다. 포대자루 위로 바스러진 시멘트 조각과 콘크리트 덩어리들이 우수수 쏟아저내렸다.

―새벽종이 울렸네, 새 아침이 밝았네, 너도 나도 일어나……

아들은 아버지를 멀거니 바라보며 엉거주춤한 자세로 머뭇거렸다.

―뭐 하나, 안 들어가고?

아버지는 해머질을 하다 말고 돌아서서 냉랭한 눈초리로 아들에게 말했다. 아들은 배낭을 바닥에 내려놓았다.

—아버지가 그렇게 열심히 일하시는데 어떻게 저만 들어가요?

—하이고!

아버지는 다시 수건으로 얼굴을 닦았다.

—누가 들으면 효자 난 줄 알겠구나, 응? 네가 언제는 아버지 일할 때 일손이 딸려서 부족하다고 해도 눈 한번 깜빡했냐? 지 방에나 틀어박혀가지고 나와보지도 않아놓구선.

아들은 갑갑하다는 표정을 지었다.

—쉬는 날에는 그냥 쉬시지 왜 꼭 일을 일부러 만들어서 하세요?

아버지는 다시 벽을 향해 돌아서서 꼼꼼한 망치질로 헐리는 벽의 범위가 테두리 선을 넘지 않도록 다듬었다.

—그럼 이런 일 네가 할래? 흥, 딴 집 가봐라, 이런 일 다 장성한 자식들이 하지 우리 집처럼 환갑 다 된 아비가 하는 집이 있는 줄 아나.

—아버지는 일을 하시는 게 아니라 일이 아버지를 옭아매고 있는 것 같으니까 그렇지요.

아버지는 일손을 멈추고 흘낏거리는 눈으로 반쯤 돌아섰다.

—난 네가 무슨 귀신 씨나락 까먹는 소리하는 건지 도대체 모르겠다. 사람은 일하라고 태어난 거야. 죽어라 하고 일해서 아끼고 한 덕에 우리 집이 그나마 이만큼이라도 서울에서 자리 잡고 사는 거고.

아버지가 강경한 어조로 그렇게 말하자 아들은 더 이상 응대할 엄두를 내지 못하는 것 같았다. 하지만 그렇다고 해서 그대로 발길을 옮겨 옥탑방 안으로 들어가지도 않았다. 아들은 여전히 엉거주춤하게 제자리에서 머뭇거리기만 했다. 아버지는 벽의 테두리에 대고 잔손질을 계속했다. 금세라도 그 벽으로 네모반듯한 출입구가 하나 뚫릴 것만 같았다.

─쓸데없는 소리 그만 하고 들어가서 쉬어라.

아버지의 어조는 많이 누그러져 있었다.

─오늘 절에는 다녀오셨어요?

아들이 배낭을 다시 들어올리며 물었다. 아버지는 뒤돌아보지 않
고 바빠서 못 갔다고만 답했다. 아들은 요사이 불면증에 시달리느라
잠을 제대로 못 잤다면서 눈 좀 붙인 후에 다시 나오겠다고 하고는
옥탑방 안으로 사라졌다. 벽 너머에서 다롱이가 열광적으로 컹컹거
리는 소리가 들렸다.

─일을 해라, 일을. 일을 해야 불면증 같은 소리도 안 할 거다. 언
제까지 저 따위로 개꿈에나 빠져 살려는지 원.

아버지는 그렇게 웅얼거리면서 무심한 표정으로 망치질에 열중했
다. 그러는 사이 저 밑에서 다시 단조롭고 무표정한 음계의 반복과
유창하고 경쾌한 선율의 흐름이 한데 포개져서 흘러나왔지만 이내
크레인이 작동되기 시작한 공사장의 기계음과 금속성의 파열음들이
귀가 먹먹할 정도로 그 피아노 소리를 일순간에 뒤덮고 말았다.

─자, 이제 본격적으로 뚫어볼까?

아버지는 목장갑 낀 손을 맞부딪쳐서 탈탈 털며 한 걸음 물러났다.
그런대로 해머질이 벽의 테두리를 벗어나지는 않은 것 같았다.

─가만, 옛날에 쓰던 드릴이 어디 있을 텐데…… 내려가서 일단
물 한 잔 마시고……

아버지는 운동모와 목장갑을 벗으며 계단을 밟아내려갔다. 공사장
의 소음도, 피아노 소리도 더 이상 들려오지 않았다. 이제 층계참에
는 아무도 없었다. 그때 테두리 쳐진 벽의 윤곽이 돌문처럼 살짝 열
리더니 그 틈으로 나이가 지긋해 보이는 한 스님이 들어왔다. 스님은

목탁을 두드리며 그 자리에서 진언을 암송했다.

—나모바가바떼 쁘라갸 빠라미따예 옴 이리띠 이실리 슈로다 비샤야 비샤야 스바하…… 스바하바 수냐타……

얼마 후부터는 스님은 장중한 걸음걸이로 층계참을 가로지르기 시작하여 옥탑방의 출입문 앞으로 향했다. 그러자 스님의 팔목에 달린 방울들이 그 목탁 소리에 맞춰 끊임없이 딸랑거렸다. 진언을 암송하는 스님의 목소리는 점점 더 낮고 굵직해져 가는 것 같았다.

—가떼 가떼 빠라가떼 빠라상가떼 보드히 스바하……

스님은 옥탑방의 문 앞에서 가지런히 합장해보이고는 고개를 숙였다. 그러자 굳게 닫혀 있던 옥탑방의 문이 스르르 열렸다. 스님은 그 문 안으로 천천히 들어갔다.

문이 열리면서 측백나무 숲에 둘러싸인 어느 산사(山寺)의 대웅전 앞마당이 펼쳐졌다. 아득한 산새들의 지저귐 사이로 골짜기 바람에 흔들린 처마 밑의 풍경들이 경쾌하고 맑은 놋쇠의 울림을 퍼뜨리며 딸랑거렸다. 숲 사이의 빈터에 자리한 듯한 그 산사는 무인도처럼 호젓했다. 목탁 소리에는 물론 스님의 무거운 발길이 바닥을 디딜 때마다 나는 모래자갈들의 서걱거림에도 미세한 반향이 일 정도였다.

하지만 대웅전 앞마당이 텅 비어 있는 것은 아니었다. 댓돌의 한 귀퉁이에 아들이 우두커니 앉아 있는 게 보였다. 그런데 아들은 아버지의 연갈색 헌팅캡을 깊이 눌러 쓴 모습으로 한동안 경내의 담 너머에 우거진 측백나무 숲가를 물끄러미 바라보다 노트에 뭔가를 열심히 쓰곤 했다. 스님은 계속 진언을 외며 아들의 등 뒤로 천천히 지나갔지만 아들은 스님의 기척을 전혀 느끼지 못하는 것 같았다. 잠시 후 스님은 대웅전 뒤란으로 나 있는 문을 열고 홀연히 사라졌다. 이

익고 아들은 노트를 덮더니 자리에서 일어났다.

—아, 역시 유서 깊은 산사가 좋긴 좋군.

아들에게서는 아버지의 목소리가 튀어나왔다. 아들은 경내를 이리저리 두리번거렸다. 본당에서 낭랑한 목탁 소리가 들려와 마당의 적요(寂寥)를 깰 즈음 방금 전 스님이 들어온 문으로 아들의 배낭을 메고 있는 아버지가 나타났다. 아버지는 본당의 섬돌 위에 서서 합장배례를 드리고 있는 아들에게 다가갔다.

—어디 갔다 온 거냐?

고개를 돌리지 않고 아들이 물었다.

—대웅전으로 오다 보니 문하고 문 한 가운데쯤에 작은 법당 하나가 있더라구요. 그거 구경하다 왔어요.

아버지는 아들의 목소리로 말하고 있었다.

—지나가던 스님이 그러시는데요, 그 법당의 이름도 '문간등각(門間等覺)'이라고 한대요. 그런데 아무도 문과 문의 딱 한가운데에 법당이 지어진 내력을 알지는 못한다네요. 그 스님의 애기로는, 뭐라더라…… 아, 사바세계의 업장(業障)이 모든 중생들의 연(緣)으로 뒤얽혀서 나가고 들어오는 윤회를 상징하는 것 같다고 하시더라구요.

—어허, 거 묘한 애기로구나…… 그런데 가만 있어보자……

아들은 뭔가 신기해하는 눈으로 앞뜰의 여기저기를 둘러보았다.

—네가 다녀왔다는 그 법당만 그런 게 아니라 지금 우리가 서 있는 여기도 문과 문 사이에 있구나. 그렇지?

아들의 말에 아버지도 고개를 돌려 두리번거렸다.

—어, 그러고 보니 진짜 그러네?

—저기 봐라. 저기 문짝이 보이지? 그런데 여기에도 우리가 지나

갈 문짝이 있지 않냐?

아들은 손가락으로 이쪽저쪽을 가리키며 말했다.

―이거 묘한데요. 여긴 온통 다 이런가 봐요.

―글쎄 말이다. 저 문을 지나면 이 문으로 나오고 이 문을 지나면 저 문으로 나오게 되어 있나보구나…… 방금 전에도 우리 문 하나를 지나왔지?

아들은 한쪽 문을 가리켰다. 아버지는 몹시 흥미롭다는 표정으로 고개를 주억거렸다. 아들은 아버지의 팔목을 잡아끌며 어디 한번 가보자고 했다.

―어이구, 어이구!

하지만 아들은 채 한 발자국도 옮기지 못하고 무릎 관절을 움켜쥐더니 제자리에 풀썩 주저앉고 말았다. 아버지가 왜 그러시느냐며 다가앉았다.

―오랜만에 산행을 했더니 관절에 무리가 왔나보다.

아들은 아버지의 부축을 받으며 일어나려고 버둥거려보았지만 이내 엄살이 심한 비명과 함께 다시 주저앉았다. 아버지는 아무래도 안 되겠다면서 차라리 업히라고 하고는 자기 배낭을 아들의 등으로 옮겼다. 아들은 잠시 그래야 할 것 같다며 아버지의 등에 몸을 실었다. 아들을 업은 아버지는 대웅전 뒤란으로 나 있는 문을 향해 천천히 걸음을 옮겼다.

―지금까지 일만 하면서 살아왔더니 몸이 벌써 이 지경이 된 모양이다.

아들은 헌팅캡을 벗어 아버지의 머리에 대신 씌웠다. 둘은 문을 열고 대웅전 앞마당에서 빠져나갔다. 이제 그곳에는 아무도 없었다. 하지만 얼마 지나지 않아 본당에서 예불을 드리고 나온 한 스님이 싸리비로 마당을 유유히 쓸고 다녔다.

—고적한 산중의 숲길에 남은 인적(人跡)은 초연히 내맡기지 못한 분별심의 그림자로구나…… 스바하바 수냐타…… 자성(自性)은 공하니 아비도 없고 아들도 없음이러라……

스님은 한쪽 문에서 시작된 싸리비질을 다른 한쪽 문에 이를 때까지 계속하면서 그런 말을 웅얼거렸다. 그러는 사이 해가 뉘엿뉘엿 기울어가고 있었다. 마당을 쓰는 스님의 그림자가 비스듬한 각도로 길게 끌렸다. 스님은 한쪽 문에 다다르는 동안 남은 자기의 발자취도 싹싹 쓸어서 지우고는 나중에는 발밑에 드리워져 있는 그림자에까지 정성들여 비질을 했다. 그러자 스님의 비질에 따라 그림자가 조금씩 쓸려나가기 시작했다. 스님은 그렇게 공들인 비질로 자기 그림자도 말끔히 쓸어내고는 문 밖으로 나갔다.

이제 대웅전 앞마당에는 아무도 없었다. 울창한 측백나무 숲가에서 산새들이 무리지어 날아올라 어디론가 향해 가는 게 보였고 거세게 불어온 산곡풍(山谷風)이 정갈히 쓸린 앞마당에 잠시 동안 매캐한 먼지바람을 일으켰을 뿐이었다. 그 바람의 여진(餘震)에 처마 밑의 풍경들이 규칙적으로 딸랑거렸다. 얼마 후 스님이 나간 문으로 여전히 아들을 업고 있는 아버지가 다시 들어왔다.

—이거 보세요, 아버지.

아버지가 휘둥그런 눈으로 경내를 둘러보며 말했다.

—반대편으로 쭉 거슬러 올라간 줄 알았는데도 우린 다시 이 문으로 돌아나왔어요.

아들도 놀라워하는 목소리로 정말 그렇다고 했다.

고개를 끄덕이며 아버지가 그 말을 받았다.

—하, 여긴 정말 그러네요. 정말 저기 있는 법당만 문과 문 사이에 있는 게 아니었어요.

—허허, 그러게나 말이다.

아버지는 새삼 주위를 두리번거리며 본당 쪽으로 향했다.

—이제 좀 괜찮아지셨어요?

댓돌 위에 올라서면서 아버지가 아들에게 물었다.

—왜? 이제 힘드냐?

—아니요, 그런 건 아니구요.

아들은 두 팔로 아들의 목을 더욱 꼭 감싸안으며, 관절의 통증이 한결 나아지긴 했지만 어쩐지 아버지의 등에서 내려오고 싶지 않다고 했다. 그러면서 자기의 뺨을 아버지의 뺨에 맞대고는 살살 비벼대기 시작했다. 둘은 스르르 눈을 감았다.

—네 등하고 뺨은 참 따뜻하구나.

아들이 아버지의 나머지 한쪽 뺨을 손으로 애무하며 말했다.

—저도 아버지의 팔과 뺨이 이만큼 포근한 줄은 미처 몰랐어요.

아버지가 점점 상기되어가는 얼굴로 말을 받았다. 아들은 슬그머니 얼굴을 돌려 아버지의 뺨에 자기 입술을 가져다댔다. 아버지는 가녀린 탄성과 함께 턱을 높이 치켜들었다. 둘은 본당 안으로 들어왔다.

—여긴 아무도 없구나……

아들은 아버지의 귓바퀴를 혀끝으로 날름거리며 그렇게 소곤거렸다.

—그래요, 아무도 없어요……

아버지는 아들의 혀끝이 더욱 잘 와닿도록 자기의 얼굴을 옆으로 살짝 기울였다. 아들은 아버지의 앞자락을 열고 가슴 속으로 깊이 손을 찔러넣었다. 아들의 허벅지를 받쳐 들고 있던 아버지의 손아귀가 맥없이 풀리자 아들은 등에서 내려와 아버지를 격하게 끌어안으려 했다. 아버지는 순간적으로 아들을 밀쳐냈다.

─왜 이러시는 거예요……?

하지만 아들은 막무가내로 아버지를 품에 안더니 입술을 포개려 들었다. 아버지는 더 이상 저항하지 않고 아들의 입술에 응했다. 둘은 그 뿌리까지 허락한 혀의 교환으로 한없이 길고 농밀한 입맞춤에 빠져들었다.

─아들아.

아들이 키스를 멈추고 몹시 갈망하는 눈길로 아버지를 바라보며 말했다.

─우린 이제 연인이 되어야 하는 거다.

아들의 말에 아버지는 초점이 흐려진 눈으로 고개를 끄덕거렸다. 둘은 입고 있던 옷을 황급히 모두 벗어던지고 본당의 냉기 어린 널마루 위에 시뻘건 두 겹의 알몸으로 뒤엉켜 열락과 고통의 신음소리를 나누기 시작했다.

─아버지, 하지만……

아버지는 뜨거워진 손과 혀로 아들의 귓불과 목덜미를 어루만지다 말고 불현듯 입을 열었다.

─연인이 되기 전에 먼저 해야 할 일이 있을지도 모르겠군요……

아들은 휘몰아치는 육신의 황홀에 겨운 듯 끊임없이 온몸을 흐느적거릴 뿐 아버지의 말에 아무런 반응도 보이지 않았다. 아버지는 계속했다.

　―그건…… 먼저 아버지를…… 죽이는 일일 거예요……

　아들은 여전히 침묵을 지키며 흐느적거리고만 있었다. 잠시 머뭇거리던 아버지는 이윽고 조심스럽지만 단호한 손길로 아들의 목을 내리눌렀다. 그 순간 아들이 흐느적거림을 멈추고 번쩍 눈을 떴다. 하지만 아버지는 자기의 두 손을 아들의 목에서 거두지 않았다. 아들은 새파랗게 질린 얼굴로 캑캑거리며 말했다.

　―그래…… 이제 아버지라고 하지 말고 내 이름을 불러봐!

　아버지의 손아귀에 목을 내맡긴 아들의 버둥거림은 오랜 시간이 지나서도 그치지 않았다. 그들 앞에 놓인 제단 위의 불상이 초연히 앉아 아버지와 아들 사이에 벌어지는 일들을 내내 지켜보고 있는 것처럼 보였다. 그때 어디선가 둔중하고 날카로운 휠 크레인의 작동음과 유장한 피아노 가락이 한데 겹쳐져서 본당 안으로 스며들어왔다. 그 소리들에 아버지는 몹시 당혹스러워하는 표정으로 고개를 쳐들었다.

3

　―음, 이만하면 됐어.

　한동안 안에서 퉁탕거리던 아버지가 새로 난 문을 열고 옥상 앞마당으로 나왔다. 아버지의 손에는 무거워 보이는 연장통이 들려 있었다. 그때를 놓칠세라 다롱이가 아버지에게 달려와서 악착같이 매달리려고 했다. 아버지는 다롱이를 한 손으로 물리치고는 새로 난 문을 반복해서 여닫아보았다. 위아래의 돌쩌귀를 유심히 살피다 연장통 속의 드라이버로 나사를 더욱 단단히 조이기도 했고 주머니에서 꺼낸 망치로 톡톡 두드려서 이음쇠의 높이를 조정하기도 했다. 그리하여 맨 위층의 벽에는 구태여 옥탑방을 거치지 않아도 직접 옥상으로 통할 수 있는 쪽문 하나가 더 생겨났다. 그 쪽문의 상단에는 얇은 간유리가 끼워져 있었지만 아래는 아직 페인트나 니스가 칠해져 있지 않은 생짜의 목질이었다.

　—페인트칠은 나중에 해야겠다.

　아버지는 헌팅캡을 고쳐 쓰며 만족스러워하는 표정으로 한 걸음 물러나서 새로 난 문을 찬찬히 들여다보았다.

　—다 된 건가요?

　그때 옥상 앞마당을 기준으로 옥탑방으로 나 있는 왼쪽 문에서 아들이 나왔다. 아버지가 새로 낸 문의 위치는 옥탑방의 오른쪽 가장자리였다. 아버지는 그렇다면서 왼쪽 문을 가리키며, 이제 저 문을 통과하지 않아도 옥상으로 직접 나올 수 있게 됐다고 했다. 아들은 잘됐다고 하고는 화분들 쪽으로 눈길을 돌렸다. 다롱이가 혼자서 숨바꼭질을 하듯 화분들의 틈 사이로 들락거렸다. 화초들의 싱그러운 잎살에 눈부신 오후의 햇살이 윤기를 더해주며 풍부한 광합성의 영양분으로 내려앉아 있었다. 그중에서도 유독 폴리시아스와 관음죽이 햇빛을 듬뿍 받아 더욱 환해진 것 같았다.

　—가만 있어보자, 이걸로 또 무슨 일을 하나?

　아버지는 느긋한 태도로 연장통을 챙기면서 그렇게 웅얼거리고는 일단 보일러 탱크 밑에 있는 수도꼭지에서 살수기에 물을 받았다.

　—또 무슨 일을 하겠다고 그러세요?

　순간 아들은 갑자기 짜증스러워하는 목소리를 냈다. 아버지는 살수기에 물을 받다 말고 깜짝 놀라 아들을 노려보았다. 아들은 괜한 소리를 했다는 듯 안절부절못하는 표정으로 자기 입을 가렸다.

—그럼 뭘 하냐?

아버지가 버럭 언성을 높였다.

—너처럼 허구헌날 멍하니 집에서 허송세월만 보내면 밥이 나오나, 떡이 나오냐?

그러는 사이 살수기에서 물이 넘쳤다. 아버지는 얼른 수도꼭지를 잠갔다.

—집에서 허송세월만 보내긴요. 저도 도서관에 가서 공부도 하고 나름대로는 다 해요, 아버지.

아들의 말에 아버지는 살수기를 들고 화분들이 있는 쪽으로 가며, 공부는 무슨 놈의 공부를 한다는 거냐고 비아냥거리는 투로 말했다.

—보여드릴 게 있어요.

아들은 몹시 자존심이 상했다는 표정을 짓고는 자기 방에 들어가서 노트 한 권을 들고 나왔다.

—자, 보세요. 저도 하는 일 있어요. 이것도 제 딴엔 아주 소중한 일거리예요.

아들은 글라디올러스에 물을 주고 있는 아버지의 눈앞에 대고 그 노트를 펼쳐보였다.

—이 녀석이 어디 버르장머리 없이!

아버지는 아들의 노트를 내팽개치고는 엄하게 눈을 부라리며 입꼬리를 씰룩거렸다.

—정말 네놈이 어디 한번 호되게 혼찌검이 나봐야 제정신을 차리지 도저히 안 되겠구나. 그 따위 베짱이 놀음도 일축에 든다고 누가

그러더냐? 그런 정신머리로 이 세상을 멀쩡하게 살아갈 수 있을 것 같으냐?

아버지의 역정은 점점 더 심해지는 것 같았다. 아들은 순간적으로 자존심이 상해서 그랬다며 잘못했다고 사과했다.

—하지만 아버지, 그만 일하시고 쉬셔야 내일 또 일 나가실 거 아니에요. 저는 그냥 그 얘기를 드리고 싶었던 것뿐인데 갑자기 왜 그렇게 역정을 내세요?

아버지는 물주기를 그만두고 다시 연장통 앞으로 돌아와서는 아들만 보면 아비 된 처지로 속이 답답해와서 그런다고 했다. 그리고는 약간 머뭇거리는 듯하더니 나지막하게 덧붙였다.

—나, 이제 경비 일 안 나간다. 아파트 사무소에서 해고 통지가 날아왔다.

—네? 언제부터……?

—아마 이 문을 내기 시작한 날 아침일 거다.

아들은 대수롭지 않다는 말투로 오히려 잘 된 게 아니겠느냐고, 그래도 아버지한테는 이 건물이 있지 않느냐고 했다. 아버지는 처음엔 아들의 말에 선선히 고개를 끄덕이다 나중엔 아들을 흘겨보며 입 꼬리를 씰룩거렸다.

—넌 아버지가 실직한 게 꼭 잘 된 일이라는 투로 말하는구나! 같이 굶어 죽을 지경이 됐다고 하면 그땐 아예 만세라도 부를 기세다.

—아버지, 또 왜 그러세요?

—넌 아버지가 도대체 뭣 땜에 역정을 내는 건지도 모르냐?

아들은 고개를 절레절레 흔들었다.

—아버지는 정말 저를 너무 힘들게 하시네요. 단 한 마디도 무슨

애기를 같이 못 하겠어요. 숨이 막혀서 이젠 정말 못 견디겠어요.

—그래, 그 말 한번 잘했다. 부모고 뭐고 다 버리고 차라리 절에나 들어가버려!

아버지는 공사하고 남은 포대자루 위에 주저앉아 연장통을 챙기면서 무심한 척 노기 어린 목소리로 말했다. 아들은 상기된 얼굴로 아무래도 그래야 할 것 같다면서 새 날이 밝는 대로 집을 나서겠다고 소리쳤다. 아버지는 연장통만 만지작거리며, 그럴 필요 없이 누구 하나 나서서 말리지 않을 테니 오늘밤에라도 짐 싸들고 떠나라고 했다.

—너 절에 가버리면 이제 한시름 놓겠구나.

그때 옥상 건너 공사 중인 건물에서 휠 크레인이 움직이더니 허공 위로 육중해 보이는 철골 기둥을 운반하는 게 보였다. 그 건물에 둘러쳐진 장막 너머로는 우람한 철골들의 얼개가 우뚝 솟아올라 있었다. 휠 크레인은 규격에 따라 철골 기둥들을 운반하고 배치하는 것으로 설계된 구조물의 형태를 계속해서 조립해가고 있는 것 같았다. 전신주 다른 쪽의 공사장에서는 안전모를 착용한 인부들이 쉬지 않고 모래나 시멘트를 등짐으로 나르는 중이었다. 그러는 사이 그 앞으로 트럭들이 속속 도착하여 유리와 대리석 같은 외장재를 내려놓고 가기도 했다. 아마도 곧 건물 외장을 시작할 단계에 이른 모양이었다. 다롱이가 화분들 사이에서 느닷없이 튀어나와 작동중인 휠 크레인에 대고 왕왕 짖어대며 걱정스럽다는 듯 낑낑거렸다. 아버지는 포대자루 위에서 일어나 다롱이에게 다가갔다. 그러자 다롱이는 혀를 빼물고 얼른 아버지의 품 안으로 달려들었다.

—어이구, 우리 다롱이가 왜?

아버지는 자상한 손길로 다롱이의 머리와 배를 쓰다듬으면서 말했다.

　—다롱이한테나 마음 붙이면서 살아가야지 다 소용없다. 자식이 있다고 해도 원, 말 한 마디 통하지 않으니……

　다롱이는 아버지의 팔에 안겨 발라당 돌아누워서는 아버지의 손등과 턱을 부지런히 핥았다. 아버지는 우리 다롱이가 많이 컸다고 하더니 문득 옥상 난간을 둘러보았다.

　—가만, 우리 다롱이 몸에 비해서 옥상 난간이 너무 낮은가? 지금 보니까 옥상 난간에 쇠울타리라도 쳐야겠는데.

　아들은 자기가 보기에도 좀 위험하다고 했다. 아버지는 집 나간다는 녀석이 무슨 참견이냐며 면박을 주는 투로 말했다.

　—아니, 제가 아니라 다롱이가 위험하겠다구요. 거기다 난간이 낮으니까 바람이 세게 불면 작은 화분들이 떨어질라 무섭기도 하구요. 만약에 화분 하나가 떨어져서 지나가던 사람 머리에 맞는 일이라도 생기면, 그땐 아마 이 건물 다 팔아도 시원치 않을 거예요.

　아들의 말에 아버지는 그럴 수도 있겠다며 난간에 쇠울타리를 치긴 쳐야겠다고 했다.

　—그렇다고 우리 집 형편에 다 할 수는 없고 다롱이가 자주 가서 노는 쪽하고 작은 화분들이 있는 데만 부분적으로 해야겠다.

　—그렇게 하세요. 그리고 이런 일은 미장이나 인부를 불러서……

　—애가 또 생뚱맞은 소릴 하네.

　아버지가 성마른 목소리로 아들의 말허리를 잘랐다.

　—우리 집 형편에 이깟 일로 사람을 부르다니. 재료만 구하면 이 아버지가 다 할 수 있다.

　—이것도 만만치 않은 공사일 거 같은데……

—만만치 않기는 뭐가 만만치 않다는 거냐? 70년대 서울에 막 올라온 직후 새마을 건설 현장에서 잔뼈가 굵은 손으로 아, 이런 일도 혼자 못 해낼까봐서 그러냐, 이 아버지가?

아버지는 자꾸만 품에 엉겨붙어 있으려고만 하는 다롱이를 밀치고 연장통으로 눈길을 돌렸다.

—오, 마침 잘 됐네. 그렇지 않아도 무슨 일을 할까 궁리하고 있던 참이었는데. 새로 낸 문짝에 페인트를 칠하는 건 지금 페인트가 없어서 못 하니까 당장에 그 일부터 시작해야겠다.

아들은 놀란 얼굴로, 정말 지금 당장 하실 거냐고 되물었다. 아버지는 연장통을 뒤져 줄자와 스패너, 사인펜 따위를 찾아내면서, 지금 당장 시작하지 못할 이유가 없다고 못박아 말했다.

—아버지, 저 지금 집 나가야 하는데요?

아들은 어이없다는 표정을 지었다.

—나가기 전에 마지막으로 아비 일이나 한번 도와주고 가라.

아버지는 이런저런 연장들을 손에 들고 옥상의 한쪽 모서리로 다가섰다. 아들은 다시 한번 고개를 절레절레 흔들면서도 엉거주춤 아버지를 따라 그쪽으로 향했다. 아버지는 난간을 짚고 서서 아래를 기웃거려보더니, 그동안엔 몰랐는데 이제 보니 참 위험하다고 했다.

—그 동안 먹고사느라 여기가 이렇게 위험한지도 몰랐구나.

아들은 여기서 얼쩡거리다 잘못하면 떨어질 수도 있을 거라며 그런 아버지의 말을 받았다. 아버지는 아들을 잠시 한심하다는 눈길로 쳐다보더니, 그런 얼빠진 소리 좀 하지 말라고 한 후 이런 데서 아무하는 일 없이 얼쩡거릴 놈은 이 세상에 자기 아들밖에 없을 거라고 한탄하듯 덧붙였다. 아들은 위축된 말투로 앞으로는 여기서 얼쩡거릴 일도 없겠다고 했다. 아버지는 난간에서 한 걸음 떨어져나오더니 한동안 잠자코 먼 곳을 조망하는 눈으로 그 자리에 머물러 있었다.

—그 동안엔 몰랐는데 이제 보니 여기 참 높구나. 서울 시내가 다 내려다보이는 것 같다.

이윽고 아버지가 말했다.

—네, 높아요. 이 옥탑방까지 포함해서 5층짜리 건물이지만 여기서 저 아래를 둘러보면 아주 아찔할 정도로 높더라구요.

아들이 확인해주려는 것처럼 아버지의 말을 받아 말했다. 화답을 보내는 듯한 아들의 말에 아버지는 살며시 미소를 지었다.

—그래, 우리 집 참 높다. 저 나지막한 지붕들 좀 봐라. 그리고 저기 있는 게 바로 아버지가 경비로 있던 아파트 단지거든.

아버지는 찻길 건너 먼발치를 손가락으로 가리켰다. 올망졸망한 다세대주택과 상가 건물들 너머로 20층 남짓한 고층 아파트들이 골리앗 크레인처럼 장대한 기골로 하늘과 마주하고 있는 게 보였다.

—우리 집이 높으니까 저런 고층 아파트에 괜히 주눅들어서 그 밑에 찌부러져 산다는 생각도 안 들고 말이다. 저 아래 사람들이랑 차들은 또 어떠냐? 늘 우리 발밑을 기어다니는 것 같지 않으냐?

—하지만

아들은 난간에서 한 발 물러나며 말했다.

—우리 집보다 더 높은 집들도 많아요. 지금 바로 건너편에 지어지고 있는 건물 두 채도 우리집보다 더 층수가 높이 올라가는 것 같던데요. 보세요.

아버지는 공사 중인 건물들 쪽으로 시선을 돌리더니 몹시 마뜩찮아 하는 표정으로 입 꼬리를 씰룩거렸다. 그 건물들이 다 완공되면 훨씬 높은 층수로, 옥탑방까지 포함하여 5층짜리에 불과한 아버지의 다세대주택을 압도할 것 같았다.

─허험, 그건 그렇다만서도…… 아니, 그래서? 그래서 넌 우리 집이 낮다는 거냐, 높다는 거냐?

아버지의 다그치는 말투에 아들은 갑자기 피곤해진 표정으로 머리를 쓸어넘겼다.

─아니요, 높아요. 다른 건물들이 더 높은 층수를 올리거나 말거나 우리 집은 진짜로 높아요. 아주 아찔할 만큼요.

─그래, 정말 아찔하다.

아버지의 목소리는 다시 밝아졌다. 아들은 혼잣말로 정말 비위 맞추기 너무 힘들다고 했다. 순간 아버지가 뒤쪽을 돌아봤다. 아들은 움찔하며 손으로 입을 가렸다. 하지만 아버지는 아들의 혼잣말에 상관없이, 여기 난간 위에 올라서보면 그 아찔한 기분이 더해지지 않겠느냐고 했다. 아들은 아무래도 그럴 거라고 답했다. 그 말을 듣자 아버지는 서슴지 않고 옥상 난간 위로 올라섰다.

─앗, 아버지, 위험해요!

아버지는 아들의 말에 전혀 개의치 않고 불과 몇 센티 위로 올라온 건데도 공기가 달라진 것 같다며 기지개를 켰다. 화분들 사이에서 혼자 뛰어놀던 다롱이가 달려와서 아버지를 향해 컹컹거렸다.

─보세요, 아버지. 다롱이도 얼른 내려오시라잖아요.

─내려오긴. 인석아, 공사해야 할 거 아니야?

아버지는 난간 위를 조심조심 걸어다니며 말했다.

─너도 올라와. 집 나가기 전에 마지막으로 아버지 일이나 한번 도와준다며?

아들은 어안이 벙벙한 표정으로, 그럼 그 위에서 쇠울타리를 치실 거냐고 물었다. 아버지는 그럼 여기서 해야지 어디서 하겠느냐고 되물었다. 아들은 굳이 위험하게 그 위에서 해야 할 필요가 있느냐고 했다. 아버지는 쇠울타리를 쳐야 할 길이만큼의 정확한 치수와 적당한 높이를 측정하려면 아무래도 난간 위에서 직접 작업하는 게 옳을 거 같다고 했다. 아들은 그런 일이라면 아래 내려와서도 충분히 잘할 수 있을 텐데 왜 아버지가 일부러 그런 고집을 피우시는지 모르겠다고 했다.

—네가 일을 알어? 일이라곤 생전 해본 적도 없으면서 무슨 말이 그리도 많으냐?

아버지가 버럭 고함을 질렀다. 아들은 위험할까봐 그런다고 우물거리며 말했다.

—근데 인석이 누굴 닮아서 이렇게 겁이 많아? 여기 보기보다 평평하고 넓어서 하나도 안 위험하다.

아들은 마지못해하는 태도로 난간 위에 올라섰다. 다롱이가 계속 난간을 향해 컹컹거리자 아버지는 헌팅캡을 벗어 화분들이 있는 쪽에 대고 힘껏 던졌다. 비록 멀리 날아가지는 않았지만 아버지가 던진 헌팅캡이 다롱이의 주의를 분산시키는 데는 성공한 것 같았다. 다롱이는 헌팅캡을 물고 돌아오려다 화분들의 틈새에서 뭔가 다른 것에 끌렸는지 그쪽으로 발길을 돌리고는 더 이상 짖어대지도 않았다. 해가 뉘엿뉘엿 기울고 있었다. 이따금 탕탕대는 금속성의 울림과 피아노 소리만 빼면 골목 안의 주택가는 산중의 숲길처럼 고즈넉했다.

—저 봐라.

가벼운 바람결에 아버지의 앞머리가 흐트러졌다. 아버지는 철골 기둥이 조립되고 있는 맞은 편 건물을 가리켰다. 허공 위에 가로놓인 철골 기둥에는 안전모를 착용한 인부들이 걸터앉아 용접을 하거나 망치질에 열중하고 있었다.

—저 사람들도 우리처럼 난간 위에서 일하는 거나 마찬가지 아니냐? 어쩌면 우리보다 더 위험할지도 모르지. 일이란 건 말이야, 저렇게 위험을 무릅쓰고 직접 부딪쳐가면서 해야 하는 거다.

—아버지, 제 눈에는 저 사람들도 너무 위태로워 보여요. 어떻게 저 위치에서 저런 자세로 태연하게 일에만 집중하고 있을 수가 있죠? 전 이해가 안 가요. 저 사람들은 추락 사고가 두렵지 않은 걸까요?

아버지는 주머니에서 줄자를 꺼내 들었다.

—그런 게 두렵다면 마냥 저러고 있을 수 있겠냐? 일한다는 건 그런 거다. 그러니 여기가 너무 위험하다느니 어쨌다느니 하면서 그렇게 엄살부리지 마라. 그건 다 너 같은 철부지들의 어리광일 뿐이니까…… 자, 이리 와서 이 줄자 끝 좀 잡고 늘려라. 여기서부터 재는 게 좋겠다.

아들은 조심스런 발걸음으로 아버지에게 다가갔다. 아버지는 줄자 끝을 당겨서 아들에게 내밀었다. 하지만 아들이 정작 손을 뻗자 아버지는 얼른 줄자를 치웠다.

—갑자기 여기서 확 뛰어내리고 싶구나.

아버지가 몸을 돌려 정면으로 향하면서 불쑥 말했다.

—허탈한 기분이라는 게 이런 거로구나. 그러고 보면 평생 이런 걸 느끼고 살 여유가 없었지. 난간 위에 올라서니 아주 아찔한 게 허공으로 발이 자꾸 이끌리는 것 같다.

—네? 그게 무슨 말씀이세요? 갑자기 왜 그래요, 아버지?

아버지의 심상치 않은 기색에 아들은 당황한 표정을 지었다.

—만약에 말이다, 내가 여기서 떨어져 죽으면 사람들이 뭐라고 할거 같으냐? 아버지랑 별로 사이가 좋지 않은 아들이, 난간 위에서 일하던 아버지를 떠밀었다고 할까? 그런 거 실제로 일어날 수도 있는 사건이겠지?

—여기서 떨어져 죽다뇨? 왜 자꾸 그런 말씀을 하세요?

—아니면 실직 가장이 투신자살했다고 떠들지도 모르지.

—하지만 아버지는 실직 가장이 아니잖아요?

—왜 아니냐? 난 분명히 얼마 전에 아파트 경비직에서 해고된 몸인데. 막상 그런 일을 당하고 보니 앞으로 살 길이 캄캄하더라.

아들은 고개를 갸웃거렸다.

—하지만 아버지한테는 이 건물이 있잖아요? 다른 실직 가장들처럼 먹고살 일이 막막하신 것도 아니잖아요?

그 말에 아버지는 피식 코웃음을 쳤다.

—네가 아직도 그런 말을 주절대는 걸 보면 넌 이 아버지를 몰라도 아직 한참 모르는 거야.

—아버지, 그런 얘긴 나중에 하구요 우리 일단 여기서 내려가요, 네? 그러다 정말 실족하실까 겁나요. 제가 그쪽으로 가서 팔 잡아드릴게요.

그때 건너편에서 인부들이 일손을 놓고, 저기 왜 저러는 거냐며 옥상 난간 위의 아버지와 아들에게로 호기심 어린 시선을 모았다.

—아버지, 사람들이 일하다 말고 쳐다보잖아요. 그러니까 우리 빨리 내려가요. 너무 위험해요.

—뭘? 여기 올라와 있으니까 아찔한 게 기분이 아주 그만인데. 이

세상에서 우리 집이 제일 높은 것처럼 느껴지기도 하고 말이다. 가만 있자, 이참에 좀더 아찔해지게끔 한 발을 들어볼까?

아버지는 한쪽 발을 살짝 들어올리려고 했다. 아들은 재빨리 난간에서 뛰어내려와 아버지의 몸을 안쪽으로 끌어당겼다. 아버지는 아들의 팔에 붙들려 우스꽝스럽게 버둥거리더니 잠시 후 옥상 바닥으로 고꾸라졌다. 그 소리에 놀란 듯 다롱이가 화분들의 틈새에서 뛰쳐나와 쓰러져 있는 아버지에게 달려왔다.

—어이구 다리야, 어이구!

아버지는 바닥에 떨어지자마자 몸을 일으켜 세우려 했지만 이내 앓는 소리를 내며 그대로 주저앉고 말았다. 다롱이는 아버지가 손으로 짚고 있는 무릎 부근과 손등을 열심히 핥았다. 아들이 괜찮으시냐고 묻자 아버지는 실족한 척 한번 떨어져볼 기회였는데 아쉽다고 했다. 아들은 그런 말씀은 이제 제발 좀 그만두시라고 했다. 아버지는 농담이 아니라면서, 그렇게라도 해야 아들이 정신을 좀 차릴 게 아니냐고 했다. 이쪽을 건너다보던 인부들이 다시 각자의 일로 돌아갔다.

—알았으니 이제 그만 일어나세요. 쇠울타리 치는 일은 나중으로 미루시고 내려가서 쉬셔야겠어요.

아들은 아버지에게 손을 내밀었다. 아버지는 아들의 손을 잡고 일어나려 했지만 다시 앓는 소리를 내면서 쓰러졌다.

—왜 그러세요?

—난간에 서서 별짓을 다했더니 갑자기 관절에 무리가 왔나보다.

아버지는 두 손으로 무릎 관절을 움켜쥐고 아파서 못 견디겠다는 듯 얼굴을 찡그렸다. 아들은 잠시 어쩔 바를 몰라 하다, 아무래도 안 되겠다며 등에 업히시라고 했다. 아버지는 못 이기는 척 아들의 등에 자기 몸을 실었다.

─지금까지 일만 하면서 살아왔더니 몸이 벌써 이 지경이 된 모양이다.

─금세 괜찮아질 거예요. 건설 현장에서 잔뼈가 굵으신 몸인데요, 뭐.

아들의 말에 아버지는 흐뭇해하는 미소를 지었다. 아들은 아버지를 업고 새로 난 문 쪽으로 천천히 걸음을 옮겼다.

─너…… 진짜로 집 나갈 거냐?

아버지는 다른 쪽으로 얼굴을 돌리고 무심한 척 아들에게 물었다.

─네, 아무래도 그러는 게 낫겠어요.

아들의 말투는 단호했다.

─그럼……

아버지는 무슨 말인가를 쉽게 꺼내지 못해 한동안 주저하다 이윽고 입을 열었다.

─그럼, 오래만에 저녁이나 같이 먹자. 나갈 때 나가더라도.

─네, 저도 그러려구요.

아들은 흔쾌히 아버지의 제의에 응하고는 새로 난 문을 통해 옥상 앞마당에서 빠져나갔다. 다롱이가 덩달아 따라나갈 기세로 앞장서서 촐랑거렸지만 아들의 제지에 막혀 이미 닫힌 문만 사납게 긁어댔다. 문 바깥에서 아무런 기척도 전해오지 않자 다롱이는 풀 죽은 듯 문앞에 납작 엎드려 낑낑거리고만 있었다.

하지만 잠시 후 닫혀 있던 문이 스르르 열리더니 나이가 지긋해 보이는 한 스님이 나타났다. 다롱이는 기다렸다는 듯이 문틈으로 뛰쳐나갔다. 스님은 느린 박자의 목탁 소리에 맞춰 낮고 굵은 목소리로 진언을 웅얼거렸다.

　─나모바가바떼 쁘라갸 빠라미따예 옴 이리띠 이실리 슈로다 비사야 스바하…… 나무 사만다 못다남 옴 도로도로 지미 스바하……

　스님은 장중한 걸음걸이로 느릿느릿 옥상을 가로질러 옥탑방과 통해 있는 쪽문으로 향했다. 옥상 건너편에서 공사 중인 건물들에는 일하고 있는 인부들이 많았지만 뜬금없이 나타난 스님의 기척을 전혀 느끼지 못하는지 아무도 이쪽으로 눈길을 보내오지 않았다. 스님은 쪽문을 열고 그 안으로 사라졌다.

　옥상 앞마당에는 이제 아무도 없었다. 그런데 어디선가 낯설고 서늘한 수런거림이 들려오기 시작했다. 그 수런거림의 결 고운 목소리들은 서로가 꾼 간밤의 꿈 이야기를 나누고 있었다.

　─흐흠, 폴리시아스는 주로 그런 꿈을 꾼단 말이지?

　─이번엔 제라늄이 얘기할 차례 아니니?

　─그래, 맞아. 이번엔 제라늄이 꾼 꿈 얘기를 들어보자.

　그 낯설고 서늘한 수런거림이 흘러나오고 있는 곳은 화분들 옆에 아무렇게나 내팽개쳐져 있는 아들의 노트였다. 노트에서 들려오기 시작한 수런거림은 해가 저물자 더욱 활발해져서 어두워져가는 저녁 하늘에 겹겹이 메아리칠 것만 같았다.

언어와 음악

김태환

예외적 언어로서의 문학

문학은 일반 언어의 문법과 그 밖의 각종 규칙으로부터의 이탈이 허용된다는 점에서 예외적 언어라고 할 수 있다. 일반 언어에서는 바람직하지 않은 것으로 간주되는 표현 방식도 문학 작품 속에서 사용되면 오히려 문학적 효과를 높이는 것으로 평가되기도 한다. 물론 이러한 일탈이 무조건 용인되는 것은 아니다. 문학의 예외성이 모든 규칙으로부터의 열외를 의미하는 것이라면, 문학 작품의 원고를 맞춤법과 문법에 따라 교정하는 것은 전적으로 무의미한 일이 될 것이다. 예외에도 규칙이 있다. 즉 일정한 원칙에 따라 예외성을 인정받을 수 있는 범위가 제한된다는 것이다. 예를 들어 시 속에서 맞춤법을 어긴 표기는, 특별한 시적 효과를 불러일으키지 못하는 한 무의미한 오류로밖에는 여겨지지 않을 것이다. 예외는 문학성 혹은 예술성이라는 알리바이를 필요로 한다.

그런데 예외성을 문학의 통상적인 관습을 넘어서 추구하는 문학이 있다. 이런 문학에서는 규칙의 위반이 문학성을 위해 허용되는 불가피한 수단이 아니라 그 자체로서 추구되어야 할 목적이 된다. 예외성은 문학성과 등가가 된다. 기존 언어의 형식과 규칙을 과격하게 파괴하는 전위적, 실험적 문학이 여기에 해당된다.

서준환의 소설들은 전위적 문학의 전통 속에서 극단적인 예외성을 추구한다. 그의 소설은 언어의 가장 근본적인 원리, 즉 언어가 언어 외부의 현실을 지시한다는 원리에 도전한다. 언어는 현실을 지시하고 그것과 관련됨으로써 의미를 가진다. 언어 외적 현실은 언어의 근거이며, 언어를 일정한 규칙 속에 묶어두는 구속력을 발휘한다. 서준환의 소설은 언어와 현실의 관련 고리를 끊어버림으로써 언어의 존립 기반을 무너뜨린다. 지시성의 부정과 함께 현실의 구속력을 벗어난 자유로운 언어의 공간이 생겨나며, 이 공간 속에서 작가는 기이한 꿈과도 같은 독특한 환상의 세계를 구축한다.

이 글에서는 서준환의 소설 속에서 어떻게 지시성이 부정되는지 분석하고, 그러한 시도의 결과와 의미에 대해 고찰해 볼 것이다.

대명사

위에 제시된 문제와 관련하여 가장 먼저 주목해야 할 것은 대명사의 문제다.

대명사란 무엇인가? 대명사는 다른 무언가를 지시하는 데 그 기능이 특화되어 있는 품사다. 대명사가 무엇을 지시하느냐는 거의 전적으로 콘텍스트에 의해 결정된다. 예컨대 '그'는 글이나 말 속에서 이미 언급된, '나'와 '너' 이외의 어떤 사람을 가리킨다. 한국어에서 '그'로 지시될 수 있는 것은——꼭 그런 것은 아니지만——대체로 성인 남성이다. 그것이 '그'라는 대명사가 함축하고 있는 추상적 의미다. 이 범주에 해당되는 인물들은 누구나 '그'로 지칭될 가능성이 있다. 그러므로 하나의 텍스트 속에서 '그'는 여러 인물들을 지시할 수 있다. 즉 '그'의 지시 대상은 부단히 변화한다.

여기서 알 수 있듯이 대명사는 고유 명사처럼 개별 존재를 지시하기 위한 말이면서, 동시에 보통 명사처럼 수많은 개별 존재들에 적용될 가능성을 지니고 있다는 독특한 성질을 지니고 있다. '그'라는 대명사를 '그 남자'로 고쳐 써보자. 그러면 대명사가 지시 기능을 하는 부분(그)과 의미를 가진 부분(남자)으로 구성되어 있음을 알 수 있을 것이다. 의미부는 지시될 수 있는 대상의 범위를 한정하는 역할을 한다. 그리고 지시부는 그 범위에 드는 존재들 가운데 어느 특정한 존재를 지칭하는 역할을 한다. 이때 지시부 자체에는 무엇이 특칭되어야 한다는 정보가 들어 있지 않다. 지시 대상은 전적으로 대명사가 놓여 있는 위치(앞뒤에 어떤 말이 나왔는가)와 의미 맥락(예를 들어 대명사가 A라는 대상을 지시한다고 봤을 때, 의미상의 모순이 발생하지 않는가)에 의해 결정된다. 결국 대명사에 있어서 지시 대상의 결정은 한정 기능을 하는 의미부와 콘텍스트의 공조 작용에 의해 이루어진다. 대명사에서 의미부가 추상적일수록 한정 기능은 약화되며, 이에 따라 콘텍스트에 의해 결정되는 부분이 많아진다. 예컨대 '그'는 '그녀'보다 덜 한정적이고("그녀"가 여자에만 한정되는 반면, "그"는 대체로 남자에 한정되지만, 꼭 그런 것은 아니기 때문이다), 따라서 지시 대상의 결정에 있어서 콘텍스트의 역할이 커지는 것이다. 대명사보다 좀더 실질적인 의미를 지닌 보통 명사들은 지시 대상의 범위를 더 좁게 한정할 수 있다. 예컨대 '중대장'이라는 말은 지시의 범위를 중대장이라는 직책을 가진 군인으로 한정한다. 만일 한 편의 소설 속에서 여기에 해당되는 인물이 단 한 명밖에 등장하지 않는다면, '중대장'은 마치 고유 명사처럼 바로 그 인물을 특칭하는 지시어로 사용될 수 있다. 고유 명사는 원래 개별 존재를 지시하기 위해 만들어진 말이기 때문에 항상 하나의 사물이나 인간에 한정된다. 고유 명사는 한정 기능이 최대화되어 콘텍스트의 역할을 불필요하게 만드는 단어라고 정의할 수 있다. 이 때문에 고유 명사는 그것이 놓인 맥락과 무관하게 대상을 지시할 수 있다. 만일 동명이인이 있어서 한정 기능이 약화될 경우에는 콘텍스트가 다시 결정적 기능을 하게 될 것이다. 혹은 고유 명사를 의미상으로 더 한정함으로써 고유 명사의 지시 기능을 유지하는 경우도 있다(예컨대 호메로스의 『일리아스』에 등장하는 큰 아이아스와 작은 아이아스). 요컨대 지시에 있어서 콘텍스트의 역할은 대명사, 보통 명사, 고유 명사의 순으로 줄어든다고 할 수 있다. 이러한 차이는 단순히 양적인 것만은 아니다. 대명사는 보통 명사나 고유 명사와 달리 독자적인 지시가 불가능하다. 대명사는 반드시 다른 보통 명사나 고유 명사를 매개로 해서만 대상을 지시할 수 있다. 그것을 가리켜 우리는 '대명사가 어떤 단어를 받는다'라고 말한다. 이러한 대명사의 특성 역시 콘텍스트(어떤 명사 뒤에 놓이는가)의 역할을 결정적인 것으로 만든다.

　이상에 논의된 대명사의 기본 원칙을 고려할 때 우리는 서준환의 소설에서 '그'라는 대명사가 얼마나 독특한 방식으로 사용되고 있는

지 이해할 수 있다. 「무숙자」에서 '그'라는 대명사의 예외적 성격은
다음과 같은 두 개의 상호 보완적 명제로 표현될 수 있다.

    1. '그'는 근접한 고유 명사나 보통 명사를 대체하지 않는다.
    2. 고유 명사와 보통 명사는 '그'라는 대명사로 대체되지 않는다.

이 소설에서 '그'는 오직 주인공을 지시한다. '그'가 다른 명사를
받거나 명사가 '그'에 의해 대체되는 법도 없기 때문에 '그'는 주인공
만을 가리키는 고유 명사와 같은 기능을 한다. 대명사가 대척점에 있
는 고유 명사로 탈바꿈한다. 다음 예문을 보자.

    이하곤은 여러 직장에서 밀려난 지 꽤 됐다면서 담배를 꺼내 물었
다. 그는 술기운에 겨운 말투로, 그런 의미에서 지금처럼 술이 머리
꼭대기까지 오른 날이면 늘 정육점 아가씨들 생각이 간절해지더라고
했다.(p. 234)

정상적인 글에서라면 '그'는 당연히 이하곤을 가리키는 말이었을
것이다. 그렇다면 위의 대목은 이하곤이 직장에서 밀려난 이야기를
하면서 사창가에 가고 싶다는 욕구를 드러낸 것으로 해석되어야 할
것이다. 그러나 여기서 '그'는 이하곤이 아니라, 이하곤과 대화하고
있는 주인공을 가리킨다. 그것은 앞뒤의 부분을 함께 읽어보면 분명
해진다.

이하곤은 바지춤을 추스르며 술 먹고 이렇게 노상 방뇨를 해보기도

처음이지만 직장에 다니던 시절이라면 어림도 없을 일이라고 했다. 그는 직장에 다니던 시절이라면 지금은 직장을 그만두었다는 말이냐고 물었다. 이하곤은 여러 직장에서 밀려난 지 꽤 됐다면서 담배를 꺼내 물었다. 그는 술기운에 겨운 말투로, 그런 의미에서 지금처럼 술이 머리 꼭대기까지 오른 날이면 늘 정육점 아가씨들 생각이 간절해지더라고 했다. 이하곤은 누가 보기 전에 얼른 그 물건이나 좀 처리하라고 했다.

그래도 그는 남보란 듯이 자기의 성기를 손으로 덜렁거리고는 [……](p. 234)

이하곤은 항상 이하곤이고 그는 항상 그다. '이하곤'은 대명사로 대체되지 않고, '그'는 앞에 나오는 인물을 받지 않는다. 이하곤뿐만 아니라 주인공을 제외한 이 소설의 모든 인물들이 대명사를 허용하지 않고 있다. 중대장, 위생병, 여주인, 모두가 한결같이 중대장, 위생병, 여주인으로 지칭된다. '그'가 근접한 보통 명사나 고유 명사를 대체한다는 대명사의 기본 규칙은 파기된다. 대명사가 대명사로서 정상적으로 사용되고 있는 듯이 보이는 부분은 소설의 첫 대목뿐이다.

중대장은 침대 발치에 서서 구반도 일병, 그만 깨어나라고 명령조로 소리쳤다. 그는 엉거주춤 상반신을 일으켜 세웠다. 두꺼운 압박 붕대가 그의 눈앞을 가리고 있었다.(p. 223)

여기서 '그'는 구반도 일병을 대신하고 있는 것처럼 보인다. 하지만 '그'가 이 소설의 다른 어느 대목에서도 정상적인 대명사의 용법에 따라 쓰이고 있지 않기 때문에, 이 대목에서만 '구반도 일병'을 대체하는 정상적 대명사 구실을 하고 있다고 볼 수는 없을 것이다. 주인공은 본래부터 '그'이기 때문에 '그'로 지칭된 것이지, 주인공이 본래 구반도 일병이고 이 구반도 일병을 대신하기 위해 '그'가 사용된 것이 아니다. 이러한 판단은 다음의 사실들로 뒷받침된다.

첫째, 구반도 일병이라는 이름이 소설의 첫 부분에서 중대장의 입을 통해 나올 뿐, 화자는 단 한 번도 주인공을 구반도라는 이름으로 부르지 않는다는 점.

둘째, 소설 맨 마지막에 구반도라는 이름이 이하곤에 의해 다시 언급되지만 그가 말하는 구반도는 앞에서 이하곤을 만난 구반도와 동일 인물로 보이지 않는다는 점.

셋째, '그'가 휴가를 나올 때, 군복 상의에 이름표가 떨어져 있다는 점. 이것은 '그'가 고유 명사와 연결되지 않은 추상적 존재임을 암시한다.

여기서 특히 주목할 문제는 이름표의 부재다.

그는 갈아입은 군복 여기저기를 살펴보다 야상과 전투복 상의에 붙어 있던 이름표가 없어졌다고 했다. 위생병은 후송 과정에서 옷이 바뀌었을 수도 있지 않겠냐고 했다. 그는 군복에 이름표가 없는데도 중대장이 휴가 신고를 받아주느냐고 물었다. 위생병은 자기가 알 바 아니라는 듯 어깨만 가볍게 으쓱해 보였다.〔……〕 중대장도 위병소에서도 그의 야상에 이름표가 없는 것을 지적하지 않았다. 그렇게 그는 후송 와 있던 통합병원에서 나왔다.(p. 225)

정상적인 경우라면, 이름표 없는 군복 상의를 입고 휴가를 나간다는 것은 상상할 수 없는 일이다. 그러나 그는 엄격한 군 기율의 적용 대상에서 제외된 예외적 존재인 듯이 보인다. 이름표 없는 군복을 입은 병사가 아무런 문제도 일으키지 않는 비정상적 현실은 고유 명사와의 분명한 연관 관계를 상실한 대명사 '그'가 통용되는 소설의 언어적 상황에 대응된다. 인물로서의 그도 예외자이고, 대명사로서의 '그'도 예외자인 것이다.

「변기」에서도 대명사 '그'는 비정상적으로 사용되고 있다. 이 소설에서는 Y노인과 그의 아들 T가 주인공으로 등장한다. 소설의 전반부에서 Y노인과 T가 대명사로 대체되는 경우는 한 차례도 발견되지 않는다. 화자는 두 인물을 지칭하기 위해 이니셜화된 고유 명사만을 사용하고 있다. 그러다가 소설의 후반부에서 갑자기 '그'가 등장한다. '그'라는 대명사가 사용되는 시점은 Y노인이 변기 속으로 자기 몸을 구겨 넣고 물을 내려버린 다음이다.

쏴 하고 물이 쓸려 내려가면서 새 물이 밀려나왔다. 그 틈을 놓칠세라 Y노인은 두 다리를 힘껏 들어올렸다.(p. 161)

구겨지다시피 한 그의 온몸은 세찬 물살에 떠밀려 변기의 구멍 속으로 빨려들어가고 말았다.(p. 161)

이 대목만을 읽으면, 일어난 일이 특이하기는 하지만, 언어적으로는 아무런 문제도 없는 것처럼 보인다. Y노인이 변기 속에 스스로 빠져들어갔고, 그 결과 그가 구멍 속으로 빨려 들어간 것이다. 하지만 소설이 시작되고 거의 20 페이지에 이르는 동안 Y노인이 '그'라는 대명사로 대체된 적이 한 번도 없었다는 사실은 Y노인과 그의 관계가 그리 단순하게 해석될 수 없으리라는 것을 짐작케 한다. 이러한 의구심은 'Y노인'이 '그'로 전이된 후 다시는 'Y노인'이라는 이름이 등장하지 않는다는 사실에 의해 더욱 강화된다. 더욱 놀라운 것은 '그'가 등장한 후로 사라진 것이 Y노인뿐만이 아니라는 점이다. T라는 이름 역시 더 이상 등장하지 않는다.

변기에 빨려 들어간 '그'는 하수구를 헤엄쳐 가다가 맨홀 구멍을 통해 다시 바깥으로 빠져나온다. 이때부터 그는 Y노인인 것 같기도 하고 T인 것 같기도 한, 애매한 인물로 변한다. 소설 전반부에서 암시되었던 노인과 아들 사이의 유사성(예컨대 비슷한 중얼거림)은 이제 두 인물의 통합을 위한 전조였음이 밝혀진다. 그는 Y도 T도 아닌, 그렇다고 이들과 완전히 무관한 것도 아닌, 제3의 인물이다.

'Y노인,' 'T'와 '그' 사이의 관계는 '구반도 일병'과 '그' 사이의 관계보다도 더 느슨하고 불명료하다. 「무숙자」에서와 마찬가지로 '그'는 고유 명사와의 관련을 잃고 독자적인 기호가 된다. 거의 아무런 한정도 하지 않는 막연한 대명사가 최대한의 한정을 전제로 하는 고유 명사처럼 사용되고 있는 것이다. 콘텍스트에 따라 누구에게나 적용될 수 있는 대명사가 어느 특정한 인물만을 고정적으로 지시한다면, 그것은 역으로 그 인물의 특정성이 의심스러워진다는 것을 의미한다. 특정한 개인의 경계가 '그'라는 대명사의 사용을 통해 허물어지는 것이다. 그렇다면 작가가 '그'를 도입한 것은 Y노인과 T 사이의 경계를 허물기 위한 것이었다는 가정도 성립할 수 있을 것이다.

흔히 소설에서 이름이 이니셜로만 표기되는 등장인물은 익명화된, 정체성을 상실한 개인을 상징하는 것으로 해석된다. 서준환의 '그'는 그 이니셜마저 제거된 미궁에 빠진 존재다. 이런 의미에서 서준환의 대명사 '그'는 지칭될 수 없는 불확정적 존재를 지칭하는 말이라고 할 수 있다.

의미와 지시

지시 대상의 결정에 있어서 의미와 콘텍스트의 역할에 대한 논의를 상기해보자. 의미는 지시될 수 있는 대상의 범위를 한정하고, 콘텍스트는 가능한 대상의 범위 안에서 특정한 존재를 지시 대상으로 결정한다.

위에서 논의한 것은 지시에 있어서 콘텍스트가 결정적 역할을 하는 대명사에 관해서였다. 이 장에서 검토할 문제는 의미에 의한 한정과 지시의 관계다. 의미가 구체화되면 될수록 대상의 범위는 더 한정될 것이다. 대상의 범위가 지시하고자 하는 바로 그 대상과 일치할 정도로 좁혀질 때, 의미에 의한 한정은 곧 특정 대상에 대한 지시와 등가가 된다. 의미에 의한 한정으로 지시 대상이 확정되는 과정은 오랜 세월 끝에 다시 만난 이산 가족이 상대방의 신원을 확인해가는 과정에 비유할 수 있다. 어머니가 오래전에 잃어버린 아들을 다시 만나 기억을 맞추어본다. 몇 가지 일치하는 기억에 '혹시……' 하다가 어느 순간 확신에 도달하여 아들을 붙잡고 눈물을 흘린다. 그 순간까지 확인된 사실들이 바로 자기 아들을 지시하고 있기 때문이다.

이와 마찬가지로 소설에서 인물이나 사물, 상황, 사건에 대한 묘사
는 구체적일수록, 즉 제공되는 정보가 많을수록, 지시에 있어서 더
큰 역할을 하게 된다. "따뜻하고 화창한 봄날이었다"와 같은 진술은
대상에 관하여 그다지 많은 정보를 제공해주지 않으며, 그런 만큼 수
많은 날들에 똑같이 적용될 수 있다. 위의 문장이 지시하는 것은 특
정한 하루이지만 의미상으로 한정되는 날들의 범위는 그것보다 훨씬
더 크다. 따라서 의미가 지시에 기여하는 바가 적다고 말할 수 있다.
반면 비교적 상세하고 구체적인 묘사는 묘사되고 있는 대상 외에 또
다른 대상이 있을 수 없다는 느낌이 들 정도로 대상의 범위를 한정할
수 있다. 이때 묘사는 곧 지시가 된다.

예컨대 「변기」에 나오는 다음과 같은 장면 묘사는 단 한 사람에게
밖에 적용될 수 없는 것처럼 보인다.

그때 휠체어를 탄 한 사내가 천천히 바퀴를 굴려 옥외 휴게실로 들
어와서는 맨 구석 자리에 가서 멈춰 섰다. 〔……〕 휠체어를 탄 사내는
담배도 피우지 않았고 커피도 마시고 있지 않았다. 고개를 들어 정면
으로 향해 있긴 했지만 그렇다고 딱히 어딘가를 바라보고 있는 것 같
지도 않았다. 구석 자리에 휠체어를 세운 후부터 그는 손가락 한 번
꼼지락거리지 않고 완벽하게 굳어 있는 것처럼 보였다. T는 멀거니 휠
체어에 앉은 사내를 건너다보다 새 담배에 불을 붙이고는 그와 가까
운 쪽으로 자리를 옮겨 앉았다. 여전히 휠체어를 탄 사내에게서는 아
무런 기척도 전해오지 않았다. 기계적으로 휠체어만 굴릴 수 있을 뿐,
그는 그 자세로 이미 죽어 있는 것 같았다.(p. 148)

이러한 묘사에 해당되는 사람이 이 세상에 다수 존재한다고 할 수 있을까? 묘사의 구체성과 특수성은 그것이 유일무이한 개인을 지시하고 있다는 느낌을 갖게 한다. 그렇다면 이 소설의 다른 대목에서 읽을 수 있는 다음과 같은 묘사는 누구를 가리키는 것일까?

도서관 직원이 돌아갔고 그는 옥외휴게실 안으로 휠체어를 굴렸다. 〔……〕 그는 쇠울타리를 따라 맨 구석 자리에 가서야 휠체어를 정지시켰다. 그리고 나서부터는 숨조차 함부로 내쉬지 않고 바위처럼 굳었다. 얼마 있다 청년들이 몰려들어와 왁자지껄하게 떠들어대며 휠체어 주변을 왔다 갔다 했지만 여전히 그는 눈꺼풀도 깜빡거리지 않았다. 그는 그대로 죽고 만 것 같았다.(pp. 165~166)

상황은 약간 다르지만 장소도 같고 '그'라고 지칭되는 사람의 행동도 완전히 동일하다. 우리는 첫번째 인용문과 두번째 인용문에 등장하는 휠체어를 탄 인물이 동일인일 것이라고 짐작할 수 있다.

그러나 다른 정황들을 고려하면 두 인물은 동일인일 수 없을 것처럼 보인다. 두 번째 인용문의 '그'는 Y노인이 변기에 빠진 이후에 등장한, Y와 T를 합성한 듯한 인물이다. 앞에서 지적한 대로 '그'가 나오기 시작한 뒤로 Y와 T는 더 이상 등장하지 않는다. 반면 첫번째 인용문은 Y노인이 변기에 빠지기 이전 상황을 묘사한 것으로, 이 장면에서는 휠체어를 탄 사내와 T가 함께 등장하고 있다. T는 휠체어를 탄 사내를 바라본다.

"휠체어를 탄 사내"는 한 명일까? 아니면 대단히 흡사하지만 서로 다른 두 명의 인물일까? 지시와 등가가 될 정도로 구체적인 상황 묘사가 다른 콘텍스트에서 아주 비슷하게 반복되면서 특정한 대상을 지시하는 데 실패한다. 의미에 의한 한정이 지시로 이어지지 못하는 것이다.[1]

이와 같은 예는 소설집 전체에 걸쳐 무수하게 발견된다. 지시를 방해하는 반복은 서준환의 특징적인 서술 전략에 속한다.「수족관」에 등장하는 구엔 혹은 빈이라는 인물에 관한 서술을 보자. 소설의 주인공은 빈과 베트남 국수집에 간다.

아버지가 한국 사람이고 엄마가 베트남 여잔데, '빈'이라는 건 베트남에서 아이 때 불리던 이름이라고 했다. 〔……〕 그러고 보니 구엔 또는 빈, 그 친구는 여느 한국 사람들보다 눈이 더 동그랗고, 더러 한국 말 발음이 어색해질 때가 있는 것 같기도 했다.(pp. 19~20)

주인공은 빈과 함께 유로라는 여자 아이를 데리고 소풍을 갔다가 아이를 죽인다. 빈은 현장에서 달아나버렸다. 그 일이 있은 후 어느 날 주인공은 택시를 잡아 타는데, 그 택시 기사가 다시 빈의 모습으로 그려지고 있다.

그러자 기사는 뜬금없이, 자기는 아버지가 한국 사람이고 어머니가 베트남 여자인 베트남계 혼혈아인데 한국의 꼬마들은 어릴 때 벌써

---

1) 여기서 한 가지 주목할 점은 첫번째 문단에서 휠체어를 탄 사내가 '그'로 지칭되고 있다는 사실이다. 이 소설에서 그 밖의 다른 인물들에 대해 '그'라는 대명사가 사용된 예는 없다. 그렇다면 이 같은 대명사의 예외적 사용은 작품 전반부에 등장하는 휠체어 탄 사내와 작품 후반부에 Y노인이 변기에 빠진 후에 등장하는 '그' 사이의 연관성을 암시하는 것으로 해석할 수 있다.

아가씨들처럼 성숙해지는 것 같더라고 했다. 그러고 보니 기사는 **여느 한국 사람들보다 눈이 더 동그랗고, 더러 한국말 발음이 어색해질 때가 있는 것 같기도 했다.**(p. 30)

강조 부분의 묘사가 처음 나왔을 때, 독자는 그것을 빈이라는 특정 인물에 대한 묘사라고 생각할 것이다. 그러나 그 말은 빈이 소설의 무대에서 사라진 뒤에 등장한 또 다른 인물에 대한 묘사에 거의 똑같이 사용된다. 이는 작가의 묘사가 특정한 인물에만 적용될 수 있는, 충분히 개별화된 표현이 아니라 작가가 임의로 만들어놓고 이런저런 대목에서 활용하는 상투적 언어라는 인상을 불러일으킨다. 다음과 같은 묘사의 반복에 대해서도 동일한 지적을 할 수 있을 것이다.

얼마 못 가서 한 여자가 합승을 했다. 베이지색 블라우스 차림의 그 여자는 커피색 스타킹의 이음선이 아슬아슬하게 드러날 정도로 짧은 가죽 스커트를 입고 있었다. 앞좌석에 앉은 그녀의 머릿결은 열어둔 차창으로 새어들어오는 바람결에 흩날리며 끊임없이 향긋한 샴푸 냄새를 풍겨왔다.(p. 8)

앞좌석에 앉은 그 여자는 베이지색 블라우스를 입고 있었으며 짧은 가죽 스커트 밑으로 커피색 스타킹의 이음선이 아슬아슬하게 드러나 있는 허벅지를 포개놓고 있었다. 살짝 열어둔 차창 틈으로 습진 저녁 바람이 불어와 앞에 앉은 여자의 머릿결에서 향긋한 샴푸 냄새를 퍼뜨렸다.(p. 18)

흡사한 묘사는 아가씨로 변신한 소녀 유로에게서도 발견된다. 동일한 묘사가 이중, 삼중으로 서로 다른 인물들에게 적용된 결과, 그 묘사는 어떤 인물도 지시할 수 없는 것이 되고 만다.

대명사의 사용과 묘사의 사용에서 우리는 일견 반대 방향을 향하는 것처럼 보이는 움직임을 발견한다. 한편에서는 의미에 의한 한정이 거의 이루어지지 않는 대명사가 한 인물에게만 고정적으로 사용되고, 다른 한편에서는 충분한 의미 한정을 통해 특정 인물에게만 귀속될 것 같은 묘사가 여러 인물에게 분산되는 것이다. 그러나 이 두 가지 상반된 움직임은 결국 동일한 지점으로 귀착된다. 지시성의 부정. 한 인물에 고정된 대명사의 사용은 대명사의 지시 기능을 가능케 하는 맥락 효과를 부정하고, 상세한 묘사를 상이한 인물들에게 반복 사용하는 것은 의미의 한정에 의한 지시 효과를 부정하는 것이다.

반복과 상투어

서준환 소설의 언어가 지시적이지 않다는 것을 보여주는 장면은 소설집 곳곳에 흩어져 있다. 「변기」의 주인공 T가 공무원 시험을 준비한다면서 도서관에 가서 연습장에 빼곡히 채워넣는 수(水) 자. 끝없이 반복되는 '물 수'는 그 글자로서의 의미만을 지닐 뿐, 현실과 어떤 관계도 맺지 못한다. 묘사의 반복이 묘사의 지시성을 박탈하듯이, 글자의 반복 역시 같은 효과를 나타낸다. 물 수의 반복은 '그'가 맨홀에서 구출된 뒤 실려 가는 앰뷸런스 속에서 재현된다. 의사는 '그'에게 이것저것 물어보며 노트에 무언가를 열심히 적어넣는데, 그가 쓴 것은 온통 '물 수' 자뿐이었다. 문자는 콘텍스트와 유리된 채 지시 대상을 상실한 엉뚱한 기호가 된다.

소설 속에서 상투어들이 거듭하여 사용되는 것 역시 이러한 맥락에서 이해할 수 있다. 상투어란 어떤 현실을 지시하는 것 같지만 사실은 현실과는 무관하게 이미 만들어져 이런 저런 대상들에 반복 적용될 수 있는 표현을 가리킨다. 소설 「외출」에서는 버스에 구걸하러 올라온 소년에게 버스 운전사가 히죽거리면서 묻는다. "오늘은 왜 '조실부모하야 삭풍이 부는 생활전선의 황야에 떨어진 지 벌써 십수년' 운운하는 대목을 빼먹었느냐고 조롱하듯 끼어들었다. 아, 맞다. 그거…… 소년은 당혹스러워하며 얼굴이 새빨개져서 더 이상 구걸하는 말을 이어가지 못했다. 그러자 승객들이 일제히 까르르 웃음을 터뜨렸다."(pp. 116~117) 조실부모 운운하는 구절은 버스나 지하철에서 구걸하는 소년들이 으레 사용하는 표현일 뿐, 그러한 표현을 사용하는 소년 자신의 상황에 대한 진술이 아니다. 버스 운전사도, 승객들도 소년의 말이 소년의 현실을 지시하지 않는다는 것을 뻔히 알고 있다. 상투어의 지시력 상실은 그것이 구걸이라는 맥락마저 벗어나 전혀 엉뚱한 상황에서 사용됨으로써 더욱 명백하게 부각된다. 식당에 들어온 노인에게 식당 주인은 갈비탕을 먹기 위해서는 통행증이 필요하다고 주장한다. 그러자 노인은 주머니에서 구겨진 쪽지를 꺼내 주인에게 준다. 그 쪽지에는 "조실부모하야 생활전선의 황야에 떨어진 지 십 수년……"(p. 119)이라고 적혀 있었다. 그 쪽지를 꺼내 본 식당 주인은 두말없이 노인에게 갈비탕을 내준다. '조실부모' 운운의 통행증은 물 수 자가 잔뜩 적혀 있는 의사의 진료 기록과 정확히 동일한 의미를 지닌다. 여기서 우리의 눈앞에 제시되는 것은 현실과의 연관성을 상실한 채 추상적 의미로 환원된 언어다.

서준환의 소설집에서 이런 식의 사례들은 얼마든지 더 찾아 볼 수 있다. 상투어는 현실에 대한 진술을 가장하지만, 수없이 반복되는 가운데 현실로부터 멀어지며 지시력을 상실하고 언어 자체로서의 언어가 된다. 상투어는 효력이 정지된 언어라는 점에서 예외적이고, 서준환이 추구하는 예외적 문학의 언어를 닮았다. 앞 장에서 분석한 것처럼 서준환의 묘사는 상투성을 지향하고 있다. 이것은 상투어에 대한 일반적 관념과 모순되는 것처럼 보인다. 상투어는 예술적 언어의 정반대 극에 놓여 있는 것이 아닌가? 어떻게 상투어가 예술적 언어의 모델이 될 수 있는가? 예외 상태의 언어를 추구하는 작가가 지향하는 것은 언어의 상투성에 대한 정확한 인식이다. 작가는 상투어가 상투어라는 것, 그것이 아무런 지시적 효력도 갖지 못한다는 것을 명백히 드러낸다. 이런 점에서 그는 아무런 반성 없이 습관적으로 상투어를 써먹는 사람들과 구별된다. 작가는 상투어, 더 나아가 자기 자신의 언어에 대해 효력 정지를 선언한다.

동일성과 유사성

지시력을 상실한 언어는 현실의 구속으로부터 자유로워지며 작품 자체의 예술적 구성을 위한 재료가 된다. 서준환 소설 속의 모티브들(인물, 상황, 사건들)은 반복과 변주와 대체의 과정을 거치면서 작품 전체를 구축해간다.

이러한 과정은 소설 속의 단어와 단어, 구와 구, 문장과 문장, 문단과 문단, 장과 장을 일관성 있게 엮어주는 통사론을 철저하게 파괴하는 가운데 진행된다. 통사론의 근본 전제는 무엇인가? 통사론의 근본 전제는 지시 대상의 동일성에 대한 가정이다. 텍스트를 구성하는 요소들의 통사적 연결은 모두 이들이 어떤 동일한 외적 현실에 관련된다는 무언의 가정에 기초하고 있다. 언어 외적 현실은 언어적 요소들이 서로 결합되는 데 필수적인 토대, 좀더 정확히 말하면 이들이 흩어지지 않게 단단히 붙들어주는 접착면을 이룬다. '나는 사과를 먹는다'처럼 단순한 문장에서도 이 점은 분명하다. 나와 사과라는 두 존재자와 먹는다는 행위가 동일한 현실, 동일한 상황에 함께 귀속되지 않는다면, 즉 공속적이지 않다면, 위의 문장은 완전히 무의미해지고 말 것이다. 언어 외적 현실의 동일성이라는 접착면 위에 '나,' '사과,' '먹다'라는 언어적 요소들이 붙어 있는 것이다. 두 개의 문장이 연결되는 것도 이러한 공속성에 의해서다. '내가 쓰던 티브이와 오디오 세트를 실은 봉고 트럭이 떠났다. 내 방은 썰렁해졌다.'(p. 7)라는 말이 의미 있게 연결되려면 두 개의 문장이 공속적이라는 것, 즉 동일한 현실을 함께 지시하고 있다는 전제가 요구된다. 이 대목을 읽을 때 독자는 티브이와 오디오 세트가 내 방에 있었고 그것을 치웠기 때문에 내 방이 썰렁해진 것이라고 추론할 것이다. 대명사, 접속 부사, 연결 어미 등은 모두 다양한 단위의 언어적 요소들 간의 공속성을 유지하기 위한 장치라고 할 수 있다. 이를테면 위의 예문에서는 '나'라는 대명사가 그러한 연결 장치의 역할을 하고 있다.

우리는 이미 서준환의 소설 속에서 대명사의 지시적 기능이 의심스러워진다는 점을 지적했다. 그것은 곧 공속성 유지 장치의 부실화, 통사론적 결합 관계의 약화로 이어진다. Y노인이 변기에 자기 몸을 구겨 넣고 이어서 '그'가 변기 아래로 이어진 하수도 안을 헤엄쳐 갈 때, 우리는 Y노인이 변기 속에 빠진 다음, 혹은 빠졌기 때문에 하수도 안에서 헤엄치고 있다고 쉽게 판단해 버릴 수 없다. '그'가 바로 앞에 나온 Y노인을 가리키는지가 불분명하기 때문이다. 이 소설을 처음 읽는 독자는 당연히 '그'가 Y노인을 가리킨다고 생각하고 이야기가 순탄하게 이어진다고 생각할 수 있을 것이다. 그러나 뒤에 등장하는 '그'의 복합적인 모습은 그러한 생각이 순진한 것이었음을 깨닫게 할 것이다. 독자는 '그'가 Y노인이 아니라는 것을 알게 되면서, 텍스트의 균열을 지각할 것이다.

동일성의 원리, 다시 말해 앞에 이야기되었던 바로 그것이 계속해서 이야기된다는 무언의 전제가 소설의 통사론적 결합을 보장해주는 토대라면, 서준환의 소설에서 지시 대상의 소멸은 그의 소설이 서로 연결되지 않는 조각들로 산산이 부서지는 결과를 초래한다. 과연 변기에서 '그'가 돌아온 아파트는 Y노인이 변기 속으로 빠져 들어가면서 떠난, 혹은 T가 도서관에 가기 위해 떠난 바로 그 아파트였을까? 경비는 그곳이 오랫동안 아무도 살지 않은 빈집이라고 말한다. 그 집에는 공간을 가르는 벽도 없이 변기가 거실에 덩그러니 밖에 놓여 있다. 그 변기가 Y노인이 빠졌던 바로 그 변기일까? 「수족관」은 주인공이 티브이와 오디오 세트를 팔아버리고 썰렁해진 방에 수족관을 들여놓는 데서 시작된다. 그러나 소설의 마지막 부분에서 주인공은 베트남 청년이 유로의 살해 혐의로 체포되었다는 뉴스를 티브이로 본다. 그 사이에 티브이를 새로 산 것일까? 그는 소설 내내 라디오만 듣고 있었던 것이다. 티브이가 나오는 방에는 수족관이 없다. 그는 다시 밤거리를 배회하다가 수족관 전문점을 기웃거린다. 이야기는 명백한 모순에 빠져든다. 그가 빈을 알게 된 것은 티브이를 팔고 수족관을 들여 놓은 다음의 일이었고, 빈과 함께 소풍 갔다가 유로를 죽인 것은 그 뒤의 일이다. 그런데 유로 살해 사건의 뉴스를 티브이로 보면서 아직 수족관을 사기 전의 상태로 돌아온 것이다. 하지만 이것을 과연 모순이라고 할 수 있을까? 서준환의 소설에서는 어떤 일이 어떤 일 다음에 일어났고 그러니까 이러이러해야 한다는 식의 추론 자체가 무의미해진다. 수족관에 묘사되는 사건들은 동일한 현실에 모두 함께 귀속되지 않기 때문에, 다른 사건들과 통사론적 연관 관계를 맺지 않는다. 모순은 통사론적 관계의 부조화이며, 동일성을 전제로 한다. 만일 동일성이 전제될 수 없다면, 모순도 성립하지 않는 것이다.

그렇다고 해서 서준환의 소설을 아무런 연결 고리도 없는 파편들의 더미라고 할 수는 없다. 통사론이 해체된 자리에 이와는 다른 유형의 관계가 생겨나기 때문이다. 그것은 동일성의 원리가 아니라 유사성의 원리에 토대를 둔 관계다. 예컨대 「수족관」에서 택시를 타고 가는 여자들은 동일한 인물은 아니지만 유사한 묘사를 통해 서로 연결되어 있다. 우리는 변기에서 두 주인공이 떠난 아파트와 '그'가 돌아온 아파트가 동일한 아파트인지 알 수 없다. 두 아파트를 이어주는 것은 변기와 어항, 금붕어 등의 공통된 요소들이다. 변기가 소설의 전반부에서 Y노인의 별난 행동을 통해 부각되었다면, 마지막 부분에서 변기는 괴이하게도 아파트 거실에 놓임으로써 클로즈업되고 있다. 또한 금붕어가 놀고 있는 어항은 두 부분에서 모두 공통적으로 등장한다. 이 때 앞부분의 변기가 뒷부분의 변기와 동일한 것인지, 앞부분의 어항이 뒷부분의 어항과 동일한 것인지는 문제되지 않는

다. 중요한 것은 두 아파트가 변기와 어항, 금붕어 등의 모티브들을
공유하고 있고, 이러한 공통점과 유사성에 의해 양자 사이에 모종의
연관 관계가 생겨난다는 것이다. 동일성의 원리가 지시 대상의 차원
과 관련된다면, 유사성의 원리는 의미의 차원과 관련된다. 유사성은
같은 의미가 부여될 수 있는 기호들의 반복을 통해 성립한다. 그것은
이들 기호가 모두 동일한 대상을 지시하고 있느냐 하는 문제와는 무
관하다.

음악성과 환상성

동일성이 배제된 유사한 것들의 반복과 변형은 서준환 소설의 기
본 원리다. 몇 가지 모티브들이 자리바꿈을 하고 다소간의 변형을 겪
으면서 다양한 인물과 상황, 사건을 만들어낸다. 이들 사이에는 통사
론적 연속성은 없지만 모티브들의 반복에 의한 유사 관계가 성립한
다. 이 점이 특히 특징적으로 나타나는 작품 가운데 하나인 「변기」의
몇 장면을 비교해 보자.

이 소설은 아기 무덤을 향해 가는 동자승들의 행렬에 대한 묘사로
시작된다. 한 동자승이 수레 위에서 휠체어를 타고 오르골을 돌린다.
오르골에서는 경쾌한 원무곡풍의 동요 가락이 울려나온다. 이들은
저마다 무덤에서 아기 시체를 하나씩 꺼내 오르골 속에 집어넣는다.
오르골의 나팔 구멍에서 하얀 씨앗 같은 알갱이들이 쏟아져 나온다.
동자승들은 씨앗 알갱이들을 땅에 심으려다가 구덩이에서 파닥거리
고 있는 금붕어를 발견한다.

최초의 장면이 담고 있는 몇 가지 모티브들은 이제 작품 곳곳에 흩뿌려진다. 구덩이 속에서 파닥거리던 금붕어는 Y노인의 집 어항 속에서 한가롭게 오락가락하는 금붕어로 재현된다. T는 금붕어가 죽으면 아파트 뒤편 야산에 묻는 게 어떻겠느냐고 아버지에게 묻는다. 이로써 동자승들이 발견한 구덩이 속의 금붕어와 어항 속 금붕어 사이에 긴밀한 연관 관계가 수립된다. 오르골에서 울려나오던 원무곡풍의 동요 가락은 아파트 단지를 찾아온 말 타기 장수가 틀어주는 동요 가락으로 변주된다. 비슷한 가락이 하수구를 통해 빠져나온 '그'를 싣고 가는 응급차의 라디오에서 흘러나오기도 한다. "앞좌석의 라디오에서는 경쾌한 원무곡풍의 동요 가락이 반복해서 흘러나오고 있었다."(p. 163) 휠체어를 탄 동자승은 시립 도서관 옥외 휴게실의 휠체어를 탄 사내와 그를 찾아온 "잿빛 적삼의 까까머리 소년"으로 분열된다. 또 다른 대목에서 동자승은 오르골을 연주하는 까까머리 소년으로 재등장한다. 이 대목은 소설의 첫 장면에 나오는 거의 모든 모티브들을 재등장시키면서, 이들의 통사적 위치를 바꾸어놓음으로써 전혀 다른 장면을 만들어 내고 있다.

그때 노란 조등을 앞세우고 상복을 입은 사람들의 행렬이 저 밑에서 거슬러 올라오고 있는 게 보였다. 그들은 모두 울부짖고 있었다. 곧바로 관을 어깨에 떠받친 남자들이 상복의 행렬을 뒤따라 왔다. 관의 크기는 아주 작았다. 상복 입은 사람들의 몸에서는 하나같이 진한 향불 냄새가 물씬 풍겼다.

"아이고, 아이고."

상복의 행렬은 계속 거슬러 올라가서 아파트 단지 뒤편을 돌아 야산 기슭으로 접어들었다. T는 한동안 그 행렬에 눈길을 보내다 발길을 돌렸다. 시장 골목과 잇닿은 비탈길 끝에는 주차해 있던 앰뷸런스 한 대가 녹색 경보등을 밝히고는 황급히 큰길가로 빠져나갔다. 앰뷸런스가 빠져나가자마자 까까머리 사내아이 한 명이 리어카를 밀며 그 뒤쪽에서 튀어나왔다. 리어카의 좌판 위로 금붕어가 한 마리씩 담긴 어항들과 손잡이 오르골이 보였다. 사내아이는 한 손으로는 리어카를 밀면서 다른 한 손으로는 나팔 모양의 스피커가 달린 오르골의 손잡이를 부지런히 돌려댔다. 손잡이 오르골의 나팔 구멍에서는 경쾌한 원무곡 풍의 동요 가락이 흘러나오고 있었지만 금붕어 리어카는 이내 골목길 모퉁이를 돌아 사라졌다. (pp. 145~146)

사람들의 행렬, 작은 관으로 암시되는 아기 시체, 오르골, 동요 가락, 금붕어, 까까머리 소년 등은 소설의 첫 장면을 강하게 환기하지만, 이들은 모두 세부적으로 변형되거나 그 통사적 위치가 바뀌어 있다. 행렬은 더 이상 동자승의 행렬이 아니라 상복 입은 사람들의 행렬이고, 아기 시체는 무덤에서 파헤쳐지는 것이 아니라 아주 작은 관에 실려 땅속에 묻히려 하고, 행렬의 뒤에서 노새가 끄는 수레를 타고 있던 동자승은 이제 행렬과는 무관하게 리어카를 미는 까까머리 소년으로 바뀌었으며, 구덩이 속에서 파닥거리던 금붕어는 리어카에 실린 어항 속 금붕어로 대체된다. 다른 장면, 다른 대목과의 연관성도 간과할 수 없다. 어항 속 금붕어는 Y노인의 집에 있는 어항과 연결되고, 큰길로 빠져나간 응급차는 '그'를 하수구에서 구출하여 싣고 가는 응급차를 예고한다.

요컨대, 위의 인용문 속에는 서준환 소설의 수사법적 전략이 압축

적으로 드러나 있다. 일련의 모티브들이 고스란히 반복되지만, 변형과 자리바꿈을 통해 최초의 장면과 구별되는 새로운 장면이 연출된다. 이 과정에서 하나의 인물이나 사건이 둘 이상으로 분열되기도 하고(동자승 → 까까머리 소년과 휠체어 탄 사내), 둘 이상의 인물이나 사건이 하나로 응축되기도 한다(Y 노인, T, 휠체어 탄 사내 → '그').

우리는 소설집의 어디를 펼쳐보더라도 이처럼 유사하게 반복되면서 변주되는 장면들의 연쇄를 발견할 수 있다. 이러한 서준환 소설의 구성적 특징은 한 마디로 말해 음악성에 있다. 악보 속의 음표는 기호로서 일정한 의미(음가)를 가지지만, 언어 기호처럼 어떤 지시 대상에 연결되지는 않는다. 이 때문에 음악에서는 지시 대상의 동일성을 근거로 한 결합 관계는 성립하지 않는다. 음악에서 나타나는 것은 동일한, 혹은 유사한 음과 선율의 반복뿐이며, 이때 음의 동일성이란 바로 그것이라는 의미에서의 동일성이 아니다. 하나의 악곡이 외적 현실을 지시하지 않고 자체적인 의미만을 지니는 기호들의 배열을 통해 예술적 구조를 구축해가는 것처럼, 서준환의 소설 역시 의미는 있으나 지시 대상에 속박되지 않은 기호들, 의미상으로는 유사하지만 동일한 것을 가리키지는 않는 기호들의 조합과 변형을 통해 전개되어간다. 예컨대 대위법적 구성이라는 관점에서 그의 작품을 분석해본다면 흥미로운 결론들을 끌어낼 수 있을 것이다.

물론 소설이 아무리 음악에 접근한다고 해도 결코 음악과 동일해질 수는 없다. 음악의 기호들에는 본래부터 지시 대상이 없지만, 소설은 무언가를 지시하려는 언어의 타고난 성향에 역행함으로써만 음악적으로 될 수 있기 때문이다. 즉 음악에 가까워지려는 소설은 자신을 구성하는 재료(언어)의 성질을 부정하지 않을 수 없고, 따라서 그 속에서 지시성과 지시성의 부정이 갈등을 일으키게 된다. 음악적 소설은 지시적 기호(언어)와 비지시적 기호(음악) 사이에서 동요한다. 언어의 지시성이 부정되는 과정에서 독자는 한편으로는 현란한 음악적 변주를 듣고, 다른 한편으로는 인물과 사건 들이 모든 상식과 현실 논리를 뛰어넘어 부단한 증식과 복제, 변형, 합성, 분열, 대치를 거듭하는 환상적 세계와 대면하게 된다. 소설의 음악적 구성은 소설이 불러일으키는 비현실적이고 몽환적인 분위기와 조응한다.

지시성이 부정된 언어는 마치 사전에 등재되어 있는 단어처럼 지시할 수 있는 잠재적 상태의 언어로서, 일종의 주술적 환기력을 지닌다. 주술적 언어의 흔적을 지니고 있는 동요("두껍아, 두껍아, 헌 집 줄게, 새 집 다오. 두껍아, 두껍아, 헌 집 줄게, 새 집 다오. 두껍아, 두껍아……")는 맥락을 벗어난 내용과 그것의 끊임없는 반복을 통해 지시적 언어의 경계를 이탈한다. 서준환 소설의 메커니즘도 이와 동일하다. 그런 의미에서 「변기」의 주인공이 연습장에 빼곡히 써넣는 '수(水)' 자, 「수족관」에서 계집아이들이 고무줄놀이를 하면서 부르는 동요("자유의 길로…… 무찌르자 공산당 몇천만이냐," "개나리 노란 꽃 그늘 아래 가지런히 놓여 있는 꼬까신 하나, 아기는 살짝 신 벗어놓고 맨발로 한들한들……"), 라디오 좌담의 출연자들이 잔혹한 살인 행위에 대해 늘어놓는 상투적인 개탄의 말들도 모두 주술직 언어의 범주에 포함시킬 수 있을 것이다. 서준환 소설의 인물들은 주문을 외고 있다. 주문의 마력은 그것이 지시적 기호와 비지시적 기호, 언어와 음악 사이의 미결정 지대를 떠돈다는 사실에서 기인한다. 주문이 놓여 있는 예외적 공간으로부터 고정된 현실을 벗어난 가능성의 영역, 환상의 영역이 열린다.

예외적 언어와 언어의 근원

지금까지 살펴본 것처럼 서준환은 언어의 정상성을 철저히 파괴하는 예외적 문학을 추구한다. 이런 점에서 그는 전위적이고 모더니즘적인 문학과 예술의 전통을 이어가고 있다고 할 수 있다. 뒤샹이 변기를 전시회에 출품했듯이, 서준환은 텅 빈 아파트의 거실로 변기를 끌어내고 있다. 거실에 놓여 있는 변기는 의사의 진료 기록 노트에 적힌 엉뚱한 글자들과 동일한 의미를 지닌다.

예외적 문학을 추구하는 작가는 언어를 파괴하는 가운데 일상적인 의사소통의 회로를 벗어나서 소통 불가능한 언어의 영역에 발을 디디게 된다. 작가는 독자로부터 유리될 위험에 빠진다. 그런 작가의 운명은 달에 대한 환상 때문에 주변 세계로부터 고립된 완기 삼촌(「너는 달의 기억」)의 운명에 비견될 수 있다. 완기 삼촌은 현실과 동떨어진 달나라에 대한 꿈 때문에 가족으로부터 비난받고, 부도덕하고 반사회적이고 불온한 인물로 낙인찍힌다. 완기 삼촌이 꽃을 가지고 혼자 거리에 서 있을 때, 전경들은 그를 공격한다. 세월이 흐른 후 이 소설의 화자인 '나'는 완기 삼촌과 같은 자세로 혼자 길 위에 선다. 그러나 이제 세상의 반응은 달라졌다. 그의 특이한 행동은 호기심어린 구경꾼들의 눈요깃거리가 될 뿐이다. 그는 더 이상 사회 질서에 대한 위협으로 느껴지지도 않고 주변으로부터 비난의 대상이 되지도 않는다. 그러나 그 누구에게서도 이해받지 못하는 것은 여전히 마찬가지다. 이 장면은 예외적 문학이 포스트모더니즘 시대에 처해 있는 상황을 상징하는 것처럼 보인다. 지난 세기 초의 전위 예술과

모더니즘이 사회에 커다란 충격과 논란을 불러일으키고 보수파나 권력자들로부터 격렬한 공격을 받았다면, 오늘의 예외적인 문학은 무관심의 늪 속에 묻혀버릴 위험에 직면한다. 사람들은 그런 책들을 슬쩍 훑어보고 '별난 책도 다 있군, 하기야 요즘은 무엇이든 가능하니까' 하고 어깨를 으쓱하며 지나갈 뿐이다. 완기 삼촌과 '나'에 대한 사람들의 반응은 이러한 상황의 변화를 암시하고 있는 것이 아닐까.

그렇다면 작가는 무엇을 위해 고립과 무관심을 자초하면서 언어의 기본 규칙을 파괴하고 통사론을 파괴하는 것일까? 서준환이 추구하는 예외적 문학의 의미는 무엇인가? 서준환의 작업에서 가장 중요한 국면은 그의 소설이 의미와 지시 사이에 균열을 일으켰다는 점이다. 일상적인 의식은 지시와 의미, 동일성과 유사성을 구별하지 못하고, 그저 같은 것이 같은 것이라고 믿어버린다. 혹은 동일성이란 완벽한 유사성이라는 식의 막연한 생각으로 양자의 차이를 양적인 차원의 문제로 환원한다. 그러나 지시 대상의 동일성은 전혀 유사성이 없는 것 사이에서도 성립한다. 왕자가 마법에 의해 무시무시한 야수로 변하더라도, 왕자와 야수 사이에는 동일성의 관계가 성립한다. 바로 그 왕자가 야수가 된 것이기 때문이다. 서준환은 의미의 동일성(이 글에서 '유사성'이라고 명명된 것)과 지시 대상의 동일성을 철저히 분리한다. 그 결과 한편에서는 동일성이 파괴되어 완전한 해체와 혼란에 빠져든 환상적 세계가 출현하고, 다른 한편에서는 동일한 것의 끊임없는 반복과 변주로 고도의 통일성 있는 구성을 갖춘 음악적 소설이 만들어진다. 지시의 차원에서는 해체되고, 의미의 차원에서는 통합된다. 서준환은 지시 차원과 의미 차원을 각각 해체와 통합이라는 방향으로 몰고 감으로써 양자가 서로 무관한 것임을 보여준다. 이러한 작

업을 통해서 드러나는 것은 언어를 통한 세계의 이해와 의사소통이
서로 무관한 두 차원의 혼동("같다"라는 말의 이중적 의미)에 기초하
고 있다는 사실이다. 결론적으로, 서준환의 소설은 언어의 근원적인
허구성을 밝히려는 시도라고 말할 수 있을 것이다.

작가의 말

누구나 '쿨한 것'을 미덕으로 여기며 우위에 두는 요즘이다. '쿨한 것'은 사람들이 물질적으로 풍요로워진 이후에 보이는 정서적 태도일 것이며 이런 정서는 다분히 서구적인 삶의 방식과 관계 양상(서구라고는 하지만 기실 우리에게 서구는 미국과 일본이 전부나 다름없을지도 모른다)을 추종하고 선망한다.

내가 태어난 70년대는 우리가 서구에서 받아들인 근대적 물질주의를 일상화하는 데 강박적으로 집착한 시기였다. 내가 글을 쓰기 시작한 지금은 서구적인 정서의 유입과 그것의 일상화에 맹목적으로 매달리는 시기가 아닐까 한다.

우스개 같은 일화지만, 어렸을 때 나는 강남의 어느 부잣집에 놀러 갔다 밥을 많이 먹는다는 이유로 심하게 면박을 당한 적이 있다. 그들은 밥을 적게 먹는 대신 감자튀김이나 프랑크 소시지 또는 딸기잼 바른 토스트 따위를 자주 먹는 것으로 평소의 식단과 간식거리를 꾸리는 모양이었다. 그런 그들의 눈에 누가 밥만 많이 먹으려 하는 것은 과히 '근대적'이지 못한 촌스러움으로 비칠 수밖에 없었을 것이다. 그들은 내게 단언했다. "밥 많이 먹으면 미련해진다!" 식사를 다 마치고도 치즈 얹은 크래커와 아이스크림을 계속 먹어대고 있는(밥을 다 먹고도 '디저트'라는 이름으로 또 뭔가를 먹는 것은 당시의 나로서는 신기한 식생활 문화였다) 그들의 말은 내 귀에 묘하게도, 그러다간 머리가 이상해져 멀쩡한 사람으로 취급받지 못할 수도 있으니 조심하라는 위협으로 꽂혔다.

이 삽화는 어느 사회학자가 정의한 상징 폭력의 일례에 해당될지도 모른다. 그렇다면 그 일은 내가 구체적으로 기억하는 최초의 상징 폭력인 셈이다. 시간이 가도 아물거나 삭여지지 않는 마음의 상처는 무엇보다 그러한 상징 폭력에서 생겨나는 것일 수 있다.

그런데 한 사회의 지배 집단이 합의한 자기 체현(體現)의 원칙으로 그 범주의 바깥을 멸시하고 억누르는 것이 상징 폭력이라면 거기에 가장 견결하게 맞서는 상징성의 전복과 교란이야말로 문학의 몫이 아닐지(다채로운 상징적 약정들을 통해서만 현실에 발 디딜 수 있다는 점에서 인간은 상징을 지극한 현실로 산다. 문학이 끊임없이 문제삼는 것은 바로 이 상징체계가 아닐까?). 고로 내게 문학의 몫은 그토록 극렬한 것이지 쿨한 아비투스의 께느른한 발현이거나 자족적인 일상의 나른한 포즈일 수 없다.

사람들이 '쿨하다'는 말을 습관적으로 들먹일 때마다 나는 프리재즈를 떠올리곤 한다. 프리재즈는 백인 양키들이 변형해놓은 재즈의

형질을 거슬러 재즈가 본래 뿌리박고 있는 분노와 고통스러움의 유황
불을 지핀 부정(否定)의 음악이다. 그 유황불은 백인 양키들의 쿨한
감각과 취향을 불사르려 들면서 재즈를 말랑말랑한 문화적 장신구로
전락시키고는 제멋에 겨워 흥청대는 장밋빛 세상을 겨누고 활활 타오
른다. 음악 어법상 아방가르드에 속할 프리재즈는 그러나 특정 장르
로의 편입과 시대사조의 구분조차 거부한 혼돈 속의 절규였다.

　　나는 이 예에서 다른 어느 분야에서보다 아방가르드 이해의 얼개
를 간명하게 확인한다. 내게 아방가르드는 미학적인 혁신이기에 앞
서 이 세상을 향한 분노와 고통의 언어이다. 그러면서도 다른 한편으
론 그 일그러진 표정에 어릿광대의 가면을 덧씌우는 무궁동(無窮動)
의 장난기이기도 할 것이다.

　　첫 소설집을 묶어 세상에 내놓는 이제, 내 작품들 속에도 '백인 양
키들'의 무자비한 '근대성'에 상처 입은 '흑인' 소년의 영혼이 아른거
리기를 소망한다.

2004년 가을
서준환